Einaudi Ta

Dello stesso autore negli «Einaudi Tascabili»

Il carcere
Il compagno
La casa in collina
Racconti
Il diavolo sulle colline
La bella estate
Tra donne sole
Le poesie
Dialoghi con Leucò
La luna e i falò
Il mestiere di vivere
Paesi tuoi
La spiaggia
Feria d'agosto

Cesare Pavese
Prima che il gallo canti

Introduzione di Italo Calvino

Einaudi

ISBN 88-06-16459-7

Prima che il gallo canti[*]

Se si vuol definire la vera essenza, anche storica e civile, di quella tenue ma non futile poetica che fu peculiare delle lettere italiane negli «anni '30», e che potremmo comprendere sotto il generico nome d'ermetismo, io credo si debba parlare di un'infinita possibilità di rinuncia, di un'estrema riduzione degli interessi di vita, all'«occasione» di un'analogia naturale, d'un gioco di memoria, di un gusto di stagioni e di trascorrer d'ore. La «libertà» dell'ermetismo s'era rifugiata in un «essenziale» tanto minuto che si poteva credere non potesse esserne mai cacciata, e che fosse quindi la vera: le storie collettive e individuali non erano che indifferenti pretesti e ineffabili scoperte di parole e colori; degli amori non contava che qualche osservazione annotata, un particolare accento; dei fatti si ricordava solo un allusivo, irripetibile disegno.

Era affermazione d'una libertà «nonostante tutto», coraggioso rifiuto d'una realtà storica non condivisa? Anche. Ma era pure la via per sopportare, nella vita, tutto quello che la «realtà» (il fascismo) imponeva, era la non-resistenza, il non sentirsi mai messo in gioco, il credere di poter trovare, in qualsiasi occasione, anche legato in ceppi, «una maglia rotta nella rete». «L'uomo ermetico» (diversamente da altri prototipi intellettuali

[*] Il testo di Italo Calvino che qui pubblichiamo è apparso su «l'Unità», 30 dicembre 1948; ora in I. Calvino, *Saggi 1945-1985*, a cura di M. Barenghi, Mondadori, Milano 1995, vol. I, pp. 1213-16.

stranieri suoi contemporanei, quali «l'uomo surrealista», e in continua tacita polemica con suoi conterranei quali «l'uomo futurista» e il genitore comune dell'ermetico e del futurista, «l'uomo dannunziano») poteva benissimo essere sbalestrato d'Africa in Russia in una fila di soldati, poteva magari anche trovarsi in piena lotta antifascista e finire in prigione, e sempre il suo diario si sarebbe mosso in una strettissima gamma di sensazioni, la sua libertà, la sua moralità sarebbero sempre consistite nell'adeguamento a taciti suggerimenti delle stagioni e della memoria. (E se cosí non avvenne in realtà, fu perché «l'uomo ermetico» a un certo punto volle non esser piú tale, il che non smentisce, ma conferma quanto detto).

Parlare d'ermetismo a proposito di Pavese può sembrare un paradosso. Lui, l'anti-ermetico per eccellenza, il refrattario a ogni «scuola», il poeta di *Lavorare stanca*, il «contadino» testardo e solitario, che studia gli americani come i greci, e in cui greci e americani, millenni di civiltà letteraria, diventano sangue come il vino delle Langhe? Eppure non si sfugge alla storia, né all'anagrafe. Che Pavese non sia altri che uno dei piú intelligenti poeti della generazione «ermetica», ce lo ricorda il suo nuovo volume che Einaudi pubblica nei «Coralli»: *Prima che il gallo canti*. Sono due «romanzi brevi», scritti a dieci anni di distanza. *Il carcere* è del 1938-39; *La casa in collina* è del 1947-48.

I due romanzi insieme «fanno libro»: han tutt'e due andamento di memorie, e lo stesso tema generale: la posizione d'un intellettuale in un momento di «scelta» politica, non d'idee, che quelle son date per già scelte, ma d'azione, di presenza. *Il carcere* son memorie di confino, *La casa in collina* memorie del 1943-44. E l'uomo è lo stesso nell'uno e nell'altro protagonista dei romanzi: con la sua debolezza e il suo scontento. Ed è qui che Pavese si palesa un classico «uomo ermetico» secondo la mia definizione di prima; con in piú la coscienza (gusto e rimorso insieme) dell'esserlo, continuamente sottintesa ne *Il carcere*, esplicitamente sofferta ne *La casa in collina*, crudamente condannata nell'allusione biblica del titolo al volume.

Il carcere è la storia di un'estate e d'un inverno passati da un certo Stefano ingegnere al confino politico in un paese del Sud. Il sapore delle stagioni in un paese altrui, i discorsi con un mondo visto dall'occhio distante e scontroso di settentrionale non immune da pregiudizi, un amore modesto e cupo, un altro che rimane allo stadio d'aspirazione pagana, e in tutte queste cose il senso del carcere, del limite paventato come una maledizione e insieme accettato come una condizione umana. Due esempi di «libertà nel carcere» si presentano a Stefano: uno è Giannino, un giovane ricco del luogo, che per correre spericolati amori finisce in prigione; l'altro è un confinato politico lui pure, forse un anarchico, costretto dalla segregazione in un paesetto piú alto, che continua a lottare come può e vorrebbe mettersi in contatto con lui. Stefano non risponde al confinato né segue l'esempio di rischio di Giannino: centellina con avaro edonismo le misere gioie del suo carcere. E la soluzione di questo romanzo Pavese dovrà darsela sette anni dopo, in un libro che meriterebbe d'esser piú letto: *Il compagno*. Il consiglio di vita di Giannino e del confinato diventeranno quello d'Amelio, il cospiratore che si rompe le gambe in moto; e Pablo, a differenza di Stefano, sarà un buon discepolo. Ma l'educazione politica de *Il compagno*, come la condanna di *Prima che il gallo canti*, sono frutti di ragione, di pensiero, e il «vivere» dei suoi personaggi, cioè la poesia di Pavese, resta ancorato alle sensazioni, il divario tra coscienza morale e libertà «ermetica» non è ancora colmato.

Meglio di Stefano, il Corrado professore di scienze protagonista de *La casa in collina*, sa i suoi doveri civili e sente rimorso di non fare. Ma piú ancora gli piace ragionare sulla campagna, sui muschi e i tronchi, e lambiccarsi sulla storia (assai bella come tutte le storie d'amore di Pavese) d'un antico amore e d'una paternità dubbiosa. E vive cosí spiritualmente diviso tra due case della collina torinese, una di «sovversivi», dove sta

Cate, la donna da lui un tempo amata, l'altra dove l'ospitano maligne e conformiste zitelle. Finisce per imboscarsi in un convento e poi scappare ai suoi paesi, con belle osservazioni di sentimenti e paesaggi.

Quanto ne *Il carcere* il mondo di fuori, la politica, erano attentamente evitati, tanto qui l'interesse di «documento» è messo a fuoco: e certamente *La casa in collina* resterà, oltre che per il suo indubbio valore di romanzo, come testimonianza letteraria d'un importante periodo: i bombardamenti di Torino, i quarantacinque giorni, la Resistenza, annotati attraverso i discorsi e gli umori della gente.

Già nel primo romanzo, col personaggio di Concia, la serva montanara dall'aria caprina, fa capolino la concezione stregonesca della campagna, cara e sempre piú chiara a Pavese fino alle sue piú recenti applicazioni e divagazioni etnologiche: nel secondo romanzo del libro, la natura è già qualcosa di sacro e diabolico. Ed il linguaggio, dall'attenta e intelligente linearità de *Il carcere*, passa a toni piú evocativi e carichi.

ITALO CALVINO

Prima che il gallo canti

Il carcere

I.

Stefano sapeva che quel paese non aveva niente di strano, e che la gente ci viveva, a giorno a giorno, e la terra buttava e il mare era il mare, come su qualunque spiaggia. Stefano era felice del mare: venendoci, lo immaginava come la quarta parete della sua prigione, una vasta parete di colori e di frescura, dentro la quale avrebbe potuto inoltrarsi e scordare la cella. I primi giorni persino si riempí il fazzoletto di ciottoli e di conchiglie. Gli era parsa una grande umanità del maresciallo, che sfogliava le sue carte, rispondergli: – Certamente. Purché sappiate nuotare.

Per qualche giorno Stefano studiò le siepi di fichidindia e lo scolorito orizzonte marino come strane realtà di cui, che fossero invisibili pareti d'una cella, era il lato piú naturale. Stefano accettò fin dall'inizio senza sforzo questa chiusura d'orizzonte che è il confino: per lui che usciva dal carcere era la libertà. Inoltre sapeva che dappertutto è paese, e le occhiate incuriosite e caute delle persone lo rassicuravano sulla loro simpatia. Estranei invece, i primi giorni, gli parvero le terre aride e le piante, e il mare mutevole. Li vedeva e ci pensava di continuo. Pure, via via che la memoria della cella vera si dissolveva nell'aria, anche queste presenze ricaddero a sfondo.

Stefano si sentí una nuova tristezza proprio sulla spiaggia un giorno che, scambiata qualche parola con un giovanotto che s'asciugava al sole, aveva raggiunto nuotando il quotidiano scoglio che faceva da boa.

– Sono paesacci, – aveva detto quel tale, – di quaggiú tutti scappano per luoghi piú civili. Che volete! A noi tocca restarci.

Era un giovane bruno e muscoloso, una guardia di finanza dell'Italia centrale. Parlava con un accento scolpito che piaceva a Stefano, e si vedevano qualche volta all'osteria.

Seduto sullo scoglio col mento sulle ginocchia, Stefano socchiudeva gli occhi verso la spiaggia desolata. Il grande sole versava smarrimento. La guardia aveva accomunata la propria sorte alla sua, e l'improvvisa pena di Stefano era fatta di umiliazione. Quello scoglio, quelle poche braccia di mare, non bastavano a evadere da riva. L'isolamento bisognava spezzarlo proprio fra quelle case basse, fra quella gente cauta raccolta fra il mare e la montagna. Tanto piú se la guardia – come Stefano sospettava – solo per cortesia aveva parlato di civiltà.

La mattina Stefano attraversava il paese – la lunga strada parallela alla spiaggia – e guardava i tetti bassi e il cielo limpido, mentre la gente dalle soglie guardava lui. Qualcuna delle case aveva due piani e la facciata scolorita dalla salsedine; a volte una fronda d'albero dietro un muro suggeriva un ricordo. Tra una casa e l'altra appariva il mare, e ognuno di quegli squarci coglieva Stefano di sorpresa, come un amico inaspettato. Gli antri bui delle porte basse, le poche finestre spalancate, e i visi scuri, il riserbo delle donne anche quando uscivano in istrada a vuotare terraglie, facevano con lo splendore dell'aria un contrasto che aumentava l'isolamento di Stefano. La camminata finiva sulla porta dell'osteria, dove Stefano entrava a sedersi e sentire la sua libertà, finché non giungesse l'ora torrida del bagno.

Stefano, in quei primi tempi, passava insonni le notti nella sua catapecchia, perch'era di notte che la stranezza del giorno lo assaliva agitandolo, come un formicolío del sangue. Nel buio, ai suoi sensi il brusío del mare diventava muggito, la freschezza dell'aria un gran vento, e il ricordo dei visi un'angoscia. Tutto il paese di notte s'avventava entro di lui sul suo corpo disteso. Ridestandosi, il sole gli portava pace.

Stefano seduto davanti al sole della soglia ascoltava la sua libertà, parendogli di uscire ogni mattina dal carcere. Entravano avventori all'osteria, che talvolta lo disturbavano. A ore diverse passava in bicicletta il maresciallo dei carabinieri.

L'immobile strada, che si faceva a poco a poco meridiana, passava da sé davanti a Stefano: non c'era bisogno di seguirla. Stefano aveva sempre con sé un libro e lo teneva aperto innanzi e ogni tanto leggeva.

Gli faceva piacere salutare e venir salutato da visi noti. La guardia di finanza, che prendeva il caffè al banco, gli dava il buon giorno, cortese.

– Siete un uomo sedentario, – diceva con qualche ironia. – Vi si vede sempre seduto, al tavolino o sullo scoglio. Il mondo per voi non è grande.

– Ho anch'io la mia consegna, – rispondeva Stefano. – E vengo da lontano.

La guardia rideva. – Mi hanno detto del caso vostro. Il maresciallo è un uomo puntiglioso, ma capisce con chi ha da fare. Vi lascia persino sedere all'osteria, dove non dovreste.

Stefano non era sempre certo che la guardia scherzasse, e in quella voce chiara sentiva l'uniforme.

Un giovanotto grasso, dagli occhi vivaci, si fermava sulla porta e li ascoltava. Diceva a un tratto: – Mostrine gialle, non ti accorgi che l'ingegnere ti compatisce e che lo secchi? – La guardia, sempre sorridendo, scambiava un'occhiata con Stefano. – In questo caso, tu saresti il terzo incomodo.

Tutti e tre si studiavano, chi pacato e chi beffardo, con un vario sorriso. Stefano si sentiva estraneo a quel gioco e cercava di equilibrare gli sguardi e di coglierne il peso. Sapeva che per rompere la barriera bastava conoscere la legge capricciosa di quelle impertinenze e prendervi parte. Tutto il paese conversava cosí, a occhiate e canzonature. Altri sfaccendati entravano nell'osteria e allargavano la gara.

Il giovane grasso, che si chiamava Gaetano Fenoaltea, era il piú forte, anche perché stava di fronte all'osteria, nel negozio di suo padre, padrone di tutte quelle case, e per lui attraversare la strada non era abbandonare il lavoro.

Questi sfaccendati si stupivano che tutti i giorni Stefano se ne andasse alla spiaggia. Qualcuno di loro veniva con lui ogni tanto; gli avevano anzi indicata loro la comodità dello scoglio; ma era soltanto per compagnia o per un estro intermittente. Non capivano la sua abitudine, la giudicavano infantile: nuotavano e conoscevano l'onda meglio di lui, perché ci avevano giocato da ragazzi, ma per loro il mare non voleva dir nulla o soltanto un refrigerio. L'unico che ne parlò seriamente fu il giovane bottegaio che gli chiese se prima, via, prima del pasticcio, andava a fare la stagione sulla Riviera. E anche Stefano, benché certe mattine uscisse all'alba e andasse da solo sulla sabbia umida a vedere il mare, cominciò, quando sentiva all'osteria che nessuno sarebbe venuto quel giorno con lui, a temere la solitudine e ci andava soltanto per bagnarsi e passare mezz'ora.

Incontrandosi davanti all'osteria, Stefano e il giovane grasso scambiavano un semplice cenno. Ma Gaetano preferiva mostrarsi quando già c'era crocchio, e senza parlare direttamente con Stefano, soltanto canzonando gli astanti, lo isolava in una sfera di riserbo.

Dopo i primi giorni divenne loquace anche con lui. Di punto in bianco lo prendeva calorosamente sotto braccio, e gli diceva: – Ingegnere, buttate 'sto libro. Qui non abbiamo scuole. Voi siete in ferie, in villeggiatura. Fate vedere a questi ragazzi che cos'è l'Altitalia.

Quel braccetto era sempre cosí inaspettato, che a Stefano pareva come quando, adolescente, aveva, col cuore che batteva, avvicinato donne per strada. A quell'esuberanza non era difficile resistere, tanto piú che lo metteva in imbarazzo davanti agli astanti. Stefano s'era sentito troppo studiato da quegli occhietti nei primi giorni, per poterne adesso accettare senz'altro la cordialità. Ma il buon viso di Gaetano voleva dire il buon viso di tutta l'osteria, e Gaetano, per quanto, quando voleva, squadrasse freddamente l'interlocutore, aveva l'ingenuità della sua stessa autorevolezza.

Fu a lui che Stefano domandò se non c'erano delle ragazze in paese, e, se c'erano, come mai non si vedevano sulla spiaggia. Gaetano gli spiegò con qualche impaccio che facevano il bagno in un luogo appartato, di là dalla fiumara, e al sorriso canzonatorio di Stefano ammise che di rado uscivano di casa.

– Ma ce ne sono? – insisté Stefano.

– E come! – disse Gaetano sorridendo compiaciuto. – La nostra donna invecchia presto, ma è tanto più bella in gioventú. Ha una bellezza fina, che teme il sole e le occhiate. Sono vere donne, le nostre. Per questo le teniamo rinchiuse.

– Da noi le occhiate non bruciano, – disse Stefano tranquillo.

– Voialtri avete il lavoro, noi abbiamo l'amore.

Stefano non provò la curiosità di andare alla fiumara per spiare le bagnanti. Accettò quella tacita legge di separazione come accettava il resto. Viveva in mezzo a pareti d'aria. Ma che quei giovani facessero all'amore, non era convinto. Forse nelle case, dietro le imposte sempre chiuse, qualcuno di quei letti conosceva un po' d'amore, qualche sposa viveva il suo tempo. Ma i giovani, no. Stefano sorprendeva anzi discorsi di scappate in città – non sempre di scapoli – e allusioni a qualche serva di campagna, bestia da lavoro tanto disprezzata che si poteva parlarne.

Specialmente all'imbrunire si sentiva quella povertà. Stefano usciva sull'angolo della sua casetta e si sedeva s'un mucchio di sassi, a guardare i passanti. La penombra s'animava di lumi, e qualche imposta si schiudeva alla frescura. La gente passava con un lieve fruscío e qualche susurro, talvolta in gruppi parlottanti. Qualche gruppo piú chiaro, piú isolato, era formato di ragazze. Non si spingevano molto lontano e subito riapparivano, rientrando in paese.

Di coppie non se ne vedevano. Se qualche gruppo

s'incrociava, si sentivano asciutti saluti. Quel riserbo, del resto, piaceva a Stefano che dopo il tramonto non poteva allontanarsi dal domicilio e, piú che la gente, cercava la notte e la dimenticata solitudine dell'ombra. Tanto ne aveva dimenticato la dolcezza, che bastava un fiato di vento, il frinío di un grillo e un passo, l'ombra enorme del poggio contro il cielo pallido, per fargli piegare la gota sulla spalla, come se una mano lo carezzasse compiacente. La tenebra chiudendo l'orizzonte ampliava la sua libertà e ridava campo ai suoi pensieri.

A quell'ora era sempre solo, e solo passava la maggior parte del pomeriggio. All'osteria nel pomeriggio si giocava alle carte e Stefano, presovi parte, a poco a poco si faceva inquieto, e sentiva il bisogno d'uscire. Certe volte si recava alla spiaggia, ma quel bagno nudo e solitario nel mare verde dell'alta marea gl'incuteva sgomento e lo faceva rivestirsi in fretta nell'aria già fresca.

Usciva allora dal paese che gli pareva troppo piccolo. Le catapecchie, le rocce del poggio, le siepi carnose, ridiventavano una tana di gente sordida, di occhiate guardinghe, di sorrisi ostili. Si allontanava dal paese per lo stradale che usciva, in mezzo a qualche ulivo, sui campi che orlavano il mare. Si allontanava intento, sperando che il tempo passasse, che qualcosa accadesse. Gli pareva che avrebbe camminato all'infinito, volto al piatto orizzonte marino. Dietro il poggio il paese spariva, e le montagne dell'interno sorgevano a chiudere il cielo.

Stefano non andava lontano. Lo stradale era un terrapieno rialzato, che metteva sott'occhio la triste spiaggia e le campagne vuote. Lontano alla svolta si scorgeva un po' di verde, ma a mezza strada Stefano cominciava a guardarsi dattorno. Tutto era grigio e ostile, tranne l'aria e la distanza delle montagne. Qualche volta nei campi s'intravedeva un contadino. Qualche volta sotto la strada ce n'era uno accovacciato. Stefano, che aveva camminato pieno di rancore provava uno scatto di pace dolorosa, di triste allegrezza, e si fermava e lentamente ritornava.

Rientrando nel paese era quasi lieto. Le prime case

avevano un volto quasi amico. Riapparivano raccolte sotto il poggio, caldo nell'aria limpida, e sapere che davanti avevano il mare tranquillo le rendeva cordiali alla vista quasi com'erano state il primo giorno.

All'entrata del paese, tra le prime casette, ce n'era una isolata fra lo stradale e la spiaggia. Stefano prese l'abitudine di darvi un'occhiata ogni volta che passava. Era una casa dai muri in pietra grigia, con una scaletta esterna che portava a una loggetta laterale, aperta sul mare. Per un riscontro di finestre – insolitamente spalancate – appariva, a chi guardasse dall'alto della strada, come forata e piena di mare. Il riquadro luminoso si stagliava netto e intenso, come il cielo di un carcerato. C'erano sul davanzale dei gerani scarlatti, e Stefano si fermava ogni volta.

La sua fantasia diede un balzo quando vide un mattino su quella scaletta una certa ragazza. L'aveva veduta girare in paese – la sola – con un passo scattante e contenuto, quasi una danza impertinente, levando erta sui fianchi il viso bruno e caprigno con una sicurezza ch'era un sorriso. Era una serva, perché andava scalza e a volte portava acqua.

Stefano si era fatta l'idea che le donne di quella terra fossero bianche e grassocce come polpa di pere, e quell'incontro lo stupiva. Nella reclusione della sua bassa catapecchia, fantasticava su quella donna con un senso di libertà e di distacco, affrancato, per la stranezza stessa dell'oggetto, da ogni pena di desiderio. Che ci fosse un rapporto tra la finestra dei gerani e la ragazza, allargava arricchendolo il gioco del suo stupore.

Stefano passava disteso sul letto le ore piú torride del pomeriggio, seminudo per il gran caldo, e il riverbero bianco del sole gli faceva socchiudere gli occhi. Nel fastidio e nel ronzío di quell'immobilità, si sentiva vivo e desto, e a volte gli accadeva di tastarsi l'anca con la mano. Tali appunto, magri e forti, dovevan essere i fianchi di quella donna.

Fuori, oltre la ferrata, nascosto da un terrapieno c'era il mare meridiano. Venivano momenti che il silenzio

bruciante sgomentava Stefano; e allora egli si scuoteva
e saltava dal letto in calzoncini. Cosí aveva fatto nel carcere, in lontani pomeriggi. La stanza dal tetto a terrazzo era un gran bagno di sudore, e Stefano si faceva alla bassa finestra dove il muro gettava un po' d'ombra e
l'anfora di terra si rinfrescava. Stefano ne stringeva con
le mani i fianchi svelti e umidicci, e sollevandola di peso se la portava alle labbra. Scendeva con l'acqua un sapore terroso, aspro contro i denti, che Stefano godeva
piú dell'acqua e gli pareva il sapore stesso dell'anfora.
C'era dentro qualcosa di caprigno, selvatico e insieme
dolcissimo, che ricordava il colore dei gerani.

Anche la donna scalza, come tutto il paese, andava
ad attinger acqua con un'anfora come quella. La portava poggiata obliqua sul fianco, abbandonandosi sulle caviglie. Tutte queste anfore erano dolci e allunga-
te, d'un colore tra il bruno e il carnicino, qualcuna piú
pallida. Quella di Stefano era lievemente rosata, come
una guancia esotica.

Soltanto per quest'anfora, Stefano era grato alla sua
padrona di casa. La vecchia – una donna grassa che si
muoveva a fatica – stava seduta in un suo negozietto
sullo stradale e gli mandava qualche volta un ragazzino
a portargli l'acqua. Qualche volta mandava pure a ri-
fargli la camera: scopavano, rimboccavano il letto, la-
vavano qualcosa. Ciò avveniva di mattina, quando Stefano era fuori.

La gioia di riavere una porta da chiudere e aprire,
degli oggetti da ordinare, un tavolino e una penna, –
ch'era tutta la gioia della sua libertà – gli era durata a
lungo, come una convalescenza, umile come una convalescenza. Stefano ne sentí presto la precarietà, quando le scoperte ridivennero abitudini; ma vivendo quasi sempre fuori, come faceva, riservò per la sera e la
notte il suo senso d'angoscia.

La sera, venne qualche rara volta un carabiniere a
controllare se era in casa. Dopo il tramonto e prima
dell'alba Stefano non doveva uscire. Il carabiniere si
fermava laconico sulla porta, nell'alone di luce, accen-

nava un saluto, e se ne andava. Un compagno lo attendeva nell'ombra col moschetto a tracolla. Una volta venne anche il maresciallo, con stivali e mantellina, di passaggio per qualche perlustrazione. Intrattenne Stefano
sulla soglia, esaminando divertito l'interno della stanza. Stefano si vergognò per tutti i cartocci ammonticchiati in un angolo, le cassette, il disordine e il cattivo
odore, pensando alla spaziosa caserma sulla piazzetta,
che ogni giorno un carabiniere scopava, e ai bei balconi aperti sul mare.

Al pianterreno della caserma c'erano le carceri, dalle finestre accecate in modo che la luce filtrasse dall'alto. Ogni mattina Stefano vi passava sotto, e pensava
che le celle dovevano somigliare un poco per sporcizia
alla sua camera. Qualche volta ne usciva il brusío di una
voce o il tintinnío di una gavetta, e allora Stefano sapeva che qualcuno – villano, ladruncolo, o vagabondo
– era carcerato nell'ombra.

II

Nessuno si fa casa di una cella, e Stefano si sentiva sempre intorno le pareti invisibili. A volte, giocando alle carte nell'osteria, fra i visi cordiali o intenti di quegli uomini, Stefano si vedeva solo e precario, dolorosamente isolato, fra quella gente provvisoria, dalle sue pareti invisibili. Il maresciallo che chiudeva un occhio e lo lasciava frequentare l'osteria, non sapeva che Stefano a ogni ricordo, a ogni disagio, si ripeteva che tanto quella non era la sua vita, che quella gente e quelle parole scherzose erano remote da lui come un deserto, e lui era un confinato, che un giorno sarebbe tornato a casa.

Gaetano lo salutava ogni mattino, sornione. Quegli occhi furbi e quella bocca scema si animavano, vedendo Stefano. Gaetano preferiva non giocare, ma discorrere con Stefano, tutto il crocchio pendendo dalle loro labbra. Gaetano era stato in Alta Italia, due anni prima, da sergente.

Gli altri erano secchi e bruni, pronti a interessarsi e sorridere d'approvazione se Stefano anche solo col tono della voce scherzava. Ce n'era uno, calvo ma giovane, che si allargava davanti il giornale e scorreva le grandi pagine dall'alto in basso, adocchiando gli astanti, parlando adagio. Una sua bimbetta veniva ogni tanto a fargli commissioni da parte della moglie che stava al banco di una loro piccola drogheria. Il padre rispondeva con voce irritata; la bambina usciva di corsa; e Stefano, che le prime volte ascoltava sorpreso, si vedeva fissato dall'uomo calvo con un sorriso quasi di scusa.

Come tutti i sorrisi di quella gente, anche quello del calvo Vincenzo era discreto e dolce: usciva dagli occhi scuri pieno di sollecitudine.

Si scherzava molto sul negozio di Vincenzo. Gli chiedevano se a far lavorare la moglie aveva imparato in Algeria. Vincenzo rispondeva che lo smercio ordinario lo può fare benissimo una donna: tra donne s'intendono meglio.

– Almeno riempiste il negozio con belle commesse, – diceva Gaetano, ammiccando a Stefano. – Come si fa nei paesi altrui, eh?

– Dipende dall'articolo che si vende, – rispondeva Vincenzo senza levare gli occhi.

C'era un giovane dalla barbetta ricciuta, che, seduto in un angolo, confabulava talvolta con la guardia di finanza. Non aveva mai salutato Stefano, e come veniva se ne andava, senza dare a Gaetano il tempo di canzonare. Stefano non era certo, ma gli pareva lo stesso che, seduto a cavalcioni di una sedia davanti alla bottega del barbiere, guardava la piazzetta deserta sotto il sole quel pomeriggio ch'egli era uscito dalla stazioncina ammanettato e carico di una valigia, e coi suoi carabinieri era entrato nel Municipio. Di quell'arrivo Stefano non riusciva a chiarirsi il ricordo: la stanchezza esasperata, l'afa marina, le braccia intormentite, le occhiate sazie e svogliate alla gente, gli turbinavano ancora nel cuore confondendo i nuovi visi in un balenío. E poi, s'era guardato subito dattorno, cercando il mare, le rocce, le piante e le strade; e non riusciva a riconoscere quali facce l'avessero visto traversare la piazza. Ora gli pareva che tutto fosse stato indifferente e quasi deserto; ora che, come la folla di una fiera, molti si fossero raccolti o voltati al suo passaggio. Era stato di domenica: e adesso sapeva che la domenica molti sfaccendati attendevano quel treno.

Questo giovanotto si chiamava Giannino e gli pareva ostile. Poggiato di schiena al banco, ecco che un giorno accese la sigaretta e parlò a Vincenzo.

– Che ti dice quel giornale? Gli algerini hanno già

consumato il tuo sapone? Se lo sono mangiato come burro sul pane?

– Voi scherzate, don Giannino, ma se avessi la vostra età ritornerei laggiú. Paese d'oro, Algeri bianca! – e Vincenzo si baciò la punta delle dita.

– Perché bianca, quando tutti sono neri? L'avrà lavata lui? – rispose Giannino, e si staccò dal banco e andò alla porta.

– Vincenzo tornerà in Algeria, quando tu, Giannino, tornerai a San Leo, – disse Gaetano.

Giannino sorrise compiaciuto. – Meglio averci dietro le donne che non la finanza. Le donne piú ti conoscono e piú ti cercano. Proprio come le guardie –. Giannino rise serrando le labbra, e se ne andò.

Dopo qualche minuto anche Stefano uscí nella strada. S'incamminava al Municipio per finire il pomeriggio e chieder posta, quando Giannino sbucò da una strada.

– Una parola, ingegnere.

Stefano, stupito, si fermò.

– Ho bisogno dell'opera vostra. V'intendete di case? Mio padre ha disegnato una villetta e ci ha dimenticato le scale. L'ha provveduta d'ogni cosa, anche il terrazzo, ma ci ha dimenticato le scale. V'intendete di progetti?

– Sono elettrotecnico e da un anno appena, – disse Stefano sorridendo.

– Ma via, ve ne intendete. Venite da noi. Gli darete consigli per l'illuminazione. Questa sera?

– La sera non posso –. Stefano sorrise un'altra volta.

– Già. Ma il maresciallo è amico mio. Venite...

– Meglio di no. Venite voi da me.

Tutta quella sera, Giannino sorrise in un modo sollecito e tentante, nella penombra del cortile. Non occorreva la luce per vedergli i denti chiari e sentirne la voce cortese. S'era seduto a cavalcioni della seggiola, e il contrasto con l'alone di luce della porta lo fondeva nella notte, immergendo le sue parole nei susurri e nei tonfi del mare.

– Nella stanza fa caldo e c'è odore, – diceva Stefano.
– Ho conservato le abitudini del carcere. Non ci si può
affezionare a una cella. Non si può farsene una camera.

– Quella luce dal soffitto vi deve toglier gli occhi: è
troppo cruda. Sarebbe meglio una candela.

Nella stanza, sopra una cassa, s'intravedeva la valigia non ancora disfatta.

– Sempre pronto per ripartire? – aveva detto Giannino dalla soglia.

– È lí per scongiuro. Può arrivare anche domani l'ordine di trasferirmi. Come ci si volta nel letto. Prigione o confino, non è mica star chiusi: è dipendere da un
foglio di carta.

Seduti a fronte, si guardavano. Il mare sciacquava.
Stefano sorrise.

– Da noi si dice che voialtri siete sporchi. Credo di
essere piú sporco di voi.

Giannino rideva e si fece serio a un tratto.

– Lo siamo sporchi, – disse. – Ma io vi capisco, ingegnere. È per la stessa ragione per cui voi tenete la valigia pronta. Siamo gente inquieta che sta bene in tutto il mondo ma non al suo paese.

– Non è un brutto paese.

– Vi crederò quando avrete disfatta la valigia, – disse Giannino, poggiandosi la gota sul braccio.

La casa di Giannino dava anch'essa sul mare, ma Stefano ci andò di malavoglia, l'indomani, perché svegliandosi l'aveva preso l'angoscia consueta. Si svegliava sempre all'alba, inquieto, e giaceva nel letto con gli
occhi socchiusi, ritardando l'istante che avrebbe ripre-
so coscienza. Ma la dolcezza del dormiveglia non esi-
steva per lui: la luce e il mare lo chiamavano, la stanza
si schiariva, e gli doleva il cuore, di un'angoscia carnale, perduto in vaghi brandelli di sogni. Balzando dal letto, si riscuoteva. Quel mattino tuttavia durò la pena fin
che non fu uscito in strada: la pace della sera precedente
era sfumata, al pensiero di aver troppo parlato di sé.

Giannino non c'era. Venne la madre che non sapeva nulla di Stefano e lo fece entrare in un salotto pie-

no di carte polverose e dal pavimento a mattonelle rosse. I muri di quella casa erano spessi come roccia. Da
una piccola finestra si scorgeva un po' di verde. Giannino era partito all'alba. Quando seppe dei progetti, la
madre storse la bocca e si mise a sorridere.

Poi entrò il padre: un uomo secco, dai baffi spioventi
e ingialliti, che non mostrava i settant'anni. Sapeva di
Stefano, ma liquidò i progetti con un gesto. – Vorrei
che ne parlaste con mio figlio, – disse. – La mia parte
io l'ho già fatta.

– Non credo che vi sarò molto utile, – disse Stefano. Il padre di Giannino allargò le braccia, muovendo
i baffi in sollecitudine complimentosa.

La madre, ch'era una donna grande, dal viso massiccio, andò a fare il caffè. Da un bricco d'argento lo
versò in minuscole tazzine dorate disposte senza vassoio sul tavolo. Il padre Catalano intanto, che riden-
dosela s'era messo a passeggiare avanti alla parete scro-
stata, venne a sedersi.

Solamente Stefano bevve il caffè. Le altre due taz-
ze rimasero sul tavolo semivuote.

– So del caso vostro, ingegnere, – diceva il vecchio
con le mani sulle ginocchia. – Non siete il solo. Conosco i tempi.

– Come vi trovate, qui? – disse la signora.

Il vecchio scattò. – Come vuoi che si trovi? Paesacci! Lavorare non potete?

Stefano fissava le fotografie sui mobili e i tappeti
scoloriti, e rispondeva pacato. In quel vecchio salotto
c'era un freddo di pietra che saliva le gambe. Rifiutò
dell'altro caffè, e la signora li lasciò.

– Spero che avrete un buon influsso su quello scia-
gurato di mio figlio, – disse improvvisamente il vecchio.
Si guardava intorno con un sorriso preoccupato, e quando Stefano si alzò per accommiatarsi gli tese le due mani: – La vostra visita è un onore. Tornate, ingegnere.

Stefano rincasò un momento a cercare un libro. Era
alto mattino, e quel fresco e scalcinato salotto non gli
usciva di mente. Con uno sforzo si chiarí il pensiero che

era certo di aver pensato istanti prima in quel salotto.
La serva scalza, erta sui fianchi, della casa dei gerani, doveva vivere in stanze come quella, strisciare il piede sulle rosse mattonelle. O forse la casa grigia era piú recente. Ma quelle tazzine dorate, quei vecchi ninnoli polve-
rosi, quei tappeti e quei mobili, esalavano nel freddo
della pietra l'anima di un passato. Erano quelle le case
sempre chiuse, che forse un tempo avevano conosciuto,
accoglienti e solatíe, altra vita e altro calore. Parevano,
a Stefano, le ville dell'infanzia, chiuse e deserte nei paesi del ricordo. La terra arida e rossa, il grigiore degli ulivi, le siepi carnose dei fichi, tutto aveva arricchito quelle case, ora morte e silenziose, se non per la bruna magrezza di qualche donna che aveva in sé tutto il selvatico
dei campi e dei gerani.

Nel cortiletto Stefano trovò la figlia non piú giovane della sua padrona di casa, che contegnosa scopava
nel fossato un mucchio di rifiuti. A quell'ora insolita
vide parecchi bimbi del vicinato scorrazzare e giocare
sul terrazzo del tetto. Fra i clamori la donna gli sorrise pallidamente: cosí faceva sempre, incontrandolo.
Aveva un viso grassoccio e smorto; vestiva di un nero
tranquillo. Vedova o separata da un marito che l'aveva fatta vivere in qualche città lontana, non parlava il
dialetto nemmeno con quei bambini. Lo seguí sulla porta della camera riordinata, e Stefano dovette volgersi
a ringraziarla.

La donna immobile, deposta la scopa, non gli stac-
cava gli occhi di dosso. Il letto ricomposto e rimboccato ingentiliva tutta la stanza.

– Un giorno andrà via, – disse la donna, con la sua
voce cupa. – Si ricorderà ancora di noi?

Stefano vide un piatto di fichidindia sul tavolino.
Fece il viso piú sollecito che seppe e rispose qualcosa.

– Non lo si vede quasi mai, – disse la donna.

– Cercavo un libro.

– Legge troppo perché è solo, – disse la donna senza muoversi.

Sempre cosí faceva, nei pomeriggi quando entrava a

portargli qualcosa. Seguivano lunghi silenzi che la donna occupava con occhiate, e Stefano era insieme compiaciuto e imbarazzato. La donna arrossiva con ferma insistenza e la sua voce cupa taceva cercando nel silenzio una dolcezza. Stefano assisteva con un senso di pena.

– No, che non sono solo, – disse forte quel mattino, e venne alla porta e le prese tra le mani le guance, tirandosele al viso: il suo bacio finí sulla nuca di lei. Sul tetto si sentivano i tonfi precipitosi dei ragazzi. La confusione e l'audacia insieme fecero sí che la serrasse al petto. La donna non fuggiva, si stringeva al suo corpo; ma non s'era lasciata baciare.

Di colpo a Stefano nacque un desiderio pungente, di quelli mattutini, irresistibili. La donna prese a carezzargli i capelli, infantilmente. Stefano non sapeva che dire. Quando le strinse i seni, la donna si scostò e lo guardò gravemente, sorridendo.

Aveva un viso scarlatto e lacrimoso. Era quasi bella. Prese a susurrare: – No, adesso. Se mi vorrà davvero bene, tornerò. Dobbiamo stare attenti. Tutti guardano. Sono anch'io sola come te... No: se mi vorrai bene. Deve tornare Vincenzino... Ora mi lasci.

Tornò Vincenzino, un ragazzetto nero, con l'anfora piena. Stefano l'aiutò a deporla sul davanzale e cercava una moneta. Ma Elena, la donna, preso per mano il nipotino uscí senza volgersi indietro.

Stefano si buttò sul letto, sorridendo. Vedeva gli occhi fissi della donna. Lo riprese il desiderio, e saltò giú dal letto. Trovarsi là in quell'ora insolita lo faceva sorridere, come se potesse tutto osare. Uscendo, passò dalla spiaggia, per non incontrare la donna.

Il mare, visto pensando ad altro, era bello come nei primi giorni. Le piccole onde correvano ai piedi con labbra di spuma. La sabbia liscia riluceva come marmo. Quando Stefano risalí verso le case, lungo una siepe polverosa, pensava se, invece di quell'Elena, l'avesse abbracciato e baciato la ragazza scalza dei gerani. «Sarebbe bello incontrarla, – mormorò, per udire la propria voce turbata, – quest'è il giorno dei fatti».

L'immaginò gaia e danzante, stupita sotto la fronte bassa, innamorata selvaggiamente di lui. Ne vide, con un rimescolío, le chiazze brune dei seni.

All'osteria trovò Vincenzo, che leggeva il giornale. Si scambiarono un saluto.

– Oggi sembra domenica, – disse Stefano.

– Faceste il bagno, ingegnere? Per voi è domenica sempre.

Stefano si sedette, tergendosi la fronte. – Prendete un caffè, Vincenzo?

Vincenzo chiuse il giornale e levò il capo. La fronte calva gli faceva un sorriso stupito.

– Vi ringrazio, ingegnere.

La testa nuda pareva quella di un bimbo. Giovane ancora, se imbronciava per caso le labbra, faceva pena. Una testa da fez rosso.

– Sempre domenica! – disse Stefano. – Voi che avete vissuto in città, sapete quant'è noiosa la domenica.

– Ma allora ero giovane.

– Forse che adesso siete vecchio?

Vincenzo fece una smorfia. – Si è vecchi quando si torna al paese. La mia vita era altrove.

Venne il caffè, che sorbirono adagio.

– Che si mangia oggi, ingegnere? – disse a un tratto Vincenzo, guardando sparire la vecchia ostessa.

– Un piatto di pasta.

– Poi ci sarà del fritto, – disse Vincenzo. – Stamattina vendevano pesce di scoglio, pescato alla luna. Ne comprò pure mia moglie. È scaglioso ma fino.

– Vedete che per me non è domenica. Io mi fermo alla pasta.

– Solamente? Siete giovane, per diavolo! Qui non siete alle carceri.

– Ma sono sulla porta. Non ho ancora il sussidio.

– Per diavolo, vi spetta! Ve lo daranno certo.

– Non ne dubito. In attesa mangio olive.

– E perché vi sbancate in caffè?

– Non facevano cosí anche i vostri arabi? Meglio un caffè che un pranzo.

– Mi dispiace, ingegnere. Pasta e olive! La prossima volta offro io.

– Le olive me le mangio alla sera, scusate. Sono buone col pane.

Vincenzo era rosso e imbronciato. Sbatté il giornale piegandolo e disse: – Ecco il vostro guadagno! Scusate, ingegnere, ma foste fesso. Non si discute col governo.

Stefano lo guardò senz'espressione. Fare un viso insensibile gli ridava la pace del cuore: come tendere i muscoli in attesa di un colpo. Ma Vincenzo taceva, e cadendo lo sforzo nel vuoto, Stefano prese a sorridere. Quella mattina il suo sorriso era vero, bench'egli torcesse la bocca. Era come lo sguardo che aveva gettato sul mare. Lo coglieva come una smorfia macchinale, ma caldo e improvveduto.

Quel giorno Stefano non mangiò all'osteria. Rincasò con un pacco di pane, evitando il negozio della madre di Elena, guardando le finestre di Giannino: sperava di non passare in solitudine il pomeriggio.

Ma nessuno venne e, rosicchiato un po' di carne e di pane bagnato nell'olio, Stefano si buttò sul letto, deciso a svegliarsi soltanto se gli toccavano il braccio.

Non poteva star fermo, nel torrido silenzio, e di tanto in tanto scendeva per bere: senza sete, come aveva fatto nel carcere. Ma quel carcere volontario era peggio dell'altro. A poco a poco Stefano odiò se stesso perché non aveva il coraggio di allontanarsi.

Piú tardi andò a fare il bagno che non aveva fatto al mattino, e l'acqua placida del tramonto gli diede un po' di pace, accapponandogli la pelle già nera di sole. Era nell'acqua, quando si sentí chiamare. Sulla spiaggia, Giannino Catalano agitava il braccio.

Quando si fu rivestito, sedettero insieme sulla sabbia. Giannino scendeva allora dal treno: era stato in città; l'aveva veduto dal finestrino dirigersi alla spiaggia. Stefano gli disse sorridendo ch'era passato, la mattina, dai suoi.

– Oh, – disse Giannino, – v'avranno spiegato che

sono un fannullone. Da quando ho smessa la scuola per questa barba, non pensano ad altro.

Stefano osservava con calma il viso ossuto e la barbetta scabra del compagno. Nella luce tranquilla e fresca gli parve di nuovo di afferrare il ricordo di lui seduto a cavalcioni, in quella lontana domenica, e annoiato. Giannino trasse di tasca una pipetta.

– Ho fatto il militare e veduto un po' di mondo, – disse frugandola col dito. – Poi ho smesso, perché somigliava troppo alla scuola.

– E adesso che fate?

– Quello che fate voi. Passo il tempo. E tengo d'occhio mio padre, ché i suoi muratori non lo facciano fesso.

– Vostro padre tiene d'occhio voi, – osservò Stefano.

– C'è chi ci tiene d'occhio tutti, – disse Giannino ammiccando. – Cosí è la vita.

Mentre accendeva la pipetta, la buffata azzurrina passò davanti al mare. Stefano la seguiva con gli occhi, e gli giunse, attutita, la frase di Giannino:

– Siamo poveri fessi. Quella libertà che il governo ci lascia, ce la facciamo mangiare dalle donne.

– Meglio le donne, – disse Stefano ridendo.

La voce di Giannino si fece seria.

– Avete già trovato?

– Che cosa?

– Una... donna, diamine.

Stefano lo guardò, canzonatorio.

– Non è facile qui. E poi lo vieta il regolamento. «Non frequentare donne a scopo di tresca o per qualsiasi...»

Giannino saltò in piedi. Stefano lo seguí vivamente con gli occhi. – Che scherzate, ingegnere? Voi non potete tenere una donna?

– Posso sposarmi, ecco.

– Oh, allora potete far pure il fidanzato.

Stefano sorrise. Giannino si rabboní e si rimise a sedere.

Il fumo azzurro che tornò a passare, congiungeva

l'orizzonte col cielo e creava l'illusione di una traccia di nave.

– Non ne passano mai? – disse Stefano, indicando il largo.

– Siamo fuori d'ogni rotta, – disse Giannino. – Anche chi passa, doppia al largo. È un promontorio di rocce scoperte. Mi meraviglio che ci passi il treno.

– Di notte fa paura, – disse Stefano, – il treno. Lo sento fischiare nel sonno. Di giorno chi ci pensa? ma di notte pare che sfondi la terrazza, che traversi un paese vuoto e abbia fretta di scappare. È come sentire dal carcere scampanellare i tranvai. Fortuna che viene il mattino.

– Dovreste avere chi vi dorma accanto, – disse Giannino con voce attutita.

– Sarebbe una tresca.

– Storie, – rispose Giannino. – Il maresciallo ne ha due. Ogni uomo ha diritto.

– Noialtri abbiamo il lavoro e voi avete l'amore, mi diceva don Gaetano Fenoaltea.

– Fenoaltea? Quello è un fesso. Si fa mangiar dalle puttane tutti i soldi di suo padre. Ha pure ingravidato una servetta di tredici anni.

Stefano formò con le labbra un sorriso, e sorse in piedi davanti al mare pallido. In quel sorriso lo mordeva l'amarezza di aver creduto i primi giorni all'ingenuità del paese; e c'era pure la sua ripugnanza a scoprire ciò che gli altri commettessero di sordido. Piú che il fatto era il tono canzonatorio di chi raccontava, che gli dava fastidio. Gli impediva di amare comodamente come semplici cose le persone degli altri.

Prima di separarsi da lui, Giannino s'accorse della sua inquietudine, e tacque. Si lasciarono alla porta dell'osteria.

Rincasando quella sera Stefano era sicuro di sé. Trovò una sua giacchetta di pigiama, piegata sul letto, in attesa.

Quando fu buio e il ciabattino del cortiletto ebbe spento, comparve Elena sulla porta, e se la chiuse alle

spalle e richiuse le imposte, appoggiandovisi, nera come in lutto. Si lasciò stringere e baciare, susurrando di
far piano.

Aveva gli occhi umidi sul viso spaventato. Stefano
capí che non sarebbe stato necessario parlare, e la trasse con sé. La stanza chiusa e illuminata era soffocante.

III.

Stefano scese dal letto e andò alla finestra. La donna, seduta nel letto con le mani sui seni, gettò un grido roco.

– Che c'è? – disse piano Stefano.

– Non aprire. Ci vedono.

Aveva i capelli disfatti e il sudore sul labbro. Cominciò a rivestirsi in furia, saltando contro la parete. Le gambe pallide scomparvero nella nera sottana.

– Adesso posso aprire? – borbottò Stefano.

Con l'indice sul labbro, Elena venne verso di lui battendo le palpebre come per vezzo. Lo guardò sorridente e imbronciata, e gli posò una mano sul petto nudo.

– Vado via, – disse piano.

– Resta ancora. Da tanto tempo non abbraccio una donna.

Elena sorrise. – Ecco, pregami cosí. Mi piace. Non mi pregavi cosí –. Poi le salirono i lucciconi agli occhi e gli prese una mano e se la compresse sopra un seno. E mentre piangeva, tra le braccia di Stefano, ansimava: – Parla cosí. Mi piace quando parli. Abbracciami. Sono una donna. Sí, sono una donna. Sono la tua mammina.

La stoffa nera sopra il seno molle impacciava Stefano, che disse con dolcezza:

– Potremmo andare qualche volta sulla spiaggia.

Gli occhi di Elena bevevano le sue parole. – No sulla spiaggia. Davvero mi vuoi bene? Ho avuta tanta paura che tu volessi solamente il mio corpo. Non vuoi solamente il mio corpo?

– Ti voglio bene, ma desidero pure il tuo corpo.

Elena gli nascose il volto sul petto. – Vèstiti, ingegnere. Ora vado via.

Stefano dormí pesantemente e si svegliò nell'alba fresca e fu contento d'esser solo. Preparandosi a uscire pensava che la prossima volta avrebbe spento la luce per non dover sorridere e potersi immaginare di aver nel letto la giovane scalza. «Purché non s'innamori, – brontolò, – purché non s'innamori e non lo dica in paese».

Nelle giornate che seguirono, Stefano rivide una sola volta Elena, e la spaventò con le storie del maresciallo e della ronda; ma sentiva ogni volta, rientrando, le tracce dell'umile e folle presenza. Il letto era sempre rifatto, l'acqua rinnovata, i fazzoletti lavati. Trovò pure una tovaglia di carta ricamata, sul tavolo.

Elena fu contenta che spegnesse la luce e, siccome non sapeva far altro che stringersi Stefano al petto, tutto divenne molto semplice e non c'era nemmeno da parlare. Stefano sapeva che al mattino Elena lo spiava passare davanti alla bottega, ma non entrò mai per non sentirsi imbarazzato di fronte alla madre. Una cosa aveva Elena, che la distingueva dalle comari del paese: come non parlava il dialetto, cosí sotto la veste nera era sempre pulita e la sua pelle bianca era dolce. Ciò faceva pensare Stefano ai tempi che la donna aveva vissuto in Liguria, moglie di un militare che poi se n'era separato.

– Anche tu te ne andrai, – gli diceva nel buio. – Tu qui stai male e te ne andrai.

– Forse in prigione un'altra volta.

– Non dirlo, ragazzo –. Elena gli chiudeva la bocca. – Queste cose, se si dicono, succedono.

– Tengo là pronta la valigia, infatti. Come posso esser sicuro di domani?

– No, tu andrai a casa e mi lascerai.

In quei giorni Stefano sedette molto all'osteria, e di rado s'allontanò lungo la spiaggia o per la strada degli ulivi che s'addentrava ai piedi del poggio. Era molto fiacco e, appena giunto nuotando allo scoglio consueto, vi si stendeva sotto il cielo limpido e sentiva le gocciole scorrergli sui pori del corpo ormai brunito e coriaceo, riposato e sazio. Nel tremore della luce guardava ancora la riva fatta di grigie casupole, rosee e giallastre, e dietro altissimo il poggio dalla cima bianca, il paese antico. Anche il suo isolamento era mutato, e quelle pareti invisibili s'erano connaturate al suo corpo. Persino la fiacchezza era dolce, e certe mattine, asciugandosi sulla riva il corpo magro, sentiva salirsi alla gola una smaniosa ilarità che si esprimeva in grida soffocate.

Tutto il paese e quella vita gli parevano un gioco, un gioco di cui conosceva le regole e accompagnava lo svolgimento senza prendervi parte, signore com'era di se stesso e della propria strana sorte. L'angoscia stessa del suo isolamento colorava d'avventura la sua vita. Quando saliva al Municipio a cercar posta, lo faceva con viso impassibile, e il segretario che gli tendeva una busta timbrata non sapeva di aprirgli per mezzo di quel foglio le porte di preziose fantasie, mettendolo in rapporti con un'esistenza lontana, impenetrabile se non da lui che vi riconosceva se stesso. Il viso sgomento di quel vivace segretario pareva stupirsi ogni volta.

– Ingegnere, non è necessario che veniate ogni giorno. Lo sappiamo che non volete fuggire.

Faceva un gesto volubile, allargando le occhiaie.

– Allora, mi mandate a casa la posta? – diceva Stefano.

Il segretario allargava le palme, in segno di disperazione.

Su quella stradetta sassosa, tra la chiesa e il Municipio, s'incontrava non di rado il maresciallo. Stefano scostandosi lo salutava e qualche volta si fermavano a discorrere. Passavano contadini neri e bruciati, con le calze biancastre, e si cavavano il berretto e guardavano a terra. Stefano rispondeva con un cenno. La testa ricciuta del maresciallo si stagliava immobile sul mare.

– Allora non v'intendete di giardinaggio? – diceva dopo un lungo silenzio.

Stefano scuoteva il capo.

– ...Quei peschi mi muoiono.

– Ne avrete molti.

Il maresciallo si guardava intorno. – Tutta la spalliera dietro la caserma. Il detenuto che mi consigliava ha scontato la pena. Ingegnere, andate pure a caccia con Giannino Catalano. Sapete tirare?

– No, – diceva Stefano.

L'esistenza di Giannino lo aiutava a non sentirsi schiavo d'Elena, e dava un senso alle sue attese in osteria e alle chiacchiere con gli altri. Quando usciva di casa, sapeva che le strade contenevano imprevisti e differenze e simpatie, per cui tutto il paese si faceva piú concreto e acquistava una prospettiva, e le persone meno importanti ricadevano a sfondo come dopo i primi giorni era accaduto della campagna e del mare. Ma Stefano ben presto si accorse che il gioco di quella vita poteva svanire, come un'illusione che era.

Gaetano Fenoaltea aveva assistito con sospetto all'evidente compagnia che Giannino faceva a Stefano, e doveva aver capito che qualcosa accadeva di cui lo si teneva allo scuro. Stefano ne fu certo l'indomani del giorno che salí con lui al paese antico.

Gaetano l'aveva preso a braccetto e gli aveva detto ch'era la festa della Madonna di settembre e che il maresciallo permetteva che con lui ci andasse. – Viene tutto il paese e voi verrete con me. Lassú vedrete qualche bella donna.

Il poggio era un vero monte Oliveto, cinerognolo e riarso. Quand'era stato in cima, Stefano aveva guardato il mare e le case lontane. Di tutta la gita aveva colto specialmente l'illusione che la sua stanza e il corpo di Elena e la spiaggia quotidiana fossero un mondo cosí minuto e assurdo, che bastava portarsi il pollice davanti all'occhio per nasconderlo tutto. Eppure quel mondo strano, veduto da un luogo piú strano, conteneva anche lui.

L'indomani, seduto fumando una sigaretta, Stefano si godeva l'insolita stanchezza della discesa notturna dal monte, ancor voluttuosamente greve nel suo corpo. Da tanto tempo non aveva piú traversato la campagna sotto le stelle. Tutto il monte era stato, in quell'ora, brulicante di cordiali gruppetti che si riconoscevano alla voce, gridavano o capitombolavano nella notte contro gli sterpi. Innanzi a loro o alle spalle, scendevano le donne che ridevano e parlavano. Qualcuno cercava di cantare. Alle svolte ci si fermava e si cambiava di gruppo.

All'osteria c'erano Vincenzo, Gaetano, e gli altri ch'erano stati della comitiva. Si rideva della guardia di finanza che, non avvezzo a quel vino, ne aveva fatte di bestiali e forse dormiva tuttora in un fosso.

– Siete vergognosi, – disse Stefano. – Da noi ci si ubriaca tutti quanti.

– Vi siete divertito, ingegnere ? – chiese uno, con voce squillante.

– Lui non si diverte perché non gli piacciono le donne, – disse Gaetano.

Stefano sorrise. – Donne ? Non ne ho vedute. A meno che chiamiate donne quelle sottane che ballavano tra loro, sotto gli occhi del parroco. Con gli uomini non ballano mai ?

– Non era mica una festa di nozze, – rispose Gaetano.

– Non avete provata nessuna simpatia ? – disse il calvo Vincenzo.

– Sí, sentiamo: qual'era la piú bella ? – disse Gaetano, interessato.

Tutti guardavano Stefano. Gli occhi fondi e maliziosi di qualcuno invitavano. Stefano girò lo sguardo e distaccò la sigaretta.

– Ecco, non vorrei coltellate, – disse adagio e con un cenno cortese, – ma la piú bella non c'era. Avete una bellezza autentica e non c'era...

Non voleva parlare, e parlava. L'orgasmo degli altri gli dava un'importanza che lo faceva parlare. Sentiva di confondersi con loro, di essere sciocco come loro. Sorrise.

– ... Non c'era...

– Ma chi è ?

– Non lo so. Con licenza parlando, credo faccia la serva. È bella come una capra. Qualcosa tra la statua e la capra.

Tacque, sotto le domande incrociate. Provarono a dirgli dei nomi. Rispose che non ne sapeva nulla. Ma dalle descrizioni che gli fecero, riportò l'impressione che si chiamasse Concia. Se era questa, gli dissero, veniva dalla montagna ed era proprio una capra, pronta a tutti i caproni. Ma non vedevano la bellezza.

– Quando sembrano donne, non vi piacciono? – chiese Vincenzo, e tutti si misero a ridere.

– Ma Concia è venuta alla festa, – disse un giovane bruno, – l'ho veduta girare dietro la chiesa con due o tre ragazzini. Ingegnere, la vostra bellezza serve ai ragazzini.

– Chi vuoi che la voglia? Ha servito anche al vecchio Spanò che l'aveva a servizio, – disse Gaetano guardando Stefano.

Stefano lasciò cadere il discorso. Quel senso di solitudine fisica che l'aveva accompagnato tutto il giorno fra la calca festaiola e il cielo strano di lassú, rieccolo ancora. Per tutto il giorno Stefano s'era isolato come fuori del tempo, soffermandosi a guardare le viuzze aperte nel cielo. Perché Giannino gli aveva detto ridendo: «Andate, andate, con Fenoaltea. Vi divertirete»?

Stefano avrebbe potuto mescolarsi con gli altri e dimenticare il lucido pomeriggio esterno cantando e gridando in quella stanza dalla volta bassa di legno, dove gli orci di vino erano appesi al davanzale a rinfrescarsi. Cosí aveva fatto Pierino, la guardia di finanza. O cercar Concia tra la folla variopinta, imbaldanzito e scusato dal vino. Stefano invece s'era chiuso con gli altri e aggirato con gli altri, ma staccato da loro, a cogliere qualcosa che il baccano e le risate e la musica rozza turbavano soltanto per una labile giornata. Quella finestra bassa aperta nel vuoto alla nuvola azzurra del mare, gli era apparsa come lo sportello angusto e secolare del carcere di quella vita. C'erano donne e vecchi lassú, fra quelle muraglie scolorite e calcinate, che non erano mai usciti dalla piazzetta silenziosa e dalle viuzze. Per essi l'illusione che tutto l'orizzonte potesse scomparir dietro una mano, era reale.

Stefano da dietro il ventaglio delle carte studiava le facce dei giovani, che avevano smesso di parlare. Qualcuno di loro era nato lassú. Le famiglie di tutti scendevano di lassú. Quegli occhi vividi e cigliati, la fosca magrezza di qualcuno, parevano rianimarsi di tutte le brame sofferte in quella tana e in quel carcere solitario e isolato nel cielo. Il loro sguardo e sorriso sollecito pareva lo slargo di una finestretta.

– Mi è piaciuto il paese, – disse Stefano, giocando una carta. – Somiglia ai castelli che sovrastano ai nostri.

– Ci abitereste, ingegnere? – disse il giovane bruno sorridendo.

– Si vive dappertutto, anche in prigione, – osservò Fenoaltea.

– Lí starei bene con le capre, – disse Stefano.

Ecco la pena che aveva nel cuore. La sua ragazza era Concia, l'amante di un sudicio vecchio e la libidine dei ragazzini. Ma l'avrebbe voluta diversa? Concia veniva da luoghi anche piú rintanati e solitari che il paese superiore. Ieri, contemplando un balcone dalle latte di gerani, Stefano gliel'aveva dedicato respirando voluttuosamente l'aria lucida e forte che gli ricordava quell'elastico passo danzante. Persino le sudice stanze basse dalle madie secolari festonate di carta rossa o verde, e dagli scricchiolii del tarlo, giuncate di pannocchie e ramulivi come stalle, supponevano il suo viso caprino e la sua fronte bassa, e una torva e secolare intimità.

– Avete visto don Giannino Catalano? – disse Fenoaltea raccogliendo le carte. – Tocca a voi, ingegnere.

– Non è venuto perché aveva una visita, – disse Stefano.

– Lui ha sempre da fare, nelle feste, – disse Vincenzo gravemente. – Chiedete a Camobreco che ne pensa, delle sue visite.

– Camobreco è il vecchio orefice, – spiegò Gaetano, – che l'anno scorso gli ha tirato un colpo di rivoltella dalla finestra della stanza da letto. Mentre il vecchio contava i denari, don Giannino Catalano gli godeva la moglie. L'hanno poi aggiustata dicendo che di notte gli era parso un ladro.

– O ci credete voi? – disse uno.

– Nessuno ci crede, ma Camobreco per vivere in pace vuole che sia un ladro. Ingegnere, prima che andiate, una parola.

Gaetano l'accompagnò verso la spiaggia. Sotto il sole sudaticcio Stefano tentava di proseguire per spogliarsi al piú presto, mentre il compagno lo tratteneva per un braccio.

– Venite a bagnarvi, Fenoaltea, – diceva Stefano. Gaetano si fermò tra due case che gettavano ombra.

– Voi pigliate l'abitudine del mare: come farete quest'inverno? – disse.

– Se ne prendono tante. Sono la sola compagnia.

– E le donne, ingegnere, come ne fate senza? Non avevate l'abitudine?

Stefano sorrise. Gaetano, appoggiato al muro, gli palpeggiava il bavero fra le dita della destra.

– Vi lascio andare, ingegnere, al vostro bagno. Ma volevo avvertirvi. Sono quattro mesi, vero? che voi mancate da casa. Siete un uomo?

– Basta non pensarci.

– Scusate, non è una risposta. Volevo avvertirvi. Non fidatevi di don Giannino Catalano. Se vi serve una donna, dite a me.

– Che c'entra?

Gaetano si mosse sulla sabbia della stradicciola, riprendendo a braccetto Stefano, e all'angolo apparve il mare.

– Vi piace veramente quella serva, ingegnere?

– Quale?

– Concia, via, che vi pare una capra. Sí...?

Nell'aria immobile Stefano si fermò. Disse improvvisamente: – Fenoaltea...

– Non vi agitate, ingegnere, – e la mano grassoccia gli corse il braccio a carezzargli la mano. – Volevo av-

vertirvi che, nella casa dove serve, ci bazzica don Giannino Catalano, che non è uomo da spartire una donna.
Specialmente con voi, che non siete di qua.

Quel giorno nell'acqua c'era una banda di ragazzini:
due, specialmente, che si contendevano a spruzzi lo scoglio. Stefano seduto sulla sabbia li guardava svogliato.
Strillavano nel loro dialetto, nudi e bruni come frutti
di mare; e di là dalla spuma tutto il mare appariva a Stefano un paesaggio vitreo, clamoroso a vuoto, davanti a
cui tutti i suoi sensi si ritraevano, come l'ombra sotto
le sue ginocchia. Chiuse gli occhi, e gli passò innanzi la
nuvoletta della pipa di Giannino. La tensione divenne
cosí dolorosa, che Stefano si alzò per andarsene. Un ragazzo gli strillò qualcosa. Senza voltarsi Stefano risalí
la spiaggia.

Stefano temeva che nel pomeriggio Elena venisse a
trovarlo. L'aveva tanto desiderata, e carnalmente, quella mattina ridestandosi nel letto; e ora non voleva piú
saperne. Voleva essere solo, rintanato. Gli ballavano intorno le facce degli altri, ridenti vaghe clamorose scioc-
che, come nella gazzarra del giorno prima; attente e ostili come ai primi tempi, come un'ora fa. Gli occhi pieni
d'intrigo, quelle dita insinuanti, gli facevano raggriccia-
re la pelle. Sentiva parti di se stesso in balía altrui.
Quell'Elena che gli dava del tu e aveva il diritto di rim-
proverarlo con gli sguardi; il suo cuore segreto scioccamente sciorinato all'osteria; le angosce della notte in pieno sole. Stefano chiudeva gli occhi e induriva la faccia.

Camminò quasi di corsa, lungo il terrapieno. Passò
davanti alla casa di Concia, senza voltarsi. Quando fu
lontano, davanti al cielo vuoto, sapeva che alle sue spalle il poggio sorgeva a picco, e capí di fuggire.

Alla sua destra c'era il mare monotono. Si fermò a
capo chino, e il pensiero di aver avuto paura lo calmò.
Ne vide subito l'assurdo. Comprese che Gaetano aveva parlato per invidia, per sostituirsi a Giannino. Divenne tanto lucido che si chiese perché tanta angoscia
se questo l'aveva già capito parlando ancora Gaetano.
La risposta era una sola, e lo fece sorridere: le pareti

invisibili, l'abitudine della cella, che gli precludeva ogni contatto umano. Erano questo le angosce notturne.

Alta, sul poggio dalla cima bianca, c'era una nuvoletta. La prima nube di settembre. Ne fu lieto come di un incontro. Forse il tempo sarebbe cambiato, forse avrebbe piovuto, e sarebbe stato dolce sedersi davanti all'uscio, guardando l'aria fredda, sentendo il paese attutirsi. In solitudine, o con Giannino dalla buona pipa. O forse nemmeno Giannino. Starsene solo, come dalla finestra del carcere. Qualche volta Elena, ma senza parlare.

IV.

Elena non parlava molto. Ma guardava Stefano cercando di sorridergli con uno struggimento che la sua età rendeva materno. Stefano avrebbe voluto che venisse al mattino e gli entrasse nel letto come una moglie, ma se ne andasse come un sogno che non chiede parole né compromessi. I piccoli indugi d'Elena, l'esitazione delle sue parole, la sua semplice presenza, gli davano un disagio colpevole. Accadevano nella stanza chiusa laconici colloqui.

Una sera Elena era appena entrata, e Stefano per starsene solo, piú tardi, a fumare in cortile, le diceva che forse fra un'ora sarebbe venuto qualcuno – Elena spaventata e imbronciata voleva andarsene subito, e Stefano la tratteneva carezzandola – si sentí un passo e un respiro dietro i battenti serrati e una voce chiamò.

– Il maresciallo, – disse Elena.

– Non credo. Lasciamoci vedere: non c'è nulla di male.

– No! – disse Elena atterrita.

– Chi è? – gridò Stefano.

Era Giannino. – Un momento, – disse Stefano.

– Non importa, ingegnere. Domani vado a caccia. Venite anche voi?

Quando Giannino se ne andò, Stefano si volse. Elena era in piedi tra il letto e il muro, nella luce cruda, con gli occhi perduti.

– Spegni la luce, – balbettò.

– È andato...

– Spegni la luce!

Stefano spense, e le venne incontro.

– Vado via, – disse Elena, – non tornerò mai piú.

Stefano si sentí male al cuore. – Perché? – balbettò. – Non mi vuoi bene? – La raggiunse attraverso il letto e le prese una mano.

Elena divincolò le dita, serrandogliele convulsa. – Volevi aprire, – mormorò, – volevi aprire. Tu mi vuoi male –. Stefano le prese il braccio e la fece piegare sul letto. Si baciarono.

Quella volta non ebbero quasi da rivestirsi. Vennero allacciati dietro la porta e Stefano le parlava all'orecchio. – Tornerai, Elena, tornerai? Dobbiamo fare cosí: vieni soltanto se passo in negozio a salutare... Anzi, Elena, vieni al mattino presto, quando nessuno si muove ancora. Cosí siamo sicuri. Non ti vede nessuno. Se qualcuno venisse, ma non viene, possiamo fingere che mi facevi la stanza... Va bene? Vieni un momento quando sono ancora a letto e scappi subito. Piace anche a te venire, no?

Certo Elena sorrideva. A un tratto Stefano si sentí nell'orecchio quella voce un po' goffa ma calda: – Sarai contento se vengo soltanto un momento? Non ti piacerebbe passare una notte intiera con me?

– Sono selvatico, lo sai, – disse subito Stefano, – c'è il suo bello anche a fare cosí. Non venire di notte. Ti voglio bene cosí.

Poco dopo, solo nell'ombra, passeggiando e fumando, Stefano pensò all'indomani e alla voce scherzosa di Giannino. Dei minuti goduti con Elena gli restava una stanchezza obliosa, sazia, quasi un ristagno del sangue, quasi che tutto, nel buio, fosse accaduto in sogno. Ma sentiva il rancore di averla pregata, di averle parlato, di averle scoperto, sia pure per finta, qualcosa di sincero, di tenero. Si sentí vile e sorrise. «Sono un tipo selvatico». Ma bisognava dirle, e fosse pure ingenuo, che ogni loro contatto finiva con quella stanchezza, con quella sazietà. «Che non si creda di farmi da mamma».

Pensava alla voce di Giannino, che sarebbe venuto

a chiamarlo prima dell'alba. Era vero, di Concia? Pensò se invece d'Elena, avesse avuto Concia nella stanza. Ma il suo sangue attutito non ebbe sussulti. «Sarebbe lo stesso, nemmeno lei non è selvatica, vorrebbe che l'amassi: e allora dovrei stare in guardia anche da Giannino». Chi poteva sapere quanto sotto la sua gentilezza Giannino fosse feroce? Non era di quella terra? Stefano preferiva abbandonarsi, e sapere che l'indomani lo avrebbe veduto, gli avrebbe parlato, sarebbero andati insieme chi sa dove.

Invece l'indomani, nella camminata antelucana lungo il mare, Stefano pensò molto a Concia e la vide selvatica, la vide inafferrabile, disposta a cedersi una volta e poi fuggire; mentre a un uomo come Giannino – cartuccera e denti bianchi nella penombra – era forse asservita e devota, come l'amante di un bandito.

Giannino gli disse ridendo che si scusava di averlo disturbato la sera prima.

– Perché? – si stupí Stefano.

– Non per voi, ingegnere, ma so che in questi casi le donne fanno il diavolo e minacciano d'andarsene. Non vorrei avervi disturbato.

Veniva un fiato tiepido dal mare, che smorzava le parole e alimentava una dolcezza inesprimibile. Tutto era vago e tiepido e, pensando che a quell'ora lo coglievano le angosce, Stefano sorrise e disse piano:

– Non mi avete disturbato.

Passarono sotto la casa di Concia, dalla parte del mare. La casa era pallida e chiusa, in attesa del giorno, che l'avrebbe ridestata forse per prima, di tutta la marina. Senza fermarsi, Giannino piegò bruscamente a sinistra.

– Prendiamo lo stradale, – disse. – Risaliremo la fiumara. Vi va?

Sull'alto del terrapieno tremolavano fili d'erba. Stefano cominciò a intravedere la cacciatora grigia di Giannino, come gli era apparsa un momento sulla soglia della stanza illuminata. Inerpicandosi dietro a lui, indovinò pure le scarpacce a mezza gamba, dov'erano inzeppati i calzoni.

– Mi sono vestito in giacchetta, come ieri, – disse poco dopo.

– L'essenziale è non sporcarsi.

Ai primi chiarori camminavano ancora verso l'interno, sotto i salici del greto. Il fucile, trasversale alla schiena di Giannino, oscillava ai suoi passi. C'erano nubi e fiamme rosee alla rinfusa, sul loro capo.

– Brutta stagione per la caccia, – disse Giannino senza voltarsi. – Non è piú estate e non è ancora autunno. Troveremo qualche merlo o qualche quaglia.

– Per me è lo stesso. Vi starò a vedere.

Erano fra due poggi dove Stefano non era stato mai. Le poche piante e i cespugli cominciavano a uscire dall'ombra. La vetta nuda di un poggio si schiariva in un cielo sereno.

– È ancora estate, – disse Stefano.

– Preferirei la pioggia e il vento. Porterebbero le starne.

Stefano avrebbe voluto sedersi e lasciare che l'alba sorgesse dall'immobilità: vedere lo stesso cielo, gli stessi rami, lo stesso declivio impallidire e arrossare. Camminando, la scena mutava; e non era piú l'alba a sgorgare dalle cose, ma le cose a succedersi. Solamente da una finestra o da una soglia Stefano amava goder l'aria aperta.

– Catalano, fumiamo una volta.

Mentre Stefano accendeva, Giannino esaminava le vette delle piante. Un cinguettío solitario saliva dal folto.

Stefano disse: – Siete sicuro, Catalano, che con me ci fosse una donna?

Giannino gli volse la faccia contratta, col dito sul labbro. Poi sorrise in risposta. Stefano gettò il cerino nell'erba bagnata e cercò da sedersi.

Finalmente, Giannino sparò. Sparò fulmineamente al cielo, al mattino, alla tenebra che fuggiva, e il silenzio che seguí parve solare: l'alto silenzio del meriggio trasparente sulla campagna immota.

Uscirono dalla radura, e Stefano stesso ora precedeva tendendo l'orecchio.

– Andiamo sulla collina, – disse Giannino, – ci sarà qualche quaglia.

Salirono il declivio nudo, giallastro di stoppia. C'erano molti sassi, e la vetta tonda era piú lontana che alta. Stefano osservava sui ciglioni certi lunghi steli violacei palpitanti.

– Non siete mai venuto quassú? – disse Giannino. – Questa è la nostra terra. Non dà nemmeno selvaggina.

– Avete il mare che dà pesce.

– Abbiamo quaglie che nude son belle. Quella è l'unica caccia che ci può appassionare.

– Forse è per questo che non fate altro, – rispose Stefano, ansante.

– Volete sparare? Là, dietro quel sasso: c'è una quaglia. Tirate.

Stefano malsicuro non vedeva dove, ma Giannino gli posò il fucile tra le mani e lo fece puntare, accostandogli la gota alla sua.

Qualcosa infatti volò via, alla detonazione. – Non è il mio mestiere, – disse Stefano.

Giannino gli tolse il fucile, e sparò un altro colpo. – L'ho colta, – disse. – L'avevate snidata.

Mentre cercavano fra la stoppia, udirono lontano un secco colpo echeggiante. – Qualcun altro si diverte, – disse Giannino. – Eccola, è solo ferita.

Un sasso bruno come gli altri sussultava sul terreno. Giannino gli corse addosso, lo ghermí, e raddrizzandosi lo sbatté a terra come una frustata. Poi lo raccattò e lo tese a Stefano.

– Siete crudele, – disse Stefano.

– Dite che fa caldo, – rispose Giannino asciugandosi il collo.

C'era tuttavia un po' di brezza che muoveva gli steli sui ciglioni. Stefano distolse gli occhi e vide lontano il sole sul mare.

– Andiamo, – disse Giannino, ficcandosi in tasca la bestiola.

Non trovarono piú altro, e ridiscesero sudati e in-

dolenziti sul greto. Tutte le piante erano sveglie e gettavano ombra.

– Adesso fumiamo, – disse Giannino, sedendosi.

Raggi di sole filtravano obliqui, e si riempirono di fumo, come seta marezzata. Giannino schiudeva appena
le labbra, e il fumo azzurro usciva adagio, quasi il fresco dell'aria lo condensasse: sentiva di salice amaro.

– Lo sapete che cos'è da noi la quaglia? – disse Giannino socchiudendo gli occhi. Stefano lo fissò per qualche istante. Vado anch'io a questa caccia, – rispose impassibile.

Giannino sorrise con malizia e si frugò in tasca. –
Prendete, ingegnere, l'avete quasi uccisa voi.

– No.

– Perché? Ve la farete cucinare dalla vostra padrona.
Dalla figlia, via, che cosí potrà dire di avervi servita la
quaglia.

Di rimando Stefano disse: – Spetta a voi, Catalano.
Non avete nessuna che vi possa servire una quaglia?

Giannino rise silenzioso. – Ingegnere, prendete.
Dopo l'indigestione di quaglia che vi si legge in faccia, vi farà bene. Ma questa vuole il pepe, perché sa di
selvatico.

– Mi sembrerebbe di farvi le corna, – disse Stefano,
respingendo la mano.

Giannino rise, nella sua barbetta, scompigliando le
venature dei raggi. – Se vi piacesse, perché no? Nessuno potrebbe impedirvi.

Improvvisamente Stefano si sentí felice. Si sentí libero dal corpo d'Elena, capí che avrebbe fatto a suo piacere e l'avrebbe tenuta o respinta con un semplice gesto. Quel facile pensiero che ogni donna portava una
quaglia, lo riempí d'ilarità. Si afferrò a quel pensiero per
stamparselo dentro, ben sapendo che un nulla sarebbe
bastato a disperdere quella gioia, ch'era fatta di nulla.
L'ora insolita, l'arresto del tempo, il mattino consueto
col suo bagno nel mare e la sua pausa all'osteria, veduto
da lontano dipendere da un gesto, gli davano questa
gioia. Bastava Giannino, bastava l'alba, bastava pensa-

re a Concia. Ma già il pensiero che bastava ripetere
l'istante per sentirsi felice – cosí nascono i vizi – dissolveva il miracolo. «Anche Concia è una quaglia, anche
Concia è una quaglia», si ripeteva inquieto e felice.

Mentre tornavano attraverso la campagna nel gran
sole, Stefano sapeva che la fresca radura non si sarebbe piú staccata nel suo cuore da quella sciocca idea;
cosí come la fulva parola dello scherzo di Giannino
s'era incarnata nel corpo di Concia per sempre. Sentí
d'amare quella gente e quella terra, soltanto per questa parola.

– Scusatemi, Catalano... – ma l'interruppe un cane
da caccia che sbucò sul sentiero e si precipitò contro
Giannino. – Ohilà, Pierino! – gridò Giannino, fer-
mando il cane per il collare, senza guardarlo. Una voce rispose, innanzi a loro.

Dove il sentiero si congiungeva con lo stradale che
discendeva dal monte, trovarono ritto in attesa, col fucile e la mantella, la guardia di finanza. Il cane corse
avanti festoso.

Presero insieme lo stradale del ritorno.

– Ingegnere, anche voi cacciatore? – vociò il giovanotto.

Stefano se lo ricordò a capo scoperto, riottoso e in-
vermigliato, quella sera della festa. Adesso lo sguardo
era amarognolo, come le sue mostrine.

– Beato chi vi rivede, – gli disse.

Quel Pierino socchiuse un occhio e si volse a Giannino. – Debbo aver veduto uno di voi da solo. Quando?

Stefano pensò a quei rauchi e sonori muggiti che il
giovane aveva levato sotto le stelle, prima di stramaz-
zare nel fosso, tanto che non solo un gruppetto di ragazze guidate dal prete, ma pure Vincenzo e altri che
prima cantavano, s'eran lasciati sdrucciolare dalla costa, quasi a fuggire ogni imputazione di complicità. Anche Stefano se n'era allontanato, ma godendo in quel
buio un improvviso ricordo dell'infanzia remota, quando scendevano dalle colline gli ubriachi e passavano in
clamore sotto la villa.

– Stavo chiedendo a Catalano perché non è venuto alla festa, disse Stefano. – Voi vi siete divertito, pare.

– Catalano lavora sott'acqua, – disse Pierino.

Stefano disse: – Naturale. Chi beve in questo paese?

– Fa troppo caldo.

– Noi siamo piú innocenti, – disse Stefano, – delle due preferiamo un po' di vino.

Giannino taceva sornione.

Pierino sorrise, compiaciuto. – È un vino che dà i reumatismi. Parola, non credevo di addormentarmi cosí caldo e ridestarmi cosí freddo.

– Colpa vostra, – disse Stefano. – Dovevate pigliarvi nel fosso una delle ragazze del prete.

– E voi lo faceste?

– Io? no... Sono stato ad ascoltarvi quando dicevate di essere in Maremma e di chiamare i bufali.

Giannino rideva. Anche Pierino ridacchiò, e chiamò il cane. – Tristo paese, – brontolò poco dopo; – dove per stare allegri bisogna imbestiarsi...

Quel pomeriggio, quando fu solo nella stanza, Stefano si distese sul letto di botto; non piú solamente per tedio. I suoi futili libri sul tavolino non gli dissero nulla. Era cosí lontano il suo mestiere: ci sarebbe stato tempo. Pensò alla mattinata e alla sua gioia, di cui gli restava un sapore di corpo di donna, che avrebbe sempre potuto rievocare nella tristezza. Se Elena non veniva in quel pomeriggio, voleva dire che l'aveva vinta lui, ch'eran d'accordo, che non gli avrebbe piú fatte quelle scene di spavento, ma accettava di fargli da corpo senza chiedergli nulla.

Si ridestò verso sera dentro un'aria immobile che lo svegliò perché fresca. Ritrovò prima il paese che se stesso, come se lui dormisse ancora, e una placida vita di bambini, di donne e di cani si svolgesse sotto la brezza della sera. Si sentiva irresponsabile e leggero, quasi il ronzío di una zanzara. La piazzetta trasparente avanti al mare doveva essere gialla di tramonto. Davanti all'osteria c'eran tutti, pronti al gioco e ai discorsi cortesi. Non si mosse, per trattenere quell'attimo; mentre

lasciava adagio che affiorasse dal profondo una certezza anche piú bella. Che non dormiva piú e che quella
pace era dunque reale. Che il carcere era ormai tanto
remoto, che poteva tornarci nel dormiveglia con calma.

V.

Gli occhi d'Elena cupi e imbronciati come la voce – che nella tenebra e nell'orgasmo dei loro incontri serali aveva quasi dimenticati – Stefano li rivide la mattina dopo. La sera, inquieto, era passato dalla bottega della madre che prima evitava, per far sentire a Elena che si ricordava di lei. Ma Elena non c'era, e con la vecchia infagottata e immobile, che parlava un dialetto dell'interno, si capivano a fatica. Stefano aveva lasciato il pentolino del latte, piú come pensiero che come pretesto perché Elena glielo portasse l'indomani. Sinora Stefano aveva chiesto il latte la mattina presto al capraio che passava col gregge.

Elena venne dopo l'alba, quando Stefano masticava già un pezzo di pane asciutto. Si fermò timida sull'uscio col pentolino in mano, e Stefano capí che s'era peritata di trovarlo ancora a letto.

Stefano le disse d'entrare e le sorrise, togliendole dalle mani il pentolino con una carezza furtiva che doveva farle comprendere che quel mattino non sarebbero stati nel caso di chiudere le imposte. Anche Elena sorrise.

– Mi vuoi sempre bene? – disse Stefano.

Elena abbassò gli occhi, impacciata. Stefano allora le disse ch'era contento di stare un poco con lei anche senza baciarla, lei che credeva che non volesse che quello. E doveva perdonargli se era un poco brusco e selvatico, ma da tanto tempo viveva solo, che certe volte odiava tutti.

Elena lo guardava cupa e intenerita, e gli disse: – Vuole che faccia pulizia?

Stefano le prese la mano ridendo e le disse: – Perché mi dài del lei? – e l'abbracciò e la baciò mentre Elena si dibatteva perché la porta era aperta.

Poi Elena chiese: – Vuoi che ti scaldi il latte? – e Stefano disse che quello era un lavoro da moglie.

– L'ho fatto tante volte, – disse Elena con malumore, – per chi non aveva nemmeno riconoscenza.

Stefano, seduto contro il letto, accese la sigaretta ascoltando. Era strano che quelle accorate parole salissero dal corpo che la sottana bruna copriva. Mentre accudiva il pentolino sul fornello, Elena si lagnava di quel marito che aveva avuto; ma Stefano non poteva accordarne la voce e gli sguardi esitanti al ricordo della bianca intimità. Nel dolce profumo caprigno che saliva dal fornello, Elena si faceva tollerabile, diventava una donna qualunque ma buona, un'inamabile e rassegnata presenza come le galline, la scopa o una serva. E allora illudendosi che tra loro non ci fosse nulla se non quello sfogo modesto, Stefano riusciva a condividere il discorso e a godersi in cuore una pace insperata.

Elena cominciò a riordinare la stanza, sloggiando Stefano dalla sponda del letto. Stefano bevve il suo latte, e poi prese ad arrotolare le mutandine da bagno in un asciugamano. Elena era giunta scopando alla cassa dov'era la valigia della roba, e vi girò intorno la scopa, levò gli occhi, e disse bruscamente:

– Hai bisogno di un armadio per stendere la biancheria. Devi disfare la valigia.

Stefano fu stupito di non trovare obiezioni. Tanto tempo l'aveva tenuta là sopra, pronta a chiuderla e a ripartire: per dove? Cosí aveva detto anche a Giannino, intendendo il carcere, intendendo quel foglio che poteva arrivare e riammanettarlo e ricacciarlo chi sa dove. Ora non ci pensava piú.

– La voglio lasciare dov'è.

Elena lo guardò con quella sua sollecitudine imbronciata. Stefano sentiva di non potersene andare co-

sí, di dover chiudere la mattinata con un poco d'amore; e non voleva, intendeva non dargliene l'abitudine,
stava indeciso sulla soglia.

– Va' va', – disse Elena, imporporandosi, – va' a fare il bagno. Tu stai sulle spine.

– Lo vedi che al mattino siamo soli, – balbettò Stefano. – Verrai sempre al mattino?

Elena agitò la mano, evasiva, come in risposta, e Stefano se ne andò.

Le giornate erano ancora tanto lunghe che bastava
fermarsi un momento e guardarsi dattorno, per sentirsi isolati come fuori del tempo. Stefano aveva scoperto che il cielo marino si faceva piú fresco e come vitreo,
quasi ringiovanisse. A posare il piede nudo sulla sabbia, pareva di posarlo sull'erba. Ciò avvenne dopo un
groppo di temporali notturni, che gli allagarono la stanza. Ritornò il sereno, ma a mezza mattina – ora andava piú presto alla spiaggia perché molti dei piú assidui
all'osteria lo annoiavano, e Giannino e qualche altro
passavano soltanto a mezzodí – l'incendio, la lucida desolazione della canicola, erano ormai cosa lontana. Certe mattine Stefano s'accorgeva che grosse barche da
pesca, a secco sulla sabbia e avvolte di tela, erano state spinte in mare nella notte; e non di rado i pescato-
ri, che non aveva mai visto prima, si lasciavano sorprendere a smagliare reti ancor umide.

In quell'ora piú fresca veniva sovente Pierino, la
guardia di finanza. A vedergli le membra muscolose poco piú che ventenni, Stefano pensava con invidia al nero sangue che doveva nutrirle e si chiedeva se quel to-
rello toscano non avesse una donna anche lui. La par-
lantina non gli mancava. Quello era sí un corpo fatto
per Concia. Fu in questi pensieri che un giorno rifletté
che Giannino non aveva mai fatto il bagno in mare con
loro. Perfino Gaetano era venuto, biondo e carnoso;
Giannino mai. Doveva esser ispido e magro, si disse
Stefano, contorto e nodoso, come piacciono alle donne. Forse le donne non guardavano ai muscoli.

Discorrendo con Pierino sullo scoglio, Stefano scherzava. – Siete anche voi sedentario, – gli disse un mattino con intenzione. Ma quello non ricordò.

– Ne avremo per poco, di villeggiatura, – riprese, mostrando col mento una lanugine biancastra nel cielo del poggio. – Mi hanno detto che l'inverno è da lupi, qui.

– Macché, a gennaio ho già fatto i bagni.

– Voi avete altro sangue, – disse Stefano.

– E voi, avete la terzana?

– Non ancora, ma la prenderò queste notti.

– Guardate che paese! – disse Pierino con viso di scherno, allargando le braccia verso la riva.

Stefano sorrise. – A conoscerlo bene, è un paese come gli altri. Ci sono da quattro mesi e già mi pare tollerabile. Siamo qui in villeggiatura.

Pierino taceva, a testa bassa: pensava ad altro. Stefano si guardò la spuma sotto i piedi, nel mare oscurato da un passaggio di nubi.

– Lo vedete che paese! – ripeté Pierino e gl'indicò certi punti neri disseminati nel mare in una chiazza di sole, sotto l'ultima lingua di spiaggia. – Lo vedete! Quello è il reparto femmine.

– Forse sono ragazzi, – borbottò Stefano.

– Macché, quell'è la spiaggia delle donne, – disse Pierino alzandosi. – Che si credono poi di portare nel grembo, quelle donne? Se nessuno le tocca, non saranno mai donne.

– Vi assicuro che qualcuno le tocca, – rilevò Stefano. – Tante case in paese, tanti bei toccamenti. Queste cose succedono. Chiedetene a Catalano.

– A voi piacciono le donne di qui? – disse Pierino, disponendosi a saltare.

Stefano storse la bocca. – Se ne vedono poche...

– Sembrano capre, – disse l'altro, e si tuffò.

Mentre si rivestivano a riva, Stefano disse ridendo: – Ce n'è una, la piú capra di tutte, che sta nella casa grigia fuori del paese, dopo il ponte. La conoscete?

– La casa Spanò? – disse Pierino fermandosi.

– Quella coi gerani alla finestra.

– È quella. Ma, scusate, non capisco il paragone. È una donna di sangue sottile e di fattezze regolari. Come la conoscete?

– L'ho veduta portare la brocca alla fontana.

Pierino si mise a ridere. – Voi avete veduta la serva.

– Infatti...

– Come, infatti? Si parla di Carmela Spanò, e vi posso anche dire ch'è promessa a Giannino Catalano.

– Concia...?

Quando giunsero all'osteria tutto era chiaro, e Stefano sapeva perché tanti sorrisi e sarcasmi avevano accolto la sua fatuità quel mattino dopo la festa, all'osteria. Tutti avevano mentalmente confrontato le sue grosse parole sulla serva con l'ignota padrona di casa; e il nome di Giannino era venuto ad aumentare la malizia della cosa.

– Questa Concia l'ho vista una volta, – disse Pierino, – e non mi è parsa cosí schifa come a voi. Direi piuttosto che ha un'aria di zingara.

Usciva allora Gaetano sulla soglia e dovette sentire, perché gli si acuirono gli occhietti. Stefano entrò noncurante.

Mentre in piedi scorreva il giornale spiegazzato sul tavolo, venne la vecchia ostessa e gli disse che era passato il maresciallo poco prima e aveva chiesto di lui.

– Per che cosa?

– Pare che non avesse fretta.

Stefano sorrise, ma gli tremarono le gambe. Una mano gli strinse la spalla. – Coraggio, ingegnere, voi siete innocente –. Era Gaetano che rideva.

– Insomma, è venuto sí o no?

Due altri della compagnia che già si facevano un caffè nell'angolo, levarono il capo. Uno disse: – State in guardia, ingegnere. Il maresciallo ha le manette elettriche.

– Non ha lasciato detto niente? – chiese Stefano, serio. La padrona scosse il capo.

La partita di quella mattina fu esasperante. Stefano stava sulle spine, ma non osava cessare. Salutò Giannino con un cenno quando venne, e gli parve di guardarlo con occhi ostili: ne incolpò il dispetto di esser stato tenuto all'oscuro del fidanzamento. Ma sapeva ch'era invece il disagio di un altro segreto, di quel foglio di carta che il maresciallo aveva forse già nelle mani, e l'avrebbe, inesorabile, riportato nel carcere. Dentro l'angoscia di questo pensiero, anche quello di Concia cominciò a tormentarlo: se davvero Giannino non aveva avuto occhi per lei, non aveva piú scuse e doveva tentare. Sperò sordamente che non fosse vero; si disse che Giannino l'aveva sedotta, che l'aveva abbracciata sotto una scala almeno, durante le visite all'altra. Perché se proprio nessuno l'aveva mai desiderata, le sue passate fantasie diventavano infantili, e avevano avuto ragione i sarcasmi di tutti.

Giannino, piegato sulle carte di Gaetano, gli diceva qualcosa. Stefano buttò le sue e disse forte: – Volete prendere il mio posto, Catalano? Temo che pioverà e ho la casa spalancata –. Uscí, sotto gli sguardi di tutti.

Uscí nel vento polveroso, ma la strada era deserta. Giunse in un attimo davanti alla caserma, tanto i pensieri gli galoppavano in cuore. Sotto la finestra accecata di una cella, era ferma una vecchia con un tegame, come avesse interrotto un colloquio in quell'istante. Aveva i piedi scalzi e nodosi. Da un balcone del primo piano si sporse un carabiniere e gridò qualcosa. Stefano levò la mano e il carabiniere gli disse di attendere.

Gli venne ad aprire in maniche di camicia, ricciuto e ansimante, e gli disse cortese che il maresciallo non c'era. Stefano girò gli occhi nel grande androne nudo che al fondo, sul primo pianerottolo della scala, s'apriva in una finestretta verde di foglie.

– È venuto a cercarmi, – disse Stefano.

Il carabiniere parlò con la vecchia che s'era fatta sulla porta sibilante di vento, e le socchiuse l'uscio in faccia; poi si volse a Stefano.

– Voi non sapete...? – disse Stefano.

In quel momento si sentí la voce, e poi comparve la faccia del maresciallo, alla svolta della scala. Il carabiniere accorse di scatto, tutto rosso, balbettando che aveva chiusa la porta.

– Ingegnere, venite, venite, bravo, – disse il maresciallo, sporgendosi.

Nell'ufficio di sopra, gli tese una carta. – Dovete firmare, ingegnere. È la notifica della denuncia alla Commissione Provinciale. Non capisco come abbiano fatto a mandarvi quaggiú senza notifica.

Stefano firmò, con mano malcerta. – Tutto qua?

– Tutto qua.

Si guardarono un istante, nell'ufficio tranquillo.

– Nient'altro? – disse Stefano.

– Nient'altro, – brontolò il maresciallo sogguardandolo, – se non che finora eravate qui senza saperlo. Ma adesso lo sapete.

Stefano andò a casa senz'avere coscienza del vento. Nell'istante che quella faccia s'era sporta sulla scala, lo aveva squassato come una fitta la speranza che il foglio temuto gli portasse invece la libertà. Traversò il cortiletto, che il cuore gli batteva ancora, e si chiuse la porta alle spalle e camminò nella stanza come dentro una cella.

Contro la parete in fondo al letto, c'era un piccolo armadio verniciato di bianco e, sopra, la sua valigia. Stefano capí che questa era vuota e che tutto il suo vestiario era stato messo dentro l'armadio. Ma, senza stupirsene, continuò a camminare, chiudendo gli occhi, stringendo la bocca, cercando di cogliere un solo pensiero, d'ignorare ogni cosa e stamparsi negli occhi quel solo pensiero. Tante volte l'aveva pensato: il suo sforzo era soltanto d'isolarlo, di drizzarlo come una torre in un deserto. Spietatezza era il pensiero, solitudine, impassibile clausura dell'animo a ogni parola, a ogni lusinga piú segreta.

Si fermò ansimante, col piede su una sedia e il mento sul pugno, e fissò l'armadio di Elena senza fermarcisi. Poi, ci avrebbe pensato. Ogni dolcezza, ogni contatto, ogni abbandono, andava serrato nel cuore come in un carcere e disciplinato come un vizio, e piú nulla doveva apparire all'esterno, alla coscienza. Piú nulla doveva dipendere dall'esterno: né le cose né gli altri dovevano potere piú nulla.

Stefano strinse le labbra con una smorfia, perché sentiva la forza crescergli dentro amara e feconda. Non doveva piú credere a nessuna speranza, ma prevenire ogni dolore accettandolo e divorandolo nell'isolamento. Considerarsi sempre in carcere. Abbassò dalla sedia la gamba indolenzita e riprese a camminare, sorridendo di se stesso che aveva dovuto atteggiarsi in quel modo per ridarsi una forza.

L'armadietto di Elena era là. Ecco la sua poca roba riordinata amorosamente su fogli di giornale spiegati. Stefano ricordò la sera in cui aveva detto a Giannino che non si fidava a disfare la valigia, sentendosi di passaggio. Le immagini di Giannino, di Concia e degli altri, l'immagine del mare e delle pareti invisibili, le avrebbe ancora serrate nel cuore e godute in silenzio. Ma Elena non era purtroppo un'immagine, Elena era un corpo: un corpo vivo, quotidiano, insopprimibile, come il suo.

Stefano avrebbe ora dovuto ringraziarla per la gelosa tenerezza di quel pensiero. Ma con Elena Stefano non amava parlare; quella sorda tristezza che nasceva dalla loro intimità gliela faceva odiare e ripensare nei gesti piú sciatti. Se Elena avesse osato un giorno un gesto, una parola, di vero possesso, Stefano l'avrebbe strappata da sé. E anche quel piacere che si rinnovava tra loro al mattino e che Elena mostrava di ritenere futile, pure godendolo come cosa dovuta, lo snervava e incatenava troppo al suo carcere. Bisognava isolarlo e togliergli ogni abbandono.

L'armadietto era bello e sapeva di casa, e Stefano lo carezzò con la mano per sdebitarsi verso Elena, cercando che cosa dirle.

VI.

Già prima, in uno di quegli incontri mattutini, Stefano le aveva detto: – Sai che un giorno andrò via. Sarebbe prudente che non ti affezionassi troppo.

– Non lo so, non lo so perché faccio cosí, – aveva detto Elena dibattendosi; ma poi, riprendendosi e scrutandolo: – Tu saresti contento –. Quando parlava piú accorata, Elena usava una voce cupamente stridula, rustica e casalinga come la sua sottana di panno buttata sulla sedia. Aveva qualche pelo sul labbro, e i capelli attergati e sciatti della massaia che sotto l'alba gira per la cucina in camicia.

Ma Stefano era incontentabile. Piú dello stridore di quella voce, lo indisponeva il sorriso sensuale e beato che invadeva per qualche attimo quelle labbra e quelle palpebre inchiodate sul guanciale.

– Non bisogna guardare, – balbettò Elena una volta.

– Bisogna guardare, per conoscersi.

Nella mattina, le imposte lasciavano filtrare una penombra.

– Basta volersi bene, – disse Elena nel silenzio, – e io ti rispetto come avessimo lo stesso sangue. Tu sai tante cose piú di me – non posso pretendere – ma vorrei essere la tua mamma. Sta' cosí, non dire niente, sta' buono. Quando vuoi essere affettuoso, sei capace.

Stefano stava disteso occhi chiusi e poneva quelle parole lente sulle labbra di Concia e sfiorando il braccio di Elena pensava a quello bruno di Concia.

Questo era accaduto quando fuori era ancora estate.

Ma la sera di quel giorno dell'armadio, aveva comincia-
to a piovere, mentre Stefano attendeva Giannino nell'o-
steria. Gaetano aveva detto sulla sigaretta: – Non la-
sciate nulla di aperto, ingegnere? – Poi avevano guardata la pioggia dalla soglia e Giannino era giunto con la
barba imperlata. Tutta la strada s'oscurava e si sporca-
va; rigagnoli d'acqua denudavano i ciottoli, l'umidità
giungeva alle ossa. L'estate era finita.

– Qui fa freddo, – disse Stefano. – Nevicherà st'inverno?

– Nevicherà sui monti, – disse Giannino.

– Qui non è l'Altitalia, – disse Gaetano. – Potrete
aprire le finestre anche a Natale.

– Però adoperate il braciere. Che cos'è il braciere?

– Se ne servono le donne, – dissero Giannino e Gaetano. Continuò Giannino: – È un bacile di rame, pieno di cenere e di brace, che si sventola e si lascia nella
stanza. Poi ci si mettono sopra e stanno calde. Scaccia
l'umidità, – disse ridendo.

– Ma un confinato come voi non ne ha bisogno, –
riprese Gaetano. – Li fate sempre i bagni?

– Se piove ancora, dovrò smettere.

– Ma qui c'è il sole anche d'inverno. Siamo come in
Riviera.

Parlò di nuovo Giannino. – Basta muoversi un po'
e l'inverno non lo sentirete. Peccato che non siate cacciatore. Una passeggiata al mattino riscalda tutta la
giornata.

– È la sera che mi ammazza, – disse Stefano; – la sera che sto a domicilio e non ho che fare. Quest'inverno dovrò rientrare alle sette. Non posso mica andare a
letto a quell'ora.

Disse Gaetano: – Ci andreste, se voleste il braciere
che usa tra uomini. Le sere d'inverno sono fatte per
questo.

Uscirono, nell'ultima schiarita del crepuscolo, Stefano e Giannino, sullo stradale. – Diventa piccolo il
paese, quando piove, – diceva Stefano. – Non si ha piú
voglia di uscire dalle case –. I muri delle case erano

sporchi e muschiosi, e le soglie di pietra e i battenti cor-
rosi apparivano senza schermo, nella cruda umidità. La
luce interiore che l'estate aveva espresso dalle case e
dall'aria, era spenta.

– Com'è il mare, d'inverno? – disse Stefano.

– Acqua sporca. Scusate, scendo un momento dalla
strada, a dire una parola. Venite anche voi?

Erano sul terrapieno, fermi davanti all'orizzonte immobile e vago, e sotto, a pochi passi, c'era la casa dei
gerani.

– È lí che andate?

– Dove volete che vada?

Scesero per una gradinata di terra. Le finestre erano chiuse, la loggetta era piena di lenzuola stese al coperto. Una ghiaia umida scricchiolò sotto i loro piedi.
La porta era socchiusa.

– Venite anche voi, – brontolò Giannino. – Se ci siete anche voi, non mi tratterranno –. Stefano udí il
tonfo della risacca dietro la casa.

– Sentite, fate voi...

Ma Giannino era già entrato, e palpava un uscio nascosto nell'ombra e sferragliava alla maniglia. Si levò
allora un brusío, quasi un canto, da una stanza che s'in-
dovinava chiara e aperta sul mare. S'aperse quell'uscio
e, in un fiotto di luce e di vento, comparve una bimbetta scalza.

Una chiara voce di donna gridò qualcosa nel tumulto del vento; e si sentí chiudere con violenza una finestra. La bimbetta gridava aggrappata alla maniglia
della porta: – Carmela, Carmela! – e Giannino l'ag-
guantò di peso, chiudendole la bocca. Davanti alla finestra, nella sua veste a righe sporche, c'era Concia,
ritta.

– Zitte voialtre, – disse Giannino, avanzandosi nella cucina e deponendo la bimba a sedere sul tavolo. Poi:
– Toschina, viene il prete e ti mangia. Devi chiamarla
la signora e non Carmela –. Concia rise silenziosa, schiu-
dendo le labbra e rigettandosi indietro i capelli col braccio. La sua bocca era senz'altro beata e carnosa, come

supina su un guanciale. – Senti, Concia, dirai domani
che mia madre manda a dire che verrà a fare il suo dovere. Dirai che ha parlato con te.

La bimbetta sogguardava Stefano, divincolandosi
mentre scendeva dal tavolo con un tonfo. Anche Concia posò gli occhi addosso a Stefano, mentre rispondeva a Giannino parole rapide e gutturali. – Glielo dirò,
poverina, ma è tutt'oggi che piange –. La gola bruna
sussultava alle parole, come le labbra e gli occhi, ma
senza dolcezza. Tant'era bassa la fronte, che quegl'occhi eran quasi deformi. Immobile, l'alta statura dei
fianchi non aveva piú né scatto né grazia.

In quel momento la bimbetta che s'era fatta alla porta, l'aprí di furia e scappò vociando. Giannino le saltò
alle spalle per prenderla, e scomparve seguito da una
risata forte di Concia.

Nel grigio crepuscolo marino, Concia attraversò la
cucina col passo di sempre: era scalza. Stefano vide
nell'angolo l'anfora consueta. Concia aggiustava qualcosa sul fornello acceso e subito se ne levò un fortore
di aromi e di aceto.

Lontano, nella casa, vociavano. Concia si volse senza imbarazzo, col suo gesto di scatto: la luce era già tanto vaga da uniformare su quel viso i toni bruni e car-
nicini. Stefano continuò a guardarla.

Le voci dal piano superiore tacquero. Bisognava parlare. Le labbra di Concia erano schiuse, pronte a ridere.

Stefano guardò invece la finestra. Girò gli occhi lungo tutta la parete. Era bassa e fumosa, e la luce azzurrina sapeva di carbonella.

– Qui deve far fresco d'estate, – disse infine.

Concia taceva, piegata al fornello, come se non avesse sentito.

– Non avete paura dei ladri?

Concia si volse di scatto. – Voi siete un ladro? – Rideva.

– Sono un ladro come Giannino, – disse Stefano
adagio.

Concia alzò le spalle.

Stefano disse: – Non gli volete bene a Giannino?

– Voglio bene a chi mi vuol bene.

Traversò la cucina con un sorriso di compiacimento sdegnoso, e prese una scodella dalla mensola. Tornò al fornello e piegò l'anfora poggiandosela al fianco, e un poco d'acqua traboccò dalla scodella. Muovendosi, camminò sulla stroscia.

Nel vano della porta ricomparve sorniona la bimbetta. Dietro a lei c'era Giannino nell'ombra. Concia si volse appena, quando Giannino disse: – Questa tua bimba va chiusa in pollaio –; e rise brontolando qualcosa. Stefano indovinò dietro Giannino una figura incerta che si ritrasse subito quando Giannino gli disse: – Venite, ingegnere?

Uscirono senza dir parola, nell'aria ancor chiara. Quando furono sul terrapieno, Stefano si volse a guardare la casa, e vide illuminata una finestra. Davanti al mare pallido, pareva la lanterna di una barca già accesa per il largo.

Tacendo Giannino al suo fianco, Stefano, ch'era ancor sudato, ripensava ai sussulti del sangue che tante volte lo avevano cacciato a camminare e cercare un oblío del suo isolamento, nella campagna desolata. Parevano un tempo remoto, quegli immobili pomeriggi d'agosto, un tempo ingenuo e infantile, di fronte alla fredda cautela che ormai l'avvolgeva.

Disse a Giannino taciturno: – Quella bambina che è scappata...

– È la figlia di Concia, – disse Giannino senz'altro. Naturale. Anche Giannino parlava con calma, e pensava a tutt'altro, fissando le case. Stefano prese a sorridere.

– Catalano, qualcosa non va?

Giannino non rispose subito. Negli occhi chiari non accadde nulla, se non che pensavano ad altro.

– Sciocchezze, – disse adagio.

– Sciocchezze, – disse Stefano.

Si lasciarono davanti all'osteria, nell'alone fragile del

primo fanale, sulla strada deserta di bambini. Da qualche sera Stefano rientrava ch'era buio.

Nella stanza Stefano, davanti al letto rimboccato e nitido, pensò ai piedi scalzi di Concia che dovevano sporcare dappertutto dove entravano. Dopo un poco di pane, di olive e di fichi, spense la luce e, a cavalcioni della sedia, guardava il vano pallido dei vetri. Un'umidità vaporosa riempiva il cortile, e l'argine della ferrata era scuro come se dietro non ci fosse una spiaggia. Tanti e tanti pensieri attendevano, che la sera consueta era breve. Nella stanza buia, Stefano fissava la porta.

S'accorse, dopo un poco, di fantasticare l'estate trascorsa, i pomeriggi di silenzio nella torrida stanza, la bava del vento, il fianco ruvido dell'anfora: quando era solo e il ronzío d'una mosca riempiva cielo e terra. Quel ricordo era cosí vivo, che Stefano non sapeva riscuotersi per costringersi a pensare alle cose che lo avevano scosso quel giorno; quando sentí uno scricchiolío, e dietro il vetro comparve il viso scabro di Giannino.

– State al buio? – disse Giannino.

– Cosí per cambiare, – e Stefano richiuse.

Giannino non volle che accendesse la luce e si sedettero come prima. Anche Giannino accese una sigaretta.

– Siete solo, – disse.

– Pensavo che di tutta l'estate i momenti piú belli li ho passati qua dentro, solo come in un carcere. La sorte piú brutta diventa un piacere: basta sceglierla noi.

– Scherzi della memoria, – brontolò Giannino. Poggia la gota alla spalliera, sempre fissando Stefano. – Si vive con la gente, ma è stando soli che si pensa ai fatti nostri.

Poi rise nervoso. – ... Forse stasera aspettavate qualcuno... Non mi direte che l'avete scelto voi, di venire quaggiú. Non si sceglie il destino.

– Basta volerlo, prima ancora che ci venga imposto, – disse Stefano. – Non c'è destino, ma soltanto dei limiti. La sorte peggiore è subirli. Bisogna invece rinunciare.

Giannino aveva detto qualcosa, ma Stefano non l'aveva udito. Si fermò e attese. Giannino taceva.

– Dicevate?

– Niente. Ora so che non aspettate nessuno.

– Certamente. Perché?

– Parlate in modo troppo astioso.

– Vi pare?

– Dite cose che io direi soltanto se fossi mio padre.

In quell'istante, dietro il vetro sorse ondeggiando un viso pallido. Stefano afferrò il braccio di Giannino e nascose abbassandola la punta rossa della sua sigaretta. Giannino non si mosse.

Il viso intento scorse sui vetri, un'ombra sull'acqua. L'uscio si schiuse e, siccome esitava, Stefano riconobbe Elena. Chiudeva a chiave ogni notte e lei lo sapeva. Doveva crederlo fuori.

Dalla fessura venne il freddo dell'esterno. Il viso esitò un altro poco, sperduto e irreale, poi la fessura si richiuse cigolando. Giannino mosse il braccio e Stefano susurrò: – Zitto! – Se n'era andata.

– Vi ho guastata la sera, – disse Giannino nel silenzio.

– È per via dell'armadio: veniva a farsi ringraziare.

Volgendosi, s'intravedeva nell'ombra la sagoma chiara. Giannino si volse un momento, poi disse: – Non state mica male, di destino.

– D'una cosa siate certo, Catalano: non mi avete guastata la sera.

– Credete? Una donna che non entra quando trova porta aperta, è preziosa –. Gettò la sigaretta e si alzò in piedi. – È cosa rara, ingegnere. E vi fa il letto e vi regala gli armadi! State meglio che ammogliato.

– Su per giú come voi, Catalano.

Credeva che Giannino accendesse la luce, ma non fu cosí. Lo sentí muovere un poco, camminare; e poi lo vide venire alla porta, appoggiarvisi contro, mostrando il profilo sul vetro.

– Vi ha molto seccato, quest'oggi? – chiese con voce atona. – Non capisco perché vi ho condotto in quella casa.

Stefano esitò. – Ve ne ringrazio, invece. Ma credo che voi, vi ci siate seccato.

– Non dovevo condurvi, – ripeté Giannino.

– Siete geloso?

Giannino non sorrise. – Sono seccato. Di ogni donna ci si deve vergognare. È un destino.

– Scusate, Catalano, – disse Stefano pacato, – ma io non so nulla di donne e di voi. Ce ne sono tante in quella casa, ch'ero piuttosto imbarazzato sul contegno da tenere. Se volete vergognarvi, spiegatemi prima il perché.

Scomparve il profilo di Giannino che si volse di scatto.

– Per me, – continuò Stefano, – anche la piccola Foschina è vostra figlia. Non ne so niente.

Giannino rise in quel modo nervoso. – Non è mia figlia, – disse a denti stretti, – ma sarà quasi mia cognata. È la figlia del vecchio Spanò. Non lo sapete?

– Non lo conosco questo vecchio. Non so niente.

– Il vecchio è morto, – disse Giannino, e rise franco. – Uomo robusto, che a settant'anni generava. Era un amico di mio padre e sapeva il fatto suo. Quando è morto, le donne si sono prese in casa la ragazza e la figlia, perché la gente non sparlasse, per fare la guardia alla parente, per gelosia. Le conoscete, le donne.

– Ma no, – disse Stefano.

– L'altra figliuola di Spanò che ha trent'anni, mi tocca per moglie. Mio padre ci tiene.

– Carmela Spanò?

– Vedete che siete al corrente.

– Tanto poco che credevo, scusate, che ve la intendeste con Concia.

Giannino stette un poco taciturno, volto ai vetri.

– È una figliola come un'altra, – disse infine. – Ma è troppo ignorante. L'ha tolta il vecchio dalle carbonaie. Ci voleva la vecchia Spanò per pigliarsela in casa.

– È arrogante?

– È una serva.

– Però è ben fatta, a parte il muso.

– Dite bene, – disse Giannino pensoso. – È stata tanto nelle stalle e a guardare le pecore, che ha un poco il muso della bestia. Eravamo bambini, quando andavo col vecchio Spanò alla montagna, e lei s'alzava la sottana per sedersi a pelle nuda sopra l'erba come i cani. È la prima donna che ho toccato. Sulle natiche aveva il callo e la crosta.

– Però! – disse Stefano. – Qualcosa avete fatto.

– Sciocchezze, – disse Giannino.

– E adesso ce l'ha ancora quel callo?

Giannino chinò il capo, imbronciato. – Ne avrà degli altri.

Stefano sorrise. – Non capisco, – disse dopo un lungo silenzio, – di che cosa vi dobbiate vergognare. La vostra fidanzata non ha nulla da spartire con costei.

– Lo credo, – disse Giannino di scatto, – vi pare? Non mi volterei nemmeno indietro, se non fosse cosí. Ci conoscete, no? – rise in quel modo. – Nemmeno ci pensavo a quella serva.

– E allora?

– Allora mi secca di venire trattato come una fidanzata. Conosco abbastanza le donne da sapere il mio dovere e quando si vanno a trovare e quando no. Una sposa non è un'amante e ad ogni modo è una donna, e dovrebbe capirlo.

– Però le volevate dare un cane, – disse Stefano.

– Che intendete? Non farmi vedere?... Certamente! Non spettava a lei mettermi su la cognata che l'avvertisse.

– La cognata sarebbe Foschina?

– Toschina.

Dopo un poco Stefano cominciò a ridere. Un riso agro, a denti stretti, che per nasconderlo si morse il labbro. Pensava a Concia accovacciata sulle pietre, nuda e bruna; a una Carmela accovacciata sulle pietre, bianchissima e smorfiosa di ribrezzo. S'accorse degli occhi di Giannino e balbettò a casaccio:

– Se la bambina vi dà noia, perché non dite alla vostra fidanzata che, da ragazzo, avete visto le natiche a Concia? Le caccerebbero di casa.

– Voi non ci conoscete, – disse Giannino. – Il rispetto del vecchio Spanò tiene unita la casa. Siamo tutti gelosi per Concia.

VII.

Di nuovo parve a Stefano che tanti pensieri l'atten-
dessero, che tante futili cose gli fossero accadute; ma
non sapeva indursi a meditarle, e fissò gli occhi sulla
porta. Il passo di Giannino fruscò nel cortile, poi si
smorzò sul sentiero che saliva, costeggiando la casa, allo stradale. Per l'umido vano della porta giunse il tonfo
del mare.

Giannino gli aveva lasciato un sentore azzurrogno-
lo di pipa, quasi pigiasse nel bocciuolo per fumarla la
sua stessa barbetta. Misto al fresco della notte, quel filo diffuso sapeva d'estate trascorsa, matura, di afe cre-
puscolari e di sudore. Il tabacco era bruno, come il collo di Concia.

Sarebbe tornata Elena? La porta era aperta. Anche
questo ricordava la cella: chi s'affacciava allo sportello
poteva entrare e parlargli. Elena, il capraio, il ragazzo
dell'acqua, e anche Giannino, potevano entrare, come
tanti carcerieri, come il maresciallo che invece si fidava e da mesi non veniva piú. Stefano era stupito di tanta uniformità in quell'esistenza cosí strana. L'immobile estate era trascorsa in un lento silenzio, come un solo pomeriggio trasognato. Di tanti visi, di tanti pensieri,
di tanta angoscia e tanta pace, non restavano che vaghi
increspamenti, come i riflessi di un catino d'acqua contro il soffitto. E anche l'attutita campagna, dai pochi
cespugli carnosi, dai tronchi e dalle rocce scabre, scolorita dal mare come una parete rosa, era stata breve e irreale come quel viso d'Elena sbarrato dai vetri. L'illu-

sione e il sentore di tutta l'estate erano entrati quieta-
mente nel sangue e nella stanza di Stefano, come vi era
entrata Concia senza che i suoi piedi bruni varcassero
la soglia.

Nemmeno Giannino era tra i carcerieri, ma piuttosto un compagno, perché sapeva tacere, e Stefano amava restarsene solo e contemplare le cose non dette tra
loro. La presenza di Giannino aveva di singolare che faceva ogni volta trasalire come una pacata fantasticheria. In questo somigliava agli incontri che si fanno per
strada e che un'immobile atmosfera poi suggella nel ricordo. Sulla torrida strada che usciva dal paese dietro
la casa, fra gli ulivi che non gettano ombra, Stefano aveva un giorno incontrato un mendicante scalzo, che avanzava a balzelloni come se i ciottoli gli scottassero le piante. Era seminudo e coperto di croste, d'un colore bru-
ciaticcio come la sua barba; e quei salti d'uccello ferito
si complicavano di un bastone che incrocicchiandosi alle gambe accresceva le difficoltà. Stefano lo rivedeva –
bastava pensasse al gran sole – e risentiva quell'angoscia; ma l'angoscia vera è fatta di noia, e quel ricordo
non poteva annoiarlo. La carne nuda fra i brandelli di
sacco appariva e riappariva inerme e oscena come carne di piaga: il corpo vero di quel vecchio erano i cenci
e il sudiciume, le bisacce e le croste; e intravedere sotto tutto ciò una carne nuda faceva rabbrividire. Forse
soltanto ritrovando il vecchio e praticandolo – cono-
scendo il suo male e ascoltandone i lagni monotoni – sarebbe arrivato alla noia e al fastidio. Stefano invece lo
fantasticava, e a poco a poco ne faceva in quella strada
riarsa un esotico oggetto vagamente orribile, qualcosa
come un rachitico groviglio di fichidindia, umano e cro-
stoso di membra invece che di foglie. Erano atroci quelle siepi grasse, ammassate carnosamente come se l'ari-
dità di quella terra non conoscesse altro verde, e quei
fichi giallicci che incoronavano le foglie fossero davvero brandelli di carne.

Stefano aveva sovente immaginato che il cuore di
quella terra non poteva esser nutrito d'altro succhio, e

che nell'intimo d'ognuno si nascondesse il groviglio ver-
dastro. Anche di Giannino. E la sua discreta e taciturn-
na compagnia gli piaceva come un virile riserbo. Era
l'unico, Giannino, che sapesse popolare di cose non dette la solitudine di Stefano. Per questo, tra loro c'era
ogni volta la ricca immobilità di un primo incontro.

A suo tempo gli aveva parlato anche del mendicante, e Giannino aveva risposto con gli occhi piccini: –
Non ne avrete mai visti di cosí pezzenti, immagino?

– Capisco ora cosa sia un pezzente.

– Ne abbiamo tanti, – aveva detto Giannino. – Qui
da noi, ci sono come le radici. Basta prendere un colpo di sole e si pianta la casa e si vive cosí. L'uniforme
non costa.

– Da noi si fanno frati, veramente.

– È lo stesso, ingegnere, – aveva detto Giannino sorridendo. – È lo stesso. Nostro convento è la prigione.

Ma poi, dileguando le giornate diafane e oscurando-
si il mare, Stefano aveva pensato alle carni livide, alle
finestre da cui soffia il freddo e alla spiaggia gialla e som-
mersa. In paese era comparso un mendicante meno in
cenci, che faceva capolino nell'osteria e chiedeva una
sigaretta. Era un ometto secco e sveglio, tutto avvolto
in un pastrano militare troppo lungo e sempre infanga-
to al fondo, dove spuntavano due piedi fatti su in tela
di sacco. Sigaretta e bicchiere di vino gli bastavano: la
minestra la trovava altrove o s'accontentava di fichi.
Rideva sarcastico coi denti gialli fra la barba riccia, prima di chiedere.

Aveva avuto il suo colpo di sole anche Barbariccia,
e un parroco l'aveva fatto ricoverare, ma lui s'era but-
tato alla strada secondo l'istinto. Benché scemo e della montagna, non mancava di battute, e sapeva intitolare «cavaliere» chi gli negava per partito preso un po'
di fumo. A certi chiedeva soltanto il cerino. Davanti al
calvo Vincenzo si cavava la berretta, toccandosi il capo e inchinandosi. Era generalmente benvoluto e dicevano che non pativa l'umidità della notte.

Era anche lui comparso, in un mattino di temporale,

davanti alla soglia di Stefano, sberrettandosi e ridendo
e portandosi le dita alle labbra come nel saluto musul-
mano. Per far presto e toglierlo dagli spruzzi, Stefano
gli aveva tesa una sigaretta, ma Barbariccia aveva insi-
stito che voleva le cicche, e a Stefano era toccato cer-
carle per terra, negli angoli e nella spazzatura, chino,
mentre l'altro si pigliava tranquillo e paziente la pioggia.

– Entrate! – gli aveva detto, seccato.

– Non entro, cavaliere. Vi mancasse qualcosa, non
sono un ladro.

Mandava un fetore di cane bagnato. La luce fioca
del mattino faceva sí che tutta la camera stillasse e fosse gelida, meschina, fra le quattro pareti e il mobilio
sconnesso.

Poi Stefano era uscito negli spruzzi e nella fanghiglia per vedere il mare. E rientrando aveva trovato Elena che, deposta la scopa, rimboccava il letto. S'era chiuso alle spalle l'imposta di legno, s'era avanzato, e l'aveva abbracciata e distesa. Benché Elena riluttasse perché
le scarpe fradice sporcavano lo scendiletto, quel giorno l'aveva molto carezzata anche a parole e s'era molto intenerito. E avevano discorso insieme senz'ira.

– Perché sei uscito a sporcarti?

Stefano occhi chiusi brontolò: – La pioggia lava.

– Sei tornato a caccia col tuo amico? – susurrava
Elena.

– Che amico?

– Don Giannino…

– Un prete?

Elena gli posò la mano sulla bocca. – È lui che te le
insegna queste cose…

– Sono uscito per fare il pezzente.

– Lo scappato da casa –. La voce d'Elena sorrideva
rauca.

– Proprio lui Catalano mi ha detto che qui sono tutti scappati da casa. È un mestiere…

– Catalano è una testa matta. Non credere a quello
che dice. Ne ha fatte passare di tutti i colori a sua madre. È un maleducato. Tu non sai quel che ha fatto…

– Che cos'ha fatto? – disse Stefano svegliandosi.

– ... È un brutto tipo... non credere.

Stefano risentiva nel buio la voce astiosa e sommessa, quasi materna, d'Elena. Ripensò divertito la domanda d'allora: – Ti ha fatta l'offesa di non occuparsi di te? o se n'è troppo occupato? – e provò un'improvvisa vergogna di esser stato scioccamente villano. Questo pensiero, che poteva esser villano anche con Elena, lo seccò e lo sorprese, tanto piú che in quei casi la villanía era una forza, la sola forza che potesse rintuzzare la pericolosa impunità con cui una donna si lascia schiacciare.

E adesso era venuto l'armadio. Poi era venuta Elena, e se n'era andata tacitamente. In quest'umiltà, pensò Stefano, era tutta la forza di lei, in quest'umiliata sopportazione che fa appello alla tenerezza e alla pietà del piú forte. Meglio il viso levato, senza rossore né dolcezza, di Concia; meglio l'impudicizia dei suoi occhi. Ma forse anche Concia sapeva gettare le occhiate del cane.

Stefano si riscosse nel buio, disgustato di ricadere nel vecchio pensiero oscillante. Desiderò persino che tornasse Elena. La solitudine sarcastica cedeva. E se cedeva in quella sera piena di tanti fatti nuovi e improvvisi ricordi, come avrebbe potuto resistere l'indomani? Senza lotta, s'accorse Stefano, non si può stare soli; ma star soli vuol dire non voler piú lottare. Ecco almeno un pensiero che gli teneva compagnia, una precaria compagnia che sarebbe ben presto cessata.

Stefano si alzò e accese la luce, e gli vacillarono gli occhi. Quando li riaprí, c'era Elena sulla porta e richiudeva con la schiena le imposte.

Senza parlarle dell'armadio, le chiese se voleva restare per tutta la notte. Elena lo guardò tra incredula e stupita, e Stefano senza sorridere le andò incontro.

Nel lettuccio ci stavano appena, e Stefano pensò che fino all'alba non avrebbe dormito. Addossato a quel corpo molle, fissava il vago soffitto tenebroso. Era notte alta e il respiro leggero di Elena gli sfiorava la spalla. Di nuovo era solo.

– Caro, in due non ci stiamo. Andrò via, – aveva detto e non s'era ancor mossa.

Forse s'era assopita. Stefano tese il braccio a tentoni cercando le sigarette. Elena lo seguí nel movimento abbandonandosi, e allora Stefano si sedette nel letto, si portò la sigaretta alle labbra e guardò il buio, indeciso se accendere. Quando accese il fiammifero, le palpebre chiuse vacillarono con le grandi ombre; Elena non si svegliò, perché non dormiva.

Stefano, fumando, si sentí fissato dagli occhi socchiusi, come per gioco.

– Stasera Catalano ha veduto il tuo armadio.

Elena non si mosse.

– Ti abbiamo veduta venire: eravamo qui al buio.

Elena gli ghermí un braccio.

– Perché hai fatto questo?

– Per non comprometterti.

Era tutta sveglia. Stiracchiò il lenzuolo, si contrasse, gli sedette accanto. Stefano liberò il braccio.

– Credevo dormissi.

– Perché hai fatto questo?

– Io non ho fatto niente. Gli ho mostrato l'armadio. – Poi riprese con durezza: – Il diavolo insegna a non fare il coperchio. Le ipocrisie non mi piacciono. Io sono contento che ti abbia veduta. Non so se lui l'abbia capita, ma i misteri finiscono tutti cosí.

Immaginò che avesse gli occhi dilatati dal terrore e le cercò la gota con la mano. Si sentí invece ghermire furiosamente e baciare e frugare in tutto il corpo. Si sentí baciare sugli occhi, sui denti, e gli sfuggí la sigaretta. C'era qualcosa d'infantile in quell'orgasmo di Elena. La sigaretta era caduta a terra. Stefano infine saltò giú dal letto, tirando Elena con sé. In piedi, cercò di darle un bacio piú calmo ed Elena aderí con tutto il corpo fresco al suo. Poi si staccò e prese a vestirsi.

– Non accendere, – disse. – Non mi devi vedere cosí.

Mentr'Elena ansava infilandosi le calze, Stefano seduto contro il letto taceva. Sentiva freddo ma era inutile rivestirsi.

– Perché hai fatto questo? – balbettò Elena un'altra volta.

– Come...

– Lo so, non mi vuoi essere obbligato, – interruppe Elena in piedi, con la voce strozzata dalla camicetta. – Tu non vuoi niente da me. Nemmeno che ti faccia da mamma. Ti capisco. Non si può voler bene quando non si vuole bene –. La voce si fece piú chiara e sicura, liberandosi. – Accendi.

Stefano, nudo e imbarazzato, la guardò. Era un poco rossa e scarmigliata, e si cingeva a casaccio la gonna come ci si cinge un grembiale da cucina. Quand'ebbe finito, levò gli occhi cupi, quasi sorridenti.

Stefano balbettò: – Vai via?

Elena gli venne incontro. Aveva gli occhi pesti e gonfi: era ben lei.

Stefano disse: – Scappi ma poi ti metti a piangere.

Elena contenne una smorfia e lo guardò in modo bieco. – Tu non ti metti a piangere, poveretto –. Stefano la cinse, ma Elena si divincolò. – Vai a letto.

Dal letto le disse: – Mi sembra quand'ero bambino...

Ma Elena non si chinò né gli raccolse le coperte. Disse soltanto: – Verrò a scopare come prima. Se avrai bisogno di qualcosa, chiamerai. Farò portare via l'armadio...

– Stupida, – disse Stefano.

Elena sorrise appena, spense la luce e se ne andò.

Negli ultimi istanti, alla luce, la voce d'Elena era stata dura, arrangolata, come di chi si difende. Stefano, nudo, non aveva risposto. Avrebbe voluto udire un singhiozzo, ma qual'è quella donna vestita e accollata, che piange davanti a un uomo nudo? L'istante era passato, e nel buio quel corpo s'era cosí frettolosamente rivestito, che a Stefano restava il desiderio di carezzarlo ancora, di vederlo, di non averlo perduto. Stefano si chiese se quei baci furiosi, se quell'abbraccio in piedi accanto al letto, Elena glieli aveva dati per vendicarsi, per ridestare un desiderio da non saziare mai piú.

In questo caso, Stefano sorrise, Elena aveva fatto i conti senza la sua sete di solitudine. Poi, siccome era buio, smise di sorridere e strinse i pugni.

Nel suo disfatto dormiveglia Stefano pensava a tutt'altro; non riusciva ad afferrare che cosa. Rivoltolandosi nel letto pesto, temette che l'insonnia sarebbe durata: quest'era un incubo piú vero degli antichi. Strinse la guancia con pazienza al cuscino e intravide il pallore dei vetri. Mormorò intenerito: – Ti compiango, mammina, – e si fece molto buono, e fu felice d'esser solo.

Allora afferrò questo pensiero: si resiste a star soli finché qualcuno soffre di non averci con sé, mentre la vera solitudine è una cella intollerabile. *Ti compiango, mammina.* Bastava ripeterlo, e la notte era dolce.

Poi sopraggiunse il treno col suo sibilo selvaggio, il treno di tutte le notti, che lo sorprese a occhi socchiusi come un uragano. I lampi dei finestrini durarono un istante; quando tornò il silenzio, Stefano assaporò adagio lo spasimo della vecchia consueta nostalgia ch'era come l'alone della sua solitudine. Veramente il suo sangue correva con quel treno, risalendo la costa ch'egli aveva disceso ammanettato tanto tempo fa.

Il pallore dei vetri era tornato uguale. Adesso che l'aveva cacciata, poteva intenerirsi su di lei. Poteva anche rimpiangerla, fin che il suo sangue spossato era calmo, pensò balbettando.

VIII.

Fra le piogge e il sole la strada perdeva la sua immobilità; e qualche volta era bello, al mattino, poggiarsi a
un cantone o al muricciuolo della piazza e osservare il
passaggio dei carri – di erbe secche e sarmenti –, carri
di conducenti, villani a bisdosso di ciuchi, trotterellío
di maiali. Stefano annusava l'odor umido e un po' mo-
stoso fatto di piogge e di cantina; e dietro la stazione
c'era il mare. L'ombra della stazione a quell'ora rinfrescava la piazza, tranne un vano di sole che cadeva dalla vetrata proibita traversando i binari palpitanti e tranquilli. La banchina era un salto nel vuoto. Come Stefano anche il capostazione viveva su quel vuoto, e andava
e veniva sull'orlo degli addii, nell'equilibrio instabile
della parete invisibile. Correvano lungo il mare i treni
neri come riarsi dalla canicola passata, verso remote e
sempre uguali lontananze.

Quel capostazione era un gigante invecchiato, ric-
ciutello e osceno, che vociava coi facchini e scoppiava
in risate improvvise, sempre al centro di un crocchio.
Quando attraversava da solo la piazza, era penoso come un bue senza compagno. Fu per mezzo di lui che
Stefano seppe la prima notizia.

Era piantato sulla piazzetta fra Gaetano e due vec-
chiotti. Uno dei vecchi fumava la pipa. Gaetano, ascol-
tandoli, fece cenno a Stefano, che s'era fermato, di accostarsi. Stefano sorrise, e in quel momento la voce del
capo brontolava ringhiosa: – Catalano potrà dire che ce
n'è di puttane ma come le donne!

– Che gli è successo? – disse Stefano a Gaetano che rideva con gli occhi.

– Lo conoscete pure voi? – disse il capostazione, volgendosi rosso in faccia. – Gli è successo che è incinto e non vuole saperne –. Anche Stefano sorrise, poi guardò interrogativo Gaetano.

Gaetano preoccupato aveva il viso dei primi tempi quando non si conoscevano ancora. Squadrò Stefano con gli occhietti solleciti e gli disse confidenziale: – Questa mattina il maresciallo ha chiamato Catalano in caserma e l'ha arrestato...

– Come?

– Pare che venga una denuncia da San Leo per violenze carnali.

Uno dei vecchi interloquí: – Vedrete che ci sarà pure il bambino.

– Il maresciallo è amico nostro, – continuò Gaetano, – e gli ha parlato con riguardo. Lo arrestò in caserma per non spaventare la madre. Poi chiamò il dottore che la facesse avvertita...

C'era un fiato leggero che sapeva di frescura e di mare. Il terriccio della piazza era brunastro, impastato di rosso, e riluceva di pozze. Stefano disse allegro:

– Uscirà subito. Volete che tengano dentro per queste sciocchezze?

Tutti e quattro lo guardarono ostili, anche il capostazione. Il vecchiotto di prima scosse il capo, e soggghignarono entrambi.

– Voi non sapete che cos'è prigione, – disse Gaetano a Stefano.

– È una gran sacrestia di dove si passa in Municipio, – spiegò il capostazione mangiandolo con gli occhi.

Gaetano prese il braccio a Stefano e s'incamminò con lui verso l'osteria.

– Insomma, è una cosa grave? – balbettò Stefano.

– Vedete, – rispose Gaetano, – sembrano decisi e chiedono il processo. Se la ragazza non è incinta, vuol dire che mirano, fin che sono in tempo, al matrimonio.

Altrimenti avrebbero aspettato che Catalano si accasasse, per ottenere di piú producendo il bambino.

Avvicinandosi all'osteria Stefano provava un senso strano di sollievo, di costernata e di smarrita ilarità. Vide le facce consuete, e li guardò giocare, incapace della fermezza di sedersi, ansioso di sentirli parlare di Giannino. Ma non ne parlavano, e scherzarono invece nel solito modo. Soltanto lui sentiva un vuoto, un'inutile pena, e confrontava quella gente col mondo lontano dal quale un giorno era scomparso. La cella era fatta di questo: il silenzio del mondo.

Ma forse anche Giannino rideva, nella sudicia cella accecata. Forse, amico del maresciallo, dormiva in una camera di balconi o passeggiava nel giardino. Gaetano, autorevole come sempre, seguiva il gioco e ogni tanto incontrava gli occhi di Stefano con un sorriso rassicurante.

Finalmente Stefano ammise, come chi ammette di avere la febbre, di sapersi in pericolo. Aveva deluso e respinto Elena, come chi fa violenza. Ma si disse e pensò, per l'ennesima volta, che Elena non era una bambina, ch'era sposata e piú esposta di lui, ch'era stata sincera nei suoi terrori di uno scandalo, e poi ch'era semplice e buona. L'aveva lei liberamente lasciato. E incinta non era.

Quei pensieri dovevano avergli inchiodato lo sguardo, perché uno degli astanti – un meccanico, parente di Gaetano – disse a un tratto:

– L'ingegnere stamattina pensa al suo paesello. Coraggio, ingegnere.

– Ci penso anch'io, ingegnere, – interloquí Gaetano. – Parola, che l'anno scorso a Fossano è stato bello. Voi non siete mai stato a Fossano, ingegnere? Pensare che vi giunsi l'inverno con la neve, e quasi piangevo...

– Morivi di nostalgia? – disse uno.

– Ci fu subito un capitano che mi tolse dal reggimento, e ancora ci scriviamo.

– Costò molto zucchero a tuo padre, questo capitano...

Stefano disse: – Fossano è un paese da lupi. Vi pare di aver vista una città?

Poi giunsero insieme Vincenzo e Pierino, che gli parvero scuri in viso. Ma Vincenzo aveva sempre quegli occhi nudi sotto la fronte calva. Pierino impassibile nella divisa attillata disse: – Beppe, farete la corsa.

– Non piglia il treno? – chiese il meccanico.

– Il maresciallo mi disse: «Se parte dalla stazione, gli devo mettere i ferri. Sentitemi Beppe; se il vecchio Catalano vuol pagare la corsa a suo figlio, a due militi e magari a sé, li spedisco sull'auto e nessuno li vede».

– Quando? – disse il meccanico.

– Quando lo reclamerà il tribunale, – intervenne Gaetano. – Magari fra un mese. Come fu di Bruno Fava.

– Momento, – disse Vincenzo. – Non dipende ancora dal tribunale. Sarà la questura che farà la denuncia...

Stefano guardava le mostrine gialle di Pierino. Pierino gli disse ammiccando: – Vi stupisce, ingegnere? Qui sono tutti avvocati. Hanno tutti un parente in prigione.

– Perché, da te non è cosí?

– Non è cosí.

Stefano guardò quei visi, tutti immobili, qualcuno beffardo, intenti e fatui. Pensò di avere un viso identico, quando disse pacato: – Ma Catalano non doveva prender moglie? – La sua voce gli tornò in un vuoto sordo e quasi ostile.

– Che c'entra? – dissero insieme Gaetano e gli occhi del crocchio. – Non si può mica disonorare la fidanzata.

Pierino, addossato al banco, contemplava il pavimento.

– Ingegnere, state zitto, state, – disse a un tratto cocciuto, senza levare gli occhi.

Vincenzo, che s'era seduto, raccattò il mazzo abbandonato delle carte e cominciò a rimescolarle.

– Don Giannino Catalano fu imprudente, – disse a un tratto. – La ragazza ha sedici anni, e lo disse alle vecchie. Verrà al processo col bambino al collo.

– Se ci sarà un bambino! – disse adagio Gaetano. – Quei di San Leo sosterranno la violenza carnale.

– Ci sarà tempo perché nasca. Oh che credete che a buon conto lo terranno poco in carcere? Ciccio Carmelo stette un anno al giudiziario...

Stefano andò sulla spiaggia, chiazzata di sole e monotona. Si stava bene seduti su un ceppo, a socchiudere gli occhi e lasciare che il tempo passasse. Dietro le spalle intiepidite c'eran muri scrostati, il campanile, i tetti bassi, qualche faccia usciva alle finestre, qualcuno andava per le strade, le strade vuote come i campi; poi la vertigine del poggio bruno-violastro sotto il cielo, e le nuvole. Stefano non aveva piú paure, e guardava il mare quasi nascosto sotto la sponda, e sorrideva a se stesso dell'orgasmo di prima. Vedeva chiaro nel suo smarrimento. Sapeva d'Elena soltanto Giannino, che in quel momento pensava a ben altro. Comprese pure che lo scatto di sollievo assaporato quel mattino, gli veniva dal tedio che la nuova avventura interrompeva, e dal presentimento che con Giannino se ne andava l'ostacolo estremo alla piú vera solitudine.

Stefano sapeva di esser triste e inasprito, e ci pensò cosí semplicemente che gli vennero le lacrime agli occhi. Furono come gocce spremute da un panno torcendolo, e Stefano, a tanta dolcezza, mormorò abbandonandosi: – Ti compiango, mammina.

Il mare che gli era traballato innanzi alle pupille, tornò netto nel bruciore di quelle lacrime assurde, tanto che gli riportò la sensazione estiva dell'onda salsa infranta negli occhi. E allora li chiuse e capí che l'orgasmo non era cessato.

Stefano riattraversò la sabbia e menò un calcio a una ceppaia di ficodindia, e decise di allontanarsi dal mare perché forse era il mare che gli dava sul sangue e sui nervi. Pensò che forse da mesi la salsedine, i fichi, i succhi di quella terra, gli mordevano il sangue tirandolo a sé.

Prese la strada dell'argine, che correva lungo il mare, dov'era la casa di Concia. Si fermò quasi subito perché quella strada l'aveva troppo percorsa nei piú furenti dei suoi dolori, per osare percorrerla adesso. Tornò indietro e si mise per lo stradale che girava sotto il poggio, verso l'interno, allontanandosi dal mare. Laggiú c'erano almeno degli alberi.

In realtà Stefano non aveva che pensare, né un vero dolore né un'ansia. Ma provava un disagio, un'inquietudine, sulla strada sassosa, per la sua insofferenza mentre pure il suo stato era umano e tranquillo. Giannino sí, era in condizione di soffrire, e forse Giannino non smaniava come lui.

Guardando le ombre delle nuvole sui campi, Stefano capí per la prima volta che Giannino era in carcere. Ebbe un ricordo quasi fisico, preciso, di un comando brusco e di uno sbattito di porte, e della porta richiusa sul naso, dopo una voce, e di qualcuno che passava in vece sua nel corridoio. Era la stessa giornata di nuvole bianche che, uniche nel cielo dietro l'inferriata, gli avevano fatto sognare le loro ombre sulla terra invisibile. Girò gli occhi sui campi, sugli alberi brulli lontano, per sentire la sua libertà.

Forse Giannino pensava a quei campi, a quello stesso orizzonte, e avrebbe dato chi sa quanto per essere lui, per camminare sotto il cielo come lui. Ma era soltanto il primo giorno e forse Giannino rideva e la cella non era una cella perché d'istante in istante era possibile che si chiarisse un errore e gli aprissero la porta e gli dicessero d'uscire. O forse Giannino avrebbe riso anche fra un anno, dietro la stessa inferriata: era tipo di farlo.

In una banda di sole si avanzava un ometto dalla lunga casacca scura, con passo traballante. Scendeva dal paese antico, s'appoggiava a un bastone: era Barbariccia. Stefano strinse le mascelle, deciso a passar oltre senza ascoltarlo; ma via via che s'accostavano gli venne pietà di quel passo, di quelle pezze sudice che strisciavano, di quelle mani ossute congiunte sul bastone. Barbariccia non si fermò. Fu Stefano che disse qualcosa, cercandosi in tasca le sigarette, e Barbariccia già trascorso rispose sollecito: – Comandate? –; ma Stefano, confuso, gli fece un cenno di saluto e tirò avanti.

Quella pietà che gli era nata, gli fece spaziare lo sguardo sugli avvallamenti dei campi, dove radi sentieri o comignoli mostravano che dietro una costa, dietro un ciuffo di piante, sorgeva qualche casolare. Non c'era un solo contadino fra le stoppie. Altre volte, incontrandone di vestiti su per giú come Barbariccia, o seduti sulla groppa di un asinello, lesti a toccarsi il berretto; o donne infagottate, scure, con cesti, seguite da capre e marmocchi; aveva sentita e fantasticata una vita dura di stenti e la piú torva delle solitudini: quella di un'intera famiglia sopra un suolo ingrato.

Un giorno, nel negozio di Fenoaltea, aveva detto: – Quel vecchio paese piantato lassú sembra un carcere, messo perché tutti lo vedano.

– Molti ne avrebbero bisogno qui da noi, – aveva risposto Fenoaltea padre.

Ora Stefano fermo guardò le case grigie lassú. Ci pensava anche Giannino, sognando il gran cielo? Gli venne in mente che non gli aveva mai chiesto se in quella domenica lontana del suo arrivo, davanti alla piazza, era lui l'uomo seduto impassibile a cavalcioni della sedia, che l'aveva veduto passare con le manette, indolenzito e trasognato per il viaggio. Giannino ora avrebbe rifatto quel viaggio, non verso le invisibili pareti di un paese lontano, ma alla città, verso il carcere vero. Lo prese alla sprovvista il pensiero che ogni giorno entra qualcuno nel carcere, come ogni giorno qualcuno muore. Lo sapevano questo, lo vedevano le donne, quella bianca Carmela, la madre, la gente di Giannino, Concia? E l'altra, la violentata, e le sue vecchie, e tutti quanti? Ogni giorno entra qualcuno nel carcere, ogni giorno su qualcuno si chiudono le quattro pareti e comincia la vita remota e angosciosa dell'isolamento. Stefano decise di pensare a Giannino in questo modo. Teste bruciate come lui, sudici cenci come quei villani, ogni giorno entravano a popolare di carne inquieta e di pensieri insonni le sproporzionate muraglie.

Stefano si chiese con un mezzo sorriso che cosa c'era dunque di tanto essenziale in un cielo, in un viso umano, in una strada che si perde tra gli ulivi, da sbattere

con tanto desiderio contro le sbarre il sangue di chi è
carcerato. «Faccio forse una vita gran che diversa?» si
disse con una smorfia; ma sapendo di mentire, serrò le
mascelle e fiutò l'aria vuota.

Quel giorno, mentre mangiava al tavolino dell'osteria, s'accorse di non ricordare quando aveva veduto
Giannino per l'ultima volta. Forse ieri per strada? o
all'osteria? o il giorno innanzi? Non trovò. Voleva saperlo perché presentiva che Giannino non sarebbe piú
vissuto con lui che come un ricordo; provvisorio e pa-
tetico come tutti i ricordi, come quello della domenica
remota in cui forse era un altro. Ora sarebbe stato solo veramente, e quasi gli piacque, e lo riprese l'amarezza della spiaggia.

La vecchia ostessa che gli portava un piatto, gli disse
che aveva della frutta, delle arance, le prime che si vedevano. Stefano dopo la minestra prese un'arancia, due
arance, e le mangiò con un pezzo di pane, perché rompere il pane e masticarlo, guardando nel vuoto, gli ricordava il carcere e l'umiltà solitaria della cella. Forse
Giannino mangiava un'arancia in quel momento. Forse
era ancora di questo mondo e a tavola col maresciallo.

Nel pomeriggio Stefano andò alla caserma per chiedere di vedere Giannino, sperando che non gli fosse
concesso. In questo sapeva di trattare Giannino come
un altro se stesso: Giannino non era ancora cosí vecchio carcerato da aver bisogno di conforto e per Stefano l'orgoglio di esser solo non voleva lenimenti. Ci
andò tuttavia perché c'era andato Pierino.

Non si fermò davanti alle finestre accecate, perché
non sapeva quale fosse di Giannino. Gli venne ad aprire il maresciallo.

Questa volta sorrise apatico.

– L'ho messo in macchina mezz'ora fa, – disse bo-
nario. – Questa non era prigione per lui.

– Già tradotto?

– Appunto.

Stefano abbassò gli occhi. Poi disse: – Brutto affare?

Il maresciallo fece gli occhi piccini. – Per voi era una

compagnia sana. Ma tanto meglio. Non avrete che a star ritirato.

Stefano fece per andarsene e il maresciallo lo guardava. Allora disse: – Mi dispiace.

– Dispiace sempre, – disse il maresciallo.

– C'era una sola persona perbene e la mettono dentro.

Il maresciallo, che già taceva, disse a un tratto: – Non so con chi potrete andare a caccia.

– Della caccia me ne infischio.

– Meglio star ritirati, – disse il maresciallo.

IX.

Non faceva gran freddo per le strade, ma il mattino e la sera, nella stanza bassa, intirizzivano e costringevano a infilarsi un pastrano, quello che Stefano sin dalla primavera s'era portato sotto il braccio. Qualche volta era luce cenerognola, o sgocciolante, che raffiche di vento spazzavano. C'erano smorti pomeriggi di sole.

Stefano teneva un catino pieno di cenere, dove bruciava carbonella per fare la brace e sedercisi accanto e passare la sera intorpidito. Arroventare e incenerire carbonella era molto faticoso, perché bisognava star fuori nel freddo e sventagliare una fiammata di rami e chinarvisi a lungo ottenendo che il gas del carbone dileguasse, sotto il vento e la pioggia. Quando rientrava col catino, Stefano era rotto e intirizzito, sudato, livido; e sovente alla brace restava una vampa azzurrina che lo obbligava a spalancare la porta per sfogare il pericolo. Allora, sulle sue gambe poggiate a rosolarsi contro il catino, giungeva il fiato diaccio del mare. Allontanarsi e scaldarsi non poteva, dopo l'imbrunire. Nemmeno Giannino – pensava allora – poteva allontanarsi, e lui non aveva braciere.

Un mattino che il cortile era un pantano, Stefano si dilungò a mangiucchiare pane e un'arancia, buttandone le scorze nella cenere spenta, come faceva verso sera sulla brace per rompere il tanfo dei muri bagnati. Non usciva il sole, e il pantano era grande. Comparve invece Elena con un fazzoletto in capo, e il ragazzo dell'anfora. Da quella notte dell'armadio non l'aveva

piú vista, ma, benché gli avesse davvero ritolto l'armadio e rimessa la roba nella valigia, Elena era tornata in
sua assenza, di tanto in tanto, per rifare la stanza. Comparve dietro il vetro col viso imbronciato di sempre, e
parve assurdo a Stefano l'averla avuta nel suo letto. Eccola ferma, smorta.

Stefano era fiacco: pochi passi lo portavano ormai a
un limite, non andava mai oltre la spiaggia o l'osteria.
Dormiva poco la notte; un affanno e una smania continui lo facevano balzare ai primi albori, nell'aria fredda.
Quel mattino, per fare qualcosa s'era alzato anche prima di giorno. Era uscito imbacuccato nel cortile, dove
sotto un cielo silenziosamente nero aveva acceso una
corta pipetta come quella di Giannino. Era un tempo
rigido, ma nell'ombra saliva dal mare come un alito che
accompagnava il vacillío delle stelle, enormi. Stefano
aveva pensato a quel mattino della caccia, quando nulla era ancora accaduto, quando Giannino fumava e la
casa di Concia, pallida e chiusa, attendeva. Ma il vero
ricordo era un altro, piú segreto, era un punto in cui tutta la vita di Stefano ardeva silenziosa, e a ritrovarlo era
stata tale la scossa che gli era mancato il respiro. L'ultima notte ch'era stato in carcere, Stefano non aveva
dormito; e poi gli ultimi istanti, già chiusa la valigia e
firmati i suoi fogli, li aveva attesi in un transito ignoto,
dagli alti muri scrostati e umidicci, dalle finestre grandi e aperte sul cielo nudo, dove l'estate addolciva il silenzio e vacillavano calde stelle che Stefano aveva creduto lucciole. Da mesi non vedeva che pareti torride
dietro le sbarre. D'un tratto aveva compreso che quello era il cielo notturno e che l'occhio arrivava fin lassú,
e che a giorno sarebbe stato su un treno, attraverso una
campagna estiva, libero di spaziare, verso invisibili pareti umane e per sempre. Quello era il limite, e tutto il
carcere silenzioso ricadeva nel nulla, nella notte.

Ora, nella pace sommessa del cortiletto, Stefano aveva fatto giorno, fumando come Giannino e ascoltando
il fragore monotono del mare. Aveva lasciato che il cielo impallidisse e che le nuvole trascolorassero, levando

il capo come un ragazzo. Ma nella carne del cuore gli
doleva quell'altro ricordo, quell'anelito estatico a una
solitudine che stava per finire. Che cosa ne aveva fatto, di quella morte e di quella rinascita? Forse adesso
viveva diverso da Giannino? Stefano aveva stretto le
labbra, tendendo l'orecchio al fragore del mare, sempre
uguale nell'alba. Poteva prendere l'anfora e salire sulla
strada e riempirla alla fontana fredda e roca. Poteva
rientrare e rimettersi a letto. Le nuvole, i tetti, le finestre chiuse, tutto in quell'attimo era dolce e prezioso,
tutto era come uscire dal carcere. Ma poi? Meglio restarci per sognare di uscirne, che non uscirne davvero.

Elena, ferma dietro i vetri, guardava, tenendo Vincenzino per mano. Stefano le accennò di entrare, e poi
fissò ostentatamente l'angolo nudo dov'era stato l'armadio. Elena alzò le spalle e prese la scopa senza parlare.

Fin che ci fu il ragazzo, Stefano li guardò in silenzio:
lei che scopava, lui che teneva la paletta. Elena non pareva imbarazzata: occhi chini, sbirciava la stanza senza
evitare i suoi. Non era rossa, ma smorta.

Mandò fuori il ragazzo a versare l'immondizia, e Stefano non si mosse. La breve assenza trascorse in un silenzio teso.

Stefano pensava a dir qualcosa, e Vincenzino rientrò. Dopo che l'ebbe aiutata a fare il letto, uscí finalmente con l'anfora.

Stefano si accorse di attendere lui una parola da Elena e che Elena, voltandogli le spalle, badava a ripiega-
re una coperta d'avanzo. Non c'era nulla da dire. A
quell'ora Stefano avrebbe dovuto trovarsi lontano.

L'istante passava. Cosí curva, di schiena, nascosta
la fronte sotto i capelli – voleva provocarlo? Gli parve
di vedere ferme le braccia sulla coperta, e il capo intento quasi protendersi, in attesa di un urto.

Stefano gonfiò il petto e si contenne. Vincenzino
tornava a momenti. Stefano disse, senza lasciare la porta dov'era appoggiato:

– Io non lo farei un letto dove non dormo.

Poi disse ancora, in fretta, parendogli di sentire il

ragazzo: – Sarebbe bello far l'amore alla mattina, ma non bisogna perché poi viene la sera e l'indomani e il giorno dopo...

Elena s'era voltata, in sfida, poggiati i pugni dietro a sé contro il letto. Disse con voce bassa: – Non se ne ha bisogno di gente come lei. Non mi tormenti –. Le sussultava la gola, e le rughe degli occhi eran rosse. Stefano sorrise. – Siamo al mondo per tormentarci, – disse.

Il ragazzo urtò nella porta reggendo l'anfora a due mani. Stefano si chinò, gliela tolse senza parlare e la portò sotto la finestra. Poi si cercò nelle tasche un ventino.

– No, – disse Elena, – no, no. Non deve prenderlo. Perché si disturba?

Stefano gli cacciò nella mano il ventino, gli prese la spalla e lo spinse fuori della porta. – Va' a casa, Vincenzino.

Chiuse la porta e l'imposta; chiuse tutte le imposte, e attraversò la penombra. Elena gli si afflosciò sotto con un gemito.

All'osteria Stefano, fiacco e sazio, sedette pensando alla sua forza e alla sua solitudine. Quella notte avrebbe meglio dormito e ciò valeva tante cose. D'or innanzi avrebbe sempre visto l'alba e fumato come Giannino nel salubre freddo notturno. La sua forza era reale se tra le lacrime quella povera Elena gli sorrideva consolata. Di piú non poteva darle.

Scambiò qualche parola col calvo Vincenzo e con Beppe il meccanico, che non parlavano di Giannino e aspettavano il quarto. – Accettate un bicchiere? – disse allora Stefano.

Venne il boccale: un vino marrone che pareva caffè. Era freddo e mordente. Il meccanico col berretto sugli occhi brindò a Stefano. Stefano ne asciugò due bicchieri e poi disse:

– Com'è andato il viaggetto?

Gli occhi neri del giovanotto ammiccarono.

– La strada delle carceri è la piú facile, ingegnere.

– Dite? – mormorò Stefano. – Avete un vino forte. Sono stato uno stupido a non berne finora.

Vincenzo cominciò a ridere con la bocca storta. Era
un brav'uomo.

– Ve l'hanno poi passato quel sussidio, ingegnere?

– Certamente. Avevate ragione quel giorno: parlavo con voi?

Prima di mezzogiorno Stefano uscí per rinfrescarsi
la fronte. La strada e le case ondeggiavano un poco,
sotto un pallido sole beato. Era cosí semplice. Perché
non ci aveva pensato prima? Tutto l'inverno lo attendeva tiepido.

Stefano andò alla casa di Giannino, e salí gli scalini
di pietra, sbirciando le fronde dell'orto ancor verdi sul
muro. Mentre attendeva, pensava alla casa di Concia,
che non aveva piú visto – c'erano ancora quei gerani alla finestra? – e a Toschina e all'altra voce ignota che doveva aver pianto di orgoglio, soffocata dietro il pugno.

Nel salottino a mattonelle rosse faceva un freddo de-
solato. C'era pure una tenda pesante che nascondeva
una porta. La finestretta era chiusa.

La madre entrò, dura e impassibile, tenendosi il petto e abbracciandosi coi gomiti. Stefano si sedette
sull'orlo della sedia.

Fu lui il primo a parlare di Giannino. Gli occhi fermi della vecchia ascoltavano, e si mossero appena.

– A voi non ha mai detto nulla?...

Qualcuno esclamava qualcosa, forse in cucina. Senza scomporsi la vecchia continuò balbettante: – Siamo
presi alla gola. Mio marito diventa imbecille. È l'età.
È allo scuro di tutto.

– Non so nulla da Giannino, ma credo si tratti di cosa da poco.

La vecchia si stringeva ostinatamente nelle braccia.

– Voi lo sapete che doveva sposarsi?

– Ma ne aveva poi voglia? – disse improvvisamente
Stefano. – Giannino non era uno sciocco e l'avrà fatto
apposta.

– Giannino *crede* di non essere uno sciocco, – disse
adagio la madre. – Ma è pazzo e bambino come l'altro.
Se non fosse pazzo, avrebbe atteso dopo le nozze per

avere anche l'altra –. Gli occhi si fecero piccini e duri, e curiosi. – Siete mai stato a San Leo?... È un paese di caverne dove non hanno nemmeno il prete... E vogliono sposare mio figlio!

– So che cosa è il carcere, – disse Stefano. – Può darsi che Giannino per uscirne la sposi.

La vecchia sorrise.

– Giannino tirava a non sposarne nessuna, – brontolò. – Voi conoscete il carcere ma non conoscete mio figlio. Uscirà giovanotto.

– E la Spanò? – disse Stefano. – Che dice?

– La Spanò è la ragazza che l'avrà. La Spanò lo conosce. Ve lo dirò perché non siete del paese. Anche noi li conosciamo. Hanno in casa la bastarda del padre e non possono levare la fronte.

La vecchia tacque, stringendosi nelle braccia e raccogliendo lo sguardo.

Levò gli occhi quando Stefano si alzò. – Siamo nelle mani di Dio, – disse.

– Ho qualche esperienza. Se posso esservi utile... – disse Stefano.

– Grazie. Conosciamo qualcuno. Se cosa vi occorre...

Come ogni volta che usciva dal chiuso, Stefano camminò un istante senza direzione, cosí per andare. Il vino era ormai snebbiato, e fra le case apparve un pallido orizzonte verdiccio. Era il mare, sempre remoto e agitato, ma scolorito come il ficodindia del sentieraccio sulla spiaggia. Per mesi non avrebbe piú deposto quel pallore innaturale. Ridiventava la parete di una cella, cosí come Stefano aveva persa l'abbronzatura estiva.

Nelle gambe quel pomeriggio gli durò il gelo delle mattonelle rosse, che lo fece pensare ai polpacci nudi di Concia e se ancora camminava a piedi scalzi sul pavimento della sua cucina. Da quanto tempo non l'aveva piú incontrata sulla soglia di un negozio?

Era ancor chiaro quando la pioggia riprese a cadere sui ciottoli delle strade. Stefano stanco e intirizzito rientrò, si avvolse nel soprabito e seduto davanti ai suoi vetri, coi piedi sul braciere spento, lasciò che gli occhi si chiudessero.

C'era un vago benessere in quella posa consueta, come un ragazzo che trovata una grotta nel bosco ci si raggomitola giocando alle intemperie e alla vita selvaggia. Il brusío della pioggia era dolce.

Stefano quella sera si preparò un po' di brace, fuori alla pioggia. Quando portò il catino dentro, il buon riverbero gli scaldava il viso. Si scaldò allora dell'acqua e vi spremette un'arancia. Le scorze buttate nella cenere riempivano l'atmosfera col loro agrore. Rientrare coi capelli bagnati dal breve cortile era come si rientra in un giorno di pioggia dal passeggio, nella cella vuota. E Stefano tornando a sedersi e accendendo la pipa, sorrise a se stesso, pieno di gratitudine per quel calore e quella pace, e anche per la solitudine che, al brusío della pioggia esterna, lo intorpidiva silenziosa.

Stefano pensò ai silenzi protratti, le sere che Giannino, seduto con la gota sullo schienale della seggiola, taceva. Non c'era nulla di mutato. Anche Giannino in quell'ora, seduto sul lettuccio, ascoltava in silenzio. Non aveva braciere, e i suoi pensieri erano insonni. O forse rideva. Stefano pensò vagamente alle parole della madre e alle sue. Né lei né la sposa né nessuno sapevano che il carcere insegna a star soli.

Senza girare gli occhi, Stefano si sentiva alle spalle tutta la stanza riordinata da Elena. Sentí ancora quel gemito d'Elena. Pensò che l'aveva trattata senza dolcezza ma senza odio, e che adesso ch'era solo poteva pensarci come nessuno pensava a lui.

X.

Veramente qualcuno pensava a Stefano, ma le lettere che s'ammucchiavano nel cassetto del tavolino ignoravano gli istanti veri della sua vita e insistevano patetiche su ciò che di sé Stefano aveva ormai dimenticato. Le sue risposte erano asciutte e laconiche, perché tanto chi gli scriveva le interpretava a modo suo nonostante gli avvertimenti. E anche Stefano del resto aveva adagio trasformato ogni ricordo e ogni parola, e talvolta ricevendo una cartolina illustrata dov'era una piazza o un paesaggio già noti si stupiva di sé ch'era passato e vissuto in quel luogo.

Nelle giornate di quell'inverno Stefano riprese a recarsi – bevuto un po' di vino – lungo la strada della casa dei gerani; non piú per sfogare nella camminata verso l'orizzonte un orgasmo ingenuo e veramente estivo, ma per lasciare che i pensieri lo cogliessero e aiutassero. Il vino lo rendeva indulgente e gli dava il coraggio tranquillo di vedersi da quella solitudine vivere nel paese come viveva. Quel se stesso di pochi istanti prima era come l'estraneo della vita anteriore, e persino l'ignoto ch'era stato nella cella. Che la strada per la quale passava fosse quella di Concia e della casa di lei, non significava gran che, e anzi l'impazientiva. Fu pensando alla barriera invisibile che aveva interposto tra sé e Concia, che sospettò la prima volta chiaramente il suo male e gli diede un nome risoluto.

Un giorno Barbariccia l'aveva seguito fuori del paese, senza perderlo di vista coi suoi occhietti rossi. Ste-

fano era in compagnia di Gaetano; e Barbariccia si sof-
fermava quando si soffermavano, e sogghignava quando lo vedevano, sempre a distanza. Gaetano gli aveva
detto di andarsene.

Stefano se ne ricordò la sera, quando Barbariccia ricomparve davanti alla sua porta, esitante e immobile:
si guardò intorno nel cortile e poi gli tese una mano,
dove teneva una bustina ripiegata. Tra le dita anneri-
te e dure spiccava la bianchezza della carta.

Quando comprese ch'era un messaggio, Stefano
guardò il pezzente che gli rispose con due occhi immobili e scemi.

Lesse allora, scritto a matita malamente, su un foglietto quadrettato:

> È idiota non vederci quando ne abbiamo il diritto (meglio
> però bruciare il foglio). Se desideri anche tu fare conoscenza e
> una franca discussione, passeggia verso le dieci domani sulla stra-
> da della montagna e siediti sul muretto dell'ultima svolta. Un
> saluto di solidarietà.

Barbariccia rideva mostrando le gengive. Qualche
parola era stata ripassata inumidendo la matita, e il foglietto pareva avesse preso la pioggia.

– Ma chi è? – disse Stefano.

– Non lo dice? – chiese Barbariccia allungando il collo al foglietto. – Quel vostro paesano che sta lassú, co-
mandato.

Stefano rilesse il foglio per imprimerselo in mente.
Poi prese un cerino e l'accese, e lo tenne fra le dita finché non sentí la fiamma. Davanti al viso rischiarato di
Barbariccia lasciò allora la carta involarsi e cadere a terra annerita.

– Gli dirai che sto male, – disse poi, frugandosi in
tasca. – E che non posso disporre di me. E ascolta un
consiglio: non portare piú lettere. Eh? Gli dirai che
l'ho bruciata.

Stefano aveva sperato assurdamente che il biglietto
venisse da Concia, ma gli era parso che anche per lei
non si sarebbe mosso, e in un attimo solo aveva visto
se stesso. Come in tutte le cose orribili che gli accade-

vano, c'era da ridere. E Stefano con buon umore aveva chiamato vigliaccheria la sua gelosa solitudine. Poi s'era disperato.

Ma la strada del poggio non l'aveva piú presa. Anche per questo andava invece per quella di Concia, e senza fermarsi.

Chi c'era sul poggio, lassú? Era stato prima che il pezzente facesse quella commissione. Stefano scherzava a denti stretti con Gaetano e questi d'improvviso l'aveva preso per i polsi tenendoglieli come ammanettati.

– State buono, ingegnere, se no vi mandiamo in quarantena anche voi.

Stefano s'era liberato guardandolo beffardo. – Il vostro amico è matto, – disse a Vincenzo fermo sull'angolo con loro. – Gli ha dato alla testa il caso di Catalano.

– Non parlavo di lui, – disse Gaetano con gli occhietti piú vispi, – dicevo che vi mandiamo lassú al monte.

– Non sapete? – intervenne Vincenzo, – che al paese vecchio il maresciallo ha confinato un vostro collega?

– Cos'è?

– Uh, non lo sa? – fece Gaetano. – Venne qui trasferito a tenervi compagnia un poco di buono, che prima cosa fece un discorso sovversivo al maresciallo. E il maresciallo, che vi vuol bene, gli comandò di stabilirsi al paese vecchio perché non facesse razza. Non ve l'ha detto?

Stefano guardò scuramente i due, giacché Vincenzo aggiunse: – Voi gli siete simpatico al maresciallo, non temete. Se mandava voi lassú, stavate peggio. Sono stradette tra le case, che non ci si rigira.

Stefano disse: – Quand'è stato?

– Otto giorni.

– Non ne sapevo niente.

– Quello è storto, – disse Vincenzo. – È un anarchico.

– È un fesso, – disse Gaetano. – Non si parla cosí al maresciallo. Parola, che ci godo.

– Ma lassú non è mica carcerato, – disse finalmente Stefano. – Potrà circolare.

– Che scherzate, ingegnere? Non deve scendere, e lassú non gli capiscono nemmeno l'italiano...

– È giovane?

– Carmineddo dice che porta la barba e non piace al parroco, perché è di pronta parola con le donne. Per ora sta seduto sul muricciuolo e guarda il panorama. Ma se allunga le mani, finisce che lo buttano in basso...

Il maresciallo che passava in bicicletta e si fermava, piede a terra, sulla piazza, s'era lasciato avvicinare da Stefano e aveva sorriso.

– ... Non ha nulla a che vedere con voi, – aveva risposto. – State tranquillo e non uscite dal paese. D'inverno le strade sono guaste.

– Capisco, – aveva mormorato Stefano.

Ora Stefano passava davanti alla casa di Concia e pensava all'aerea prigione lassú, a quel breve spazio campato nel cielo, che nei vacui sereni del mattino guardava a strapiombo sul mare. Un'altra parete s'era aggiunta al suo carcere, fatta questa di un vago terrore, di una colpevole inquietudine. Sul muricciuolo lassú sedeva un uomo, un compagno, abbandonato. Non c'era poi molto rischio nel concedergli una parola e visitarlo. L'appello aveva detto «solidarietà»: dunque usciva da quel gergo fanatico e quasi inumano, che in altri tempi si sarebbe espresso col precetto, piú dolce ma altrettanto grave, di visitare i carcerati. C'era pure qualcosa che faceva sorridere in quella «franca discussione» e in quei «diritti» – e forse il maresciallo quel giorno in bicicletta aveva sorriso ricordando parole consimili – ma la gaiezza non vinceva il rimorso. Stefano ammise di esser molto vigliacco.

Per vari giorni ebbe paura che Barbariccia tornasse a cercarlo, e ingannava la sua fantasia pensando all'anarchico e a Giannino insieme, carcerati entrambi ma risoluti come lui non era. Fantasticava il mondo intero come un carcere dove si è chiusi per le ragioni piú diverse ma tutte vere, e in ciò trovava un conforto. Le giornate si accorciarono ancora, e riprese a piovigginare.

Da quando era finita la stagione dei bagni, Stefano

non si lavava piú. Nell'abbandono della stanza passeggiava inquieto la mattina per scaldarsi, e si radeva qualche volta dal malumore, ma da molte settimane non s'era piú veduto il torso nudo né le cosce. Sapeva d'aver persa l'abbronzatura estiva, e che un biancore sudicio era ormai la sua pelle; e quel giorno che a forza aveva riposseduta Elena, se n'era staccato al piú presto e rivestito nel buio, temendo, se indugiava, di puzzare.

Elena non era piú tornata, che lui sapesse. Passando nella bottega a pagare il mese, Stefano l'aveva veduta servire impassibile un avventore e poi sorridere con un certo distacco agli sforzi della grassa madre che voleva spiegare a lui qualcosa in dialetto. Eppure Stefano se n'era sentiti gli occhi addosso tutto il tempo, in una tensione non piú dolce né struggente ma di oscuro e quasi astioso possesso. Stefano d'un tratto le aveva ammiccato. Elena aveva abbassato il viso, scarlatta. Ma ancora non era tornata.

Nella semitenebra delle piogge spazzate soltanto da burrasche livide, Stefano toccò il fondo della solitudine. O rimaneva nella stanza sul braciere, o protetto di un ridicolo paracqua raggiungeva l'osteria, semideserta nel primo pomeriggio, e comandava un boccale. Ma ben presto scoperse che il tempo è nemico del vino. Si può cercare l'ubriachezza quando non si è soli, o, comunque, qualcosa ci attende e la sera è un'insolita sera. Ma quando le ore inalterate e uguali ci guardano bere e continuano indifferenti e l'ebrezza dilegua con la luce e altro tempo rimane da trascorrere; quando nulla accompagnava l'ebrezza né le dà un significato; allora il vino è troppo assurdo. Stefano pensava che nulla sarebbe stato piú atroce che quello stesso boccale nella quotidiana cella di un tempo. Eppure anch'egli l'aveva desiderato. E certo anche Giannino doveva pensarci.

Forse Giannino, pensava Stefano, sarebbe felice di ubriacarsi una volta. Forse la prigione non è altro che questo: l'impossibilità di ubriacarsi, di distruggere il tempo, di vivere un'insolita sera. Ma Stefano sapeva di avere una cosa piú di Giannino: un caldo e incontenibile desiderio carnale che gli faceva scordare il disordine delle lenzuola e il sudiciume dei panni. Mentre, per lo meno all'inizio, la cella mortifica, come la malattia e la fame.

Nell'opacità di quegli ultimi giorni dell'anno, Stefano godé appunto l'estremo spiraglio di un tepore del suo corpo, di una favilla ancora accesa in lui, nella totale indifferenza di ogni altro contatto e avvenimento. Ci fu davvero qualche livido mattino in cui null'altro gli accadde se non di svegliarsi indolenzito dal desiderio. Era un triste risveglio, come di chi nel carcere abbia dimenticato nel sonno la solitudine. E tra le quattro pareti della chiusa giornata null'altro avveniva.

Stefano ne parlò senz'orgoglio con Gaetano.

– Chi sa perché d'inverno si è tanto eccitati?

Gaetano ascoltava, indulgente.

– A volte penso che sia il sole della spiaggia. Ne ho preso tanto quest'estate e ora lo sento... O forse è il pepe che mettete nelle salse... Comincio a capire le violenze carnali di Giannino e di voialtri. Mi sento tutto ficodindia. Non vedo che quaglie.

– Direi! – brontolava Gaetano. – L'uomo è sempre uomo.

– Che ne dice Pierino? – fece alla guardia di finanza che fumava contro il banco, ravvolto nella mantella.

– Ogni terra ha la sua malaria, – rispondeva quell'altro. – Chiedete un permesso al maresciallo.

– Fenoaltea, portatemi a caccia di quaglie, – piagnucolava Stefano.

Andarono a far due passi sulla strada degli ulivi, brulla anch'essa e solcata di rigagnoli. Camminando Stefano sbirciava la vetta del poggio.

– D'inverno non si va piú lassú?

– Che volete vedere? il panorama? – diceva Pierino.

– Intende per sgranchirsi le gambe, – rispondeva Gaetano soprapensiero.

– Se giraste per servizio, di notte, come tocca a me solo, non avreste bisogno di sgranchirvi le gambe.

– Ma voi servite il governo, – disse Stefano.

– Anche voi lo servite, ingegnere, – ribatté Pierino.

Sotto Natale il paese s'era un poco animato. Stefano aveva veduto ragazzi mocciosi e scalzi girare davanti alle case suonando trombette e triangoli e cantando con voci acute le buone feste. Poi attendevano pazienti che uscisse qualcuno – una donna, un vecchio – che metteva nella sporta un po' di dolce o fichi secchi o arance o qualche soldo. Vennero anche nel suo cortile – due volte – e benché Stefano s'irritasse al clamore, fu contento che non l'avessero dimenticato e diede loro qualche soldo e una tavoletta di cioccolato. I ragazzi ricantarono la canzoncina – avevano gli occhi ridenti e fondi di Giannino, del meccanico, di tutti i giovani di quella terra – e lo lasciarono stupito di essersi commosso cosí a buon mercato.

Il negozio di commestibili di Fenoaltea lavorò assai in quei giorni e Gaetano era sempre al banco col padre e le zie. Venivano villani, povere donne, serve scalze, gente che non sempre mangiava pane; lasciavano alla porta il somarello bardato; e compravano, magari sul raccolto futuro, cannella, garofano, fior di farina, droghe, per i dolci di Natale. Il vecchio Fenoaltea diceva a Stefano: – È la nostra stagione. Se non ci fosse Natale, i morti di fame saremmo noi.

Venne pure Concia. Stefano, seduto su una cassa, guardava l'acciottolato e la sporca facciata dell'osteria di fronte, debolmente schiariti da un sole tiepido. Concia comparve sulla soglia, baldanzosa e diritta come un virgulto, quella di sempre. La stessa futile sottana intorno ai fianchi, le stesse gambe abbronzate: non era piú scalza, ma proprio sulla soglia tolse i piedi dalle pianelle senza chinarsi. Col vecchio Fenoaltea e con Gaetano parlò canzonando, e il vecchio rideva chino sul banco.

La madre di Gaetano, una donnetta grassa e grigia, prese a servire Concia, che tratto tratto volgendosi sbirciava Stefano e la porta.

– Come sta la bimba vostra? – disse ansimante la madre di Gaetano.

– La mia Toschina cresce bene, – ribatté Concia, sussultando sui fianchi. – I suoi parenti le vogliono bene.

Rise bonariamente anche la vecchia. Mentre Concia usciva ridendo, Stefano non seppe rivolgerle altro che un cenno di saluto indifferente. Concia dalla porta, infilandosi le pianelle, sogguardò ancora Stefano.

– Vi piace sempre? – chiese Gaetano a labbra strette, ma non sí che tutto il negozio non sentisse. Sua madre scuoteva il capo. Il vecchio Fenoaltea col suo sorriso grasso e cauto disse in giro: – Quella sí che è montanara.

– Che facciamo, via! – disse la madre.

Il giorno di Natale la vecchia dell'osteria, zia di Gaetano, gli offrí della torta drogata, quale si mangiava in tutte le case. Nessuno dei soliti avventori passava a discorrere. Stefano mangiò un po' di torta e poi s'incamminò verso casa, confrontando la sua solitudine con quella dell'anarchico lassú. Barbariccia era passato poco prima, sberrettandosi, a chiedere l'elemosina di Natale: sigarette e cerini, molti cerini. Non aveva ammiccato messaggi.

Verso sera venne Gaetano a cercarlo, nel cortile, dove non era venuto mai. Stefano allarmato uscí dalla stanza, per trattenerlo sulla soglia.

– Oh, Fenoaltea, che succede?...

Gaetano veniva a mantenere la promessa. Gli spiegò a bassa voce che la donna era trovata, ch'era tutto combinato col meccanico: concorrevano in quattro, il meccanico andava in città, la caricava sull'auto e l'avrebbero tenuta due giorni nella stanza del sarto.

– Sono cose da farsi a Natale? – balbettò Stefano ridendo.

Gaetano piccato rispose che non era per quel giorno. La ragazza – bella, la conosceva Antonino – voleva quaranta lire: bisognava quotarsi. – Ci state, ingegnere?

Stefano gli diede la moneta, per troncare il discorso. – Non vi dico d'entrare, perché è troppo sporco.

Gaetano disse volubile: – Siete ben sistemato qui. Per pulire vi ci vorrebbe una donna.

– Però, – disse Stefano. – È la prima volta che scelgo una donna al buio.

Gaetano disse: – Noialtri si fa sempre cosí, – e gli strinse la mano con effusione.

Stefano fumava la pipa un mattino all'osteria e vide entrare guardinghi Gaetano e il meccanico. Vedendo il viso asciutto di Beppe, pensò a Giannino che aveva fatto con lui l'ultimo viaggio. Gaetano serio gli toccava la spalla: – Venite, ingegnere –. Allora ricordò.

Il sarto, un ometto rosso, li accolse con mille cautele nella bottega. – Sta mangiando, – gli disse. – Ingegnere, riverito. Nessuno vi ha visti? Sta mangiando. Ha passato la notte con Antonino.

La porticina di legno del retro non voleva aprirsi. Stefano disse: – Andiamocene pure. Non vogliamo disturbare, – e spense la pipa.

Ma entrarono tutti ed entrò anche lui. La stanzettina aveva il soffitto obliquo, e la donna sedeva sul materasso disfatto, senza camicetta sí che mostrava le spalle, e mangiava col cucchiaio da una scodella. Levò gli occhi placidi in viso a tutti, tenendosi la scodella sulla sottana fra le ginocchia. I suoi piedi non toccavano terra, tanto che pareva una bambina grassa.

– Hai appetito eh? – disse il sarto, con una curiosa. vocetta raschiante.

La donna fece un sorriso sciocco, indifferente, e poi quasi beato.

Gaetano le andò vicino e le prese la guancia fra le dita. La donna con malumore si svincolò e, deposta la scodella a terra, si posò le mani sulle ginocchia fissando in attesa, forse credendo di sorridere, i tre uomini. Stefano disse: – Non bisogna interrompere i pasti. Ora andiamo.

Fuori respirò l'aria fredda e smarrita. – Quando vorrete, ingegnere, – gli disse subito Gaetano, alla spalla.

XI

La cosa piú strana era questa: era inverno e apparivano indizi della primavera. Certi ragazzi, dalla sciarpa intorno al collo, passavano scalzi. Qualche verde spuntava nei fossi lungo i campi brulli; e il mandorlo tendeva sul cielo rami pallidi.

Dileguate le piogge, anche il mare ridivenne tenero e chiaro. Stefano, nell'aria fresca, riprese a camminare sulla spiaggia, fantasticando oziosamente che la fine dell'inverno l'avesse annunciata Concia scalza, fin dal giorno di quel suo ingresso nel negozio. Il mare pareva un prato, ma i mattini e le notti eran diacci, e Stefano si scaldava ancora al catino di cenere. La campagna era fango indurito; Stefano la vedeva già colorirsi e ingiallire e ricongiungersi all'estate, e concludere il ciclo delle stagioni. Quante volte vi avrebbe assistito laggiú?

Anche Giannino vedeva finire l'inverno, dal colore dell'aria della sua finestretta. Quante volte vi avrebbe assistito? Per fuggevoli e scarsi che fossero i suoi indizi della primavera – una nuvola o un filo d'erba nel cortile del passeggio – era cosa certa che anche un taciturno come lui ci si doveva abbandonare con struggimento. Forse la grazia della primavera gli riportava a mente qualche tenero ricordo di donna – forse Giannino rideva di esser proprio carcerato per questo – certo, se non sentiva le stagioni e i colori del mondo, Giannino sentiva la bellezza di un grembo, di un gesto femminile, di una scherzosa oscenità. Chi sa che la sua Carme-

la non fosse contenta pensando che adesso non poteva
piú andare a caccia di quaglie.

– Don Giannino Catalano attende il processo per
marzo, si ricorda di voi, e vi saluta, ingegnere, – aveva detto il meccanico.

Ripartita la piccola donna – che Stefano non aveva
toccato, pur chiudendosi con lei qualche minuto per
non essere scortese verso Gaetano – a Stefano accadde un fatto che la sua fantasia interpretò infantilmente come un oscuro compenso della Provvidenza. Trovò
sul suo tavolo, rientrando la sera, un mazzetto di fiori
rossi, ignoti, in un bicchiere, e accanto un piatto, sotto un altro piatto capovolto, di carne arrostita. La stanza era rifatta e spazzata. La valigia, sul tavolino nudo,
piena fino all'orlo di biancheria lavata.

Nei pochi istanti ch'era stato nel covo, Stefano senza sedersi sul materasso aveva chiesto alla donna se era
stanca, le aveva dato da fumare e, pur sapendo di farlo solamente per disgusto, s'era astenuto da lei. Le aveva detto: – Vengo solo a salutarti –, sorridendo per non
offenderla; e l'aveva guardata fumare, cosí piccola e
grassa, i capelli viziosi sulle spalle, il reggiseno rosa e
innocente, dal ricamo consunto.

E adesso, in quella riconciliazione che Elena gli pro-
poneva col mazzetto di fiori, Stefano vide un'ingenua
promessa di pace, un assurdo compenso, che piú che
da Elena gli veniva dalla sorte, per la sua buona azione. Naturalmente Annetta l'aveva rispettata per semplice disappetenza, ma Stefano non fece in tempo a sorridere della sua ipocrita ingenuità, che lo prese un terrore. Quello della spiaggia, del ficodindia, del succo
verde penetrato nel sangue. Il sospetto della mattina
che aveva saputo di Giannino e camminato indocile
sentendosi ghermire dallo spirito di quella terra. «Meno male che stavolta non piango».

Non solo non piangeva, ma la sua agitazione aveva
qualcosa di gaio e d'irresponsabile. Che una buona
azione potesse venire oscuramente premiata da un mazzo di fiori, l'aveva sempre temuto. Ma ecco che ades-

so poteva dare un nome alla cosa: superstizione, crassa superstizione, quella dei villani che levavano il capo a quel cielo e sbucavano sull'asino da sotto gli ulivi.

Mortificato, Stefano cercò di valutare il gesto di Elena, poiché ormai sapeva di averla in sua mano e poterla chiamare o respingere, a piacere. Cenava intanto con la carne arrostita di quel piatto, e la trovava cosí saporita che pensò di mangiar subito l'arancia e tornar dopo alla carne.

C'era qualcosa di mordente nella carne, che Stefano risentí sulla lingua succhiando l'arancia. Pepare e drogare forte era l'usanza del paese e tanto piú sotto le feste, ma Stefano ebbe un altro sospetto. Per un istante immaginò che Elena si volesse vendicare e gettargli nel sangue un incendio. Anche i bizzarri fiori rossi lo dicevano. Ma in quel caso valeva la pena di avere riguardi? Stefano, imbaldanzito dalla recente astinenza, se la rise e mangiò con piú foga.

Elena la vide l'indomani traversare tranquilla il cortile, e l'attese alla porta. Si guardarono imbarazzati. Stefano, che aveva dormito in pace, si scostò, la fece entrare, e dalla soglia le mandò un bacio con le labbra. L'occhiata di lei fu quasi furtiva, ma al primo passo di Stefano scosse il capo inquieta. – D'or innanzi non ti toccherò piú, sei contenta? – disse Stefano, e se ne andò avendo vista Elena immobile in mezzo alla stanza, sorpresa.

Stefano cominciò a capire quanta forza gli veniva da quella povera Annetta casualmente rispettata. Non da lei; ma dal suo proprio corpo, che trovava un equilibrio in se stesso e ridava un'energica pace anche all'animo. Si disse quant'era sciocco ch'egli avesse cercato con orgoglio d'isolare i suoi pensieri, e lasciato il suo corpo sfibrarsi nel grembo di Elena. Per essere solo davvero, bastava un nonnulla: astenersi.

Gaetano e il meccanico all'osteria riparlarono d'Annetta. Stefano li ascoltava sornione, ben sapendo che un giorno avrebbe dovuto piegarsi. Ma allora avrebbe cercato Elena. Ascoltava compunto per mettere alla prova il suo distacco.

Disse il meccanico: – Chi sa l'amico come se la sognerebbe l'Annetta!

– Voi siete fortunato, ingegnere, – disse Gaetano, – nemmeno le donne vi si lascia mancare.

Stefano disse: – Però non è giusto che Giannino, carcerato perché faceva all'amore, non possa almeno distrarsi con quella che l'ha messo nei guai.

– Vorreste trasformare la giustizia, – disse il meccanico. – Allora che prigione sarebbe?

– Voi credete che la prigione consista nell'astinenza?

– Come no?

Gaetano ascoltava soprapensiero.

– Vi sbagliate, – disse Stefano, – la prigione consiste nel diventare un foglio di carta.

Gaetano e il meccanico non risposero. Gaetano anzi fece un segno alla vecchia padrona, che gli portasse il mazzo di carte. Poi, siccome entrò Barbariccia a seccarli, il discorso si spense.

La primavera era illusoria, e la campagna desolata. Dalla spiaggia, triste perché non ci si poteva nemmeno nuotare, Stefano certe mattine spaziava nella luce fredda lo sguardo sulle casette acri e rosee, come in quei giorni lontani del luglio. Sarebbe venuto – doveva venire – un mattino che Stefano dal treno avrebbe veduto l'ultima volta il poggio a picco. Ma quante estati dovevano ancora passare? Stefano invidiò persino l'anarchico relegato lassú, che vedeva pianure, orizzonti e la costa, come un gioco minuscolo attraverso l'aria; in fondo, la nuvola azzurra del mare; e tutto aveva per lui la bellezza di un paese inesplorato, come un sogno. Ma rivide pure l'angustia delle viuzze e delle finestre, le quattro case a perpendicolo sull'abisso, ed ebbe vergogna della sua viltà.

Gliel'aveva detto anche Pierino, la guardia di finanza, che il maresciallo ormai si fidava di lui, chiedendosi persino se piú che colpevole non fosse stato fesso; e Stefano cominciò a spingersi sornione per la strada del poggio, fra gli ulivi, sperando di esser visto di lassú. Dell'anarchico aveva sentito notizie da una

donnetta scesa a comprare nel negozio di Gaetano: giocava coi bambini sul piazzale della chiesa, dormiva in
un fienile, e passava la sera a discutere nelle stalle. Stefano non avrebbe voluto incontrarlo – viveva ormai di
abitudini, e le convinzioni di quel tale, e quella barba,
l'avrebbero scosso – ma a dargli il conforto di non sentirsi abbandonato, era disposto.

Passeggiava quindi verso il tramonto sulla strada del
poggio, si sedeva su un tronco che guardava una valletta presso la casa cantoniera, e fumava la pipa, come
avrebbe fatto Giannino.

Una volta, nell'estate, s'era appena seduto su quello
stesso tronco, che aveva sentito uno scalpiccío, e un
gruppo di uomini magri – contadini, manovali – era passato, preceduto da un prete in stola. Quattro giovanotti portavano una bara, sulle spalle brune, a maniche rimboccate, ogni tanto asciugandosi la fronte col braccio libero. Nessuno parlava; procedevano a passi disordinati,
levando un polverone rossastro. Stefano s'era alzato dal
tronco, per rendere omaggio al morto ignoto, e molte
teste s'erano voltate a guardarlo. Stefano ricordava di
essersi detto che per tutta la vita avrebbe sentito lo scalpiccío di quella turba nell'immobile frescura del tramonto polveroso. Ecco invece che l'aveva già scordato.

Quante volte, specialmente i primi tempi, Stefano si
era riempiti gli occhi e il cuore di una scena, di un gesto, di un paesaggio, dicendosi: «Ecco, questo sarà il
mio piú vivo ricordo del passato; ci penserò l'ultimo
giorno come al simbolo di tutta questa vita; lo *godrò*, allora». Cosí si faceva in carcere, scegliendo una giornata sulle altre, un istante sugli altri, e dicendo: «Devo
abbandonarmi, sentire a fondo quest'istante, lasciarlo
trascorrere immobile, nel suo silenzio, perché sarà il *carcere* di tutta la mia vita e lo ritroverò, una volta libero,
in me stesso». E questi attimi, com'erano scelti, cosí dileguavano.

Doveva conoscerne molti l'anarchico, che viveva a
una perenne finestra. Se pure non pensava a tutt'altro
e per lui la prigione e il confino non erano come l'aria

la condizione stessa della vita. Pensando a lui, pensando al carcere passato, Stefano sospettava un'altra razza, di tempra inumana, cresciuta alle celle, come un popolo sotterraneo. Eppure quell'essere che giocava in piazza coi bambini, era insomma piú semplice e umano di lui.

Stefano sapeva che la sua angoscia e tensione perenne nascevano dal provvisorio, dal suo dipendere da un foglio di carta, dalla valigia sempre aperta sul tavolo. Quanti anni sarebbe restato laggiú? Se gli avessero detto per tutta la vita, forse avrebbe vissuto i suoi giorni piú in calma.

In un mattino di umido sole, a gennaio, passò sullo stradale un'automobile veloce, carica di valige, che non rallentò neppure. Stefano levò appena gli occhi, e rivisse un altro istante dimenticato dell'estate.

Nel sole torrido del mezzodí s'era fermata un'automobile davanti all'osteria. Bella, sinuosa e impolverata, d'un color chiaro di crema, dal docile e quasi umano arresto, s'era accostata al marciapiedi privo d'ombra; e n'era scesa una donna slanciata, in giacchetta verde e occhiali neri, una straniera. Stefano tornava allora dalla spiaggia, e guardava dalla soglia la strada vuota. La donna s'era guardata attorno, aveva fissata la porta (Stefano capí poi che il riverbero del sole la ottenebrava), e voltandosi era risalita sulla macchina, s'era chinata e ripartita, in un lieve fruscío che un poco di polvere aveva involato.

A volte, a Stefano pareva di esser là da pochi giorni e che tutti i suoi ricordi fossero soltanto fantasie come Concia, come Giannino e l'anarchico. Ascoltava le chiacchiere del calvo Vincenzo che all'osteria, mentre lui mangiava, fino all'ultimo leggeva il giornale.

– Vedete, ingegnere: «Tempo mosso». Sempre i soliti, i giornali. Domando a voi se la marina non è un olio, quest'oggi.

Per la porta si vedevano i ciottoli e una fetta del muro di Gaetano, tranquilli nell'umido sole. Dei ragazzi vociavano, giú per la strada, invisibili.

– È quasi il tempo della pesca delle seppie. Non
l'avete mai veduta? Vero, siete arrivato in giugno, l'altr'anno... Si fa di notte, con la lampada e l'acchiappa-
farfalle. Dovreste chiedere il permesso...

Sulla soglia comparve il maresciallo, nero e rosso,
faccia inquieta da perlustrazione.

– Vi cercavo, ingegnere. Sapete la nuova?... Finite,
finite di mangiare.

Stefano saltò in piedi.

– Hanno respinto il ricorso, ma vi hanno concesso il
condono. Da stamattina siete libero, ingegnere.

Nei due giorni che Stefano attese il foglio di via, il
crollo delle sue abitudini fondate sul vuoto monotono
del tempo, lo lasciò come trasognato e scontento. La valigia che aveva temuto di non fare in tempo a prepara-
re, la chiuse in un batter d'occhi, e dovette riaprirla per
cambiarsi le calze. Dalla madre di Giannino non osò
prendere commiato, per timore di farla soffrire con la
sua libertà insolente. Continuò a gironzare dalla sua
stanza all'osteria, incapace di fare una corsa piú lontano, di salutare a uno a uno i luoghi deserti, pallidi, della campagna e del mare, che tante volte aveva divorato
con gli occhi, nel tedio esasperato, dicendosi: «Verrà
l'ultima volta, e rivivrò quest'istante».

Gaetano e Pierino corsero a cercarlo in casa, Stefano, che mai aveva vista la sporcizia della sua stanza come adesso che ci avrebbe dormito per l'ultima volta, li
fece entrare e sedere sul letto, ridendo scioccamente dei
mucchi di cartaccia, dei rifiuti e della cenere buttata negli angoli. Gaetano diceva: – Se passate da Fossano, sa-
lutatemi le ragazze –. Discussero insieme gli orari dei
treni, le stazioni e i diretti, e Stefano incaricò Pierino
di ricordarlo a Giannino.

– Gli direte che dà piú soddisfazione uscir di carcere che non dal confino. Oltre le sbarre tutto il mondo
è bello, mentre la vita di confino è come l'altra, solo
un po' piú sporca.

Poi prese il coraggio alla gola, e di sera nell'ora proibita entrò nel piccolo negozio. La madre era già a letto; venne Elena sotto la bianca acetilene a servirlo. Le disse che pagava la stanza, perché tornava a casa; poi attese un momento, nel silenzio, e disse che il resto, nulla avrebbe potuto pagarlo.

Elena con la sua voce roca balbettò imbarazzata:

– Non si vuole bene per essere pagati.

«Volevo dir la pulizia», pensò Stefano, ma tacque e le prese la mano inerte e la serrò, senza levare gli occhi. Elena, dall'altra parte del banco, non si muoveva.

– A casa chi ti aspetta? – disse piano.

– Non ho nessuna e sarò solo, – rispose Stefano, accigliandosi senza sforzo. – Vuoi venire stanotte?

Non dormí quella notte e ascoltò passare i due treni, della sera e dell'alba, con una delusa impazienza, anticipandone il fragore e trovandolo mancato. Elena non venne, e non venne al mattino, e spuntò invece il ragazzo dell'anfora a chiedere se voleva che andasse a prendergli l'acqua. Doveva aver saputo le novità, cosí bruno e monello com'era, e Stefano gli diede la lira che i suoi occhi chiedevano. Vincenzino scappò via saltando.

Nella mattina salí al Municipio dove gli fecero i rallegramenti e gli diedero un'ultima lettera. Poi andò all'osteria dove non c'era nessuno. Sarebbe partito alle quattro di quel pomeriggio.

Traversò la strada per salutare Fenoaltea padre. Trovò pure Gaetano, che lo prese a braccetto e uscí con lui cominciando un discorso dove gli chiedeva di scrivere se potesse trovargli un buon posto lassú. Stefano non pensò di chiedere che lavoro.

Vennero allora Beppe, Vincenzo, Pierino, e degli altri, e fecero una bicchierata e poi fumarono discorrendo. Qualcuno propose di giocare alle carte, ma la proposta cadde.

Appena mangiato, Stefano andò a casa, traversò il cortile, prese la valigia già chiusa, si guardò appena intorno e uscí nel cortile. Qui si fermò di fronte al mare, un istante – il mare che si vedeva appena, di là dal terrapieno – e poi girò il sentiero e risalí sulla strada.

Ritornando verso l'osteria salutava con un cenno qualcuno dei bottegai che conosceva. La soglia d'Elena era deserta.

All'osteria trovò Vincenzo, e parlarono un'ultima volta di Giannino. Stefano aveva pensato di fare un passo sulla strada dell'argine, davanti alla casa di Concia, ma poi giunsero Pierino e gli altri, e attese con loro le quattro.

Quando, entrati nella stazione, pazientarono tutti sulla banchina e si sentí finalmente il tintinnío segnalatore del treno, Stefano stava sbirciando il paese antico che sporgeva miracolosamente sul tetto, quasi a portata di mano. Poi vide, contemporaneamente il treno lontano, alla svolta; il capostazione sbucare gigantesco e farli indietreggiare tutti quanti; e davanti, oltre il canneto, il mare pallido che parve gonfiarsi nel vuoto. Stefano ebbe l'illusione, mentre il treno giungeva, che turbinassero nel vortice come foglie spazzate i visi e i nomi di quelli che non erano là.

Nota al testo

Il testo di Laura Nay e Giuseppe Zaccaria che qui pubblichiamo è apparso, con alcune varianti, nel volume di Cesare Pavese, *Tutti i romanzi*, a cura di Marziano Guglielminetti, Einaudi, Torino 2000.

Scritto fra il 27 novembre 1938 e il 16 aprile 1939, *Il carcere* denuncia, fin dal titolo, evidenti legami con l'esperienza vissuta da Pavese stesso nel 1935, prima presso le carceri di Torino, le Nuove, poi presso quelle di Roma, il Regina Cœli. Il rapporto di Pavese con la prigionia, a dire il vero, non pare del tutto traumatico. Nelle prime lettere inviate alla sorella Maria, Cesare sembra essere preoccupato piú per coloro che si trovano fuori dalle mura della cella («Continua [...] a seccarmi per le scuole, le serali, dove gli allievi avevano bisogno di finire il programma e senza di me perderanno tempo e si faranno bocciare tutti», 18 maggio 1935), o per le sue opere in corso di stampa («Se scrive Carocci da Firenze per le mie poesie, informatemi al piú presto», 16 maggio 1935; su questo si veda M. Guglielminetti, *Introduzione*, pp. VII-VIII e M. Masoero, *Nota ai testi*, p. XXXII nell'edizione delle *Poesie*, Einaudi, Torino 1998), mentre pare accettare di buon grado le limitazioni che la vita carceraria impone. «Qui, a sapere di uscire il giorno dopo, è un soggiorno poco meno che incantevole», scrive sempre alla sorella il 24 giugno del '35 da Regina Cœli; ma il punto è proprio questo, il sapere di potersene andare, il non essere prigionieri rende caro il rimanere, quand'anche in una cella. Il 6 maggio del '38, ovvero nei mesi antecedenti alla stesura del *Carcere*, nel *Mestiere di vivere* si legge: «A tutto c'è rimedio. Pensa che sia l'ultima sera che passi in prigione. Respiri, guardi la cella, ti intenerisci sui muri, sulle sbarre, sulla scarsa luce che entra dalla finestra, sui rumori che sussultano da ogni parte e ormai appartengono a un altro mondo. Perché ti fa pena la cella? Perché è diventata cosa tua. Ma se ti dicono improvvisamente che c'è un errore, che non uscirai domani, che resterai non sai ancora quanto, manterrai la calma?» Ma la cella non è solamente quella fatta dalle mura della prigione, è anche la cella «invisibile» del confino a Brancaleone, dove Pavese giunge il 4 agosto del '35, ed a quella non è possibile nemmeno piú affezionarsi: «Il senso della cella invisibile genera provvisorietà anche a quell'ambiente umano che accoglie. Chi si fa casa di una cella?» (*Il mestiere di vivere*, 29 novembre del 1938); e ancora, alla fine del medesimo anno, il 26 dicembre: «Il carcere deve apparire come il limite di ogni carità, il congelamento della simpatia umana, per cui la storia è, in fase ascendente, lo sciogliersi di queste pareti (la stranezza del mondo nuovo non dev'essere fine, ma mezzo a che meglio risalti lo stupore) e, in fase discendente, l'orrore del nuovo richiudersi di *un altro*, e qui di nuovo la stranezza accrescerà la gravità della solitudine» (corsivo dell'autore). Il «mondo nuovo» è quello del confino, con cui, nella realtà dell'anno 1935, Cesare, e nella finzione narrativa del '38, Stefano, si trovavano a fare i conti.

Nel periodo di prigionia trascorso a Regina Cœli, Pavese si interroga sul motivo della carcerazione. Alla sorella Maria, l'8 giugno del '35, scrive: «Io continuo a ignorare di quale accusa si tratti, ma spero che ben presto saprò qualcosa. Ad ogni modo non c'è da spaventarsi perché in coscienza sono sempre tranquillo e tutto si risolverà con un grande disturbo portato alle mie lezioni e alla pubblicazione delle mie poesie». Tuttavia, con il passare dei giorni, l'inquietudine per la propria sorte aumenta: Pavese diventa sempre piú prudente (il 14 giugno, chiede alla sorella Maria di farsi intermediaria presso il Carocci, affinché da *Lavorare stanca* sia espunta una lirica di ispirazione politica, *Una generazione*, «che, piú ci penso, meno mi piace»: su questo cfr. ancora M. Masoero, *Le poesie* cit., pp. XXXIV-XXXVI), e formula ipotesi sui motivi che lo hanno condotto a diventare un prigioniero politico: «se è per la gerenza della "Cultura", nego che fosse un giornale antinazionale, anche perché io personalmente ho invitato come collaboratori parecchi camerati, che non vi avrebbero certo scritto, se avessero pensato male della rivista. [...] Poi, la "Cultura" non si occupava di politica», scrive Pavese sempre alla sorella il 26 luglio. Il suo scarso interesse per la politica emerge con chiarezza fin da questi anni: «Tutti sanno che io non mi sono mai occupato di cose politiche, ma ora pare che le cose politiche si siano occupate di me» (24 giugno 1935, alla sorella). È un disinteresse destinato a rimanere cifra costante, anche solo volendo, per il momento, limitare il discorso al diario, e guardando, ad esempio, ad una importante notazione piú tarda, del gennaio («8 o 9») 1940: «La prova del tuo disinteresse per la politica è che credendo al lib. (= la possibilità di ignorare la vita politica) vorresti applicarlo tirannicamente. Senti cioè la vita politica soltanto in tempi di crisi totalitaria, e allora t'infiammi e contraddici al tuo stesso lib., pur di realizzare presto le condizioni lib. in cui potrai vivere ignorando la politica». Forse per questo, come si dirà piú oltre, pur essendo *Il carcere* un romanzo cosí fortemente legato ad una esperienza politica, in esso tale tema non traspare, ma rimane come sfondo all'agire del protagonista.

Il confino, perlomeno in un primo momento, non rappresenta per Pavese il luogo della desolazione, della solitudine. Al contrario, lí, a Brancaleone, in una terra che non sente sua, egli non solo tenta di trasformare quell'occasione, e quell'ambiente, in un luogo di lavoro, ma matura l'idea che sia arrivato il tempo per lui di tentare la prosa. Il 15 dicembre 1935, Pavese scrive all'amico Sturani: «Non capisco poi dove hai letto che io sono scoraggiato: che cosa significa questa parola? Il tormento è un'altra cosa [...]. Mi consigli di lavorare? Non ho bisogno di consigli. Quattro mesi, quattordici poesie, di cui sette superiori a ogni elogio». Contemporaneamente, però, sempre a Sturani, pochi giorni prima, egli aveva confessato come il «mestiere di poeta» non gli desse piú soddisfazione: «Io faccio poesie senza gusto e senz'appetito, e m'accorgo che il mestiere di poeta non serve nemmeno a ammazzare il tempo, perché l'interesse al lavoro viene rarissimo, e troppe sono le ore che è necessario stare tetramente concentrati su un'idea che non c'è. Era già brutto a Torino questo, pensiamo qui» (27 novembre 1935). Lentamente, pare farsi strada in lui la consapevolezza che è giunto il tempo di tentare un nuovo genere, per il momento solo occasionalmente frequentato. Già alla data del 6 ottobre di quell'anno, sul diario, Pavese annota: «Ma perché, in quel modo che sinora mi sono limitato come per capriccio alla sola poesia in versi, non tento mai un altro genere?»; alla data del 15 ottobre, la sua inquietudine pare farsi ancor piú evidente («Eppure ci vuole un nuovo punto di partenza») e, sempre nel medesimo giorno, accenna a «tentativi prepoetici [*nei quali*] lasciai [...] cadere, sgualcendoli, i modi del racconto in prosa e del romanzo». Non è una strada facile da percorrere, per lui, ma è necessaria: «Conosco troppo gli ostacoli di questa strada, cui ho tolto anche la gioia tonificante del primo contatto. Eppure bisogna percorrerla». E ancora, sempre nel *Mestiere*, appena due giorni piú tardi: «Ed ecco trovata la formula per l'avvenire: se un tempo mi dannavo l'anima a creare un misto dei miei lirismi (apprezzati per foga passionale) e del mio stile epistolare (apprezzabile per controllo logico e immaginoso) e il risultato furono i *Mari del Sud* con tutta la coda; ora debbo trovare il segreto di fondere la fantastica e sentenziosa vena del *Lavorare Stanca* con quella, pazzerellona e realisticamente intonata a un pubblico, della pornoteca. Ed è indubitato che ci vorrà la prosa». La prosa è la strada scelta da Pavese, prima attraverso i racconti e poi con il romanzo. Sono noti i rapporti assai stretti fra i racconti e questo romanzo, e pertanto ci si limita qui ad indicarli: *Terra d'esilio* (*Sterilità*, nella minuta), innanzitutto, scritto tra il 5 e il 24 luglio del '36, una vera e propria sinopia del romanzo maggiore, e *Carogne*, iniziato il 20 giugno e terminato il 7 luglio del '37, anch'esso, come il precedente, raccolto postumo in *Notte di festa*, racconto il cui abbozzo può essere letto nel diario alla data del 18 giugno di quell'anno.

Scrivere romanzi vuol anche dire, per lui, interrogarsi sulla natura della prosa stessa, a partire dalla non semplice definizione della «immagine svago» e «immag. racconto», con riferimento a Shakespeare (*Il mestiere di vivere*, 9 ottobre del '35), uno degli autori che Pavese aveva chiesto gli fossero mandati a Brancaleone (lettera alla sorella, 5 agosto 1935). Alcuni anni dopo, il 24 ottobre del 1938, sempre nel diario, Pavese parlerà ancora dell'immagine, della sua «antica mania di fare argomento della composizione l'immagine, di raccontare il pensiero, di uscire dal naturalismo», e vi si soffermerà ancora il 6 novembre di quello stesso anno. Non è certo questo un argomento che si conclude con il periodo del confino: ormai rientrato a Torino, Pavese continua a lavorare per definire la propria idea di scrittura narrativa, nel momento stesso in cui la sperimenta in proprio. Il 22 dicembre del '37, riferendosi alle novelle, egli rileva la circolarità della sua scrittura, il ritornare sempre sui medesimi temi variamente modulati: «Ciascuna tua novella è un complesso di figure mosse dalla stessa passione variamente atteggiata nei singoli nomi» (una delle novelle a cui fa riferimento è *Terra d'esilio*, che già si sa essere in stretta relazione col *Carcere*). Nello stesso giorno, egli indica nel dialogo «la sua vera musa prosastica»: grazie al dialogo, è possibile «far dire le assurdo-ingenuo-mitiche uscite che interpretano furbescamente la realtà». Pochi giorni dopo, in tempo di bilanci, Pavese dice di aver «accumulato una messe di novelle varie e solide e feconde – qualcuna definitiva –; ritrovato il ritmo della creazione» (30 dicembre 1937). All'ultimo giorno del '37 risale poi una fondamentale osservazione circa lo stretto legame fra il romanzo e l'autobiografia, legame che egli coglie sia in termini generali nella narrativa contemporanea («la tecnica moderna dei varî personaggi di romanzo che tutti si autobiografanno»), sia nella propria esperienza: «Lo staccare la realtà in racconto in terza persona è un raffinamento di tecnica, ma comincia sempre (?!) col presentare una realtà attraverso un io (autobiografia). Anche nelle tue novelle questo va accadendo». La scelta praticata della prima persona appare ora insufficiente, perché condotta senza preoccuparsi di «caratterizzare» quel personaggio: «ora dovrai badare anche alla sua singolarità» chiarisce a se stesso oltre che a noi Pavese, «crearlo *come personaggio*, non lasciarlo un neutro te stesso» (corsivo dell'autore). Sul rapporto fra uso della prima o della terza persona nella narrazione, Pavese torna ancora il 13 novembre dell'anno seguente: «Nel racconto in prima persona si può essere realistici senza tuttavia cadere nel verismo». A parità di realismo il racconto in I persona riesce più cantato di quello in III»; e più tardi il 1° marzo del '40, là dove il discorso scivola sulla necessità, per l'autore che sceglie la prima persona, di «rialzare la statura di altri personaggi per ristabilire l'equilibrio».

Il legame autobiografico, così evidente in un romanzo come *Il carcere*, induce Pavese ad interrogarsi, sempre in questi anni, sul «romanzo attuale», come luogo in cui «ai fatti concatenati» si sostituisce il «paesaggio interiore» (20 novembre 1937), un paesaggio che può esistere indipendentemente dalla influenza di quello esterno. L'osservazione non è infruttuosa, se si considera la profonda estraneità che egli aveva sentito nei confronti di quello calabro. Il 10 ottobre del '35, nel *Mestiere di vivere*, Pavese ripensa alla sua impossibilità di «trattare» le «rocce rosse lunari» di Brancaleone, perché «esse non riflettono nulla di *suo*, tranne uno scarno turbamento paesistico». «Se queste rocce fossero in Piemonte – conclude Pavese – saprei bene però assorbirle in un'immagine e dar loro un significato». Il giorno seguente, egli discorre di «relazioni, alcune coscienti e altre inconsce», che «scorrono» fra lui e il Piemonte, relazioni che poi «oggettiva e drammatizza» in «immagini-racconto». Ma è soprattutto alla data del 17 novembre di quell'anno che Pavese scrive una delle sue pagine piú intense dedicate a Torino, riconoscendo, innanzitutto, «la funzione condizionatrice dell'arte proprio nel Piemonte e centralmente in Torino». Ma è bene lasciare a Pavese stesso la parola e leggere questo celebre passo senza commenti: «Città della fantasticheria, per la sua aristocratica compiutezza composta di elementi nuovi e antichi; città della regola, per l'assenza assoluta di stonature nel materiale e nello spirituale; città della passione, per la sua benevola propizietà agli ozî; città dell'ironia, per il suo buon gusto nella vita; città esemplare, per la sua pacatezza ricca di tumulto. Città vergine in arte, come quella che ha già visto altri fare l'amore e, di suo, non ha tollerato sinora che carezze, ma è pronta ormai se trova l'uomo, a fare il passo. Città infine, dove sono nato spiritualmente, arrivando di fuori: mia amante e non madre né sorella. E molti altri sono con lei in questo rapporto. Non le può mancare una civiltà, ed io faccio parte di una schiera. Le condizioni ci sono tutte».

Naturalmente, il diario è punteggiato di richiami a situazioni e personaggi che legano l'esperienza reale a quella narrata nel romanzo: l'annuncio della fine del confino («Finito confino», 15 marzo 1936); la difficoltà del rientro («Andare al confino è niente; tornare di là è atroce», 25 dicembre 1937); il cenno a Concia («Tu al confino non guardavi Concia per scrupolo», 4 gennaio 1938); quello alla vicenda di Tina («È un pesce. L'ha mandato al confino e poi si è fatta fottere da un altro», 17 gennaio 1938); il viaggio verso il confino («Le manette di Sapri», 26 gennaio 1938); il richiamo al personaggio di Elena («Oseresti tu causare tanto male? Ricorda come hai congedato Elena», alla stessa data); il rapporto fra l'arrivo al confino e la fine di un rapporto d'amore («La chiusa violenta e stremata di una passione somiglia al tuo arrivo a Branca. Ti sei guardato intorno stupito e ammaccato, e hai visto dell'aria, delle case, della spiaggia bassa – tutto a colori aspri e teneri, come il rosa su una parete scabra. E hai tirato un sospiro di sollievo», 25 febbraio 1938). E ancora: il ricordo della sofferenza patita, e il richiamo ad una lettera effettivamente scritta il 25-28 febbraio del 1936 indirizzata alla sorella («Eppure a questo stato si aggiunge un'altra sofferenza, come chi, tagliato in due, senta ancora un mal di denti. È questa: che da Brancal. ho scritto un 2 febbr. una lettera simile, quella della crosta. Quale è stata la mia vita da allora? Valeva la pena essere cosí vile, per ottenere che cosa? Altri squarci, altra cancrena, altro sfottimento», 27 marzo 1938). Infine il tema del ritorno dal confino, come spunto per un'osservazione di tecnica narra-

tiva: «Sognare che si torna, di prigione o dal confino, nella propria
casa, ricchissima principesca, a saloni e scalinate, e trovarci i cono-
scenti di famiglia a cui si viene presentato, e attendere con moltis-
sima curiosità che entrino in scena padre e madre, per vedere *come
sono*, che tipi ti sono stati scelti – è un altro caso di sogno fatto come un romanzo che si legge senza sapere come andrà a finire, dove
cioè il lettore e protagonista coincidono» (22 luglio 1940; corsivo
dell'autore).

   Puntualmente registrati sono anche il primo titolo dato al romanzo, *Memorie di due stagioni*, e i nomi poi mutati dei personaggi:
«Fin che Garofolo vuole rompere il suo isolamento o fortificarlo
(primi nove capitoli), si ferisce solo le mani; quando *pensa ad altro*,
e si rilassa, e coglie la primavera, e pensa al passato fantastico, e si
umilia e considera uno dei molti (identificazione con Oreste carcerato e l'anarchico relegato), allora si fa sereno e leggero (due ultimi
capitoli). Memorie di due stagioni» (*Il mestiere di vivere*, 26 aprile
1939; corsivo dell'autore).

   Nel romanzo del confino di Pavese a Brancaleone Calabro (in
provincia di Reggio Calabria), la componente piú strettamente autobiografica non trova svolgimento; non nel senso, almeno, di possibili riscontri o verifiche sul piano dei dati autobiografici. Anche
i luoghi sfuggono a piú concrete determinazioni geografiche, ca-
ratterizzandosi sulla base di una astrazione per cosí dire 'metafisi-
ca', che sembra voler rimuovere un confronto diretto con la realtà
delle cose, o – meglio – suggerirne uno piú profondo. Si avverte sin
d'ora la tendenza del luogo unico, teorizzato poi da Pavese nei suoi
saggi sul mito: «il mare», presentato sin dall'inizio come la «quarta parete» della cella in cui vive segregato il protagonista, e la montagna, dove risiede un altro confinato, con cui Stefano evita ogni
possibilità di stabilire un contatto. È il rifiuto della politica e della
storia, che ribadisce la volontà di solitudine, la scelta dell'incomunicabilità come dimensione esistenziale, punto d'arrivo definitivo.
La situazione sarà rovesciata nel *Compagno*, nell'ipotesi di un'apertura destinata però a rimanere un momento isolato, con esiti diversi
rispetto a tutti gli altri della narrativa pavesiana.

   La montagna rappresenta cosí ciò che non si può o non si vuole raggiungere; diventa un simbolo di conquista o di purificazione
che si vuole negare. Il mondo delle 'scoperte' di Pavese resta e resterà quello della collina, nelle cui sinuose rotondità si proietta l'immagine della terra-madre. Anche il mare, del resto, è considerato
per lo piú un elemento negativo. Nello *Steddazzu*, una lirica, scritta nel gennaio 1936, che risale al periodo del confino («L'uomo so-
lo si leva che il mare è ancor buio | e le stelle vacillano»), la do-
manda sul significato della vita («Val la pena che il sole si levi dal
mare | e la lunga giornata cominci?») non può attendersi una ri-
sposta («L'uomo solo vorrebbe soltanto dormire»). Insieme con
quello del desiderio di un figlio, il motivo compare anche in *Pater-*

nità, che pone l'«uomo solo dinanzi all'inutile mare»; quel mare che, nel *Carcere*, non consente di fuggire, offrendo solo il conforto per un'evasione di poche bracciate. A questo compito potevano meglio corrispondere, per Pavese, i fiumi e i luoghi familiari (il Belbo delle sue Langhe e il Po torinese), mentre al mare è negata ogni possibilità di arricchimento della conoscenza (come aveva invece suggerito Baudelaire nei versi di *L'homme et la mer*, stabilendo un implicito collegamento fra il motivo del mare e il motivo del viaggio: «Homme libre, toujours tu chériras la mer!»). Ma la condizione dell'eroe pavesiano non è quella della libertà, bensí quella della coazione: non la possibilità di scegliere, quanto il destino dal quale si viene scelti.

Il titolo del romanzo non ha quindi un significato realistico, ma acquista una valenza metaforica. Il paesaggio stesso non è connotato in termini naturalistici, ma tende a farsi il riflesso dello stato d'animo del protagonista, sfumando nei contorni di una rappresentazione atemporale. Anche il paesaggio umano, per cosí dire, rientra in questa categoria esistenziale: gli abitanti del paese, che pure intrattengono con Stefano relazioni di amichevole cordialità, restano alla fine delle entità indecifrabili, con cui non interessa stabilire un rapporto di autentica comunicazione, a livello sostanziale. L'esperienza del protagonista resta una specie di parentesi, la cui chiusura, con «il mare pallido che parve gonfiarsi nel vuoto», si riconduce direttamente all'apertura del racconto, quasi cancellandolo o azzerandolo, come se nulla, in questa porzione dell'esistenza, fosse davvero accaduto. Anche l'amore, in una simile prospettiva, si riduce a un puro contatto fisico, semplice sfogo sessuale. Elena, la donna sottomessa e fedele, si concede a Stefano, che però, nell'intimo, la respinge, urtato dalla sua discrezione premurosa e dal suo atteggiamento materno. È invece l'irraggiungibile Concia, con il suo aspetto «caprino» e l'andatura selvatica, a eccitare, per una sorta di attrazione ancestrale, il desiderio di Stefano (la capra, nella tradizione popolare, è un animale demoniaco e Pavese l'aveva già introdotto, con tutte le implicazioni di una sessualità ferina, nel *Dio caprone*, una delle poesie di *Lavorare stanca*). Concia raffigura qui le forze primitive e barbariche della natura, identificandosi quasi con una pienezza di vita – quella solare e mediterranea –, con la quale lo scrittore non riesce a stabilire un legame autentico. Verso questo personaggio convergono le tensioni dell'opera, anche se Concia, come presenza 'mitica', rimane una semplice indicazione, che non riesce ancora a mediare le diverse esigenze narrative. I significati del romanzo oscillano, infatti, tra il pessimismo disincantato di una confessione autobiografica e lo sforzo di assolutizzarla, elevandola a simbolo di una condizione umana estraniata e, al limite, assurda, per una assenza di scopi e di motivazioni che vale come cifra di una piú generale e sostanziale incomunicabilità.

Pavese non mostra alcun interesse per le condizioni di vita della regione in cui il romanzo è ambientato, e neppure lambisce, a mag-

gior ragione, i confini di quella letteratura meridionalistica rilancia-
ta, agli albori del decennio, dall'Alvaro di *Gente in Aspromonte* e dal
Silone di *Fontamara* (che, peraltro, era uscito all'estero e non poteva avere circolazione in Italia). Ma un confronto piú diretto andrà
piuttosto istituito con il *Cristo si è fermato a Eboli* di Carlo Levi, nato da una esperienza analoga (il confino del suo autore in Lucania),
ma risolto su un piano del tutto diverso. In Levi l'interesse per la
cultura contadina, anche per quanto riguarda i suoi aspetti irrazio-
nali, magici o animistici, conserva il carattere di una documenta-
zione antropologica (le soluzioni 'antropologiche', nei racconti pavesiani, non hanno valore documentario, ma simbolico-esistenzia-
le), mentre il cronachismo dell'esperienza personale ha il suo risvolto
'impegnato' nella denuncia dello sfruttamento sociale e dell'asser-
vimento politico, che consente di stabilire, anche sul piano umano,
un legame di solidarietà e di 'simpatia' (nel senso etimologico del
termine). È l'andare verso gli altri che l'alter ego di Pavese tenace-
mente rifiuta, prigioniero dell''altro' che è dentro di sé.

LAURA NAY e GIUSEPPE ZACCARIA

La casa in collina

I.

Già in altri tempi si diceva la collina come avremmo detto il mare o la boscaglia. Ci tornavo la sera, dalla città che si oscurava, e per me non era un luogo tra gli altri, ma un aspetto delle cose, un modo di vivere. Per esempio, non vedevo differenza tra quelle colline e queste antiche dove giocai bambino e adesso vivo: sempre un terreno accidentato e serpeggiante, coltivato e selvatico, sempre strade, cascine e burroni. Ci salivo la sera come se anch'io fuggissi il soprassalto notturno degli allarmi, e le strade formicolavano di gente, povera gente che sfollava a dormire magari nei prati, portandosi il materasso sulla bicicletta o sulle spalle, vociando e discutendo, indocile, credula e divertita.

Si prendeva la salita, e ciascuno parlava della città condannata, della notte e dei terrori imminenti. Io che vivevo da tempo lassú, li vedevo a poco a poco svoltare e diradarsi, e veniva il momento che salivo ormai solo, tra le siepi e il muretto. Allora camminavo tendendo l'orecchio, levando gli occhi agli alberi familiari, fiutando le cose e la terra. Non avevo tristezze, sapevo che nella notte la città poteva andare tutta in fiamme e la gente morire. I burroni, le ville e i sentieri si sarebbero svegliati al mattino calmi e uguali. Dalla finestra sul frutteto avrei ancora veduto il mattino. Avrei dormito dentro un letto, questo sí. Gli sfollati dei prati e dei boschi sarebbero ridiscesi in città come me, solamente piú sfiancati e intirizziti di me. Era estate, e ricordavo altre sere quando vivevo e abitavo in città, sere che anch'io ero disceso a notte alta cantando o ridendo, e mille luci punteggiavano la collina e la città in fondo alla strada. La città era come un lago di luce. Allora la notte si passava in città. Non si sapeva ch'era un tempo cosí breve. Si prodigavano amicizia e giornate negli incontri piú futili. Si viveva, o cosí si credeva, con gli altri e per gli altri.

Devo dire – cominciando questa storia di una lunga illusione – che la colpa di quel che mi accadde non va data alla guerra. Anzi la guerra, ne sono certo, potrebbe ancora salvarmi. Quando venne la guerra, io da un pezzo vivevo nella villa lassú dove affittavo quelle stanze, ma se non fosse che il lavoro mi tratteneva a Torino, sarei già allora tornato nella casa dei miei vecchi, tra queste altre colline. La guerra mi tolse soltanto l'estremo scrupolo di starmene solo, di mangiarmi da solo gli anni e il cuore, e un bel giorno mi accorsi che Belbo, il grosso cane, era l'ultimo confidente sincero che mi restava. Con la guerra divenne legittimo chiudersi in sé, vivere alla giornata, non rimpiangere piú le occasioni perdute. Ma si direbbe che la guerra io l'attendessi da tempo e ci contassi, una guerra cosí insolita e vasta che, con poca fatica, si poteva accucciarsi e lasciarla infuriare, sul cielo delle città, rincasando in collina. Adesso accadevano cose che il semplice vivere senza lagnarsi, senza quasi parlarne, mi pareva un contegno. Quella specie di sordo rancore in cui s'era conchiusa la mia gioventú, trovò con la guerra una tana e un orizzonte.

Di nuovo stasera salivo la collina; imbruniva, e di là dal muretto sporgevano le creste. Belbo, accucciato sul sentiero, mi aspettava al posto solito, e nel buio lo sentivo uggiolare. Tremava e raspava. Poi mi corse addosso saltando per toccarmi la faccia, e lo calmai, gli dissi parole, fin che ricadde e corse avanti e si fermò a fiutare un tronco, felice. Quando s'accorse che invece di entrare sul sentiero proseguivo verso il bosco, fece un salto di gioia e si cacciò tra le piante. È bello girare la collina insieme al cane: mentre si cammina, lui fiuta e riconosce per noi le radici, le tane, le forre, le vite nascoste, e moltiplica in noi il piacere delle scoperte. Fin da ragazzo, mi pareva che andando per i boschi senza un cane avrei perduto troppa parte della vita e dell'occulto della terra.

Non volevo rientrare alla villa prima che fosse sera avanzata, giacché sapevo che le padrone mie e di Belbo mi attendevano al solito per farmi discorrere, per farsi pagare le cure che avevano di me e la cena fredda e l'affabilità, con le tortuose e sbrigative opinioni sulla guerra e sul mondo che serbavo per il prossimo. Qualche volta un nuovo caso della guerra, una minaccia, una notte di bombe e di fiamme, dava alle due donne argomento per affrontarmi sulla porta, nel frutteto, intorno al tavolo, e cianciare stupirsi esclamare, tirarmi alla luce, sapere chi ero, indovinarmi uno di loro. A me piaceva cenar solo, nella stanza oscurata, solo e dimenticato, tendendo l'orecchio, ascoltando la notte, sentendo il tempo passare. Quando nel buio sulla città lontana muggiva un allarme, il mio primo sussulto era di dispetto per la solitudine che se ne andava, e le paure, il trambusto che arrivava fin lassú, le due donne che spegnevano le lampade già smorzate, l'ansiosa speranza di qualcosa di grosso. Si usciva tutti nel frutteto.

Delle due preferivo la vecchia, la madre, che nella mole e negli acciacchi portava qualcosa di calmo, di terrestre, e si poteva immaginarla sotto le bombe come appunto apparirebbe una collina oscurata. Non parlava gran che, ma sapeva ascoltare. L'altra, la figlia, una zitella quarantenne, era accollata, ossuta, e si chiamava Elvira. Viveva agitata dal timore che la guerra arrivasse lassú. M'accorsi che pensava a me con ansia, e me lo disse: pativa quand'ero in città, e una volta che la madre la canzonò in mia presenza, Elvira rispose che, se le bombe distruggevano un altro po' di Torino, avrei dovuto star con loro giorno e notte.

Belbo correva avanti e indietro sul sentiero e m'invitava a cacciarmi nel bosco. Ma quella sera preferii soffermarmi su una svolta della salita sgombra di piante, di dove si dominava la gran valle e le coste. Cosí mi piaceva la grossa collina, serpeggiante di schiene e di coste, nel buio. In passato era uguale, ma tanti lumi la punteggiavano, una vita tranquilla, uomini nelle case, riposo e allegrie. Anche adesso qualche volta si sentivano voci scoppiare, ridere in lontananza, ma il gran buio pesava, copriva ogni cosa, e la terra era tornata selvatica, sola, come l'avevo conosciuta da ragazzo. Dietro ai coltivi e alle strade, dietro alle case umane, sotto i piedi, l'antico indifferente cuore della terra covava nel buio, viveva in burroni, in radici, in cose occulte, in paure d'infanzia. Cominciavo a quei tempi a compiacermi in ricordi d'infanzia. Si direbbe che sotto ai rancori e alle incertezze, sotto alla voglia di star solo, mi scoprivo ragazzo per avere un compagno, un collega, un figliolo. Rivedevo questo paese dov'ero vissuto. Eravamo noi soli, il ragazzo e me stesso. Rivivevo le scoperte selvatiche d'allora. Soffrivo sí ma col piglio scontroso di chi non riconosce né ama il prossimo. E discorrevo discorrevo, mi tenevo compagnia. Eravamo noi due soli.

Di nuovo quella sera saliva dalla costa un brusío di voci, frammisto di canti. Veniva dall'altro versante, dove non ero mai disceso, e pareva un richiamo d'altri tempi, una voce di gioventú. Mi ricordò per un momento le comitive di fuggiaschi che la sera, come gitanti, brulicavano sui margini della collina. Ma non si spostava, usciva sempre dallo stesso luogo. Era strano pensare che sotto il buio minaccioso, davanti alla città ammutolita, un gruppo, una famiglia, della gente qualunque, ingannassero l'attesa cantando e ridendo. Non pensavo nemmeno che ci volesse coraggio. Era giugno, la notte era bella sotto il cielo, bastava abbandonarsi; ma, per me, ero contento di non avere nei miei giorni un vero affetto né un impaccio, di essere solo, non legato con nessuno. Adesso mi pareva di aver sempre saputo che si sarebbe giunti a quella specie di risacca tra collina e città, a quell'angoscia perpetua che limitava ogni progetto all'indomani, al risveglio, e quasi quasi l'avrei detto, se qualcuno avesse potuto ascoltarmi. Ma soltanto un cuore amico avrebbe potuto ascoltarmi.

Belbo, piantato sul ciglione, latrava contro le voci. Lo strinsi per il collare, lo feci tacere, e ascoltai meglio. Tra le voci avvinazzate ce n'erano di limpide, e perfino una di donna. Poi risero, si scompigliarono, e salí una voce isolata di uomo, bellissima.

Stavo già per tornare sui miei passi, quando dissi a me stesso: «Sei scemo. Le due vecchie ti aspettano. Lascia che aspettino».

Nel buio cercavo d'indovinare il sito preciso dei cantori. Dissi: «Magari sono gente che conosci». Presi Belbo e gli feci segno verso l'altro versante. Mormorai sottovoce una frase del canto e gli dissi: – Andiamo là –. Lui sparí con un balzo.

Allora, lasciandomi guidare dalle voci, m'incamminai per il sentiero.

II.

Quando sbucai sulla strada e ascoltavo guardando nel buio, di là dalla cresta, quasi sommerso nelle voci dei grilli, suonava l'allarme. Sentii, come ci fossi, la città raggelarsi, il trepestío, porte sbattersi, le vie sbigottite e deserte. Qui le stelle piovevano luce. Adesso il canto era cessato nella valle. Belbo abbaiò, poco lontano. Corsi da lui. S'era cacciato in un cortile e saltava in mezzo a gente ch'era uscita da una casa. Per la porta socchiusa filtrava una luce. Qualcuno gridò: – Chiudi l'uscio, ignorante –, e risero, vociando. La porta si spense.

Conoscevano Belbo, tra loro; qualcuno nominò con buon umore le due vecchie, mi accolsero senza chiedermi chi fossi. Andavano e venivano al buio; c'era qualche bambino, e si guardava tutti in su. – Verranno? Non verranno? – dicevano. Parlavano di Torino, di guai, di case rotte. Una donna seduta in disparte mugolava tra sé.

– Credevo che qui si ballasse, – dissi a caso.

– Magari, – fece l'ombra del giovane che per primo aveva parlato con Belbo. – Ma nessuno si ricorda di portare il clarino.

– Ce l'avresti il coraggio? – disse una voce di ragazza.

– Per lui, ballerebbe, con la casa che brucia.

– Sí, sí, – disse un'altra.

– Non si può, siamo in guerra. Italiani, – qui la voce cambiò, – questa guerra l'ho fatta per voi. Ve la regalo, voi siatene degni. Non si dovrà piú né ballare, né dormire. Dovete solo fare la guerra, come me.

– Sta' zitto, Fonso, se ti sentono.

– Che vuoi farci? si canta.

E la voce intonò la canzone di prima, ma bassa, smorzata, quasi temesse di disturbare i grilli. Si unirono ragazze; due giovanotti si rincorsero nel prato, Belbo prese a latrare di furia.

– Sta' buono, – gli dissi.

Sotto le piante c'era un tavolo con un fiasco e dei bicchieri. Il padrone, un vecchiotto, versò anche per me. Era una specie d'osteria, ma tutti piú o meno parenti, e venivano da Torino in comitiva.

– Fin che dura, va bene, – diceva una vecchia, – ma col fango e la pioggia?

– Non abbiate paura, nonna, qui per voi c'è sempre un posto.

– Adesso è niente, è quest'inverno.

– Quest'inverno la guerra è finita, – disse un ragazzino, e scappò via.

Fonso e le ragazze cantavano, sempre a voce smorzata, sempre pronti a raccogliere un brusío, un rombo lontani. Anch'io, di minuto in minuto, tendevo l'orecchio sul coro dei grilli e, quando d'un tratto la vecchia riaprí il battente della porta, anch'io esclamai che spegnesse.

C'era in quella gente, nei giovani, nel loro scherzare, nella stessa cordialità facile della compagnia e del vino, qualcosa che conoscevo, che mi ricordava la città d'altri tempi, altre sere, scampagnate sul Po, varietà d'osteria e di barriera, amicizie passate. E sul fresco della collina, in quel vuoto, in quell'ansia che manteneva all'erta, ritrovavo un sapore piú antico, contadino, remoto. Seguivo d'istinto le voci delle ragazze, delle donne, e tacevo. Alle uscite di Fonso ridevo piano, di gusto. M'ero seduto a cielo aperto, con gli altri, sopra un trave.

Una voce mi disse: – E lei, che fa? è in villeggiatura?

Riconobbi la voce. Adesso, a pensarci, mi sembra evidente. La riconobbi, e non mi chiesi di chi fosse. Era una voce un poco scabra, provocante, brusca. Mi parve la tipica voce delle donne e del luogo.

Risposi scherzando che andavo a tartufi col cane. Lei mi chiese se dove insegnavo si mangiavano i tartufi. – Chi le ha detto che insegno? – feci sorpreso. – Si capisce, – mi disse nel buio.

C'era qualcosa di canzonatorio nella voce. O era il gioco di parlarsi come in maschera? In un attimo feci passare i discorsi di prima; non trovai che mi fossi tradito, e conclusi che quelli che conoscevano le vecchie, forse sapevano di me. Le chiesi se stava a Torino o lassú.

– Torino, – mi disse tranquilla.

Mi accorsi nell'ombra che poteva esser ben fatta. La curva delle spalle e delle ginocchia era netta. Sedeva stringendosi le ginocchia con le mani e abbandonava il capo all'indietro con aria beata. Cercai di scrutarla nel viso.

– Non vuole mica mangiarmi, – mi disse in faccia.

In quel momento si sentí il cessato allarme. Per un istante tutti tacquero increduli, poi scoppiò un gran baccano, e i ragazzi saltavano, le vecchie benedicevano, gli uomini diedero mano ai bicchieri e battevano il tempo. – Per stanotte è passata. – Verranno piú tardi. – Italiani, l'ho fatta per voi.

Lei non s'era scomposta. Abbandonava sempre il capo contro il muro, e quando le balbettai: – Lei è Cate. Sei Cate, – non mi dava piú risposta. Credo che avesse chiuso gli occhi.

Mi toccò alzarmi, perché adesso rincasavano. Volli pagare per il vino, ma mi dissero: «Storie». Salutai, strinsi la mano a Fonso e a un altro, chiamai Belbo e, per incanto, mi trovai solo, sulla strada, a guardare la smorta facciata.

Poco piú tardi, ero rientrato nella villa. Ma intanto era notte, notte fonda e l'Elvira aspettava, quasi sugli scalini, con le mani in mano e le labbra cucite. Disse soltanto: – Stasera, l'ha preso l'allarme. Si stava in pensiero –. Scossi il capo e sorridendo nel piatto mi misi a mangiare. Lei mi girava intorno al lume, silenziosa, spariva in cucina, chiudeva gli armadi. – Fosse cosí tutte le sere, – borbottai. Non disse nulla.

Masticando pensavo all'incontro, alla cosa accaduta. Piú che di Cate m'importava del tempo, degli anni. Era incredibile. Otto, dieci? Mi pareva di avere riaperto una stanza, un armadio dimenticati, e d'averci trovata dentro la vita di un altro, una vita futile, piena di rischi. Era questo che avevo scordato. Non tanto Cate, non i poveri piaceri di un tempo. Ma il giovane che viveva quei giorni, il giovane temerario che sfuggiva alle cose credendo che dovessero ancora accadere, ch'era già uomo e si guardava sempre intorno se la vita giungesse davvero, questo giovane mi sbalordiva. Che cosa c'era di comune tra me e lui? Che cosa avevo fatto per lui? Quelle sere banali e focose, quei rischi casuali, quelle speranze familiari come un letto o una finestra – tutto pareva il ricordo di un paese lontano, di una vita agitata, che ci si chiede ripensandoci come abbiamo potuto gustarla e tradirla cosí.

L'Elvira prese una candela e si fermò in fondo alla stanza. Era fuori dal cono di luce della lampada centrale e mi disse di spegnere quando sarei salito. Capii che esitava. Vicino all'interruttore della stanza c'era quello del lampione esterno e qualche volta mi sbagliavo e inondavo di luce il cortile. Dissi brusco: – Tranquilla. Spegnerò quello giusto –. Lei tossí con la mano sulla gola e fece per ridere. – Buona notte.

Ecco, mi dissi appena solo, non sei piú quel ragazzo, non corri piú i rischi di un tempo. Questa donna vorrebbe dirti di rincasare piú presto, vorrebbe parlare con te, ma non osa, e magari si torce le mani, magari si stringe al cuscino e si palpa la gola. Non promette piaceri, e lo sa bene. Ma s'illude a vederti vivere solo e spera che la tua vita sia tutta qui dentro, nella lampada, nella camera, nelle belle tendine, nelle lenzuola che ti ha lavato. Tu lo sai, ma non corri piú questi rischi. Cerchi non lei, ma tutt'al piú le tue colline.

Mi venne da chiedermi se la Cate di un tempo si era illusa cosí. Ott'anni fa, cos'era Cate? Una figliola bef-

farda e disoccupata, magra e un poco goffa, violenta. Se
usciva con me, se veniva al cinema o nei prati con me,
se mi stringeva sottobraccio nascondendo le unghie rotte, non era detto per questo che sperasse qualcosa. Era
l'anno che io affittavo una stanza in via Nizza, che davo le prime lezioni e mangiavo sovente in latteria. Da
casa mi mandavano quattrini, tanto poco per allora ba-
stavo a me stesso. Non avevo nessun avvenire se non
quello generico di un giovane campagnolo che ha studiato e che vive in città, si guarda intorno, e ogni mattina è un'avventura e una promessa. Vedevo molta gente in quei giorni, mi davo d'attorno e vivevo con molti.
C'eran gli amici degli anni di scuola, c'era Gallo che poi
morí di una bomba in Sardegna, c'eran le donne, le sorelle di tanti, e Martino il giocatore che sposò la cassie-
ra, e i chiacchieroni, gli ambiziosi che scrivevano libri,
commedie, poesie, se le portavano in tasca e ne parlavano al caffè. Con Gallo andavamo a ballare, andavamo in collina – era anche lui dei miei paesi –, parlavamo di aprire una scuola rurale, lui avrebbe insegnato
l'agraria e io le scienze, avremmo preso delle terre, messo su dei vivai, rinnovata la campagna. Non so come Cate capitasse tra noi; stava in barriera, sull'orlo dei prati
che portano a Po. Gallo aveva combriccole diverse dalle nostre; giocava al biliardo in fondo a via Nizza; una
volta che andammo in barca, passò a chiamare Cate in
un cortile. Ci andai poi da solo con lei nell'estate.

Con Cate lasciavamo la barca tirata a riva, scende-
vamo sull'erba, e giocavamo a fare la lotta tra i cespugli. Molte donne m'intimidivano ma non Cate. Con lei
si poteva facilmente imbronciarsi, senza perdere l'ini-
ziativa. Era un po' come all'osteria quando si è chiesto
da bere: non si aspetta un gran vino, ma si sa che verrà.
Cate sedeva e si lasciava carezzare. Poi le prendeva il
batticuore che qualcuno ci vedesse. Tra noi le parole
non erano molte, e ciò mi dava coraggio. Non occorreva che parlassi o promettessi. – Cosa c'è di diverso, –
le dicevo, – tra fare la lotta e abbracciarsi? – Cosí ci
prendemmo sull'erba, una volta, due volte, malamen-

te. Venne il giorno che già sul tram ci dicevamo che andavamo a far l'amore. Un mattino che ci colse un temporale appena giunti, rimpiangemmo, remando di furia, l'occasione perduta.

Una sera Cate salí le scale di casa mia per fumare una sigaretta tranquilli, e stavolta facemmo l'amore con piú gusto sul letto e lei diceva com'è bello, quando piove o fa freddo, venirsi a trovare e stare insieme a discorrere e sfogarsi. Toccò i miei libri e li fiutò per gioco, e mi chiese se davvero potevo servirmi della stanza giorno e notte senza che nessuno venisse a darmi noia. Lei viveva coi suoi, sei o sette, in due stanze su un cortile. Ma quella fu l'unica sera che venne a trovarmi. Capitava invece nel caffè dove io vedevo gli amici, ma per quanto ci fosse Gallo e la salutassimo tutti, se ne stava seduta in soggezione e aveva perso la risata. Io poi combattevo tra la soddisfazione di averci la ragazza e la vergogna del suo tipo scalcagnato e inesperto. Mi diceva che avrebbe voluto saper scrivere a macchina, servire in un grande negozio, guadagnare per andare a fare i bagni. Le comperai qualche volta un rossetto che la riempí di gioia, e fu qui che mi accorsi che si può mantenere una donna, educarla, farla vivere, ma se si sa di cos'è fatta la sua eleganza, non c'è piú gusto. Cate aveva il vestito ragnato e la borsa screpolata; commuoveva, a sentirla, tant'era il contrasto tra la sua vita e i desiderî; ma la gioia di quel rossetto mi diede ai nervi, mi chiarí che per me lei non era che sesso. Sesso sgraziato, fastidioso. E una pena, saperla tanto scontenta e ignorante. Si correggeva, a volte, ma aveva degli sciocchi entusiasmi, delle brusche resistenze e ingenuità che irritavano. L'idea di esserle legato, di doverle qualcosa, per esempio del tempo, mi pesava ogni volta. Una sera, sotto i portici della stazione, la tenevo a braccetto e volevo che salisse nella mia stanza. Erano gli ultimi giorni d'estate e il figliolo della mia padrona ritornava l'indomani dalla colonia; con lui per casa era impossibile ricevere una donna. La pregai, la supplicai di venire, scherzai, feci il buffone. – Non ti mangio, – le dissi. Non voleva

saperne. – Non ti mangio –. Quella testarda ritrosia mi
scottava. Lei si teneva stretta al braccio e ripeteva:

– Andiamo a spasso.

– Poi andremo al cinema, – le dissi, ridendo. – Ho
dei soldi.

E lei imbronciata: – Non vengo con te per i soldi.

– Ma io sí, – le dissi in faccia, – vengo con te per stare a letto –. Ci guardammo indignati, rossi in faccia
tutti e due. Sentii piú tardi la vergogna, credo che in
seguito da solo avrei pianto di rabbia, non fossero stati l'orgoglio e la gioia che m'invasero perché adesso ero
libero. Cate piangeva, le scendevano le lacrime. Mi disse piano: – Allora vengo con te –. Arrivammo al portone senza parlare; lei mi stringeva e si appoggiava alla spalla con tutto il suo peso. Al portone mi fece fermare. Si dibatteva, disse: – No, che non ti credo, – mi
strinse il braccio come una morsa, e scappò.

Da quella sera non la vidi piú. Non pensai molto al
nostro caso perché credevo ritornasse. Ma quando capii che non sarebbe tornata, il bruciore della mia villania s'era ormai spento, Gallo e gli amici eran di nuovo
il mio orizzonte, e in sostanza mi godevo già quel piacere di rancore saziato, di occasione felicemente perduta, ch'è poi divenuto per me un'abitudine. Nemmeno Gallo me ne parlò piú, non ebbe il tempo di farlo.
Andò ufficiale nella guerra d'Africa e non lo vidi per un
pezzo. Quell'inverno scordai la sua agraria e la scuola
rurale, divenni tutto cittadino e capii che la vita era davvero bella. Frequentai molte case, parlavo di politica,
conobbi altri rischi e piaceri e ne uscii sempre. Cominciai qualche lavoro scientifico. Vidi gente e conobbi col-
leghe. Per qualche mese studiai molto e mi fingevo un
avvenire. Quell'ombra di dubbio nell'aria, quella febbre di tutti, la minaccia, la guerra vicina, rendevano piú
vive le giornate e piú futili i rischi. Ci si poteva abbandonare e poi riprendere; nulla accadeva e tutto aveva
sapore. Domani, chi sa.

Adesso le cose accadevano e c'era la guerra. Ci pensai nella notte, seduto nel cono della luce, e le mie vec-

chie dormivano, composte, patetiche e in pace. Che importano gli allarmi in collina, quando tutti sono rientrati e non trapelano fessure? Anche Cate dormiva, nella casa in mezzo ai boschi. Pensava ancora alla mia antica villania? Io ci pensavo come fosse ieri, e non ero scontento che il nostro incontro fosse stato cosí breve e cosí buio.

Per qualche giorno ci pensai, lavorando a Torino, camminando, rientrando la sera, discorrendo con Belbo. Una notte ero in frutteto, e suonò un altro allarme. L'antiaerea cominciò subito a sparare. Ci ritirammo nella stanza che tremava dai colpi. Fuori le schegge morte sibilavano tra gli alberi. L'Elvira tremava; la vecchia taceva. Poi venne il rombo dei motori e dei tonfi. Continuamente la finestra s'arrossava e s'apriva abbagliante. Durò piú di un'ora, e quando uscimmo sotto gli ultimi spari isolati tutta la valle di Torino era in fiamme.

III.

La mattina rientrai con molta gente in città mentre ancora echeggiavano in lontananza schianti e boati. Dappertutto si correva e si portavano fagotti. L'asfalto dei viali era sparso di buche, di strati di foglie, di pozze d'acqua. Pareva avesse grandinato. Nella chiara luce crepitavano rossi e impudichi gli ultimi incendi.

La scuola, come sempre, era intatta. Mi accolse il vecchio Domenico, impaziente di andarsene a vedere i disastri. C'era già stato avanti l'alba, al cessato allarme, nell'ora che tutti vanno tutti sbucano, e qualche esercente socchiude la porta e ne filtra la luce (tanto ci sono i grossi incendi) e qualcosa si beve, fa piacere ritrovarsi. Mi raccontò cos'era stata la notte nel nostro rifugio dove lui dormiva. Niente lezioni per quest'oggi, si capisce. Del resto anche i tram stavano fermi, spalancati e deserti, dove il finimondo li aveva sorpresi. Tutti i fili erano rotti. Tutti i muri imbrattati come dell'ala impazzita di un uccello di fuoco. – Brutta strada, non passa nessuno, – ripeteva Domenico. – La segretaria non si è ancora vista. Non si è visto Fellini. Non si può sapere niente.

Passò un ciclista che, pied'a terra, ci disse che Torino era tutta distrutta. – Ci sono migliaia di morti, – ci disse. – Hanno spianato la stazione, han bruciato i mercati. Hanno detto alla radio che torneranno stasera –. E scappò pedalando, senza voltarsi.

– Quello ha la lingua per parlare, – borbottò Domenico. – Non capisco Fellini. Di solito è già qui.

La nostra strada era davvero solitaria e tranquilla. Il ciuffo d'alberi del cortile del convitto incoronava l'alto muro come un giardino di provincia. Qui non giungevano nemmeno i fragori consueti, i trabalzi dei tram, le voci umane. Che quel mattino non ci fosse trepestío di ragazzi, era una cosa d'altri tempi. Pareva incredibile che, nel buio della notte, anche su quel calmo cielo tra le case avesse infuriato il finimondo. Dissi a Domenico di andarsene, se voleva, a cercare Fellini. Sarei rimasto in portieria ad aspettarli.

Passai mezza la mattina riordinando il registro di classe per gli scrutini imminenti. Facevo addizioni, scrivevo giudizi. Di tanto in tanto alzavo il capo al corridoio, alle aule vuote. Pensavo alle donne che compongono un morto, lo lavano e lo vestono. Fra un istante il cielo poteva di nuovo muggire, incendiarsi, e della scuola non restare che una buca cavernosa. Solamente la vita, la nuda vita contava. Registri, scuole e cadaveri erano cose già scontate.

Borbottando nel silenzio i nomi dei ragazzi, mi sentii come una vecchia che borbotta preghiere. Sorridevo tra me. Rivedevo le facce. Ne erano morti stanotte? La loro allegria l'indomani di un bombardamento – la vacanza prevista, la novità, il disordine – somigliava al mio piacere di sfuggire ogni sera agli allarmi, di ritrovarmi nella stanza fresca, di stendermi nel letto al sicuro. Potevo sorridere della loro incoscienza? Tutti avevamo un'incoscienza in questa guerra, per tutti noi questi casi paurosi si erano fatti banali, quotidiani, spiacevoli. Chi poi li prendeva sul serio e diceva – È la guerra –, costui era peggio, era un illuso o un minorato.

Eppure, stanotte qualcuno era morto. Se non migliaia, magari decine. Bastavano. Pensavo alla gente che restava in città. Pensavo a Cate. Mi ero fitto in testa che lei non salisse lassú tutte le sere. Qualcosa in questo senso mi pareva di aver sentito nel cortile, e infatti da quella volta dell'allarme non avevano piú cantato. Mi chiesi se avessi qualcosa da dirle, se da lei temessi qualcosa. Mi pareva soltanto di rimpiangere quel

buio, quell'aria di casa e di bosco, le voci giovani, la
novità. Chi sa che Cate quella notte non avesse cantato con gli altri. Se nulla è successo, pensai, stasera tor-
nano lassú.

Suonò il telefono. Era il padre di un ragazzo. Voleva sapere se davvero non c'era lezione. Che disastro stanotte. Se i professori e il signor preside erano tutti sani e salvi. Se suo figlio studiava la fisica. Si capisce, la
guerra è la guerra. Che avessi pazienza. Bisognava comprendere e aiutare le famiglie. Tanti ossequi e scusassi.

Da questo momento il telefono non ebbe piú pace.
Telefonarono ragazzi, telefonarono colleghi e segretaria.
Telefonò Fellini, da casa del diavolo. – Funziona? – disse sorpreso. Sentii la smorfia di scontento che gli mangiò mezza la faccia. – Non c'è nessuno in portieria, cosa credi? che sia festa? Vieni subito a dare una mano a
Domenico –. Chiusi. Uscii fuori. Non volli rispondere
piú. Dopo una notte come quella era tutto ridicolo.

Finii la mattina andando a zonzo, nel disordine e nel
sole. Chi correva, chi stava a guardare. Le case sven-
trate fumavano. I crocicchi erano ingombri. In alto, tra
i muri divelti, tappezzerie e lavandini pendevano al sole. Non sempre era facile distinguere tra le nuove le rovine vecchie. Si osservava l'effetto d'insieme e si pensava che una bomba non cade mai dov'è caduta la prima. Ciclisti avidi, sudati, mettevano il piede a terra,
guardavano e poi ripartivano per altri spettacoli. Li
muoveva un superstite amore del prossimo. Sui marciapiedi, dov'era avvampato un incendio, s'accumula-
vano bambini, materassi, suppellettili rotte. Bastava
una vecchia a vuotare l'alloggio. La gente guardava. Di
tanto in tanto studiavamo il cielo.

Faceva strano vedere i soldati. Quando passavano
in pattuglie, con la pala e il sottogola, si capiva che andavano a sterrare rifugi, a estrarre cadaveri e vivi, e si
sarebbe voluto incitarli, gridargli di correre, far presto
perbacco. Non servivano ad altro, si diceva tra noi.
Tanto la guerra era perduta, si sapeva. Ma i soldati mar-
ciavano adagio, aggiravano buche, si voltavano anche

loro a sogguardare le case. Passava una donna belloc-
cia e la salutavano in coro. Erano gli unici, i soldati, ad
accorgersi che le donne esistevano ancora. Nella città
disordinata e sempre all'erta, piú nessuno osservava le
donne di un tempo, nessuno le seguiva, nemmeno ve-
stite da estate, nemmeno se ridevano. Anche in questo
la guerra, io l'avevo prevista. Per me questo rischio era
cessato da un pezzo. Se avevo ancora desidèrî, non avevo piú illusioni.

In un caffè dove lessi un giornale – uscivano ancora
i giornali – tra gli avventori si parlava a bassa voce. Il
giornale diceva che la guerra era dura, ma era una cosa tutta nostra, fatta di fede e di passione, l'estrema
ricchezza che avessimo ancora. Era successo che le
bombe eran cadute anche su Roma, distruggendo una
chiesa e violando delle tombe. Questo fatto impegna-
va anche i morti, era l'ultimo di una serie sanguinosa
che aveva indignato tutto il mondo civile. Bisognava
aver fede in quell'ultimo insulto. Si era a un punto che
le cose non potevano andar peggio. Il nemico perdeva
la testa.

Un avventore che conoscevo, uomo grasso e giovia-
le, disse che in fondo questa guerra era già vinta. – Mi
guardo intorno, e cosa vedo? – vociava. – Treni pieni,
commercio all'ingrosso, mercato nero e quattrini. Gli
alberghi lavorano, le ditte lavorano, dappertutto si lavora e si spende. C'è qualcuno che cede, che parla di
mollare? Per quattro case fracassate, una miseria. Del
resto, il governo le paga. Se in tre anni di guerra siamo
arrivati a questo punto, c'è da sperare che la duri un altro poco. Tanto, a morire nel letto siamo tutti capaci.

– Quel che succede non è colpa del governo, – disse un altro. – C'è da chiedersi dove saremmo con un
altro governo.

Me ne andai perché sapevo queste cose. Fuori finiva
un grosso incendio che aveva danneggiato un palazzo
sul viale. Dei facchini portavano fuori i lampadari e le
poltrone. Sotto il sole, alla rinfusa, avevano ammuc-
chiato mobilio, tavolini con specchi, grosse casse. Quel-

le cose eleganti facevano pensare a una bella vetrina. Mi
vennero in mente le case di un tempo, le sere, i discorsi, i miei furori. Gallo era in Africa da un pezzo, io la-
voravo all'Istituto. Fu l'anno che credetti nella scienza
come vita cittadina, nella scienza accademica con labo-
ratori e congressi e cattedre. L'anno dei rischi grossi.
Quando conobbi Anna Maria e la volli sposare. Sarei
diventato assistente del padre. Avrei fatto dei viaggi.
In casa sua si trovavano poltrone e cuscini, si parlava di
teatro e di montagna. Anna Maria seppe prendermi dal
lato contadino, disse ch'io ero diverso dagli altri, cele-
brò il mio progetto di scuole rurali. Solamente, parlando di Gallo, lo trattava di bestione antipatico. Con Anna Maria imparai a parlare, a non dir troppo, a mandar
fiori. Tutto l'inverno uscimmo insieme, e in montagna
una notte mi chiamò nella sua camera. Da quel momento mi ebbe in pugno e, senza darmi confidenza, pre-
tese da me un abbandono servile. Ogni giorno cambiava capriccio e mi scherniva per la mia sopportazione.
Quando venivano le scene – occhiaie minacciose e stra-
volte – si faceva anche lei taciturna e piangeva come
una bimba. Diceva che non mi capiva e che le davo i
brividi. Per farla finita, la volli sposare. Glielo chiedevo dappertutto, per le scale, nei balli, sotto i portoni.
Lei si faceva misteriosa e sorrideva.

Durò tre anni e fui sul punto di ammazzarmi. Di uccidere lei non valeva la pena. Ma persi il gusto all'alta
scienza, al bel mondo, agli istituti scientifici. Mi sentii
contadino. Siccome la guerra non venne nell'anno (credevo ancora che la guerra risolvesse qualcosa), concor-
si a una cattedra e cominciai questa mia vita. Adesso di
fiori e cuscini mi tocca sorridere, ma i primi tempi che
con Gallo ne parlai, pativo ancora. Gallo, in divisa
un'altra volta, diceva: – Sciocchezze. Tocca a tutti una
volta –. Ma lui non pensava che, quel che ci tocca, non
è per caso che ci tocca. In un senso, continuavo a pati-
re, non mica perché rimpiangessi Anna Maria, ma perché ogni pensiero di donna conteneva per me quella minaccia. Se mi chiudevo a poco a poco nel rancore, era

perché questo rancore lo cercavo. Perché sempre l'avevo cercato, e non soltanto con lei.

Questo pensai, sul marciapiede sotto il viale, davanti al palazzo sventrato. In fondo al viale, tra le piante, si vedeva la gran schiena delle colline, verdi e profonde nell'estate. Mi chiesi perché rimanevo in città e non scappavo lassú prima di sera. Di solito l'allarme veniva di notte; ma per esempio ieri a Roma era toccato a mezzogiorno. Comunque, i primi giorni della guerra non scendevo nel rifugio; mi costringevo a stare in aula a passeggiare e tremare. A quei tempi gli attacchi facevano ridere. Adesso ch'erano cose massicce e tremende, anche la semplice sirena sbigottiva. Se restavo in città fino a sera, non c'era un motivo. Tutta una classe di persone, i fortunati, i sempre-primi, andavano o se n'erano andati nelle campagne, nelle ville sui monti o sul mare. Là vivevano la solita vita. Toccava ai servi, ai portinai, ai miserabili, custodirgli i palazzi e, se il fuoco veniva, salvargli la roba. Toccava ai facchini, ai soldati, ai meccanici. Poi anche costoro scappavano a notte, nei boschi, nelle osterie. Dormivano poco. Ci bevevano sopra. Discutevano, dieci in un buco. Mi era rimasta la vergogna di non essere dei loro, e avrei voluto incontrarne per i viali, discorrere. O forse godevo soltanto quel facile rischio e non facevo proprio nulla per cambiare. Mi piaceva star solo e immaginarmi che nessuno mi aspettava.

IV.

Quella sera rientrai sotto un'ombra di luna e chiacchierai dopocena in frutteto, come piaceva alle mie vecchie. Dalla villa vicina era venuta Egle, una studentessa quindicenne che l'Elvira proteggeva. Dicevano che le scuole dovevano chiudersi, ch'era un delitto trattenere ancora i ragazzi in città.

– E i professori. E i portinai, – aggiunsi io. – E i tranvieri. E le cassiere dei bar.

I miei scherzi mettevano l'Elvira a disagio. Gli occhietti d'Egle mi frugarono.

– Quel che dice lo pensa, – mi chiese sospettosa, – o prende in giro anche stasera?

– Tocca ai soldati far la guerra, – disse la mamma di Elvira. – Non si sono mai viste delle cose cosí.

– Tocca a tutti, – dissi. – A suo tempo gridavano tutti.

La luna cadeva dietro le piante. Tra poche notti era piena e avrebbe inondato cielo e terra, scoperchiato Torino, portato altre bombe.

– Hanno detto, – disse Egle a un tratto, – che la guerra finisce quest'anno.

– Finisce? – le dissi. – Non è ancora cominciata.

Mi fermai. Tesi l'orecchio e vidi gli occhi trasalire, l'Elvira raccogliersi, tutte tacere. – Qualcuno canta, – Egle proruppe, sollevata.

– Meno male.

– Che matti.

Lasciai Egle al cancello. Quando fui solo in mezzo al-

le piante, non trovai subito la strada. Belbo seguiva una
sua pista e sbuffava tra i rovi. Andai vagamente, come
si va sotto la luna, ingannato dai tronchi. Di nuovo, Torino, i rifugi, gli allarmi mi parvero cose remote, fantasie. Ma anche l'incontro che cercavo, quelle voci
nell'aria, anche Cate era qualcosa d'irreale. Mi chiedevo che cosa avrei detto se avessi potuto parlarne, per
esempio con Gallo.

Arrivai sulla strada che pensavo alla guerra, alle inutili morti. Il cortile era vuoto. Cantavano dal prato dietro la casa e, siccome Belbo era rimasto a mezza costa,
nessuno s'accorse di me. Nell'ombra vaga rividi la griglia, i tavolini di pietra, la porta socchiusa. A mezz'aria,
da un balcone di legno pendevano pannocchie dell'anno passato. Tutta la casa aveva un'aria abbandonata,
quasi rustica.

«Se Cate esce fuori, – pensai, – tutto può dirmi, per
vendicarsi».

Fui sul punto di andarmene, tornare nei boschi. Spe-
rai che Cate non ci fosse, che fosse rimasta a Torino.
Ma un ragazzetto girò l'angolo correndo, e si fermò.
M'aveva visto.

– C'è nessuno? – gli dissi.

Mi guardava esitante. Era un bianco ragazzo, vestito alla marinara, quasi comico in quello scialbo di luna. La prima sera non l'avevo notato.

Andò alla porta e chiamò dentro. Disse – Mamma
–. Uscí Cate con un piatto di bucce. In quel momento
piombò Belbo di carriera, rotolandosi e schizzando
nell'ombra. Il ragazzo si strinse alle gonne di Cate, im-
paurito.

– Scemo, – gli disse Cate, – non è niente.

– Siete ancor vivi? – dissi a Cate.

Lei s'era mossa verso la griglia per buttare le bucce.
Si fermò a mezza strada. Girò la testa – era piú alta di
un tempo – riconobbi il sorriso beffardo. – Prende in
giro? – mi disse. –Viene apposta per prendere in giro?

– Ieri notte, – dissi. – Non vi ho sentiti cantare e
credevo che fosse rimasta a Torino.

– Dino, – disse al ragazzo. Gettò le bucce e lo mandò in casa col piatto.

Quando fu sola, non rideva piú. Disse: – Perché non vai con gli altri?

– È tuo figlio? – le dissi.

Mi guardò senza aprir bocca.

– Ti sei sposata?

Scosse il capo con forza – riconobbi anche questa – e disse: – A te cosa importa?

– È un bel ragazzo, ben tenuto, – le dissi.

– Lo accompagno a Torino. Va a scuola, – disse lei, – torniamo su prima di notte.

Sotto la luna la vedevo bene. Era la stessa ma sembrava un'altra. Parlava sicura di sé, mi parve ieri che l'avevo portata a braccetto. Era vestita di una gonna corta, da campagna.

– Tu non canti? – le dissi.

Di nuovo quel sorriso duro, di nuovo quel gesto del capo. – Sei venuto a sentirci cantare? Perché non torni al tuo caffè?

– Sciocca, – le dissi col sorriso che una volta non avevo. – Ancora ci pensi a quei tempi?

Le vidi la bocca sensuale d'allora, ma piú raccolta, solida. Uscí di nuovo in cortile il ragazzo, e Belbo prese ad abbaiare. – Qui, Belbo, – gridai. Dino passò, corse dietro alla casa.

– Tu non lo credi, – dissi a Cate, – ma la mia sola compagnia è questo cane.

– Non è tuo, – disse lei.

Allora le chiesi scherzando se di me sapeva proprio ogni cosa. – Io di te non so niente, – le dissi. – Che vita hai fatto, come vivi adesso. Lo sai che Gallo è morto in Sardegna?

Cate mi disse: – Non è vero – e restò male. Le raccontai com'era andata, e quasi piangeva. – È questa guerra, – disse poi, – questo schifo –. Non era piú lei. Guardava a terra, con la fronte aggrottata. – E tu cos'hai fatto? – le dissi, – sei poi stata commessa?

Di nuovo storse la bocca e ribatté se m'importava.

Eravamo di fronte. Le presi la mano. Ma non volevo che credesse ch'io giocavo sul passato. Le sfiorai appena il polso. – Non vuoi dirmi la vita che hai fatto?

Uscí una donna vecchia e tonda dicendo: – Chi c'è? – Cate le disse ch'ero io, la vecchia venne per discorrere; in quel momento la luna andò sotto del tutto.

– Dino è andato con gli altri, – disse Cate.

– Perché non gli cambi la marinara, – disse la vecchia. – Non sai che l'erba sporca il culo?

Cate disse qualcosa; io parlai della luna. C'incamminammo insieme verso il prato. Avevano smesso di cantare e ridevano. Nel breve tragitto imparai che la vecchia era nonna di Cate, che quella casa era un'osteria, le Fontane, ma con la guerra non ci passava piú nessuno. – Se questa guerra non finisce, – diceva la vecchia, – tuo nonno vende e si va tutti sotto i ponti.

Dietro la casa erano in pochi stavolta: Fonso, un altro, due ragazze. Mangiavano mele sotto un albero. Le staccavano dai rami bassi. Mangiavano e ridevano. Dino era fermo sull'orlo del prato, li guardava.

Cate andò avanti e gli parlò. Io restai con la vecchia nell'ombra della casa.

– C'era piú gente l'altra notte, – dissi. – Sono restati a Torino?

La vecchia disse: – Non tutti abbiamo l'automobile. C'è chi lavora fino a notte. I tram non vanno –. Poi mi guardò e abbassò la voce. – Chi comanda è gentaglia, – borbottò. – Gentaglia nera. Non ci pensano mica. In che mani ci hanno messo.

Salutai Fonso, a distanza. Mi aveva gridato qualcosa agitando la mano. Gridavano tra loro, tirandosi mele e correndo. Cate tornò verso di noi.

Dalla casa chiamarono. S'era aperta una porta buia e qualcuno diceva: – Fonso, è ora.

Allora tutti, le ragazze, i giovanotti, il bambino, ci corsero addosso, passarono, sparirono.

La vecchia sospirò. – Mah, – disse muovendosi. – Anche quelli. Se si mettessero d'accordo. Tanto tra loro non si mangiano. Chi va di mezzo siamo noi.

Restai solo con Cate. – Non vieni a sentire la radio?
– mi disse.

Fece un passo con me, poi si fermò.

– Non sei mica fascista? – mi disse.

Era seria e rideva. Le presi la mano e sbuffai. – Lo
siamo tutti, cara Cate, – dissi piano. – Se non lo fossimo, dovremmo rivoltarci, tirare le bombe, rischiare la
pelle. Chi lascia fare e s'accontenta, è già un fascista.

– Non è vero, – mi disse, – si aspetta il momento. Bisogna che finisca la guerra.

Era tutta indignata. Le tenevo la mano.

– Una volta, – le dissi ridendo, – non le sapevi queste cose.

– Tu non fai niente? Cosa fanno i tuoi amici?

Allora le dissi che gli amici non li vedevo piú da un
pezzo. Chi s'era sposato, chi trasferito chi sa dove. –
Ti ricordi Martino? si è sposato in un bar.

Ridemmo insieme di Martino. – Succede a tutti, –
continuai. – Si passano insieme dei mesi, degli anni,
poi succede. Si perde un appuntamento, si cambia casa, e uno che vedevi tutti i giorni non sai nemmeno piú
chi sia.

Cate mi disse ch'era colpa della guerra.

– C'è sempre stata questa guerra, – le dissi. – Tutti un bel giorno siamo soli. Non è poi cosí brutto –.
Lei mi guardò di sotto in su. – Ogni tanto si ritrova
qualcuno.

– E che cosa t'importa? Tu non vuoi fare niente e
vuoi star solo.

– Sí, – le dissi, – mi piace stare solo.

Allora Cate mi raccontò di sé. Disse che aveva lavo-
rato, ch'era stata operaia, cameriera in albergo, sorve-
gliante in colonia. Adesso andava tutti i giorni all'ospedale, a fare servizio. La vecchia casa di via Nizza era
crollata e morti tutti, l'anno prima.

– Quella sera, – le dissi, – ti eri offesa, Cate?

Mi guardò con un mezzo sorriso, ambigua. Io, per
puntiglio, piú che altro, dissi: – Dunque? Sei sposata,
sí o no?

Scosse il capo adagio.

«C'è stato qualcuno piú villano di me», pensai subito, e dissi: – È tuo figlio il ragazzo?

– E se fosse, – lei disse.

– Ti fa vergogna?

Alzò le spalle, come un tempo. Credevo ridesse. Invece disse a voce rauca, piano: – Corrado, lasciamola lí. Non ho voglia. Posso ancora chiamarti Corrado?

In quel momento fui tranquillo. Capii che Cate non pensava a riprendermi, capii che aveva una sua vita e le bastava. Quel che avevo temuto era che facesse la violenta e l'umiliata di un tempo e volesse gridare. Le dissi: – Scema. Puoi chiamarmi come vuoi –. Mi venne Belbo sottomano e lo presi alla nuca.

In quel momento dalla casa buia uscivano tutti, chiacchierando e vociando.

V.

Finí giugno, le scuole erano chiuse, stavo in collina tutto il tempo. Ci camminavo sotto il sole, sui versanti boscosi. Dietro le Fontane, la terra era lavorata a campo e vigna, e ci andavo sovente, in certe conche riparate, a raccogliere erbe e muschi, mia antica passione di quando ragazzo studiavo scienze naturali. A ville e giardini io preferivo la campagna dissodata, e i suoi margini dove il selvatico riprende terreno. Le Fontane era il luogo piú adatto, di là cominciavano i boschi. Vidi Cate altre volte, di mattina e di sera, e non parlammo di noi; conobbi Fonso, conobbi gli altri da vicino.

Con Fonso discutevo scherzando. Era un ragazzo, non aveva diciott'anni. – In questa guerra, – gli dicevo, – andremo sotto tutti quanti. Chiameranno te a vent'anni e me a quaranta. Come stiamo in Sicilia?

Fonso faceva il fattorino in una ditta meccanica; ogni sera arrivava con madre e sorelle, e la mattina ripartiva a rompicollo in bicicletta. Era cinico, burlone, si accendeva di colpo.

– Parola, – diceva, – se mi chiamano sotto, salta in aria il distretto.

– Anche tu. Se la guerra ti brucia. Si aspetta sempre che ci bruci, per svegliarci.

– Se tutti quelli che van sotto si svegliassero, – diceva Fonso, – sarebbe già bello.

L'anno prima, alle scuole serali, Fonso aveva preso gusto alle statistiche, ai giornali, alle cose che si sanno. Doveva averci colleghi, a Torino, che gli aprivano gli occhi. Della guerra sapeva tutto; non dava mai tregua; chiedeva qualcosa e già troncava la risposta con un'altra domanda. Discuteva con foga anche di scienza, di principî.

Chiese a me, che parlavo, se fin che restavo borghese ero pronto a svegliarmi.

– Bisogna avere la mano svelta, – gli risposi, – esser piú giovani. Cianciare non conta. L'unica strada è il terrorismo. Siamo in guerra.

Fonso diceva che non era necessario. I fascisti tremavano. Sapevano di aver perso la guerra. Non osavano piú mandar gente sotto le armi. Cercavano soltanto l'occasione di mollare, di sparire nel mucchio, di dire «Adesso fate voi». Era come un castello di carte.

– Tu credi? Hanno tutto da perdere. Soltanto morti molleranno.

Gli altri, le donne, la nonna di Cate, ascoltavano.

– Se ti dice che sono carogne, – intervenne l'oste, – puoi crederci. Lui lo sa, lascia fare.

Sapevano tutti alle Fontane ch'ero insegnante, scienziato. Mi trattavano con molto rispetto. Perfino Cate qualche volta si prendeva soggezione.

– Questo governo, – continuava il vecchio, – non può mica durare.

– Ma è per questo che dura. Tutti dicono «È morto» e nessuno fa niente.

– Tu, che dici? che cosa faresti? – chiese Cate, seria.

Tacquero tutti, e mi guardavano.

– Ammazzare, – dissi. – Levargli la voglia. Continuare la guerra qui in casa. Tanto quelli la testa non la cambiano. Soltanto se sanno che appena si muovono scoppia una bomba, resteranno tranquilli.

Fonso ghignava e stava per interrompere.

– Tu lo faresti? – disse Cate.

– No, – risposi. – Ci sono negato.

La vecchia di Cate ci guardava coi suoi occhi offesi.

– Gente, – diceva, – voi non sapete quel che costa. Non serve a nessuno caricarsi la coscienza. Moriranno anche quelli.

Allora Fonso le spiegava che cos'era la lotta di classe.

Ci andavo ormai quasi ogni sera alle Fontane e ascoltavo la radio con gli altri. Le mie due vecchie non volevano saperne di prendere Londra. – Non è permesso, – diceva l'Elvira. – Si sentirebbe dalla strada –. Si lamentava che girassi per i boschi anche di notte, nell'ora delle incursioni. Ce ne fu un'altra su Torino, spaventosa. Le due trovarono l'indomani una scheggia in frutteto, tagliente e pesante come un ferro di zappa. Mi chiamarono a vederla. Mi scongiurarono di non espormi. Allora dissi ch'era pieno d'osterie, che dappertutto si trovava ricovero.

Capitare alle Fontane in pieno giorno mi dava un senso d'avventura. Sbucavo dal ciglione sulla strada solitaria, che un tempo era stata asfaltata. Ero a due passi dalla cresta e avevo intorno delle schiene boscose. Tornavano in mente le macchine, i viandanti, i ciclisti, che ancora l'anno prima frequentavano quel passo. Adesso era raro un pedone.

Mi trattenevo nel cortile a mangiar frutta o bere un sorso. La vecchia mi offriva il caffè, l'acqua e zucchero. Per poter pagare, comandavo del vino. A quell'ora non venivo lí per Cate, non venivo per nessuno. Se Cate c'era, la guardavo sfaccendare, le chiedevo che cosa si diceva a Torino. In realtà mi soffermavo soltanto per il piacere di sentirmi sull'orlo dei boschi, di affacciarmi di lí a poco lassú. Nel sole di luglio, selvatico e immobile, il tavolino familiare, i visi noti, e quell'indugio di commiato, mi appagavano il cuore. Cate una volta si affacciò alla finestra, disse – Sei tu – e non scese nemmeno.

Chi non mancava mai, nel cortile o dietro casa, era Dino suo figlio. Adesso, finite le scuole, era in mano della nonna, che lo lasciava gironzolare, gli puliva la faccia con lo straccio e lo chiamava a far merenda. Dino non era piú un ragazzo bianco e intontito, come quella notte. Adesso correva, tirava sassi, si rompeva le scarpe. Era magro e monello. Non so perché, mi faceva quasi pena. Pensavo, guardandolo, all'antico scontento di

Cate, al suo corpo inesperto, alla vergogna di quei giorni. Doveva essere stato nell'anno di Anna Maria. Cate, sola e umiliata, non aveva saputo difendersi; c'era caduta chi sa come, a qualche ballo o in un prato, con chi disprezzava, un poveretto, un bellimbusto. O magari era stato un amore, un caldo amore che l'aveva trasformata. Me l'avrebbe mai detto? Se quella sera alla stazione non ci fossimo lasciati, chi sa, questo bimbo poteva non nascere.

Dino aveva i capelli negli occhi e una maglietta rattoppata. Con me si vantò molto della scuola e dei suoi quaderni colorati. Gli dissi che non studiavo come lui tante materie, ma che anch'io ai miei tempi avevo fatto i disegnini. Gli raccontai come avevo copiato pietruzze, nocciole, erbe rare. Gliene feci qualcuna.

Quel giorno stesso mi seguí sulla collina, a raccogliere i muschi. Scoprendo i fiori della Veronica, fu felice. Gli promisi che l'indomani avrei portato la lente e lui voleva saper subito quanto ingrandisce.

– Questi granelli color viola, – gli spiegai, – diventano come rose e garofani.

Dino mi trottò dietro verso casa, e voleva venire alla villa per provare la lente. Parlava senza inciampi, sicuro di sé, come si fa tra coetanei. Mi dava del voi.

– Senti, – gli feci, – devi darmi del lei o del tu. Dammi del tu, come la mamma.

– Sei anche tu come la mamma, – disse brusco, – volete che si perda la guerra.

Gli dissi allegro: – Del voi me ne dànno già a scuola. Poi dissi: – Ti piace la guerra?

Dino, contento, mi guardò. – Mi piacerebbe esser soldato. Combattere in Sicilia –. Poi mi chiese: – Faranno la guerra anche qui?

– C'è già, – gli dissi. – Degli allarmi hai paura?

Nemmeno per sogno. Era stato a vedere le bombe cadute. Sapeva tutto dei motori e dei tipi, e in casa aveva tre spezzoni. Mi chiese se sul campo di battaglia il giorno dopo si possono raccogliere pallottole.

– Le vere pallottole, – dissi, – vanno a cadere chi

sa dove. Sul campo rimangono soltanto i bossoli e i morti.

– Nel deserto ci sono gli avvoltoi, – disse Dino, – che sotterrano i morti.

– Li mangiano, – dissi. Lui rise.

– Lo sa la mamma che vorresti far la guerra?

Entrammo nel cortile. Cate e la vecchia erano sedute sotto gli alberi.

Dino abbassò la voce. – La mamma dice che la guerra è una vergogna. Che i fascisti hanno colpa di tutto.

– Vuoi bene alla mamma? – gli chiesi.

Alzò le spalle, come tra uomini. Le due donne ci guardavano venire.

Non sapevo in quei giorni se Cate approvava che stessi con Dino. La vecchia sí – glielo toglievo dai piedi. Cate lo guardava sorpresa girarmi intorno, raccogliere fiori, strapparmi la lente di mano, e qualche volta lo richiamò vivamente, come si fa coi bambini che mancano di rispetto agli adulti. Dino taceva, s'aggobbiva, e continuava a bassa voce. Poi correva a mostrarle i disegni o le parti di un fiore. Le gridava che gli avrei portato un libro di piante. Cate lo prendeva, gli aggiustava i capelli, gli diceva qualcosa. Io quasi preferivo le volte che Cate era via.

Pensai che Cate era gelosa di suo figlio. Una sera la colsi che mi guardava con un'ombra di scherno. – Cate, ti faccio proprio schifo? – le dissi piano, canzonando. Si sentí presa alla sprovvista e abbassò gli occhi e la voce. – Perché? – balbettò, lei che di solito troncava quei discorsi.

– Eravamo ragazzi, – le dissi. – Le cose non si sanno mai a tempo.

Ma già lei rialzava la faccia e parlava attraverso il cortile.

Poco dopo mi disse: – Lo sanno le tue donne che ti abbassi a parlare con noi? Glielo dici tornando la notte che sei stato all'osteria? Com'è che si chiama quella storta che vuole sposarti? l'Elvira?

Le avevo raccontato queste cose scherzandoci. – Che

ti piglia? – le dissi. – Vengo con te perché mi piace. Mi
piacete tutti quanti. Giro i boschi e le strade. Sto bene con voi come sto bene in collina.

– Ma all'Elvira lo dici?

– Cosa c'entra l'Elvira?

– L'Elvira è la mamma del tuo cane, – disse adagio.
– Non vuol sapere dove andate tutto il giorno?

– L'Elvira è una scema.

– Però ci stai bene. Come stai bene con noialtri.

– Sei gelosa, Cate?

– Di chi? Fammi ridere. Sono gelosa di Fonso?

– Ma Fonso è un ragazzo, – gridai. – Cosa c'entra?

– Per te siamo tutti ragazzi, – mi disse. – Siamo come il tuo cane.

Non le cavai altro, quella sera. Vennero Fonso, le ragazze, Dino. Cianciammo, ascoltammo, qualcuno cantò.
C'erano facce nuove. Una coppia di sposi sinistrata – co-
noscenti di Fonso –, si bevette qualcosa. Poi, quando fu
l'ora, Cate rincorse Dino che scappava, per portarlo a
letto. Tutti lo pigliavano e nel buio qualcuno disse Corrado. – Corrado, – dicevano, – chi si chiama Corrado,
ubbidisce.

VI.

Appena Cate uscí di nuovo nel cortile, le andai incontro. Lei non si era accorta di nulla. Forse credeva che volessi riparlare dell'Elvira e mi fece gli occhiacci e si fermò.

– Si chiama Corrado, – le dissi.

Mi guardò interdetta.

– È il mio nome, – le dissi.

Lei volse il capo, in quel suo modo baldanzoso. Guardò quegli altri, ai tavolini, nell'ombra. Susurrò spaventata: – Va' via, che ci vedono.

Mi volsi anch'io, per venirle a fianco. S'incamminò e disse scherzando: – Non lo sapevi ch'è il suo nome?

– Perché gliel'hai messo?

Alzò le spalle e non rispose.

– Quanti anni ha Dino? – e la fermai.

Mi strinse il braccio e disse: – Dopo. Sii buono.

Chiacchierarono a lungo di guerra e di allarmi, quella sera. L'amico di Fonso era stato ferito in Albania e raccontava quel che tutti sapevano da un pezzo. – Ho provato a sposarmi per dormire dentro un letto, – diceva, – e adesso anche il letto è partito –. E la sposina: – Dormiremo nei prati, sta' bravo –. Io m'ero seduto vicino alla vecchia, e tacevo, sbirciavo il profilo di Cate. Mi pareva quella notte che l'avevo ritrovata, che le parlavo e non sapevo chi era. Ogni volta piú cieco, ero stato. Un mese mi c'era voluto per capire che Dino vuol dire Corrado. Com'era la faccia di Dino? Chiudevo gli occhi e non riuscivo a rivederla.

Mi alzai di botto, per camminare nel cortile. – Mi accompagni là dietro? – disse Cate, e si alzò subito. M'incamminai con un senso di nausea. Da quel momento la mia vita rovinava. Ero come in rifugio quando le volte traballano. «Potevo fare tante cose», uno grida tra sé.

Andavamo nel buio. Cate taceva nel silenzio. Mi prese a braccetto incespicando e saltando leggera e disse piano: – Tienmi dritta –. L'afferrai. Ci fermammo.

– Corrado, – mi disse. – Ho fatto male a dare a Dino questo nome. Ma vedi che non conta. Non lo chiamiamo mai cosí.

– Allora perché gliel'hai dato?

– Ti volevo ancora bene. Tu non lo sai che ti ho voluto bene?

«A quest'ora – pensai – me l'avrebbe già detto». – Se mi vuoi bene, – dissi brusco e strinsi il braccio, – di chi è figlio Corrado?

Si liberò, senza parlare. Era robusta, piú di me. – Stai tranquillo, – mi disse, – non avere paura. Non sei tu che l'hai fatto.

Ci guardammo nel buio. Mi sentivo spossato, sudato. Lei nella voce aveva avuto un'ombra di sarcasmo.

– Cos'hai detto? – mi fece, sollecita.

– Niente, – risposi, – niente. Se mi vuoi bene...

– Non te ne voglio piú, Corrado.

– Se gli hai dato il mio nome, come hai potuto fare subito l'amore con un altro, quell'inverno?

Nell'ombra dominai la mia voce, mi umiliai, mi sentii generoso. Parlavo alla Cate di un tempo, alla ragazza disperata.

– Tu l'hai fatto l'amore con me, – disse tranquilla, – e di me t'importava un bel niente.

Era un'altra questione, ma che cosa potevo rispondere? Glielo dissi. Lei disse che si può far l'amore e pensare a tutt'altro. – Tu lo sai, – ripeté, – non vuoi bene a nessuno eppure avrai fatto l'amore con tante.

Di nuovo dissi, rassegnato, che da un pezzo non pensavo a queste cose.

Tornò a dirmi: – L'hai fatto.

– Cate, – m'irritai, – dimmi almeno chi è stato.

Di nuovo sorrise, di nuovo non volle saperne. – Ti ho già raccontato la mia vita di questi anni. Ho sempre faticato e battuto la testa. I primi tempi è stato brutto. Ma avevo Dino, non potevo pensare a sciocchezze. Mi ricordavo di quello che mi hai detto una volta, che la vita ha valore solamente se si vive per qualcosa o per qualcuno...

Anche questo le avevo insegnato. La frase era mia. «Se ti chiede per chi vivi tu, – mi gridai, – cosa rispondi?»

– Allora, non mi detesti, – balbettai sorridendo, – qualcosa di buono tra noi c'è stato? Puoi pensare a quei tempi senza cattiveria?

– A quei tempi tu non eri cattivo.

– Adesso sí? – dissi stupito. – Adesso ti faccio ribrezzo?

– Adesso soffri e mi fai pena, – disse seria. – Vivi solo col cane. Mi fai pena.

La guardai interdetto. – Non sono piú buono, Cate? Anche con te, non sono buono piú che allora?

– Non so, – disse Cate, – sei buono cosí, senza voglia. Lasci fare e non dài confidenza. Non hai nessuno, non ti arrabbi nemmeno.

– Mi sono arrabbiato per Dino, – dissi.

– Non vuoi bene a nessuno.

– Devo baciarti, Cate?

– Stupido, – disse, sempre calma, – non è questo che dico. Se io avessi voluto, mi avresti baciata da un pezzo –. Tacque un momento, poi riprese: – Sei come un ragazzo, un ragazzo superbo. Di quei ragazzi che gli tocca una disgrazia, gli manca qualcosa, ma loro non vogliono che sia detta, che si sappia che soffrono. Per questo fai pena. Quando parli con gli altri sei sempre cattivo, maligno. Tu hai paura, Corrado.

– Sarà la guerra, saranno le bombe.

– No, sei tu, – disse Cate. – Tu vivi cosí. Adesso hai avuto paura per Dino. Paura che fosse tuo figlio.

Dal cortile ci chiamarono. Chiamavano Cate.

– Torniamo, – disse Cate sommessa. – Stai tranquillo. Nessuno ti disturba la pace.

M'aveva preso per il braccio e la fermai. – Cate, – le
dissi, – se fosse vera la cosa di Dino, ti voglio sposare.

Mi guardò, senza ridere né turbarsi.

– Dino è mio figlio, – disse piano. – Andiamo via.

Passai cosí un'altra notte come la prima quando
l'avevo ritrovata. Stavolta l'Elvira era a letto da un pezzo. Adesso che stavo giorno e notte in collina, lei sapeva di avermi al sicuro e mi lasciava sbizzarrire. Mi
burlava soltanto perché, con tutti i miei muschi e i miei
studi campestri, non conoscevo per nome i suoi fiori
del giardino, e di certi scarlatti, carnosi, osceni, non
seppi dirle proprio nulla. Le ridevano gli occhi parlan-
done.

– I cattivi pensieri notturni, – le dissi, – diventano
fiori. Non c'è nome che basti. Anche la scienza a un certo punto si ferma –. Lei rideva, abbracciandosi i gomiti, lusingata del mio gioco. Ci pensai quella notte perché nel mazzo sopra il tavolo c'era qualcuno di quei fiori. Mi chiesi se Cate vedendoli avrebbe apprezzato lo
scherzo. Forse sí, ma non detto in quel modo, non truc-
cato cosí. Una cosa quella sera avevo scoperto, un'altra
prova ch'ero stato scemo e cieco anche stavolta: Cate
era seria era padrona, Cate capiva come e meglio di me.
Con lei il tono d'un tempo, baldanzoso e villano, non
serviva piú a nulla. Ci pensai tutta la notte, e di notte
nell'insonnia il suo sarcasmo ingigantiva. In questo trovavo una pace. Se Cate diceva che Dino era suo, non
potevo non fidarmi.

Ci pensai fino all'alba; e l'indomani a colazione,
quando l'Elvira ritornò da messa, mi dissi ridendo: «Se
sapesse che cosa c'è in aria». Lei invece aveva sentito a
S. Margherita che la guerra non poteva durare piú molto, perché il papa aveva fatto un discorso consigliando
che tutti vivessero in pace. Bastava volerlo col cuore e
la pace era fatta. Non piú bombe né incendi né sangue.
Non piú vendette né speranze di diluvio. L'Elvira era

inquieta e felice. Io le dissi che andavo a passeggio e la lasciai che sfaccendava intorno al fuoco.

Siccome era domenica, alle Fontane c'eran tutti dal sabato sera. Vidi alla finestra Nando lo sposo sinistrato, vidi le sorelle di Fonso, che gli gridavano qualcosa. Salutai le ragazze, chiesi se Dino era già andato per i boschi. M'indicarono il prato là dietro. Volli lasciare tutto al caso e dissi a Giulia che gli dicesse ch'ero andato alla fontana. Belbo, grosso e eccitato, s'infilava già nel bosco. Lo chiamai, lo accucciai sul sentiero, gli dissi di attendere Dino. Mi mostrò i denti con un ringhio.

Quando fui sulla costa e le voci si spensero, immaginai la corsa dei due in mezzo ai tronchi, la bella avventura. Chi sa se Dino fra vent'anni si sarebbe ricordato quell'ora, l'odore del sole, le voci lontane, i scivoloni sulla pietra? Mi giunse un ansito, un fruscío, e apparve Belbo. Si fermò e mi guardava. Era solo. Tesi il braccio e gli dissi: – Va' via. Ritorna con Dino. Va' via –. Si accosciò e appiattí il muso per terra. – Va' via –. Mi chinai per raccogliere un sasso. Allora Belbo fece un salto e cominciò a latrarmi contro. Presi il sasso. Belbo tornò per la sua strada, adagio.

Giunsi sotto alla fontana, nella conca di erbe grasse e fangose. Tra le piante apparivano buchi di cielo e aerei versanti. C'era in quel fresco un odore schiumoso, quasi salmastro. Cos'importa la guerra, cos'importa il sangue, pensavo, con questo cielo tra le piante? Si poteva arrivare correndo, buttarsi nell'erba, giocare alla caccia o agli agguati. Cosí vivevano le bisce, le lepri, i ragazzi. La guerra finiva domani. Tutto tornava come prima. Tornavano la pace, i vecchi giochi, i rancori. Il sangue sparso era assorbito dalla terra. Le città respiravano. Soltanto nei boschi nulla mutava, e dove un corpo era caduto riaffioravano radici.

Dino arrivò col suo bastone, zufolando, preceduto da Belbo. Disse che Giulia non gli aveva detto niente, che aveva capito da sé che l'aspettavo. Gli chiesi: – Cosa hai sulla faccia? – e tenendolo fermo, lo scrutai, lo toccai – gli occhi, le palpebre, il profilo. Ma si può di-

re che un bambino rassomigli a un adulto? Ne avevo
riso tante volte. Pagavo anche questa. Dino girava gli
occhi inquieto, gonfiava le gote, sbuffava. Questo, se
mai, questo ostentato riluttare, somigliava a qualcosa
di me. Cercai di rivedermi bambino in quella smorfia.
Pensai che anch'io avevo avuto un collo gracile cosí,
quando giravo nelle vigne in questi paesi.

Poi ce ne andammo. – Stamattina arriviamo proprio
in cima –. Gli raccontai di quando avevo pigiato l'uva
ai miei paesi. – Tutti, gli uomini e i ragazzi, bisogna
che si lavino i piedi. Ma chi va scalzo li ha già puliti,
piú di noi.

– Anch'io dei giorni entro scalzo nei prati, – disse
Dino.

– Tu vali poco, a pigiar l'uva. Pesi poco. Quanti anni hai, giusti?

Me lo disse. Era nato alla fine di agosto. Ma Cate,
l'avevo lasciata in novembre o in ottobre? Non riuscivo a ricordarmi. Alla stazione quella sera c'era fresco.
C'era nebbia, era inverno? Non riuscivo. Per me ricordavo soltanto le lotte nell'afa d'agosto fra i cespugli di Po.

Raggiungendo lo stradone sulla vetta, andammo spe-
diti. Era il borgo del Pino. Di qui, dai balconi delle case che strapiombavano, s'intravedeva la pianura di
Chieri, sconfinata, fumosa.

– Mio padre, – dissi a Dino, – faceva tutte le mattine prima di giorno una strada cosí. La faceva in biroc-
cino per andare ai mercati.

Dino trottò senz'aprir bocca, menando il bastone
sull'asfalto.

– Tu non l'hai conosciuto tuo padre? – dissi.

– La mamma, l'ha conosciuto, – rispose. – Dice che
non si sono mai piú visti.

– Non sai chi fosse?

Mi guardò fiducioso e impaziente. Era chiaro che
non ci aveva mai pensato.

– Se non c'è dev'essere morto, – gli dissi. – Sulla pa-
gella non c'è il nome di tuo padre?

Dino pensò, guardando avanti. – Dice solo la mamma, – rispose con una smorfia. – Sono orfano, io.

Mettemmo il naso nella porta dell'osteria. C'era un'aria domenicale. Sfaccendati che giocavano a biliardo ci guardarono, tacquero. – Politica, – bisbigliai a Dino. – Vuoi pane e salame?

Dino corse al biliardo. Io girellai fino al finestrone di fondo. Di là si vedeva la pianura assolata. I giocatori, osservati da Dino, s'eran rimessi a giocare, parlottando. Si passavano accanto menando le stecche.

Parlavano d'altro. Eran ragazzi di campagna. Qualcuno aveva la camicia nera.

– Chi vuoi che sia? – disse un biondo, infagottato. – Per tutti è domenica.

Risero allegri, troppo allegri, a disagio. Ci pensai l'indomani, ci pensai d'improvviso: quella domenica di sole fu l'ultima volta che, arrivando un estraneo, bisognò cambiar discorso all'osteria. Fin che durò la breve estate, almeno. Ma nessuno di noi lo sapeva.

Dino adesso mordeva il suo pane e seguiva le stecche. Era entrato anche Belbo. Levarli di là fu difficile. Belbo fiutava sotto i tavoli. Dissi a Dino che andavo e lo lasciavo a ubbriacarsi. Mi raggiunsero correndo, quasi fuori del paese.

Quel pomeriggio venne l'Egle col fratello ufficiale-pilota, un bel ragazzo magro e moro che dava la mano facendo l'inchino. Scesi dalla mia stanza, alle voci, e li trovai nel frutteto con le mie vecchie. Il giovanotto era seccato, disgustato; s'era messo in borghese; parlava di voli sul mare e di gabbiani. – Ditelo pure, – mi diceva, – noi aviatori siamo i fessi. Siamo sempre di scena. Per poco la guerra non l'abbiamo voluta noialtri.

– La *fate* soltanto voialtri, siete ingenui, – interruppe la sorella.

L'Elvira ascoltava, ammirata. – All'età di voialtri, – gli dissi, – per noi la vita era un salotto, un'anticamera. Ci pareva di fare gran che a uscir di sera, a saltare sul treno in paese per tornare in città. Si aspettava qualcosa che non veniva mai.

Mi capí al volo, quel ragazzo. Disse: – Adesso il qualcosa è venuto.

Poi l'Elvira ci fece il tè. La vecchia chiese guardinga se, adesso che gli inglesi eran sbarcati, c'era pericolo che la guerra risalisse l'Italia.

– Per noi, – disse il giovane, – meglio combattere in
Italia che sul mare o nel deserto. Cosí almeno sappiamo che cadremo in casa nostra.

– Nei vostri quartieri, – gli disse l'Elvira, – avete almeno pulizia e cibi caldi? Una tazza di tè come questo?

– Non capisco perché non ci vogliano in guerra, –
disse l'Egle. – Potremmo fare tante cose nelle basi e in
prima linea. Divertirvi, aiutarvi. Non soltanto come
infermiere.

Il fratello aprí la bocca e disse: – Certo.

Poi venne sera e, non so come, quella sera stetti a
guardare il cielo nero. Ripensavo alla notte e al mattino, al passato, a tante cose. Alla mia strana immunità
in mezzo alle cose. Ai miei sciocchi rancori. Di tanto in
tanto nella notte mi giungevano canti, clamori lontani.
Fiutavo l'odore dei boschi. Pensavo a Dino, all'aviato-
re, alla guerra. Pensavo che tanto ero vecchio e che avrei
sempre continuato quella vita.

VII.

L'indomani vennero le notizie. Fin dall'alba strepitarono le radio dalle ville vicine: l'Egle ci chiamò dal cortile; la gente scendeva in città parlando forte. L'Elvira bussò alla mia camera, e mi gridò attraverso la porta che la guerra era finita. Allora entrò dentro e, senza guardarmi ché mi vestivo, mi raccontò, rossa in faccia, che Mussolini era stato rovesciato. Scesi da basso, trovai Egle, la madre, ascoltammo la radio – stavolta anche Londra – non ebbi piú dubbi, la notizia era vera. La madre disse: – Ma è finita la guerra?

– Comincia adesso, – dissi incredulo.

Capivo adesso i clamori notturni. Il fratello dell'Egle era corso a Torino. Tutti correvano a Torino. Dalle ville sbucavano facce e discorsi. Cominciò quella ridda d'incontri, di parole, di gesti, d'incredibili speranze, che non doveva piú cessare se non nel terrore e nel sangue. Gli occhi di tutti erano accesi, anche quelli preoccupati. D'or innanzi anche la solitudine, anche i boschi, avrebbero avuto un diverso sapore. Me ne accorsi a una semplice occhiata che gettai tra le piante. Avrei voluto saper tutto, aver già letto i giornali, per potermi allontanare fra i tronchi e contemplare il nuovo cielo.

Con un coro di grida e di richiami si fermarono al cancello Fonso, Nando e le ragazze. – C'è da fare, – gridava Nando, – i fascisti resistono. Venite con noi a Torino.

– La guerra continua, – disse Fonso. – Ieri notte vi abbiamo aspettato.

– Sembra che andiate a far merenda, – risposi. Scherzavamo cosí. Le ragazze dissero: – Andiamo.

– Ammazzare. Levargli la voglia, – gridava Fonso. – C'è bisogno di noi.

Se ne andarono. Dissero che tornavano a notte, a pace fatta. Restai lassú non perché avessi paura di qualche pallottola (era peggio un allarme), ma perché prevedevo entusiasmi, cortei, discussioni sfegatate. Egle mi volle suo accompagnatore a un'altra villa, dove andava a gridare la notizia e le voci. Passammo per una stradina fra gli alberi, che ci portò dietro la costa in un piccolo mondo ignorato di rive e di uccelli. «Hanno invaso le carceri». «C'è lo stato d'assedio». «Tutti i fascisti si nascondono». Torino era a due passi, remota. – Forse domani troveremo in questi boschi un gerarca fuggiasco, – dissi.

– Che spavento, – disse Egle.

– Mangiato dai vermi e dalle formiche.

– Se lo meritano, – disse Egle.

– Se non fosse per loro, – le dissi, – non saremmo vissuti tranquilli in collina per tanti anni.

Eravamo arrivati e già chiamava l'amica. Io le dissi che dovevo scappare. Fece una smorfia di dispetto.

– La signora Elvira, – tagliai, – non approva che andiamo a passeggio nei boschi.

Mi guardò con gli occhietti. Mi tese la mano come una donna, e scoppiò a ridere.

– Maligno, – disse.

L'amica venne alla finestra, una ragazza con le trecce. In distanza le sentii festeggiarsi. Avevo già preso la strada delle Fontane. M'accorsi che stavolta ero solo. «Belbo è scappato a Torino anche lui». Immaginavo l'osteria silenziosa, Dino nel prato, le due donne in cucina. «Adesso che la guerra finisce, forse Cate mi dirà la verità», pensai salendo.

Non fu necessario arrivare lassú. Cate scendeva sotto il sole, vestita a colori, saltellando.

– Come sei giovane, – le dissi.

– Sono contenta, – e si attaccò al mio braccio senza

fermarsi, come ballasse. – Sono cosí contenta. Non vieni a Torino?

Si fermò e disse brusca: – Tu sei capace di non saper niente. Magari stanotte dormivi. Nessuno ti ha visto.

– So tutto, – le dissi. – Sono contento come te. Ma lo sai che la guerra continua? Cominciano ora i pasticci.

– E con questo? – mi disse. – Almeno adesso si respira. Qualcosa faremo.

Scendemmo insieme discutendo. Non lasciò che parlassi di Dino. Disse che adesso bisognava esser d'accordo – strillare, fare scioperi, imporsi. Disse che almeno per quei giorni non ci sarebbero piú state incursioni, e bisognava profittarne, strappare al governo la pace. Sapeva già quel che valeva quel governo; – sono sempre gli stessi, – diceva. – Ma questa volta hanno paura, hanno bisogno di salvarsi. Basta dargli la spinta.

– E i tedeschi, – le dissi, – e quegli altri?

– L'hai detto tu che dobbiamo svegliarci e far piazza pulita...

– Cate, ci hai proprio la passione, – dissi a un tratto, – sei diventata rivoluzionaria.

Mi disse stupido e arrivammo al tram. Non riuscivo a parlarle di Dino. Faceva strano parlar tanto di politica ma sul tram tutti abbassavano la voce. Le colonne dei portici e i muri erano coperti di proclami. La gente sostava. Nelle strade incruente e festose si camminava stupefatti. C'era un formicolío e un daffare come dopo una grossa incursione.

Cate correva all'ospedale, e ci lasciammo. Mi disse che forse né lei né i ragazzi rientravano quella sera.

– E Dino sta solo?

– Dino è davanti con Fonso e con gli altri. Stiamo con loro questa sera.

Rimasi male. Mentre scherzavano al cancello, Dino nemmeno mi aveva parlato, non s'era mostrato. Cate mi disse: – Dove mangi?

Rimasto solo, girai per Torino. Davvero sembrava l'indomani degli incendi. Era avvenuto qualcosa di enorme, un terremoto, cui soltanto i vecchi crolli e le macerie disseminati per le vie e riparati alla meglio, facevano adatto teatro. Non si poteva né pensare né dir nulla che non fosse ridicolmente inadeguato. Passò una banda di ragazzi, trascinando uno stemma di latta legato a una fune. Urlavano al sole, e lo stemma sferragliava come una pentola. Pensai che Dino era un ragazzo come quelli, e ancora ieri immaginava di fare la guerra.

Davanti alla Casa del Fascio stazionava un cordone di soldati dello stato d'assedio. Portavano elmetto e fucile; sorvegliavano la strada cosparsa di carte strinate, le finestre rotte, il portone vuoto. I passanti giravano al largo. Ma i soldati si annoiavano e ridevano tra loro.

Su un angolo m'imbatto nel fratello dell'Egle. S'era messo in divisa, coi nastrini e il cinturone, e squadrava la strada, indignato.

– O Giorgi, – gli dissi, – finita la licenza?

– Quel che succede non doveva succedere, – disse. – Quest'è la fine.

– Cosa si dice nell'esercito?

– Niente si dice. Si aspetta. Nessuno ha il coraggio di venirci attaccare. Sono un branco di vigliacchi.

– Chi, vi deve attaccare?

Giorgi mi guardò, sorpreso e offeso.

– Tutti scappano, tutti hanno paura, – disse, – e hanno aspettato per vent'anni a vendicarsi. Mi sono messo in divisa, la divisa della guerra fascista, e nessuno ha il coraggio di venire a strapparmela. Siamo in pochi. Non lo sanno questi vigliacchi che siamo in pochi.

Allora gli dissi che il suo capo era il re e che il colpo veniva dal re. Lui doveva ubbidire.

Sorrise, con quell'aria di disgusto. – Anche voi. Non capite che siamo soltanto al principio? Che dovremo difenderci?

Se ne andò, con la bocca serrata. Gli tenni dietro con gli occhi, si perdé nella folla. Erano in molti come lui? Mi chiesi se tutti i Giorgi, tutti i bei ragazzi che avevano fatto la guerra, ci squadravano in quel giorno cosí.

«Sarà perduta ma non è finita», brontolavo tra me. «Ne devono ancora morire». E guardavo le facce, le ca-

se. «Prima che l'estate finisca, quanti di noi saranno a
terra? Quanto sangue schizzato sui muri?» Guardavo
le facce, le occhiaie, chi andava e veniva, il tranquillo
disordine. «Toccherà a quel biondino. Toccherà a quel
tranviere. A quella donna. Al giornalaio. A quel cane».

Finí che andai verso la Dora, dov'era la ditta di Fonso. Girai nei viali, dopo il ponte; avevo a destra la collina chiara e immensa. È un quartiere di grosse case po-
polari, e di prati, di muriccioli, di casette residue da quando qui arrivava la campagna. Il cielo era piú caldo e piú
aperto; la gente – donnette, ragazzi – formicolavano tra
i marciapiedi, l'erba e le botteghe. Grandi scritte sui muri, d'incauto entusiasmo, erano fiorite nella notte.

Dalla ditta di Fonso – un cancello e un capannone in
fondo a un prato – veniva il cigolío e il cupo tonfo delle macchine. Dunque lavorano, mi dissi, non è cambiato proprio niente. In quelle strade dove s'era piú pena-
to e sperato, dove al tempo che noi eravamo ragazzi
s'era sparso tanto sangue, la giornata passava tranquilla. Gli operai, gli schiacciati, lavoravano come ieri, come sempre. Chi sa, credevano tutto finito.

Aspettando pensavo a Cate, alla logica di quella vita
che tornava a riprendermi in un simile momento. Del
gusto violento e beffardo che avevo condiviso con Gallo per la dura umanità delle barriere, dell'inutile rabbia
con cui m'ero cacciato nel salotto d'Anna Maria, non
mi restava che vergogna e segreto rossore. Cosí futile
era stata tutta quanta l'avventura, ch'ero ridotto a dirmi «Bravo. L'hai scampata».

Ma l'avevo davvero scampata? C'era la fine della
guerra, c'era Dino. Per minaccioso che fosse l'immi-
nente avvenire, il mondo vecchio traballava, e la mia
vita era tutta impostata su quel mondo, sul terrore e
rancore e disgusto che quel mondo incuteva. Adesso
avevo quarant'anni e c'era Cate, c'era Dino. Non contava di chi fosse davvero figlio: contava il fatto che ci
fossimo trovati in quell'estate dopo le assurde villanie
di una volta, e Cate sapesse per chi e perché vivere, Cate avesse uno scopo, volontà d'indignarsi, un'esistenza

tutta piena e tutta sua. Non ero futile e villano anche stavolta, che le giravo intorno tra smarrito e umiliato?

Nel cortile della fabbrica cominciò movimento. Altra gente aspettava come me, si formavano gruppi, qualcuno usciva – uomini validi, ragazze, giovanotti con la giacca sulla spalla. Cominciavano a chiamarsi e parlare forte. Riconobbi i miei uomini. Qui il sospetto sornione che regnava in città in mezzo al disordine e alla festa, era sommerso in ben altra franchezza, in un clamore ingenuo e ardito. Anche i solitari che gettavano occhiate e poi se ne andavano fischiando, avevano nel passo una loro baldanza. Piú di tutti vociavano le ragazze. Si chiedevano e davano notizie, gridavano con gusto cose ancora ieri proibite.

Sotto il sole, scottava. Vidi Fonso fermo in un crocchio. Non mi mossi. Era proprio un ragazzo. Aveva accanto un uomo in tuta, gigantesco, e uno mingherlino. Ridevano. Speravo che Cate o qualcuno degli altri fosse venuto al cancello ma non vidi nessuno.

– Il professore, – gridò Fonso.

Entrai con loro. Discutevano sopra il giornale. – Il cavaliere Mussolini, – disse scattante il bassotto, mordendo la sigaretta, – il cavaliere... L'hai capita? Adesso se ne ricordano.

– Hanno paura dei tedeschi, – disse Fonso.

– Macché. Siamo merli noialtri, – ghignò l'altro. – Sai com'è? L'hanno capita tra loro gerarchi che la storia puzzava, e allora corrono dal re e gli fanno: «Senti. Ci devi mettere a riposo, levarci dalla merda. Tu intanto continui la guerra, gli italiani si sfogano, si fiaccano il collo, e noi domani ritorniamo a darti mano. Ci sei?»

– Lascialo dire, – brontolò il gigante in tuta. – Se non fa l'asino quest'oggi, quando vuoi che lo faccia? Ieri sera l'hai presa la sbornia?

– Quattro ne ha prese, – disse Fonso, divertito.

– E allora basta. Andiamo a casa.

– Vedrai che ritornano, – gridò il mingherlino.

Restai solo con Fonso e il gigante. Camminavamo in mezzo ai cenni e alle voci.

– Però Aurelio ha ragione, – disse Fonso. – Hanno riempito di soldati le caserme.

Il gigante, incuriosito, girò la faccia. – I soldati sono popolo, – disse. – Sono popolo armato. Non si sa contro chi spareranno.

– Hanno paura dei tedeschi, – interruppi, – spareranno sui tedeschi.

– Una cosa alla volta, – disse l'altro adagio, – verrà la volta anche per loro. Non adesso.

– Macché, – disse Fonso. – Che sparino subito. È questa la guerra.

Il gigante scuoteva il capo.

– Voi non sapete che cos'è politica, – disse. – Lascia fare ai piú vecchi.

– Vi abbiamo lasciato una volta, – disse Fonso.

Arrivammo davanti alla casa, che le radio cominciavano a gracchiare. Ci soffermammo; si fermarono tutti. – Il bollettino. Silenzio –. Seguí la notizia dello stato d'assedio, del buon ordine in tutta Italia, dei cortei di esultanza, della nostra decisione di combattere e farci onore fino all'ultimo sangue.

– Lascia fare a chi sa, – ripeteva il gigante a capo chino.

– È tutta merda, – disse Fonso, – evviva Aurelio.

Dietro alla casa la collina si stendeva nel cielo, seminata di case e di boschi. Mi chiedevo chi la vedesse in quel momento, della gente che attendeva, rientrava, parlava. In quei paraggi, strano a dirsi, non c'erano case diroccate. Chiesi a Fonso se stasera tornava lassú.

– C'è da fare a Torino, – mi disse, – c'è da tenere gli occhi aperti.

Il gigante approvò col capo.

– E le donne dove sono? – dissi. – Cate è rimasta all'ospedale?

– Rimanete con noi stasera, – disse Fonso. – Andiamo tutti alla riunione.

– Che riunione?

Fonso ghignò, come un ragazzo. – Riunione in piazza, o clandestina. Secondo. Con questo governo non si capisce piú niente. Almeno, prima, la galera era sicura.

Mi feci dire dove potevo ritrovarli. Strinsi la manona dell'altro. Me ne andai sotto il sole. Mangiai in un caffè del centro, dove si discorreva come niente fosse successo. Una cosa era certa – l'avevano detto anche le radio nemiche – per qualche giorno niente bombe dal cielo. Passai dalla scuola ma non c'era nessuno. Allora andai solo, per strade e caffè, sfogliai dei libri da un libraio, mi soffermai davanti a vecchie case che contenevano ricordi mai piú rinvangati. Tutto pareva rinnovato, fresco, bello, come il cielo dopo un temporale. Sapevo bene che non sarebbe durata, e passo passo mi diressi all'ospedale, dove lavorava Cate.

VIII.

La notte risalii in collina con Cate al braccio e Dino
che mi trottava davanti assonnato. Avevamo cenato insieme, al quarto piano nell'alloggio di Fonso, con le sorelle, coi vicini, ridendo, ascoltando la radio, tendendo l'orecchio a ogni sospetto di sommosse o di cortei
che salisse dalla strada. La sera estiva brulicante di sen-
tori e di speranze mi diede alla testa. Poi eravamo scesi tutti in un cortile lastricato, nell'ombra veniva gente, operai, coinquilini, ragazze – e ci fu un uomo, un
giovanotto, che si issò sul balcone dell'ammezzato e
parlò con calore tutt'altro che ingenuo del grande fatto di quei giorni, e del domani. Pareva un sogno, sentire quelle pubbliche frasi. L'entusiasmo mi prese. «Né
propagande né terrore hanno toccato questa gente»,
pensai. «L'uomo è migliore di quel che si crede». Poi
altri parlarono, discussero a gran voce. Ricomparve il
gigante di prima. Incitò alla prudenza. Lo subissarono
d'applausi. – È stato in prigione, – mi dissero. – Ha
fatto piú scioperi lui... – Che il governo si spieghi, –
gli gridavano. – Che lasci parlare noialtri –. Una voce
stridula di donna intonò un canto: s'unirono tutti. Pensai che dalla strada le pattuglie ci sentivano e mi misi
sul portone di guardia.

Adesso salivamo in silenzio con Cate, tenendoci il
braccio come innamorati e tra noi camminava una speranza, un'estiva inquietudine. Avevamo traversato insieme Torino due volte quel giorno, e prima di cena,
sullo spiazzo di Po davanti all'ospedale, m'ero accorto

che proprio in quei luoghi avevo conosciuto Cate e che di là passavamo per andarcene in barca. La giornata finiva in una sapida freschezza, e tutto, l'aria trasparente, il nitore delle cose, ricordava altre sere, sere ingenue, di pace. Ogni cosa pareva risolta, promettente, perdonabile. Con Cate avevamo riparlato di Gallo, del suo vocione malinconico, della gente di allora. Quel che di nuovo c'era al mondo quella sera, cancellava durezze, rancori, difese. Quasi di nulla ci si vergognava. Potevamo parlare.

Cate scherzando non credeva al mio amore furioso per Anna Maria. – Doveva essere una furba, – mi disse, – di quelle che si fanno desiderare. Perché non vi siete sposati?

– Non mi ha voluto.

Corrugò la fronte. – Sei tu che non l'hai voluta, – disse. – Gliel'hai fatto capire. Perché non avrebbe dovuto sposarti?

– Ero troppo furioso. La volevo sposare per sfuggirle di mano. Non c'era altro modo.

– Vedi dunque. Sei tu. Non sei capace a voler bene.

– Cate, – le dissi, – Anna Maria era ricca e viziosa. Di chi fa il bagno tutti i giorni non fidarti. Ha un altro sangue. È gente che gode diverso da noi. Sono meglio i fascisti. Del resto, i fascisti li hanno messi su loro.

– Sai queste cose? – disse Cate sorridendo.

– Se Anna Maria avesse un figlio e l'avesse chiamato Corrado, scapperei come il vento.

Cate tacque, sempre allegra, corrugando la fronte.

– Dimmi, Cate, sei sicura che Dino...

Eravamo soli, tra le case, in attesa del tram. C'era di nuovo, per quella via Nizza, solamente qua e là un caseggiato rotto, come un buco in una gengiva. Le presi la mano.

– No, – lei mi disse. – Non c'è bisogno che fai finta. Non siamo più come una volta. Che cosa t'importa se Dino è tuo figlio? Se fosse tuo figlio mi vorresti sposare. Ma non ci si sposa per questo. Anche me vuoi sposarmi per liberarti di qualcosa. Non pensarci –. Mi

strinse il bavero, carezzandomi. Mi guardò sorridendo. – Te l'ho già detto. Sta' tranquillo. Non è tuo figlio. Sei contento?

– Non ci credo, Cate, – borbottai sulle sue dita. –
Se tu fossi al mio posto, che faresti?

– Lascerei correre, – mi disse allegra. – Chi c'è piú
che voglia un figlio ai nostri tempi?

– Scema.

Cate arrossí e mi serrò il braccio.

– No, hai ragione. Ti caverei gli occhi. Butterei tutto in aria. Ma sono sua mamma, Corrado.

Adesso, nel buio, salivamo la collina. Dino inciam-
pava al nostro fianco. Dormiva. Rimuginando la dolcezza del colloquio di prima, camminavo con Cate, e
speravo inquieto. Che cosa? Non so, la sua dolcezza, la
fermezza con cui mi trattava, la tacita promessa di non
serbarmi rancore – su queste cose contavo da un pezzo.
Non potevo nemmeno indignarmi. Lei mi trattava come fossimo sposati.

Discorrevamo a bassa voce, benché Dino non potesse sentirci. Incespicava e già dormiva. Sbuffò come stesse sognando. Gli presi il cranio con la mano e
lo sospinsi. Mi sentii sotto le dita me stesso ragazzo,
quei corti capelli, la nuca sporgente. Cate capiva queste cose?

– Chi sa se Dino somiglia a suo padre, – le dissi. –
Gli piace girare nei boschi, stare solo. Scommetto che
quando lo baci si pulisce la faccia. Qualche volta lo
baci?

– È un muletto, è una bestia testarda, – disse Cate.
– Strappa tutto. A scuola fa sempre la lotta con tutti.
Non è mica cattivo.

– A scuola studia volentieri?

– Fin che posso l'aiuto, – disse Cate. – Sono cosí
contenta che un altr'anno cambieranno i programmi.
Lui studiava e imparava anche quello che non doveva.

Disse questo imbronciata, mi fece sorridere.

– Non pensarci, – le dissi, – tutti i ragazzi voglion
fare la guerra.

– Ma che bellezza, – disse Cate, – quel che è successo. Sembra di nascere quest'oggi, di guarire.

Tacemmo un poco, ciascuno ai suoi pensieri. Dino sbuffò, grugní qualcosa. Gli presi la mano, lo tirai al mio fianco.

– È finito un altr'anno, che scuole farà?

– Voglio che studi fin che posso, – disse Cate, – che diventi qualcuno.

– Ma ne avrà voglia?

– Quando tu gli spiegavi dei fiori era felice, – disse Cate, – gli piace imparare.

– Non fidarti. In queste cose i ragazzi si divertono come a fare la guerra.

Mi guardò sorpresa.

– Prendi me, – le dissi. – Anch'io da ragazzo studiavo le scienze. E non sono diventato nessuno.

– Cosa dici? Tu hai la laurea, sei professore. Vorrei saper io le cose che sai.

– Esser qualcuno è un'altra cosa, – dissi piano. – Non te l'immagini nemmeno. Ci vuole fortuna, coraggio, volontà. Soprattutto coraggio. Il coraggio di starsene soli come se gli altri non ci fossero e pensare soltanto alla cosa che fai. Non spaventarsi se la gente se ne infischia. Bisogna aspettare degli anni, bisogna morire. Poi dopo morto, se hai fortuna, diventi qualcuno.

– Sei sempre lo stesso, – bisbigliò Cate. – Per non farle, ti rendi le cose impossibili. Io voglio soltanto che Dino abbia un buon posto nella vita, che non gli tocchi lavorare come un cane e maledirmi.

– Se davvero speri nella rivoluzione, – le dissi, – ti dovrebbe bastare un figliolo operaio.

Cate si offese e s'imbronciò. Poi mi disse: – Vorrei che studiasse e diventasse come te, Corrado. Senza scordarsi di noialtri disgraziati.

Quella notte l'Elvira mi aspettava al cancello. Non mi chiese se avevo già cenato. Mi trattò freddamente, come si tratta uno spensierato che si è messo nei pericoli e ci ha fatto penare. Non mi chiese che cosa avessi fatto a Torino. Disse soltanto che loro mi avevano sempre ben trattato e credevano di avere diritto a un riguardo, a un pensiero. Padrone di andarmene con chiunque, disse. Ma almeno avvertissi.

– Che diritti, – risposi seccato. – Nessuno ha diritti. Abbiamo quello di crepare, di svegliarci bell'e morti. Con quel che succede.

L'Elvira nel buio guardava oltre le mie spalle. Taceva. Mi accorsi con terrore che le guance le brillavano di lacrime.

Allora persi del tutto la pazienza. – Siamo al mondo per caso, – dissi. – Padre, madre e figliuoli, tutto viene per caso. Inutile piangere. Si nasce e si muore da soli...

– Basta volere un po' di bene, – mormorò lei, con quella voce autoritaria.

IX.

Per molti giorni non discesi a Torino; mi accontentavo dei giornali e della nuova libertà di ascoltare e inveire. Da ogni parte fiorivano voci, pettegolezzi, speranze. Lassú nelle ville nessuno pensava a una cosa: il vecchio mondo non l'avevano schiacciato gli avversari, s'era ucciso da sé. Ma c'è qualcuno che si uccida per sparire davvero?

L'Elvira l'indomani era già calma; mi conosceva troppo bene. Solamente, vedendomi arrossiva. La madre provò a canzonarci insieme; risposi un cosí secco «Ci manca anche questa» che le cadde la voglia, e l'Elvira impietrí come una vedova in lutto. Poi mi diede degli sguardi da cane fedele, da sorella paziente, da vittima. Poveretta, non mentiva; soffriva, questo sí. Ma che farci? rimpiansi d'avere scherzato con lei su quei fiori: era questo che l'accaldava e le dava le smanie.

Mentre di notte si aggirava per la casa, io cercavo di captare tutte le radio possibili. Era ormai chiaro che la guerra continuava, e senza scopo. La tregua aerea era già finita; gli alleati annunciavano nuove incursioni. Aprivo una porta e trovavo l'Elvira, che mi chiedeva bruscamente le notizie del mondo. Era il suo grande sotterfugio per parlarmi; a questo patto avrebbe voluto che la guerra non finisse mai piú; s'era accorta in quel giorno che, accennando le cose a cambiare, le sfuggivo di mano.

Il mio sollievo era di giorno, le Fontane – Cate e Dino. Non avevo nemmeno bisogno di presentarmi nel cortile: mi bastava aggirarmi per i sentieri consueti, sapere che Dino era là. Qualche volta riuscivo a tener Belbo accucciato, e non visto spiavo sopra la siepe. C'era il vecchio, l'oste, che sciacquava damigiane masticando la cicca. Era basso, tarchiato, entrava e usciva dalla cantina, soffermandosi a raccogliere un chiodo, a studiare la griglia, a raddrizzare un tralcio di vite sul muretto. A vederlo, pareva impossibile che ci fosse la guerra che qualcosa contasse piú del chiodo, del muretto, della campagna lavorata. Si chiamava Gregorio. La nonna di Cate, invece, levava sovente nel pomeriggio una voce stridula che pareva una gazza; s'irritava con Dino, coi vicini, con le cose del mondo. In quei giorni che Fonso e Nando e le ragazze passavano la notte a Torino, era quello l'unico segno di presenza alle Fontane, anche a sera quando Cate arrivava. Pareva un luogo abbandonato, senza vita, una parte del bosco. E come succede di un bosco, si poteva soltanto spiarlo, fiutarlo; non viverci o possederlo a fondo.

Quando chiedevo a Dino se disegnava ancora, lui alzava le spalle, e dopo un poco mi portava il quaderno. Allora parlavamo di uccelli, di cavallette, di strati geologici. «Perché, – mi chiedevo, – non posso fargli compagnia come prima, quando nemmeno immaginavo questa faccenda?» Se adesso Dino mi accettava senza molto entusiasmo, era perché gli stavo troppo alle costole, perché mi facevo suo padre. Strana cosa, pensai, coi bambini succede come succede con gli adulti: si disgustano a troppo accudirli. L'amore è una cosa che secca. Ma erano amore le smanie dell'Elvira per me, le mie chiacchiere con Dino e il farmi ragazzo per lui? Esistono amori che non siano egoismo, che non vogliano ridurre l'uomo o la donna al proprio comodo? Cate lasciava che facessi, che prendessi il suo posto accanto a Dino, che girassimo i boschi. Ci dava un'occhiata a sera arrivando, impenetrabile, canzonatoria, e ascoltava tranquilla le vanterie di Dino. A volte pensavo che anche lei ci trovasse il suo comodo. Dino imparava e profittava frequentandomi.

Una cosa che lo esaltava erano i mostri preistorici e la vita dei selvaggi. Gli portai altri libri illustrati, e giocavamo a immaginarci che in quella conca sul sentiero del Pino, tra i muschi e le felci, in mezzo agli equiseti, fosse la tana dei megateri e dei mammut. Lui propendeva per le storie di congiure scientifiche, di macchine infernali, di popolazioni meccaniche; le aveva lette sui suoi album settimanali. A Torino, in cortile, stava tuttora un suo amico di scuola, Cruscotto, che passava le giornate in cantina a ritagliare l'alluminio e la latta, e appendeva dei fili, attrezzava tutto un sistema sotterraneo per difendere il caseggiato. Erano in pochi, tutti scelti. Si parlava di Gordon, degli Uomini Gialli, del dottor Misteriosus. Al tempo dei primi allarmi avevano fatto esperimenti, tenuto consigli di guerra. C'era con loro anche Sybil, la ragazza dei leopardi, ma diverse bambine facevano Sybil e non c'era nemmeno bisogno di averle nel sotterraneo: i nemici rapivano Sybil e si doveva liberarla. Dino raccontò queste cose in presenza di Cate e della vecchia: si agitò, contraffece le voci e gli spari, ci prese in giro tutti quanti. Canzonava specialmente le scene con Sybil. Io sapevo il perché.

Quando andavamo noi due soli, era diverso. Dino di Sybil non parlava. Lo capivo. Tra uomini una ragazza è sempre qualcosa d'indecente. Cosí era stato anche per me, una volta. Sbucavamo tra le piante, scrutandoci intorno. Dove per Dino era questione di tribú, d'inseguimenti, di colpi di lancia, io vedevo le belle radure, lo svariare dei versanti, l'intrico casuale di un convolvolo su un canneto. Ma una cosa avevamo comune: per noi l'idea della donna, del sesso, quel mistero scottante, non quadrava nel bosco, disturbava. A me che le forre, le radici, i ciglioni, mi richiamavano ogni volta il sangue sparso, la ferocia della vita, non riusciva di pensare in fondo al bosco quell'altro sangue, quell'altra cosa selvaggia ch'è l'amplesso di una donna. Tutt'al piú i fiori rossi dell'Elvira, che mi facevano ridere. Anche Dino rideva – perché? – delle

donne, di Sybil. Diventava goffo, alzava le spalle, si
schermiva. Che cosa sapeva? Istinto o esperienza, eravamo gli stessi. Mi piaceva quella tacita intesa.

Gli allarmi e i passaggi d'aerei ricominciarono presto. Vennero i primi temporali, ma dal cielo lavato la
luna d'agosto illuminava fin le bocche dei tombini. Fonso e gli altri ricomparvero. – Questi scemi d'inglesi, –
dicevano. – Non lo sanno che basta un'incursione per
guastare il lavoro clandestino di un mese? Quando brucia la casa ci tocca scappare anche a noi.

– Lo sanno benissimo. Non vogliono il nostro lavoro, – disse Nando. – Sono tutti d'accordo.

C'era tra noi, quella sera, anche il gigante dalla tuta. Si chiamava Tono. Disse: – La guerra è sempre guerra –, e scosse il capo.

– Fate ridere, – dissi. – Noi siamo un campo di battaglia. Se gli inglesi han demolito la baracca del fascismo, non è mica per farci una villa e darla a noi. Non
vogliono ingombri sul campo di tiro, ecco tutto.

– Ma noi ci siamo, – disse Fonso, – e non è facile levarci di mezzo.

– Non è facile? Basta bruciare le stoppie. Lo stanno
facendo.

Disse Nando: – La guerra è un lavoro di talpe. Basta ficcarsi sottoterra.

– E fatelo allora, – gridai. – Nascondetevi e smettetela. Fin che in Italia c'è un tedesco, sarà inutile pensarci.

La Giulia – o un'altra, non ricordo – disse: – È arrabbiato il professore.

Disse Cate: – Chi ti chiede di muoverti?

Tutte le facce mi guardavano. Anche Dino.

Ogni volta giuravo di tacere e ascoltare, di scuotere
il capo e ascoltare. Ma quel cauto equilibrio d'ansie, di
attese e di futili speranze in cui adesso trascorrevo i
giorni, era fatto per me, mi piaceva: avrei voluto che
durasse eterno. L'impazienza degli altri poteva di-
struggerlo. Da tempo ero avvezzo a non muovermi, a
lasciare che il mondo impazzisse. Ora, un gesto di Fon-

so e dei suoi bastava a mettere ogni cosa in forse. Ecco perché mi ci arrabbiavo e discutevo.

– Da quando è caduto il fascismo, – dissi, – non vi si sente piú cantare. Come mai?

– Su, cantiamo, – dissero le ragazze. Si levarono voci – vecchie canzoni di ieri –; Dina attaccò *Bandiera rossa*. Ne cantammo una strofa, inquieti, ridendo; ma già la discussione riprendeva. Disse Tono, il gigante: – Quando saremo alle elezioni, ci sarà da lavorare.

Fu in una di quelle sere che la vecchia di Cate, mentre in cortile aspettavamo che finisse un allarme, mi disse la sua. Avevo appena detto a Fonso: – Se gli italiani hanno da prendere sul serio le cose, ce ne vorranno delle bombe –. Disse la vecchia: – Venite a dirlo a chi lavora. Per chi ha la pagnotta e può stare in collina, la guerra è un piacere. Sono la gente come voi che ha portato la guerra –. Lo disse tranquilla, senz'ombra di rancore, come fossi suo figlio.

Lí per lí non patii. – Fossero tutti come lui, – diceva Cate. Io non risposi. – La pelle è la pelle, che storie, – entrò Fonso.

– Anche noi, mamma, – disse Cate, – veniamo a dormire in collina.

La vecchia adesso borbottava. Io mi chiesi smarrito se sapeva quanto giusto e quanto a fondo mi avesse toccato. Non contavano le difese degli altri. C'era un senso in cui anch'esse mi avvilivano.

Disse Tono il socialista: – Tutti si cerca di salvarsi. Noi combattiamo perché tutti, anche i padroni, anche i nostri nemici, capiscano dov'è la salvezza. Per questo il socialismo non vuole piú guerre.

E Fonso subito: – Momento. Ma non dici perché tocca sempre alla classe operaia difendersi. I padroni mantengono il dominio con le guerre e il terrore. Schiacciandoci, tirano avanti. E tu t'illudi che capiscano. Han capito benissimo. Per questo continuano.

Allora rientrai nel discorso. – Non parlo di questo. Non parlo di classi. Fonso ha ragione, si capisce. Ma noialtri italiani siamo fatti cosí: ubbidiamo soltanto alla forza. Poi, con la scusa ch'era forza, ci ridiamo. Nessuno la prende sul serio.

– I borghesi no certo.

– Dico di tutti gli italiani.

– Professore, – esclamò Nando a testa bassa, – voi amate l'Italia?

Di nuovo ebbi intorno le facce di tutti: Tono, la vecchia, le ragazze, Cate. Fonso sorrise.

– No, – dissi adagio, – non l'Italia. Gli italiani.

– Qua la mano, – disse Nando. – Ci siamo capiti.

X.

Notti dopo, Torino andò in fiamme. Durò piú di un'ora. Ci pareva di avere sul capo i motori e gli scoppi. Caddero bombe anche in collina e nel Po. Un apparecchio mitragliò inferocito una batteria antiaerea – si seppe l'indomani che diversi tedeschi erano morti. – Siamo in mano ai tedeschi, – dicevano tutti, – ci difendono loro.

La sera dopo, altra incursione, piú tremenda. Si sentivano le case crollare, tremare la terra. La gente scappava, tornarono a dormire nei boschi. Le mie donne pregarono fino all'alba, inginocchiate su un tappeto. Scesi a Torino l'indomani tra gli incendi, e dappertutto s'invocava la pace, la fine. I giornali si scambiavano ingiurie. Girava la voce che i fascisti rialzavano il capo, che il Veneto si riempiva di divisioni tedesche, che i nostri soldati avevano ordine di sparare sulla folla. Dalle prigioni, dal confino, sbucavano i detenuti politici. Il papa fece un altro discorso invocando l'amore.

Passò una notte tranquilla, in tensione paurosa (toccò a Milano, questa volta), poi di nuovo una notte di fuoco e di crolli. Le radio nemiche lo ripetevano ogni sera: «Sarà cosí tutte le notti fino all'ultimo. Arrendetevi». Adesso nei caffè, per le strade, si discuteva solamente del modo. La Sicilia era tutta occupata. «Trattiamo, – dicevano i fascisti superstiti, – ma che prima il nemico sgombri il suolo della patria». Altri imprecavano ai tedeschi. Tutti attendevano uno sbarco sotto Roma, sotto Genova.

Rientrando in collina, sentivo quanto fosse precario il rifugio lassú. Il silenzio dei boschi aveva l'aria di un'attesa. Anche il cielo era vuoto. Avrei voluto esser radice, essere verme, e sprofondare sottoterra. M'irritava l'Elvira funerea con quella voce e quelle occhiaie. Capivo bene la durezza di Cate, che queste cose non voleva piú sentirle. Non era stagione d'amori, per noi non era mai stata. Tutti gli anni trascorsi ci portavano qui, a questa stretta. Senza saperlo, a modo nostro, Gallo, Fonso, Cate, tutti, eravamo vissuti nell'attesa di quest'ora, preparandoci a questo destino. La gente che come l'Elvira s'era fatta sorprendere inerme m'irritava soltanto. Preferivo Gregorio, che almeno era vecchio, era come la terra, come gli alberi. Preferivo Dino, grumo oscuro d'un chiuso avvenire.

La ragazza Egle mi diede la notizia che suo fratello era tornato a combattere. Anche questo era un giusto destino. Che cos'altro poteva fare quel ragazzo? Come lui ce n'eran molti, che non credevano alla guerra, ma la guerra era il loro destino – dappertutto era guerra, e nessuno gli aveva insegnato a far altro. Giorgi era un uomo taciturno. Aveva detto solamente: – Il mio dovere è lassú –, e riprese a combattere. Non protestava, non cercava di capire.

Chi protestava, e non capiva lo stesso, erano i suoi. Lo seppi dall'Egle che ogni mattina passava davanti al cancello in cerca di latte, di uova, di chiacchiere. Si fermava a parlare con la vecchia o con l'Elvira, e nelle voci, nei bisbigli, sentivo l'eco del salotto dei Giorgi, del mondo ben noto, dello studio del padre possidente e industriale. Come andava la guerra? Peggio di prima. Che cosa avevano fatto i fascisti lasciandosi rovesciare? Un atto grande, generoso, un sacrificio per ridare concordia al paese. E in che modo rispondeva il paese? Rispondeva con scioperi, tradimenti e ricatti. Continuassero pure. C'era chi ci pensava. Tutto sarebbe andato a posto prima di quanto si credeva.

Cosí brontolava la madre di Elvira, cosí cominciò l'Egle, che vedeva tutti e sapeva ogni cosa di tutti.

«Noialtri», diceva, e noialtri era il padre, era il salotto, era la villa. – Chi piú di noialtri ha sofferto della guerra? La nostra casa di Torino è sinistrata. Il portinaio c'è rimasto. Ci tocca vivere quassú. Mio fratello è tornato a combattere. Da due anni si espone e combatte. Perché questi sovversivi ce l'hanno con noi?

– Che sovversivi?

– Ma tutti. La gente che ancora non capisce perché siamo in guerra. I teppisti. Ne conosce anche lei.

Disse questa, strizzandomi gli occhi e reclinando il capo, com'era il suo vezzo.

– Non conosco teppisti, – tagliai, – conosco gente che lavora.

– Ecco, s'arrabbia, – mi guardò divertita. – Sappiamo che va all'osteria, sappiamo chi ci trova...

– Cose da pazzi, – tagliai corto, – e chi sarebbero i teppisti?

Egle tacque, e abbassò gli occhi con un'aria sostenuta.

– Di teppisti, – le dissi, – conosco soltanto quelli che ci hanno messo in guerra e che ancora ci sperano.

Mi fece gli occhiacci, ansimando. Pareva una scolara presa in fallo e inferocita.

– Suo fratello non c'entra, – le dissi. – Suo fratello è un illuso, che paga per gli altri. Ma almeno ha coraggio. Che quegli altri non hanno.

– Lei ne ha molto, – disse l'Egle, rabbiosa.

Cosí ci lasciammo. Ma la storia dell'osteria cominciava appena. Un giorno che entrai in cucina e l'Elvira sbatteva una panna (era il suo regno la cucina, e voleva sedurmi col dolce; ma la madre non vedeva di buon occhio lo spreco), le dissi: – Qui la fame non arriva.

Lei rialzò il capo. – Non si trova piú niente. Né uova né burro, neanche a pagarli. Comprano tutto questa gente che prima mangiavano patate bollite.

– Ne avessimo sempre, – risposi.

L'Elvira andò al fornello, corrugando la fronte. Mi voltava la schiena.

– Comprano tutto le osterie dove si passa la notte a
far baldoria.

– E si dorme per terra, – dissi.

– Io non voglio sapere, – sbottò l'Elvira voltandosi.
– Ma non è gente come noi.

– Credo bene, – le dissi, – vale molto piú di noi.

Si teneva la gola, con gli occhi indignati.

– Se è per le donne e per il vino, chieda a Belbo, –
ripresi, – lui va d'accordo come me con questa gente.
Non ci sono che i cani per giudicare il prossimo.

– Ma sono...

– Sovversivi, lo so. Meno male. Crede che al mondo non ci stiano che i preti e i fascisti?

Perché dicessi queste cose, l'ho scordato da un pezzo. So soltanto che Cate non s'era sbagliata dicendomi
ch'ero cattivo, superbo e che avevo paura. Aveva anche detto ch'ero buono contro voglia. Questo non so.
Ma con ciascuno dicevo cose opposte, cercavo sempre
di sembrare un altro. E sentivo che il tempo stringeva;
che tutto era inutile, vano, già scontato. Quel mattino
del battibecco con l'Elvira ci fu un allarme repentino,
a mezzogiorno. La collina, la valle, Torino in distanza,
tutto zittí sotto il cielo. Ero fermo in frutteto. Mi chiesi quanti cuori in quell'attimo cessavano di battere,
quante foglie sussultavano, quanti cani s'appiattivano
al suolo. Anche la terra, la collina e la sua scorza, dovette rabbrividire. Capii d'un tratto quanto fosse sciocco e futile quel mio compiacermi dei boschi, quell'orgoglio dei boschi che nemmeno con Dino smettevo. Sotto il cielo d'estate impietrito dall'ululo, capii che avevo
sempre giocato come un ragazzo irresponsabile. Che
cos'ero per Cate altro che un bimbo come Dino? Che
cos'ero per Fonso, per gli altri, per me?

Attesi un pezzo con tremore e ansia il ronzío dei motori. L'angoscia dei giorni, insopportabile in quell'ora,
solamente un fatto grosso, irreparabile, poteva cacciar-
la. Ma non era questo il mio solito gioco, il mio vizio?
Pensai a Cate, Fonso, Nando, ai disgraziati di Torino,
che attendevano ammucchiati nei rifugi come in tante

catacombe. Qualcuno scherzava, qualcuno rideva. – La pasta viene lunga, – dicevano.

Sangue e ferocia, sottosuolo, la boscaglia: queste cose non erano un gioco? Non erano come i selvaggi e i giornaletti di Dino? Se Cate morisse, pensavo, chi pensa a suo figlio? chi saprà piú se è figlio suo o figlio mio?

Lo strepito di una pompa mi fece sobbalzare. Venne fuori l'Elvira e disse: – È in tavola.

Silenziosi – con l'allarme la radio taceva – ci sedemmo, l'Elvira di fronte, la vecchia a lato, come sempre. La vecchia si fece il segno della croce. Nessuno parlò. Snodare il tovagliolo, toccar le posate, mangiare, mi parve un gioco, un gioco futile. Verso l'una cessò l'allarme. Sobbalzammo, quasi sorpresi. L'Elvira mi mise nel piatto un'altra fetta di torta.

XI

L'estate finiva. Si cominciavano a vedere contadine per i campi, e le scalette contro i tronchi dei frutteti. Adesso con Dino non uscivamo dal prato: c'eran le pere, c'era l'uva, c'era il campo di meliga. Venne la nuova dello sbarco in Calabria. La notte, discussioni accanite. Il fatto grosso, irreparabile, accadeva. Dunque proprio nessuno tentava nulla? Dovevamo finire cosí?

L'otto settembre ci sorprese che con Gregorio abbacchiavamo le noci. Prima passò sulla strada un autocarro militare, che ululava alle curve e levò un polverone. Veniva da Torino. Dopo un attimo, altro schianto e altro fragore: un secondo autocarro. Ne passarono cinque. La polvere giunse fin tra le piante, nell'aria limpida della sera. Ci guardammo in faccia. Dino corse in cortile.

Sull'imbrunire giunse Cate. – Non sapete? – gridò dalla strada. – L'Italia ha chiesto oggi la pace.

Alla radio la voce monotona, rauca, incredibile, ripeteva macchinalmente ogni cinque minuti la notizia. Cessava e riprendeva, ogni volta con uno schianto di minaccia. Non mutava, non cadeva, non aggiungeva mai nulla. C'era dentro l'ostinazione di un vecchio, di un bambino che sa la lezione. Nessuno di noi disse nulla lí per lí, tranne Dino che batté le mani. Restammo sconcertati, come prima al passaggio dei cinque autocarri.

Cate ci disse che a Torino nei caffè e per le strade radio-Londra sbraitava e grandi crocchi applaudivano.

C'era stato uno sbarco a Salerno. Si combatteva dappertutto. – A Salerno? non a Genova? – C'eran cortei, dimostrazioni.

– Non si capisce cosa facciano i tedeschi, – disse Cate. – Se ne andranno, sí o no?

– Non sperarci, – le dissi, – neanche volendo non potrebbero.

– Tocca ai nostri soldati, – disse la vecchia, – tocca a loro adesso.

Il vecchio Gregorio taceva, senza perdermi di vista. Era anche lui come un bambino stupefatto. Mi lampeggiò la buffa idea che anche il vecchio maresciallo che quella sera ci buttava allo sbaraglio, anche i suoi generali, ne sapessero quanto Gregorio e stasera pendessero smarriti dalla radio come me e come lui.

– Ma a Roma, – dissi, – a Roma che cosa succede?

Nessuna radio ce lo disse. Cate aveva sentito in città che a quest'ora gli inglesi l'avevano occupata, che bastava un migliaio di paracadutisti per congiungersi coi nostri e far fronte ai tedeschi. – Saranno scemi, quei ministri, ma alla pelle ci tengono. L'hanno previsto, sta' sicuro, – disse Cate.

– E Nando e Fonso, – chiesi a un tratto, – non arrivano? È questo che han sempre voluto. Saranno contenti.

– Non li ho veduti, – disse Cate. – Sono corsa a parlarvi.

Nando e Fonso non vennero quella sera. Venne Giulia ansimante. Disse che in fabbrica c'era stato comizio per raccogliere armi, che Fonso aveva fatto un discorso, che si parlava di occupare le caserme. In periferia s'eran sentite fucilate. Si sapeva che bande di borsari neri avevano saccheggiato un magazzino militare, che i tedeschi vendevano le divise ai fascisti e scappavano travestiti.

– Torno a Torino, – disse Giulia. – Arrivederci.

– Di' a quelle altre che vengano su, – gridò la vecchia. – Dillo a Fonso, a quei matti. Vanno a succedere dei brutti giorni.

– Non è niente, – disse Cate esaltata. – Questa volta finisce davvero. Basta resistere pochi giorni.

– Non ci saranno piú incursioni, – dissi brusco.

Quando fui per andarmene a cena, Dino ci fece rider tutti. – È finita la guerra? – domandò con un filo di voce.

L'indomani ero in piedi all'alba. Di Roma, nessuna notizia. La nostra radio trasmetteva canzonette. Dall'estero, i soliti bollettini di guerra. Lo sbarco a Salerno, lo specchio d'acqua brulicante di trasporti: l'operazione era tuttora in corso. L'Elvira ascoltò accanto a me, tesa e pallida. Facevamo gruppo, davanti alla radio. Dissi a un tratto: – Non so quando torno –, e me ne andai.

Per riempire la vuota mattina presi la strada di Torino. Incontrai qualche raro passante, un ciclista che saliva affaticato. Tra i versanti, in fondo, Torino fumava tranquilla. Dov'era la guerra? Le notti di fuoco parevano una cosa remota, già incredibile. Tesi l'orecchio se si sentivano autocarri.

A Torino i giornali portavano in grossi titoli la resa. Ma la gente aveva l'aria di pensare ai fatti suoi. Negozi aperti, le guardie civiche ai crocicchi, i tram correvano. Nessuno parlava di pace. All'angolo della stazione un gruppetto di tedeschi disarmati caricava mobilio su un camion: sfaccendati assistevano al trasloco. «Non si vedono i nostri, – pensai. – Sono tutti consegnati in caserma per lo stato d'assedio».

Tendevo l'orecchio e sbirciavo negli occhi i passanti. Tutti andavano chiusi, scansandosi. «Forse è stata smentita la notizia di ieri e nessuno vuol ammettere di averci creduto». Ma due giovanotti sotto il portico del Cristallo gridavano in mezzo a un crocchio e accendevano un giornale spiegato che un cameriere voleva riprendergli. Qualcuno rideva.

– Sono fascisti, – disse un altro, sull'angolo, tranquillo.

– Picchiateli, ammazzateli, – urlava una donna.

Le notizie le seppi sulla porta del bar. I tedeschi occupavano le città. Acqui, Alessandria, Casale erano prese. – Chi lo dice? – I viaggiatori in arrivo.

– Se fosse vero, non andrebbero i treni, – dissi.

– Non conosce i tedeschi.

– E a Torino?

– Verranno, – disse un altro ghignando, – a suo tempo. Fanno tutto con metodo. Non vogliono disordini inutili. I massacri li faranno con calma.

– Ma nessuno resiste? – dissi.

Sotto il portico crebbero gli urli e il tumulto. Uscimmo fuori. Uno dei due, in piedi su un tavolino, arringava la gente, che assisteva beffarda o scantonava. Due si picchiavano contro un pilastro, e la donna strillando insolenze cercava d'intromettersi. – Il governo della vergogna, – gridava l'oratore, – del tradimento e della disfatta, vi chiede di consumare l'assassinio della patria –. Il tavolino traballava; dalla folla si levarono invettive.

– Venduto ai tedeschi, – gridavano.

C'erano dei vecchi, delle serve, dei ragazzi, un soldato. Pensavo a Tono e a quel che avrebbe detto lui. Urlai qualcosa all'oratore anch'io, e in quel momento la folla ondeggiò e si scompose, qualcuno gridava: – Fate largo o vi ammazzo –. Rintronarono due colpi, fragorosi sotto il portico; la gente cadde, si squagliò; tintinnarono i vetri in frantumi; e lontano, in mezzo alla piazza, vidi ancora quei due che si davano calci, e la donna assalirli.

Quei due spari mi cantarono a lungo nel cervello. Mi allontanai per non farmi sorprendere ma adesso sapevo perché la gente non parlava e scantonava. Andai alla mia scuola, nella via tranquilla e vuota. Speravo di trovarci qualcuno, visi noti. «Fra un mese ci saranno gli esami», pensavo. Il vecchio Domenico mise fuori la testa.

– Novità, professore? Ci portate la pace?

– La pace è un uccello. È già venuta e ripartita.

Domenico scosse la testa. Batté la mano sul giornale. – Non basta dirle certe cose.

Dei tedeschi non aveva sentito dir nulla. – Ci sanno fare, – disse subito, – ci sanno. Ma neh, professore, che

tempi quando c'era quell'altro –. Abbassò la testa e la
voce. – Avete sentito cosa dicono? Che deve tornare.

Mi allontanai con quella nuova spina in corpo. C'era
un'intesa tra me e Cate, che ogni giorno lei scendeva
dal tram e si guardava intorno, se per caso fossi sceso
a Torino. Mi misi sull'angolo e attesi. Passò l'ora e non
venne. Sentii invece altri discorsi, e confermavano la
voce che i tedeschi occupavano i centri e disarmavano
i nostri. – Ma resistono i nostri? – Chi sa. A Novi c'è
stata battaglia. – Si capisce. Sono a Settimo. Un'intera divisione corazzata che avanza.

– Ma cosa fa il nostro Comando?

Un caffè accanto aprí la radio e dopo molto raschia-
re si sentí una canzone ballabile. Si formò un crocchio.
– Prendi Londra, – gridavano. Venne Londra, in francese; poi altri raschi esasperanti. Una voce italiana, da
Tunisi. Lesse eccitata un bollettino, sempre il solito.
L'avanzata dei russi, lo sbarco a Salerno; l'operazione
era tuttora in corso. – Cosa dicono a Roma? – gri-
dammo. – Cosa succede in casa nostra? Vigliacchi.

– A Roma ci sono i fascisti, – strillò una voce.

– Vigliacchi, venduti.

Sentii prendermi il braccio. Era Cate. Sorrideva il
suo vecchio sorriso. Uscimmo dal crocchio.

– Te ne sei ricordata, – dissi.

Traversammo la piazza. Cate parlava a voce bassa e
sorrideva freddamente.

– La situazione è da matti, – disse. – È la giornata
piú tremenda della guerra. Il governo non c'è. Siamo
in mano ai tedeschi. Bisogna resistere.

Correvamo oltre Dora. – Cosa vuoi fare? – le dicevo. – È questione di giorni. Interessa agli inglesi far
presto. Piú che a noi.

– Hai sentito la radio tedesca? – disse Cate. – Tra-
smettono gli inni fascisti.

Arrivammo in quel cortile del comizio. Sembrava ieri, era passato piú di un mese. Non c'era nessuno. Cate parlò con le vicine, dal balcone.

Finalmente arrivarono Giulia e la sposa di Nando.

– Non sono tornati? – La sposa di Nando s'abbandonò
contro la porta. – Sta' tranquilla, – le dissero. – Vuoi
che un uomo torni a casa a far cosa quest'oggi? Era un
po' peggio in Albania.

Lei esclamò: – Sono ragazzi, sono matti.

Riaprimmo la radio. Nessuna notizia.

– Se si fanno arrestare, – gemeva la sposa, – poi i tedeschi li hanno in mano.

– Scema, – le gridò Cate, – non li hanno ancora
presi.

Mi dissero allora che nella notte un pattuglione aveva rotto un comizio, e che Tono era stato arrestato. –
Hanno voluto liberarlo, – disse Giulia, – vedrai.

Cate doveva ritornare all'ospedale. Mangiammo
qualcosa, seduti sul letto.

– Vengo anch'io, – le dissi. Chi non mangiava era
la sposa: camminava in su e in giú nella stanza. «E sembrava la piú coraggiosa, – pensai. – Non sono tempi da
sposarsi. Meglio Cate che almeno non vuol bene a nessuno».

Andammo insieme verso il tram. Cate mi disse: –
Torni a casa?

Poi guardandosi intorno: – Nessuno si muove. Nemmeno un soldato. Che schifo.

– Noi siamo un campo di battaglia, nient'altro. Non
illuderti.

– Tu te ne infischi; – mormorò senza guardarmi, –
ma hai ragione. Non hai mai visto far la fame né bruciare casa tua.

– Sono queste le cose che dànno coraggio?

– Te lo diceva anche la nonna. Voialtri non potete
capire.

– *Voialtri* non posso esser io, – tagliai. – Io sono solo. Cerco d'essere il piú solo possibile. Sono tempi che
soltanto chi è solo non perde la testa. Guarda la Nanda come stringe.

Cate si rabbuiò fermandosi. – No, tu non sei come
la Nanda, – disse. – Non ti scomodi, tu. Ci vediamo
stasera.

– Torna presto, – gridai.

Di nuovo la strada, il frutteto, le donne. La collina
fresca e tranquilla, i discorsi consueti. – Forse i tedeschi non verranno fin quassú, – dissi all'Elvira. Chiesi
dell'Egle, se era sempre ficcanaso.

– Perché?

– Lo sappiamo bene, – dissi.

Con uno sforzo ascoltai radio-Monaco. I fascisti rialzavano la testa davvero. Voci rabbiose, minacciose. In-
citavano il popolo. – Sono ancora in Germania, è buon
segno –. Che radio-Roma non parlasse, mi fece quasi
piacere. Vuol dire che i nostri resistono, che i tedeschi
non l'hanno ancora presa. La vecchia non diceva parola. Ci guardava spaventata e scontrosa.

Alle Fontane trovai Cate che mi disse di Fonso e di
Nando. – Sono tornati, sono sani, – disse. – Ma non
hanno potuto far nulla. Tono e gli altri sono chiusi alle Nuove.

Ma c'era anche un'altra notizia – che i nostri soldati scappavano, e nessuno si sognava di resistere.

XII.

Alzai le spalle anche stavolta. Le alzavo sovente in quei giorni. Il finimondo sempre atteso era arrivato. Era chiaro che Torino tranquilla in distanza, la solitudine nei boschi, il frutteto, non avevano piú senso. Eppure tutto continuava. Sorgeva il mattino, calava la sera, maturava la frutta. M'aveva preso una speranza, una curiosità affannosa: sopravvivere al crollo, fare in tempo a conoscere il mondo di dopo.

Alzavo le spalle ma bevevo le voci. Se qualche volta mi tappavo le orecchie, era perché sapevo bene, troppo bene, quel che avveniva e mi mancava il coraggio di guardarlo in piena faccia. La salvezza appariva questione di giorni, forse di ore, e si stava attaccati alla radio, si scrutava il cielo, ci si svegliava ogni mattina con un sussulto di speranza.

La salvezza non venne. Vennero, bisbigliate, le prime notizie di sangue. Ripensai a quell'osteria del Pino dove un giorno di luglio avevo sentito per l'ultima volta abbassare la voce, e ci tornai passo passo, guardandomi alle spalle. Giungendo in un luogo, specie nell'abitato, adesso ci si guardava alle spalle e si tendeva l'orecchio. Non erano ancora stati introdotti i posti di blocco, ma già la minaccia, l'imprevisto, pendevano ovunque. Le strade e le campagne formicolavano di fuggiaschi, di soldati infagottati in impermeabili, stracci, giacchette, scampati dalle città e dalle caserme dove tedeschi e neo-squadristi infuriavano. Torino era stata occupata senza lotta, come l'acqua sommerge un villag-

gio; tedeschi ossuti e verdi come ramarri presidiavano
la stazione, le caserme; la gente andava e veniva stupita che nulla accadesse, nulla mutasse; non tumulti, non
sangue per le vie; solamente, incessante, sommessa, sotterranea, la fiumana di scampati, di truppa, che colava
per i vicoli, nelle chiese, alle barriere, sui treni. Altre
cose strane accadevano. Lo seppi da Cate, da Dino, dai
loro bisbigli e ammicchi d'intesa. Fonso e gli altri in-
cettavano armi, svaligiavano magazzini e ripostigli;
qualcosa nascosero anche alle Fontane. Nei sobborghi,
abiti borghesi piovevano dalle finestre sui soldati in fuga. Dove finivano quelli scampati ai tedeschi? Chi ci
arrivava, si capisce, a casa sua; ma gli altri, i lontani da
casa, i siciliani e calabresi, i risucchiati dalla guerra, dove passavano i giorni e le notti, dove si fermavano a vivere? – Qui se la guerra non finisce subito, – dissi
all'Egle e all'Elvira, – ci diamo tutti al brigantaggio –.
Lo dissi cosí, per vederle agitate. E aggiunsi: – Gli sta
bene alle case borghesi, alle ville dei generali che si son
messi coi tedeschi –. Ma poi discorrendo con Cate lei
mi disse di smetterla. Seppi da Dino, ch'era sempre in
strada, che alle Fontane ci passava molta gente – qualcuno intravidi anch'io, arrivando in certe ore – barbu-
ti, stracciati, affamati. Qui c'era sempre o la Giulia o
la moglie di Nando stesso, e i fuggiaschi parlavano, con-
fabulavano, sbocconcellavano pane. Dino giurò ch'era
passato anche un inglese, un prigioniero di guerra, che
sapeva soltanto dire ciao.

   Quel disordine ormai familiare, quel tacito dibatter-
si e franare di gente, era come uno sfogo, una brutta ri-
valsa alle notizie intollerabili della radio e dei giornali.
La guerra infuriava lontano, metodica e inutile. Noi eravamo ricaduti, e questa volta senza scampo, nelle mani
di prima, fatte adesso piú esperte e piú sporche di sangue. Gli allegri padroni di ieri inferocivano, difendeva-
no la pelle e le ultime speranze. Per noi lo scampo era
soltanto nel disordine, nel crollo stesso di ogni legge.
Essere preso e individuato era la morte. La pace, una
pace qualsiasi, che nell'estate c'era parsa augurabile,

adesso appariva una beffa. Bisognava affrontare quel nostro destino fino in fondo. Come sembravano lontane le incursioni. Cominciava qualcosa di peggio degli incendi e dei crolli notturni.

Sentii parlarne all'osteria del Pino, dove arrivavo di soppiatto perché era un luogo di passaggio. Tendevo l'orecchio se si fossero visti tedeschi o fascisti. Ci trovai un mattino un soldato – aveva ancora gli scarponi e le fasce – dal consunto impermeabile sul torso nudo. Era un ragazzo di Toscana, rideva dal fondo degli occhi. Parlava, cianciava con noialtri avventori, e raccontava la sua marcia dalla Francia, dieci giorni di fuga, nominava i compagni, rideva, sperava di arrivare in Valdarno. Non ci chiese da mangiare né da bere. Era pallido, semibarbuto, ma si doveva esser già inteso con la ragazza del locale che, infagottata e strabica, se lo covava con gli occhi da dietro il banco.

– Il fondovalle era guardato da quei bastardi, – diceva. – Mai passare in terreno scoperto. Sparavano. Ho veduto bruciare tanti paesi.

– Ma non c'è mica stata guerra su in montagna, – disse un tale.

– Che guerra. Rappresaglie, – disse un altro. – Un paese nasconde un soldato e i tedeschi gli dànno fuoco.

– Una notte, su un ponte... – raccontava il toscano, e sogguardava la ragazza.

Tutti ascoltammo, inghiottendo la saliva. Il toscano chiese una cicca, divertito. Vennero altre storie. Ne raccontarono gli avventori, contadini pacati. Storie fredde, incredibili, arresti di donne e bambini per prendere l'uomo, bastonature finite con un salto dalle scale, raccolti devastati, estorsioni, cadaveri in piazza con la cicca tra le labbra.

– Era meglio la guerra, – dicevano. Ma tutti sapevamo che la guerra era questa.

– Speriamo che il tempo si mantenga al bello, – disse il toscano.

Andai sovente da solo per le strade consuete, evitando le Fontane, Dino, Cate e i suoi discorsi; ma il discorso e l'affanno cui siamo ormai incalliti, rinascevano allora dappertutto, stimolati da un'ansia d'incredibilità, da una residua speranza, da un egoismo ancora lecito. Ora che anche quei giorni sembrano un sogno e salvarsi non ha quasi piú senso, c'è in fondo a tutti gli incontri e i risvegli una pace disperata, uno stupore di esser vivi ancora un giorno, ancora un'ora, che mette allegria. Non si hanno piú molti riguardi, né per sé né per gli altri. Si ascolta, impassibili.

Senza volerlo, mi svegliavo all'alba e correvo alla radio. Non ne parlavo con l'Elvira e con la madre. Scorrevo il giornale. Ogni notizia allontanava di mesi la fine. Torino in fondo alla valle mi faceva paura. Ormai nemmeno il fuoco e i crolli – che non vennero – bastavano piú a spaventarci. La guerra era scesa tra noi, dentro le case, per le vie, nelle prigioni. Pensavo a Tono, alla sua grossa testa china, e non osavo chiedermi cosa fosse di lui.

L'Elvira e la madre mi trattavano materne, un po' torve, sommesse. C'era una pace, in quella casa, un rifugio, un calore come d'infanzia. Certe mattine, alla finestra, guardando le punte degli alberi, mi chiedevo fin quando sarebbe durato quel mio privilegio. Le tendine bianche, fresche, si aprivano sulle foglie profonde e sul versante lontano dov'era un prato in mezzo ai boschi e forse qualcuno dormiva all'addiaccio. Da quanti anni lo vedevo ogni mattina, verde d'erba o irrigidito nella neve? Sarebbero ancora esistite queste cose, *dopo*?

Cercai di studiare, di leggere libri. Pensai di mettermi con Dino e insegnargli le scienze. Ma Dino era anche lui parte del mondo stravolto; Dino era chiuso, inafferrabile. Mi ero accorto che stava piú volentieri con Fonso o con Nando che con me. Dissi a Cate di mandarmelo alla villa ogni mattina, di non lasciarlo cosí solo sulle strade: seduto con me a un tavolo, si sarebbe applicato. Tanto le scuole non le avrebbero nemmeno riaperte.

– Ma sí, – disse Nando, – te lo levi dai piedi. Che almeno studi, lui che può.

Faceva già fresco, quella sera. Stavamo in cucina, tra le pentole e il lavandino. Fonso non c'era e non c'erano le ragazze. Senza Fonso il discorso languiva. Piú nessuno parlava per discutere, in quei giorni. Quando eravamo cosí insieme, nella luce, li sbirciavo di sottecchi – le smorfie di Dino, i silenzi delle donne – e la cosa piú viva, piú accesa, erano gli occhi baldanzosi di Nando, quegli occhi giovani che della guerra che avevano visto non serbavano traccia. Adesso sua moglie era incinta – c'eran riusciti, senza letto e senza casa – e in lui questa smania s'aggiungeva all'orgasmo della politica.

– Professore, farete scuola a mio figlio? – diceva ridendo, ma l'allegria, la speranza erano tese, disarmate; la moglie ci guardava imbronciata.

Me ne andavo al primo canto di grilli; il coprifuoco lassú non arrivava, ma tant'è quei sentieri mi scottavano sotto. Per le strade di Torino la notte crepitavano fucilate spavalde, i «chi va là» dei ragazzacci, dei banditi che tenevano l'ordine – anche il gioco e la beffa ormai sapevano di sangue. Pensavo a Tono, già caduto in quelle mani, al sorriso sornione di Fonso quando riparlava di lui. Fonso appariva d'improvviso alle Fontane, qualche volta anche di giorno; gli chiesi se l'orario all'officina gliel'avevano ritoccato apposta. Lui strizzò l'occhio e tirò fuori un permesso bilingue da fattorino e guardiano notturno. Di tutti era il solo che non si fosse innervosito in quell'ultimo mese, i suoi sarcasmi s'eran fatti piú precisi e divertiti. Le uscite irrequiete, le chiacchiere aggressive e sventate dei primi tempi, erano adesso un sorriso tagliente. Era chiaro che aveva un lavoro, un suo compito che lo prendeva fino in fondo, ma non ne parlava. Avendo tempo, discorreva volentieri. Era un uomo occupato.

Una sera che Fonso non c'era, discutemmo la guerra, sulle cartine dei giornali e sull'atlante che avevo portato per mostrarlo a Dino. Nient'altro che facessi per lui lo interessava; da tempo i suoi capricci puntavano sul ritorno in città dove ogni sera c'era Fonso, e altri ragazzi, e il coprifuoco, i tedeschi, la guerra. La confi-

denza che Fonso gli dava, i racconti di Nando sulla guerriglia nei Balcani, lo staccavano da me e dalle donne.
Nando ci disse cose atroci sugli agguati e sulle rappresaglie nelle montagne della Serbia. – Dappertutto dove
arrivano i tedeschi, finisce cosí. La gente comincia a
scannarsi.

– Non è tanto i tedeschi, – dissi. – Sono paesi che
al mercato ci si va col fucile anche in tempo di pace.

La vecchia, la nonna di Cate, si voltò dal lavandino
a guardarci.

– Non sono i tedeschi allora? – brontolò la sorella
di Fonso.

La vecchia disse: – Non è colpa dei tedeschi?

– Non è colpa dei tedeschi, – dissi. – I tedeschi hanno soltanto sfasciato la baracca, tolto il credito ai padroni di prima. Questa guerra è piú grossa di quello che
sembra. Adesso è andata che la gente ha veduto scappare quelli che prima comandavano, e non la tiene piú
nessuno. Ma, fate attenzione, non ce l'ha coi tedeschi,
non soltanto con loro: ce l'ha coi padroni di prima. Non
è una guerra di soldati, che domani può anche finire;
è la guerra dei poveri, la guerra dei disperati contro la
fame, la miseria, la prigione, lo schifo.

Di nuovo tutti mi ascoltavano, anche Dino.

– Prendete i nostri, – dissi ancora. – Perché non si
sono difesi? Perché si son fatti acchiappare e spedire
in Germania? Perché hanno creduto agli ufficiali, al
governo, ai padroni di prima. Adesso che abbiamo di
nuovo i fascisti, ricominciano a muoversi, e scappe-
ranno in montagna, finiranno in prigione. È adesso che
comincia la guerra, quella vera, dei disperati. E si capisce. Bisogna dir grazie ai tedeschi.

– Però accopparli, – disse Nando.

Dino mi guardava sempre, impressionato dal silenzio con cui tutti mi avevano ascoltato.

– Se non arrivano presto quegli altri, – borbottai, –
finiremo anche noi come in Montenegro.

La vecchia ci gettava occhiatacce, acciottolando nei
suoi piatti.

– Verrà il giorno, – dissi alzandomi, – che avremo i morti nei fossati, qui in collina.

Cate mi guardava, seria. – Sai tante cose, Corrado, – disse piano, – e non fai niente per aiutarci.

– Manda Dino domani a casa mia, – dissi ridendo, – gli insegnerò queste cose.

XIII.

Ormai non c'era piú dubbio. Accadeva da noi quel che da anni accadeva in tutta Europa – città e campagne allibite sotto il cielo, percorse da eserciti e da voci paurose. In quei giorni non moriva soltanto l'autunno. A Torino, sopra un mucchio di macerie, avevo visto un grosso topo, tranquillo nel sole. Tanto tranquillo che al mio avvicinarsi non aveva mosso il capo né trasalito. Era ritto sulle zampe e mi guardava. Degli uomini non aveva piú paura.

Veniva l'inverno e *io* avevo paura. Al freddo ero avvezzo – come i topi, come tutti – avvezzo a scendere in cantina, a soffiarmi sulle mani. Non erano i disagi, non le rovine, forse nemmeno la minaccia della morte dal cielo; bensí il segreto finalmente afferrato che potevano esistere dolci colline, una città sfumata di nebbie, un indomani compiaciuto, e in tutti gli istanti accadere a due passi le cose bestiali di cui si bisbigliava. La città si era fatta piú selvaggia dei miei boschi. Quella guerra in cui vivevo rifugiato, convinto di averla accettata, di essermene fatta una pace scontrosa, inferociva, mordeva piú a fondo, giungeva ai nervi e nel cervello. Cominciavo a guardarmi d'attorno, palpitando, come una lepre agli estremi. Mi svegliavo di notte, in sussulti. Pensavo a Tono, ai sogghigni di Fonso, alle congiure, alle torture, ai morti freschi. Pensavo ai paesi dove da piú di cinque anni si viveva in questo modo.

Anche i giornali – c'erano ancora dei giornali – ammettevano che sulle montagne qua e là c'era stata resi-

stenza, e continuava. Promettevano pene, perdoni, sup-
plizi. Soldati sbandati, dicevano, la patria vi comprende e vi chiama. Finora ci siamo sbagliati, dicevano, vi promettiamo di far meglio. Venite a salvarvi, venite a salvarci, perdío. Voi siete il popolo, voi siete i nostri figli, siete carogne, traditori, vigliacchi. M'accorsi che le vuote frasi di un tempo non facevano piú ridere. Le catene, la morte, la comune speranza, acquistavano un senso terribile e quotidiano. Ciò che prima era stato nell'aria, era stato parole, adesso afferrava alle viscere. Nelle parole c'è qualcosa d'impudico. In certi istanti avrei voluto vergognarmi.

Invece tacevo. Avrei voluto scomparire come un topo. Le bestie, pensavo, non sanno quel che avviene. Invidiavo le bestie. Le mie donne di casa avevano di buono che ignoravano ogni cosa della guerra. L'Elvira capí subito questa sua forza. Adesso anche il freddo mi ricacciava in casa; e rientrarci da Torino, dal frutteto, dalle vuote camminate per la collina gialla e spoglia scordando un momento nel suo tepore di tana l'eterna monotona angoscia e paura, mi riusciva quasi dolce. Anche di questo avrei voluto vergognarmi.

Veniva Dino, in quei mattini di novembre, e studiavamo sui suoi libri, lo facevo parlare di quel che sapeva. Di punto in bianco lui smetteva la lezione e usciva a raccontare delle ultime voci, di quel che aveva detto un viandante, dei tedeschi, dei patrioti alla macchia. Sapeva già le prime storie di colpi inverosimili, di beffe, di spie giustiziate; se entrava l'Elvira, smetteva. A ogni nuova notizia pensavo quale enorme leggenda si andasse creando in quei giorni e come soltanto un ragazzo che di tutto si stupisce poteva viverci in mezzo senza stupore. Che io non fossi un ragazzo come Dino, era soltanto un caso; lo ero stato vent'anni prima, e i miei stupori d'allora erano futili in confronto dei suoi. «Ecco, – dicevo, – se morissi in questa guerra, di me non resta che un ragazzo».

– Non metti piú quel vestito bianco alla marinara?
– gli chiesi.

– Lo porto a scuola. Quando riaprono le scuole?

Anche l'Elvira che, finita la lezione, lo chiamava al-la credenza e gli dava dei dolci, voleva sapere da lui se sarebbe tornato a scuola, se aveva delle sorelle, se ri-cordava suo padre. Dino rispondeva buffoneggiando e insieme aggrottandosi infastidito.

– Mi somiglia, – dicevo all'Elvira. – Quando da ra-gazzo qualcuno mi baciava, mi pulivo la faccia con la manica.

– Ragazzi, – diceva lei, – ragazzi d'oggi. La madre lavora e il bambino viene su come può.

– Non c'è figlio di contadini che sua madre non la-vori, – dicevo. – Cosí è sempre stato.

– E questa qui fa l'infermiera? – diceva l'Elvira. – E vivono all'osteria?

– Avercela un'osteria. Con quel che succede...

Da quella volta delle lacrime, l'Elvira non s'era piú tradita. Era per me troppo facile irritarmi e gridare che con quel che succedeva, con le morti, con gli incendi, coi deportati, con l'inverno e la fame, ci voleva buon tempo a disperarsi per capriccio, per pene di cuore. D'amore, del resto, del suo assurdo amore, non aveva-mo mai parlato. Quei fiori scarlatti del frutteto erano morti; tutto il frutteto era squallido e secco. Venne un gran vento e lo spazzò. Io dissi all'Elvira che ringra-ziasse se aveva una casa, del fuoco, un letto caldo e una minestra. Ringraziasse. C'era chi stava peggio.

– Ho sempre visto, – disse lei, punta sul vivo, – che le disgrazie c'è chi se le cerca.

– Per esempio, l'Italia mettendosi in guerra.

– Non dico questo. Basta fare il suo dovere. Cre-dere...

– Obbedire e combattere, – dissi. – Domani ritorno col pugnale e col teschio.

Lei mi guardò strizzando gli occhi, spaventata.

Era miracoloso come il tempo si manteneva. Un po' di vapori, di nebbia ogni mattina, poi un sole dorato. Era novembre e ripensavo a quel fuggiasco di Valdar-no, se c'era arrivato. Ripensavo a tutti gli altri, ai disperati, ai senzatetto. Fortuna che il tempo teneva. La collina era bella, mostrava ormai la terra dura, polverulenta, nuda. Nei boschi s'incontravano giacigli scricchiolanti di foglie. Pensavo sovente che all'occasione avrei potuto rifugiarmici. Non invidiavo i ragazzi di diciotto e vent'anni. Comparvero anche al Pino manifesti militari. La repubblica rifaceva un esercito. La guerra stringeva.

Poi si riaprirono le scuole. Venne a cercarmi un mio collega, l'insegnante di francese, un uomo grasso e triste, con cui da tempo non scambiavo parola. Lo trovai nel salotto, seduto, e l'Elvira seduta davanti a lui, che aspettava.

– Oh, Castelli.

Castelli si guardò intorno e disse che quella sí era una casa. Lui viveva in una camera in città, e i suoi padroni se n'erano andati in campagna lasciandolo solo nel grande alloggio. – Almeno qui avete una stufa, – disse senza sorridere.

Poi l'Elvira andò a farci il caffè. Io dissi qualcosa della scuola, ci scherzai. Castelli ascoltava, con l'aria stolida di chi ha qualcosa in mente. Cosí grosso, impacciato, mi fece pena anche stavolta.

Quando venne il caffè, non eravamo ancora al punto. Disse all'Elvira: – Poco, poco. Non lo merito –. Lo guardai mentre sorbiva alla tazza e pensavo: «Poveretto. Lui sí che è un padre di famiglia. Perché vive solo?»

Sulla porta gli dissi: – Dunque, Castelli, cosa c'è?

Si confidò solamente all'aperto, nel freddo. Io m'ero messo il soprabito e passeggiammo sulla ghiaia. Mi chiese se la guerra sarebbe finita presto. L'aveva già chiesto in salotto. – Non sei mica di leva, – gli dissi. – Sei piú vecchio di me.

Ma Castelli non pensava alla leva. – Buffoni, – brontolò mezzo indignato. Non era un giudizio politico. Castelli non sapeva di politica. Viveva solo. Ma gli avevano detto che far scuola era accettare la repubblica, riconoscere il nuovo governo. – C'è da fidarsi? – disse a un tratto, – se almeno sapessimo di chi siamo in mano.

– Di quelli di prima, – gli dissi. – Che storie. Soltanto, adesso sono piú vivaci.

– Ma come finisce? – insisteva Castelli.

– Chi t'ha messo lo scrupolo?

Me l'aspettavo, era il collega di ginnastica, ex fascista e capomanipolo. Costui non faceva mistero di voler chiedere l'aspettativa per non compromettersi, e già accusava tutti gli altri di opportunismo e leggerezza colpevole nei confronti della guerra fascista. – Bisogna decidersi, – gli aveva dichiarato, – la patria è al disopra dei sentimenti personali.

– Queste cose Lucini le dice? – chiesi a Castelli. – Allora o fa la spia o la guerra è davvero finita.

Poi mi spiacque di averglielo detto. Castelli se ne andò mogio mogio, e capii che sospetti, paure, mille incertezze gli mordevano il cuore. Se ne andò curvo, e ripensai a Tono.

Di questo a scuola non si riparlò. Rividi i colleghi, rividi Lucini, le lezioni ripresero in sordina; qualche ragazzo delle classi superiori mancava. Pareva assurdo ritrovare i bidelli sull'uscio, ascoltare il vocío dei ragazzi, assegnare dei compiti. La campana aveva un suono d'altri tempi, e ogni volta faceva trasalire. Le aule fredde costringevano a tenere il soprabito; c'era un tono di sgombero, di vita provvisoria. Ripresi a mangiare nella mia trattoria, a tirar dritto, scantonare, incontrarmi con Cate.

La sera, con lei e con Dino, salivamo in collina.

– Aver dei soldi, – dissi a Cate, – non dipendere dagli altri. Sbattersi in fondo a una campagna e non muoversi piú.

– Mi pare che hai tutto, –– disse Cate. – Qualcuno sta meglio?

Mi sentii arrossire. – Sono voglie, non sono proteste, – dissi in fretta. – Scherzavo.

– È non pensare a questa guerra che vorresti, – disse lei. – Ma non puoi.

Andammo un tratto in silenzio. Dino trottava sulla strada accanto a me.

– Vorrei soltanto che finisse, – dissi.

Cate alzò il capo vivamente. Non disse parola. – Sí,
lo so, – brontolai, – l'unico modo è non pensarci e lavorare. Come Fonso, come gli altri. Buttarsi nell'acqua
per non sentire il freddo. Ma se nuotare non ti piace?
Se non t'interessa arrivare di là? Tua nonna ne ha detta una giusta: chi ha la pagnotta non si muove.

Cate taceva.

– Di' la tua, signora.

Cate mi adocchiò di sfuggita e sorrise appena. – Quel
che vorrei, te l'ho già detto.

Chinando gli occhi li posò su Dino. Fu un sospetto,
un accenno, come una rapida allusione. Forse un riflesso involontario, una promessa. «Se fai la tua parte,
– poteva aver detto, – c'è anche Dino...» Ci pensavo
da un pezzo. Ma queste cose non si mettono in parole.
Già il semplice sospetto m'irritava. «Dopo tutto, – pensai, – che si crede? Me ne infischio di Dino».

– Fare o non fare queste cose, – dissi forte, – è sempre un caso. Non c'è nessuno che cominci. I patrioti e
i clandestini sono tutti sbandati, renitenti, compromessi da un pezzo. Gente che è già caduta in acqua.
Tanto vale.

– Molti non sono compromessi, – disse Cate. – Tutti i giorni ne casca qualcuno che poteva restarsene a casa tranquillo. Prendi Tono...

– Ah ma è qui che ha ragione la vecchia, – esclamai,
– c'è un destino di classe. Vi ci porta la vita che fate.
Non per niente l'avvenire è nelle fabbriche. Mi piacete per questo...

Cate non disse nulla, e sorrideva.

XIV.

Avevo smesso di andarli a trovare in casa loro, dove anche Cate passava un'ora al pomeriggio. Avevo smesso perché Fonso e Nando erano sempre fuori – fuori città, addirittura – e perché queste cose o si fanno davvero o non ha senso cominciarle. Compromettersi per gioco è troppo stupido. Ma dappertutto c'era rischio ormai. Viviamo in tempi che nessuno – per quanto vigliacco – è sicuro di svegliarsi domani nel letto. Come per le incursioni. E ha ragione la vecchia. Hanno ragione i preti. Abbiamo colpa tutti quanti; tutti dobbiamo pagare.

Chi pagò per primo fu il piú innocuo, Castelli. Malgrado l'irrequietezza dei ragazzi e i discorsi melliflui del preside, malgrado una nuova feroce incursione che ci cacciò in cantina come topi, i grandi corridoi delle aule, il cortile spoglio e i silenzi consueti facevano ancora della scuola un rifugio e un conforto come un vecchio convento. Pareva strano che qualcuno pensasse di trovare altrove la pace e la buona coscienza. Ma Castelli, ormai succube di quell'assurdo Lucini, Castelli che dava già qualche lezione privata, non chiese a Lucini come mai non se ne andasse anche lui. Passeggiavano insieme nell'atrio e Lucini s'accigliava, piccolotto e aggressivo, mostrava i denti, annuiva. Castelli ebbe una breve seduta col preside, e un bel giorno presentò la sua domanda.

Me lo disse la segretaria, dubbiosa, commentando: – Beati i diabetici –. Ma la cosa non andò liscia. Fui

convocato in presidenza anch'io. Dal tono del preside
capii che qualcosa bolliva. Non era un'inchiesta, per
carità. Non gli pareva fosse il caso. Voleva soltanto sentire se qualcosa sapevo della decisione di un collega, se
non s'erano fatti discorsi, se ritenevo che motivi estranei... Poi s'indignò. – Tutti vorremmo stare a casa. Farebbe comodo a chiunque in questi tempi. Bella scoperta. Ma non tutti possiamo. Noi presidi siamo i piú
esposti. Dobbiamo dar conto di ogni nostra e ogni vostra parola... – Mi ricordai di quella volta, l'anno prima, che ci aveva parlato in consiglio della bella fiducia
che, in quell'ora difficile, doveva regnare tra noi e la
presidenza. Allora Lucini era ancora fascista.

Non mi tenni, e feci il suo nome. Poi mi morsi la lingua. Ma il preside si rabbuiò e insieme si mise a ridere. – Lucini è Lucini, – mi disse. – Sappiamo tutti chi
è Lucini.

– Ma non si parlava di lui? – dissi brusco.

Ci guardammo intontiti. Allora il preside cacciò un
sospiro, come davanti a uno scolaro troppo scemo.

– Castelli, – mi disse. – Castelli. Andiamo, via.

Strinsi le labbra in una smorfia e lo guardai.

– Castelli? – gli feci. – Ma è un santo.

Quell'altro si alzò in piedi e andò alla porta; la toccò
e tornò indietro leggero. Si fermò a un passo e si toccò
la fronte. Cacciò un sospiro d'impazienza. – Castelli
mi ha fatto un discorso imprudente, – disse. – Qui nasce un guaio, sicuro. Il pericolo sono i ragazzi. Voi non
sapete se ha parlato coi ragazzi?

– Soltanto Lucini può dirlo. Sono sempre a braccetto.

– E smettetela, – scattò. – Non possiamo immi-
schiare Lucini.

– Perché no? – dissi con l'aria divertita.

Allora il preside mi diede un'occhiata sorniona.
Tornò a sedersi dietro il tavolo, congiunse le mani e se
le strinse sul panciotto. Parve perfino rassegnato.

– Voglio parlarvi apertamente, – disse adagio. – Abbiamo tutti i nervi scossi, di questi tempi. Quel che un

collega dice a un altro, quel che ci diciamo in questa
stanza a quattr'occhi, non esce di qui. Oso credere che
insieme facciamo una sola famiglia. Ma abbiamo un dovere, una missione da compiere. Davanti ai ragazzi, davanti alle famiglie, e anche davanti alla nazione, a questo disgraziato paese, siamo tenuti a dar l'esempio, mi
spiego? Fare gesti inconsulti, assumere un atteggiamento arrischiato... della coscienza parleremo poi, se
volete... può avere effetti... attirare... coinvolgere. Gli
occhi di molti, non solo dei ragazzi, ci stanno addosso...
Mi spiego?

Della coscienza non parlammo. Nessuno dei due ci
teneva. Gli promisi soltanto che avrei cercato di per-
suadere Castelli a ritirare la domanda. Andai invece da
Lucini e gli chiesi serio serio come andava la salute. Lucini capí e s'indignò. Disse subito che questi non erano tempi da stare in pantofole e che chi aveva fegato
doveva compromettersi.

– Compromettersi come?

– Questa guerra, – mi disse, – non è stata capita.
Siamo partiti con un regime ch'era marcio. Tutti tra-
divano e tradiscono. Ma la prova del fuoco ci vaglia.
Stiamo vivendo una rivoluzione. Questa repubblica
tardiva...

Non concluse gran che ma concluse. La sua idea era
che i tempi stringevano, che bisognava prender parte
alla battaglia e salvare la patria stando con quello dei
contendenti che avrebbe fatta la rivoluzione e dettata
la pace.

– Ma chi vincerà? – brontolai.

Mi guardò stupefatto e si strinse nelle spalle.

Accompagnai Castelli a casa, e gli descrissi le paure
del preside. Mi ascoltava compunto. Gli parlai di Lucini e gli chiesi se avevano fatto insieme la domanda.

– Tanto valeva, – gli dissi, – che un bel giorno tu smet-
tessi di venire a scuola. A che ti serve far sapere a tutti quanti che sei stufo?

Gli serviva che aveva bisogno di quel mezzo stipendio. – Lucini, – mi disse, – non può chiedere l'aspet-

tativa perché, quando uscisse lui dai ruoli, a chi potrebbe dar lezione? C'è ancora qualcuno che tiri di scherma?

Questa storia era sempre piú assurda. Gli spiegai che mai nessuno si sarebbe sognato di rinfacciarci che avessimo servito quel governo. – Tutti allora dovrebbero smettere, – dissi. – I tranvieri, i giudici, i postini. La vita si fermerebbe.

Lui pacato e testardo mi disse che ci voleva proprio questo. – Ma allora lascia lo stipendio. Sono quattrini del governo.

Scosse la testa e se ne andò. Tornai a casa agitato e scontento. Vidi la faccia delle donne, di Cate, se avessi fatto un gesto simile. Ma forse le sarebbe piaciuto. Anche all'Elvira sarebbe piaciuto, per un'altra ragione. Ecco, pensai tutta la sera, chi arrischia, chi agisce davvero, è cosí, non ci pensa. Come un ragazzo che si ammala e non sa di morire. Non si specchia in se stesso, non rinuncia nemmeno ai quattrini. Crede di fare il suo interesse come tutti, come un altro.

In quei giorni, mi scrissero da casa per le feste. Scriveva mia sorella, mi dava conto delle terre, si lagnava che stessi in città anche quell'anno. Certo i viaggi erano brutti, e i treni scomodi, agghiacciati. La vita è brutta dappertutto, diceva, qui non ci sono novità. La lettera era chiusa in un cestino di frutta e di carne; c'era anche il dolce di Natale.

Metà del cestino lo portai alle Fontane per una cena di fine d'anno che con Cate c'eravamo promessa. Dovevano venire tutti. La nonna e le ragazze lavorarono un giorno a cucinare; Dino girò con me la collina per cardi e castagne. Era un giorno brullo, dorato; quest'anno la neve non s'era ancora vista. Dino mi raccontò che in città era stato a vedere il marciapiede dove avevano fucilato tre patrioti; c'erano ancora le macchie di sangue; se arrivava il giorno prima, vedeva i cadaveri. Qualche passante si voltava e sbirciava quel punto. Gli dissi di smetterla e pensare alle feste. Lui disse ancora che nel muro si vedevano i segni delle pallottole.

Alle Fontane lo aspettava un pacchetto di libri e una
lampadina tascabile; li avrebbe trovati al ritorno. Cate mi aveva già ringraziato. Non ero certo che a Dino
il regalo sarebbe piaciuto. Non ne avevo mai fatti a un
ragazzo. Ma si poteva regalargli una pistola?

Rientrammo intirizziti e contenti. Nella cucina fa-
ceva un buon caldo. C'erano i vecchi, Fonso, Giulia,
Nando, tutti. – Quest'è un posto sicuro, – dicevano. –
Non ci si vive con l'affanno come a Torino.

– Pensare, – dicevano, – che in cantina c'è tanto da
metterci al muro tutti quanti. Anche voi, nonna.

Le ragazze ridevano e portarono in tavola. – Adesso è Natale, smettiamola, – disse qualcuno.

Parlammo di Tono. Era in Germania, allo sterminio.
Parlarono di altri, che non conoscevo, di fughe, di colpi di mano. – C'è piú gente in montagna che a casa, –
disse la moglie di Nando, – chi sa come faranno Natale.

– Sta' tranquilla, – brontolò Fonso, – gli abbiamo
mandato anche il vino.

Io guardavo il vecchio Gregorio che tranquillo, in
panciotto e spalle curve, masticava i bocconi. Non parlava, sembrava ascoltasse, guardava tranquillo, come
se quei discorsi li sentisse ogni giorno da quando era
nato. L'inquietudine della nostra allegria non lo toccava. Mi ricordava il mio paese. Di tutti noialtri era il
solo che fosse sempre vissuto in collina.

– Con la bella stagione, – diceva Fonso, – scendere-
mo dalla montagna.

– Faranno presto a farvi fuori, – dissi subito. – In
montagna sarà meglio restarci.

Anche Cate mi dava ragione. – Quest'altra estate,
– disse Fonso, – verranno loro a cercarci lassú. Non
dobbiamo lasciargliene il tempo.

– Finché gli inglesi non ci aiutano, – disse Nando ridendo, – non avremo armi buone. Tedeschi e fascisti
sono il nostro arsenale. Se non ce le portano, dobbiamo scendere a pigliarle.

– Che guerra, che guerra, – gridò una ragazza. – Vin-
ce chi riesce a scappar prima.

Si rideva e si vociava e allora Dino, che aveva bevuto, cominciò a fare il matto e correre intorno alla tavola, puntando la lampadina come un'arma e accendendocela addosso. Io dissi che i tedeschi da quattro anni erano esperti di guerriglia e non c'era da farsi illusioni.

– Che dovessimo vederli a casa nostra, – disse Nando.

– Meglio questo che prima, – tagliò Fonso.

– Puoi dirlo.

Nessuno parlò della fine. Nessuno faceva piú i conti col tempo. Nemmeno la vecchia. Dicevano «un altr'anno» o «l'estate ventura» come se nulla fosse stato, come se ormai la fuga, il sangue e la morte in agguato fosse il vivere normale.

Quando in tavola venne la frutta e la torta, si parlò del mio paese e delle bande di laggiú. Cate mi chiese dei miei vecchi. Fonso che organizzava a Torino e in montagna, disse qualcosa del lavoro clandestino sulle colline. Non ne aveva grandi notizie, era un altro settore, ma sapeva che era un maledetto paese dove troppi sbandati s'erano messi a lavorare la campagna e non pensavano alla guerra.

– Sono colline come queste, – dissi allora. – Si può nascondersi in collina d'inverno?

– Si può dappertutto, – mi disse. – È necessario per dividere le forze attaccanti. Quando ogni casa, ogni paese, ogni collina abbia i suoi, mi dici come i neri potranno far fronte?

– Ogni tedesco che agganciamo, – disse Nando, – è uno di meno che combatte a Cassino.

Pensai incredulo alle vigne e alle colline di quassú. Che anche qui si sparasse, si tendessero imboscate, che le case bruciassero e la gente morisse, mi parve incredibile, assurdo.

– Mi saprete poi dire, – uscí la moglie di Nando, – se gli inglesi vi diranno grazie.

– Va' là, – disse Fonso. – Non combattiamo per gli inglesi.

La stanza sapeva di fumo e di vino. Anche Cate accese una sigaretta. Apersero la radio. Il baccano aumentò, e si stava bene in quel calore, appoggiati alla stufa, ascoltando le voci. Ero uscito un momento prima nel cortile, con Dino, e mentre lui s'accovacciava nel buio, m'ero perso un momento nelle stelle e nel vuoto. Le medesime stelle di quand'ero ragazzo, le medesime che balenavano sulle città e sulle trincee, sui morti e sui vivi. Non c'era su quelle colline un cantuccio, un cortile di pace, donde almeno per quella notte guardare senza batticuore le stelle? Dalla porta veniva il brusío della cena e pensai che avevamo la morte sotto i piedi. Poi Dino mi chiamò, rientrammo in casa, e il calore ci avvolse. Le ragazze cominciarono a cantare.

Scesi a Torino il giorno dopo. Passai da scuola e ci trovai Fellini col berretto negli occhi. Chiacchierò delle feste, poi disse: – C'è qualcuno che ha fatto un Natale di merda.

Fellini parlava cosí, con un ghigno insolente. Attesi il resto, e venne subito.

– Non lo sapete di Castelli? L'hanno sospeso e messo dentro.

XV.

L'anno finí senza neve e, alla ripresa delle lezioni, coi colleghi non si parlò che di Castelli. – Meno male che non fa freddo, – dicevano. – Però, se è vero che ha un principio di diabete, ci lascia le ossa –. Che cosa si poteva fare per lui? – Niente, – bisbigliavamo, – niente. La macchia potrebbe allargarsi –. Lucini taceva, costernato e cattivo. Quando arrivavo sul portone della scuola, mi aspettavo ogni volta di vederci una macchina, dei tedeschi, dei militi. – Saremo tutti sorvegliati, – disse un altro, – i ragazzi, le case. Che storia. Ci prenderanno come ostaggi.

Il vecchio Domenico disse: – Siamo al punto che, se uno sta male, non può piú coricarsi.

– Professore, si riguardi, – gridavano i piú svegli dei ragazzi.

In quei giorni anche il preside mi fece quasi compassione. Cacciava sospiri e trasaliva a ogni squillo del telefono. Era evidente che Castelli si era messa da sé la corda al collo parlando col provveditore. Quella sua faccia molle e triste non la rimpiangeva nessuno. Se l'era voluto. Del resto, a ripensarci, non viveva già prima come dentro una cella, solitario e testardo? Ma tutti vivevamo cosí, dietro pareti, in paura e in attesa, e ogni passo, ogni voce, ogni gesto inatteso ci prendeva alla gola. – Silvio Pellico almeno, – sorrise un giorno il preside, – si è accontentato di andar dentro, senza mettere nei guai nessun collega...

– Ma non ci sono dei parenti?

– Per carità, ci pensi lui.

Scordammo anche Castelli. Voglio dire, smettemmo di parlarne. Ma come Tono, come Gallo, come il soldato di Valdarno e il fratello dell'Egle, Castelli mi tornava in mente all'impensata, davanti a un disagio, a un allarme, a un'alba agghiacciata di brina, all'angoscia delle notizie. Ci pensavo soprattutto la notte andando a letto nell'ombra o la mattina scendendo a Torino mentre il sole accendeva di oro cruento le vetrate di un quarto piano. L'inverno, i bagliori, le caligini dorate del mattino, mi avevano sempre conciliato col mondo, dato un brivido di speranza. Ancora nei primi anni di guerra, l'idea che nel mondo durassero di questi piaceri mi dava un senso all'attesa. Ora anche questo dileguava, e non osavo alzare il capo.

Di suo fratello Egle ci aveva chiacchierato con volubilità. Lo dava per quasi rinsavito e pareva tranquilla. No, ai tedeschi non era passato, non valeva la pena. Ma nemmeno s'era messo coi nemici di ieri, era troppo leale lui; stava a Milano, lavorava da ingegnere in un'industria, seminascosto con certi amici. S'era messo in borghese.

Dovendo fuggire, mi chiedevo in quei giorni, dovendo nascondermi, dove sarei andato, dove avrei dormito la notte e mangiato un boccone? Avrei trovato un altro luogo come questa casa, un po' di caldo, un respiro? Mi sentivo braccato e colpevole, mi vergognavo dei miei giorni tranquilli. Ma pensavo alle voci, alle storie, di gente rifugiata nei conventi, nelle torri, nelle sacrestie. Che cosa doveva essere la vita tra quelle fredde pareti, dietro a vetrate colorate, tra i banchi di legno? Un ritorno all'infanzia, all'odore d'incenso, alle preghiere e all'innocenza? Non certo la cosa peggiore di quei giorni. Trovai in me la velleità, quasi la smania, di essere costretto a questa vita. Prima, passando davanti a una chiesa, non pensavo che a zitelle e a vecchi calvi inginocchiati, a fastidiosi borbottii. Che tutto questo non contasse, che una chiesa, un convento, fossero invece un rifugio dove si ascolta con le palme sul viso calmarsi il battito del cuore? Ma per questo, pensavo, non c'era bisogno delle navate e degli altari. Bastava la pace, la fine del sangue sparso. Ricordo che stavo traversando una piazza, e il pensiero mi fece fermare. Trasalii. Fu quella una gioia, una beatitudine inattesa. Pregare, entrare in chiesa, pensai, è vivere un istante di pace, rinascere in un mondo senza sangue.

Ma la certezza dileguava. Poco dopo, trovata una chiesa, c'entrai. Mi soffermai presso la porta, poggiato alla fredda parete. C'era in fondo, sotto l'altare, un lumicino rosso; nei banchi, nessuno. Fissai gli occhi a terra e ripensai quel pensiero, volli rigodere la gioia e la certezza della pace improvvisa. Non mi riuscí. Mi chiesi invece se Dino lo mandavano a messa. Non ne avevamo mai parlato. Non ricordai cosa faceva la domenica mattina. Certo la vecchia andava a messa. Mi seccavo, e uscii fuori, respirando l'aria aperta.

Non parlai con nessuno di quell'attimo, di quello sgorgo di gioia. Tanto meno con Cate. Mi chiesi se quelli che andavano in chiesa, le mie donne, il parroco di Santa Margherita, provavano questo – se in prigione, o sotto le bombe, davanti ai fucili puntati, qualcuno godeva una simile pace. Forse la morte a questo patto era accettabile. Ma parlarne non era possibile. Sarebbe stato come rientrare in chiesa, assistere a un rito – un gesto inutile. La cosa piú bella del culto, degli altari, delle vuote navate, era il momento che si usciva a respirare sotto il cielo, e la portiera ricadeva, si era liberi, vivi. Soltanto di questo si poteva parlare.

Nel tepore della stanza da pranzo, sotto il cono di luce, mentre l'Elvira cuciva e la vecchia sonnecchiava, pensavo alle brine, ai cadaveri, alle fughe nei boschi. Entro due mesi al piú, sarebbe stata primavera, la collina si sarebbe vestita di verde, qualcosa di nuovo, di gracile, sarebbe nato sotto il cielo. La guerra si sarebbe decisa. Già si parlava di offensive e nuovi sbarchi. Sarebbe stato come uscire dal rifugio sotto gli ultimi colpi ai velivoli in fuga.

Non dissi a Cate del mio tentativo, ma volli sapere

se lei credeva in queste cose. Fece una smorfia e mi rispose che ci aveva creduto. Si soffermò sul sentiero – era già scuro, rientravamo da Torino – disse che a volte le veniva di pregare, ma sapeva trattenersi. Chi non ha i nervi a posto, osservò, non serve a niente in ospedale. Ne succedono troppe.

– Ma è pregando che i nervi si calmano, – dissi. – Guarda i preti e le monache, sono tranquilli sempre.

– Non è il pregare, – disse Cate, – è il mestiere che fanno. Ne vedono di tutti i colori.

Pensai che tutti vivevamo come dentro un ospedale. Riprendemmo la strada. La pace, l'inutile pausa, mi parevano adesso cose assurde e scontate. Davvero, parlarne non si poteva.

– Non si può, – disse Cate, – pregare senza crederci. Non serve a niente.

Parlò seccamente, come rispondendo a un discorso.

– Eppure crederci bisogna, – le dissi. – Se non credi in qualcosa, non vivi.

Cate mi prese per il braccio. – Tu credi in queste cose?

– Siamo tutti malati, – le dissi, – che vorremmo guarire. È un male dentro, basterebbe esser convinti che non c'è e saremmo sani. Uno che prega, quando prega è come sano.

Allora Cate mi guardò sorpresa. Mi aspettavo un sorriso, che non venne. Disse: – I veri malati bisogna curarli, guarirli. Pregare non serve. È cosí in tutto. Lo dice anche Fonso: «Conta quello che si fa, non che si dice».

Poi parlammo di Dino. E fu piú facile. Cate ammise che avrebbe dovuto tirarlo su con piú coraggio, insegnargli a capire le cose da sé, lasciargli il tempo di decidere, ma non c'era riuscita. La nonna a volte lo portava a messa e lo mandava al catechismo. Io le dissi che, comunque si faccia, i bambini non sanno decidere e che mandarli o non mandarli al catechismo è già una scelta, è insegnargli qualcosa che loro non hanno voluto. – E religione anche non credere in niente, – le dissi. – A queste cose non si scappa.

Ma Cate disse che doveva esser possibile spiegare a un bambino le due idee e poi dirgli di scegliere. Allora mi venne da ridere, e sorrise anche lei, quando le dissi che il modo migliore di fare un cristiano è insegnargli a non crederci, e viceversa. – È vero, – gridò, – è proprio vero –. Ci fermammo davanti al cancello, il cane mi saltava già intorno, fu l'unica volta che parlammo di questo. La sera dopo non la vidi alla fermata del tram.

Proprio quel giorno avevo pensato di farmi vedere oltre Dora dagli altri. Poi, per il freddo e la lunga strada non c'ero andato. Rientrai sotto le piante spoglie, rimuginando quella storia del nostro discorso, ripensando a Castelli. L'Elvira mi disse che c'era stato un giovanotto che mi chiamava alle Fontane. Non sapeva chi fosse. Partii subito, prima di buio, seccato che l'Elvira fosse messa al corrente in quel modo. Mi gridò dietro se tornavo a cena.

Li trovai tutti, meno Fonso e Giulia. Nando, sulla porta, mi fece un cenno preoccupato. Sui tavolini, nel cortile, intravidi valige e fagotti. Tutti giravano in cucina, Dino rosicchiava una mela.

Fu Cate che disse: – Ah, ci sei.

Volevano avvertirmi che non andassi oltre Dora. – Volano basso, – disse Nando. – Si comincia.

– No, Fonso è in montagna, – mi dissero. – È Giulia. L'hanno presa i tedeschi quest'oggi.

Non ebbi paura. Non mi sentii cadere il cuore. Erano mesi che aspettavo quel momento, quel colpo. O forse, quando una cosa comincia davvero, spaventa meno perché toglie un'incertezza. Nemmeno il loro orgasmo lí per lí mi spaventò.

– Una donna, – dissi, – se la cava di solito.

Non mi risposero. La questione era un'altra. Se l'avevano presa per caso o se da un pezzo sorvegliassero l'alloggio. C'erano stati molti arresti nella fabbrica e sequestri di materiale. Era stata chiamata con altre compagne in cortile e fatte salire insieme sul furgone. Qualcuno era subito corso a dar la voce. Probabilmente in quel momento perquisivano l'alloggio. La moglie di Nando strillava che scappare di casa era stata una sciocchezza. Cosí venivano a cercarli alle Fontane.

Cate le disse seccamente che nessuno poteva parlare.

– Se non Giulia, – disse la sorella piú giovane.

Discutemmo il coraggio di Giulia. Una domanda mi scottava. Non osavo proporla.

– Se qualcosa sapevano, – disse la vecchia, – vi avrebbero già impacchettati.

– Povera Giulia, – disse Cate, – bisogna portarle da cambiarsi.

Allora mi accorsi che a Castelli nessuno della scuola aveva pensato. Chiesi: – Si può portare pacchi nelle prigioni?

Si sentí un'automobile, e tutti tacemmo. Il motore ronzò, ingigantí, tenemmo il fiato. Passò veloce, e ci guardammo come chi esce dall'acqua annaspando.

– Li consegnano i pacchi? – dissi.

– Qualche volta.

– Ma prima si servono loro.

– Non è mica la roba, è il ricordo che fa, – disse Nando.

Quel che pensavo, non lo disse nessuno. Soltanto Dino un certo punto saltò su. – Nascondiamoci in cantina, – disse.

– Tu smettila, – scattò sua madre. Ma tornavamo sempre a Giulia. Il pericolo, disse Nando, era che perdesse la testa e dicesse insolenze. Odiava troppo quella gente.

– Se riescono a farla arrabbiare...

Li lasciai ch'era notte. Ci saremmo veduti con Cate, a Torino. Uscii nel buio con un senso di sollievo, e trovai Belbo che aspettava in cortile. Mi fece trasalire. «Siamo il cane e la lepre», pensai.

Venne carnevale e, strano a dirsi, la piazza che traversavo tutti i giorni per scendere a scuola, si riempí di baracconi, di folla stracca, di giostre e bancarelle. Vidi ginnasti infreddoliti, e carrozzoni; quel po' di baccano che ne usciva non mi fece la pena consueta. Pareva miracoloso che ci fosse ancora gente disposta a viaggiare, infarinarsi la faccia, mostrarsi cosí. Metà della piazza era diroccata da bombe, qualche tedesco sfaccendato si aggirava e curiosava. Il cielo dolce di febbraio apriva il cuore indolenzito. In collina, sotto le foglie fradice, dovevano spuntare i primi fiori. Mi ripromisi di cercarli.

Ormai camminavo le vie spiando sempre se qualcuno mi seguiva. Lasciavo che Cate scendesse dal tram, s'incamminasse; la raggiungevo a mezza costa, nella sera già chiara. Mi dava notizie di Giulia, degli altri. Si sapeva soltanto che Giulia era viva, si bisbigliava di attentati e rappresaglie tedesche – era sempre possibile che un giorno o l'altro facessero ostaggio anche di una donna e la mettessero al muro. Fonso non venne piú a Torino: in montagna si organizzavano per le azioni di primavera. I depositi delle Fontane – fu Cate a parlarne – dovevano venire i suoi uomini a ritirarli in quelle notti. – Meno male, – le dissi, – sbrigatevi. È roba da pazzi –. Lei sorrise e mi disse: – Lo so.

XVI.

Seguí una notte di tiepida pioggia che liberò la primavera. L'indomani nel sereno stillante si respirava un
odore di terra. Passai metà della mattina nei boschi,
nella conca sul sentiero del Pino ritrovando i muschi e
i vecchi tronchi. Mi parve ieri che c'ero salito con Dino, mi chiesi per quanto tempo ancora sarebbe stato il
mio solo orizzonte, e guardavo il cielo fresco come una
vetrata di chiesa. Belbo correva al mio fianco.

Tornando passai per una cresta da cui si dominava il
versante delle Fontane. Molte volte con Dino avevamo
cercato di lassú lo stradone e la casa. Quel giorno fra i
tronchi spogli, vidi subito il cortile, e vidi due automobili ferme, color verde-azzurro, e intorno figurine umane dello stesso colore. Provai come un senso di nausea,
di gelo, tentai di dirmi ch'eran gli uomini di Fonso, mi
parve che il sole si fosse coperto. Guardai meglio; non
c'erano dubbi, vidi i fucili nelle mani dei soldati.

Per qualche secondo non mi mossi; fissavo la conca,
il cielo terso, il gruppetto laggiú; non pensavo a me stesso, non ebbi paura. Mi sbalordí il modo inatteso che
hanno le cose di accadere; avevo visto tante volte quella casa dall'alto, mi ero pensato in ogni sorta di pericoli, ma una scena cosí – vista dal cielo nel mattino –
non l'avevo preveduta.

Ma il tempo stringeva. Che fare? Potevo far altro che
attendere? Avrei voluto che ogni cosa fosse finita, fosse già ieri: il cortile deserto, le automobili scomparse.
Pensavo a Cate, se era scesa a Torino, se la stavano ar-

restando a Torino. Pensai di accostarmi, di sentire le voci. Mi riprese quel senso di nausea. Era evidente che dovevo correre subito a Torino, rischiare ogni cosa, avvertirla. Sperai vagamente che fosse rimasta.

Nel cortile si agitavano. Vidi gonne, abiti borghesi, non distinsi le facce. Salivano sulle automobili. Di casa uscirono soldati, salirono anche loro. Riconobbi la vecchia. «Bruceranno la casa?» pensavo. Poi, remoto, mi giunse lo scoppio dei motori che si allontanavano.

Passò del tempo. Non mi mossi. Di nuovo, tutto era terso e tranquillo. «Se hanno preso la vecchia, – pensavo, – hanno preso tutti». Mi accorsi di Belbo, che, accucciato ai miei piedi, ansimava. Gli dissi: – Laggiú, – e lo sospinsi col piede. Lui saltò sulle zampe abbaiando. Per la paura mi ritrassi dietro un tronco. Ma Belbo era già partito come una lepre.

Lo vidi arrivare trotterellando per la strada. Lo vidi entrare nel cortile. Mi ricordai quella notte d'estate che alle Fontane si cantava e tutto doveva ancora succedere. Col cuore sospeso tesi l'orecchio e spiavo se qualcuno era rimasto laggiú. Belbo, piantato nel cortile, riprese ad abbaiare, contro la porta, provocante. Si udí il canto di un gallo, strepitoso e lontano; si udí dalla strada del Pino il cigolío di carri in condotta.

Il cortile era sempre deserto. Poi vidi Belbo che saltava e aveva smesso di latrare; saltava intorno a qualcuno, a un ragazzetto, Dino, sbucato da sotto la siepe. Li vidi scendere in strada e incamminarsi insieme sul sentiero che avevo percorso tante volte rientrando. Senza dubbio era Dino. Riconobbi la rossa sciarpa che portava sul soprabito, il passo trottante. Mi misi a correre fra sterpi e foglie marce, mi scansavo e battevo nei rami bagnati, correvo come un pazzo; la paura, l'orgasmo, la smania, diventarono corsa affannosa. Da una radura vidi ancora le Fontane, il cortile tranquillo. Non c'era nessuno.

Incontrai Dino a mezzacosta. S'arrampicava con le mani in tasca. Si fermò, rosso in faccia e ansimando.

Non mi pareva spaventato. – I tedeschi, – mi disse. –
Sono venuti stamattina in automobile. Hanno dato dei
pugni a Nando. Volevano ucciderlo...

– La mamma dov'è?

Anche Cate era presa. Anche il vecchio Gregorio.
Tutti. Lui e la mamma uscivano per andare a Torino e
li avevano visti arrivare. Non avevano fatto in tempo
a voltarsi che già i tedeschi eran saltati correndo nel
cortile. Puntavano dei fucili corti, gridando. La mamma tremava. Nando faceva colazione e non aveva piú
finito. C'era ancora la scodella sul tavolo.

– Sono entrati in cantina?

Un tedesco aveva preso una cesta di bottiglie. Sí,
Nando l'avevano picchiato in cantina, si sentiva urlare.
Avevano trovato le casse e i fucili. Gridavano in tedesco. Li comandava un ometto in borghese, che parlava
italiano. La moglie di Nando era caduta per terra. A lui
la mamma aveva detto che cercasse di nascondersi, poi
venisse da me a dirmi tutto. Ma avrebbe voluto restare con gli altri, salire anche lui in automobile; era venuto avanti e i tedeschi non l'avevano lasciato salire.
Allora la mamma gli aveva fatto gli occhiacci e lui era
scappato nel campo e la nonna chiamava, gridava. Tanto valeva nascondersi.

– Ti ha detto di dirmi qualcosa?

Dino disse di no e si rimise a descrivere quel che aveva veduto. L'uomo in borghese aveva chiesto a chi servivano le stanze di sopra. Quanti venivano di sera
all'osteria. Poi parlava in tedesco con gli altri.

Arrivammo al cancello. Dino disse che aveva già
mangiato e che s'era riempito le tasche di mele. Per tutta la strada io pensai alle ville nascoste nei parchi, e che
nessuna era sicura per nascondersi.

Ma sulla porta ci aspettava l'Elvira. S'era messa il
mantello e aspettava. Era scura, nervosa. Mi corse incontro e piú rossa del fuoco balbettò senza voce:

– Ci sono i tedeschi.

– Lo so già, – volli dirle, ma un suo gesto di prendermi il braccio e tirarmi in disparte senza nemmeno

fare caso a Dino, mi spaventò. Non era rossa per pu-
dore, aveva gli occhi costernati.

– Sono venuti due tedeschi, – disse ansando, – hanno detto il suo nome... Sono entrati... hanno visto la
stanza...

Fu piú che una nausea, mi si disciolsero le gambe.
Dissi qualcosa, non uscí la voce.

– Un'ora fa, – disse l'Elvira bassa e rauca, – non sapevo dov'era... non volevo che l'aspettassero... Gli ho
scritto su un foglio la scuola e la via. Ci sono andati...
Ma ritornano, ritornano...

Oggi ancora mi chiedo perché quei tedeschi non mi
aspettarono alla villa mandando qualcuno a cercarmi a
Torino. Devo a questo se sono ancora libero, se sono
quassú. Perché la salvezza sia toccata a me e non a Gallo, non a Tono, non a Cate, non so. Forse perché devo soffrire dell'altro? Perché sono il piú inutile e non
merito nulla, nemmeno un castigo? Perch'ero entrato
quella volta in chiesa? L'esperienza del pericolo rende
vigliacchi ogni giorno di piú. Rende sciocchi, e sono al
punto che esser vivo per caso, quando tanti migliori di
me sono morti, non mi soddisfa e non mi basta. A volte, dopo avere ascoltato l'inutile radio, guardando dal
vetro le vigne deserte penso che vivere per caso non è
vivere. E mi chiedo se sono davvero scampato.

Quel mattino non stetti a pensare. Un sapore di morte mi riempiva la bocca. Saltai nel sentiero dietro i bos-
si; dissi all'Elvira sul cespuglio che desse i miei soldi e
il libretto di banca al ragazzo, io correvo ad aspettarlo
nella conca delle felci. Dissi a Dino di fare attenzione
che non lo seguissero. Gli dissi di andare al cancello e
guardare.

Ai tedeschi, raccomandai all'Elvira, bisognava rispondere che sovente passavo settimane a Torino e che
lei non sapeva dove.

Dino gridò. Disse: – C'è un uomo.

Mi appiattii sulla ghiaia bagnata. Tornò l'Elvira e
bisbigliò: – Non era niente. Un carretto che passa.

Allora dissi – Siamo intesi –, e mi salvai.

Arrivai tra le felci ch'ero tutto sudato. Non mi sedetti. Passeggiavo avanti e indietro per sfogarmi. Fra
gli alberi spogli s'apriva il grande cielo, leggero, mai visto cosí. Compresi cos'è il cielo per i carcerati. Quel sapore di sangue che m'empiva la bocca m'impediva di
pensare. Guardai l'orologio. Mi pentii di aver promes-
so di aspettare. Quell'attesa era orribile. Tendevo
l'orecchio se sentivo abbaiare dei cani, sapevo che i tedeschi usano i cani poliziotti. «Purché Belbo non venga a cercarmi, – dicevo, – sono capaci di seguirlo».

Poi cominciarono i sospetti e le questioni. Se i tedeschi arrestavano l'Elvira e la madre, la madre diceva certo ch'ero qui. Avrei voluto ritornare e suppli-
carle. Ripensai quanti torti avevo fatto all'Elvira. Mi
chiesi se Dino le aveva già detto dei suoi arresti e dei
fucili. Mi calmò un poco ricordarmi che fucili da me
non ne avevano nemmeno cercati.

Cosí passavo quell'attesa, appoggiandomi ai tronchi,
parlando tra me, passeggiando, seguendo la luce. Mi
venne fame, guardai l'orologio, erano le undici e dieci.
Aspettavo da solo mezz'ora. A Cate, a Nando, a tutti
gli altri non osavo pensare, quasi per darmi un attesta-
to d'innocenza. A un certo punto mi scrollai, mi feci
schifo. Per la terza volta pisciai contro un tronco.

Dino arrivò due ore dopo, insieme all'Elvira, che
s'era messo il velo nero sul capo come quando tornava
da messa. – Non si è visto nessuno, – mi dissero. Portavano un pacco e un pacchetto piú piccolo. – C'è da
mangiare e c'è la roba, – disse lei. La roba erano calze,
fazzoletti, il rasoio. – Siete matti, – strillai. Ma l'Elvira mi disse che ci aveva pensato, che mi aveva trovato
un bel rifugio sicuro. Era oltre il Pino, in pianura, il collegio di Chieri, una casa tranquilla con letti e refettorio. – C'è un bel cortile e fanno scuola. Starà bene, –
mi disse. – Qui c'è una lettera del parroco. È una scuola di preti. Tra loro s'aiutano, i preti.

Parlava tranquilla, non piú spaventata. Anche il rossore era scomparso. Tutto avveniva naturale, consueto. Ripensai quelle sere che le dicevo «Buona notte».

– E Dino? – dissi.

Per ora restava con loro. Disse: – Ci siamo già spiegati – guardandolo appena, e lui fece di sí col mento.

La stanchezza, il sapore di sangue tornavano a invadermi. Mi si annebbiarono gli occhi. Galleggiavo dentro un mare di bontà, di terrore, e di pace. Anche i preti, e il perdono cristiano. Cercai di sorridere ma la faccia non mi disse. Brontolai qualcosa – che rientrassero subito, che soprattutto non venissero a cercarmi. Presi i pacchi e partii.

Mangiai nei boschi e verso sera ero entrato nel collegio, per una viuzza fuori mano. Nessuno mi aveva veduto. Giurai, se potevo, di non uscirne mai piú.

XVII

Quel giro di portico intorno al cortile, quelle scalette di mattoni per cui dai corridoi s'andava sotto i tetti, e la grande cappella semibuia, facevano un mondo che avrei voluto anche piú chiuso, piú isolato, piú tetro. Fui bene accolto da quei preti che del resto, lo capii, c'erano avvezzi: parlavano del mondo esterno, della vita, dei fatti della guerra con un distacco che mi piacque. Intravidi e ignorai i ragazzi, rumorosi e innocui. Trovavo sempre un'aula vuota, una scala, dove passare un altro poco di tempo, allungarmi la vita, star solo. I primi giorni trasalivo a ogni insolito gesto, a ogni voce; avevo l'occhio a pilastri, a passaggi, a porticine, sempre pronto a rintanarmi e sparire. Per molti giorni e molte notti mi durò in bocca quel sapore di sangue, e i rari momenti che riuscivo a calmarmi e ricordare la giornata della fuga e dei boschi tremavo all'idea del pericolo cui ero scampato, del cielo aperto, delle strade e degli incontri. Avrei voluto che la soglia del collegio, quel freddo portone massiccio, fosse murata, fosse come una tomba.

Nel giro del portico passarono i giorni. Cappella, refettorio, lezioni, refettorio, cappella. Il tempo cosí sminuzzato chiudeva i pensieri, trascorreva e viveva in luogo mio. Entravo in cappella con gli altri, ascoltavo le voci, chinavo il capo e lo rialzavo, ripetevo le preghiere. Ripensavo all'Elvira, se l'avesse saputo. Ma ripensavo anche alla pace, alla scoperta di quel giorno della chiesa, e coprendomi gli occhi covavo il tumulto terribile. Le vetrate della cappella erano povere e scure, il tempo s'era guastato e oscurato, piovigginava giorno e notte, io covavo nel freddo il terrore e la chiusa speranza. Quando seduto in refettorio sotto il baccano dei ragazzi mi umiliavo in un cantuccio e scaldavo le mani a quel piatto, mi compiacevo di esser come un mendicante. Che certi ragazzi brontolassero sulla preghiera, sul servizio, sui cibi, mi metteva a disagio, mi riempiva di un superstizioso rancore, di cui del resto mi accusavo. Ma per quanto tacessi, chinassi la testa, raccogliessi i pensieri, non ritrovavo piú la pace di quel giorno della chiesa. Entrai qualche volta da solo in cappella, nel freddo buio mi raccolsi e cercai di pregare; l'odore antico dell'incenso e della pietra mi ricordò che non la vita importa a Dio ma la morte. Per commuovere Dio, per averlo con sé – ragionavo come fossi credente – bisogna aver già rinunciato, bisogna essere pronti a sparger sangue. Pensavo a quei martiri di cui si studia al catechismo. La loro pace era una pace oltre la tomba, tutti avevano sparso del sangue. Com'io non volevo.

In sostanza chiedevo un letargo, un anestetico, una certezza di esser ben nascosto. Non chiedevo la pace del mondo, chiedevo la mia. Volevo esser buono per essere salvo. Lo capii cosí bene che un giorno mollai. Naturalmente non fu in chiesa, ero in cortile coi ragazzi. I ragazzi vociavano e giocavano al calcio. Nel cielo chiaro – quel mattino aveva smesso di piovere – vidi nuvole rosee, ventose. Il freddo, il baccano, la repentina libertà del cielo, mi gonfiarono il cuore e capii che bastava un soprassalto d'energia, un bel ricordo, per ritrovare la speranza. Capii che ogni giorno trascorso era un passo verso la salvezza. Il bel tempo tornava, come tante stagioni passate, e mi trovava ancora libero, ancor vivo. Anche stavolta la certezza durò poco piú di un istante, ma fu come un disgelo, una grazia. Potei respirare, guardarmi d'attorno, pensare al domani. Quella sera ripresi a pregare – non osavo interrompere – ma pregando pensai con meno angoscia alle Fontane, e mi dicevo che tutto era caso, era gioco, ma appunto per questo potevo ancora salvarmi.

L'ora piú cruda era l'alba, quando attendevo la campana del risveglio nel lettuccio in soffitta. Tendevo l'orecchio nell'ombra, se mi giungessero rimbombi, tintinnii, secchi comandi. Era l'ora in cui si fanno le irruzioni, in cui si sorprendono nei nascondigli i fuggiaschi. Nel caldo del letto pensavo alle celle, ai visi noti, ai tanti morti. Nel silenzio rivedevo il passato, riandavo i discorsi, chiudevo gli occhi e immaginavo di soffrire con gli altri. Già questo filo di coraggio mi faceva trasalire. Poi venivano suoni lontani, chioccolii, tonfi vaghi. Pensavo alla grande pianura nella nebbia, nell'ombra, ai boschi rigidi, ai pantani, alla campagna. Vedevo i posti di blocco e le ronde. Quando la luce s'annunciava per le fessure dell'imposta, ero da un pezzo tutto sveglio, inquieto.

A poco a poco entrai nel giro del collegio; dopo quindici giorni assistevo i ragazzi nelle ore di studio. Me ne toccò un gruppetto di dodicenni, e fu fortuna perché dei maggiori qualcuno, in divisa di avanguardista volontario, avrebbe potuto farmi domande. Altri assistenti come me intravedevo in refettorio e nel cortile; ufficiali nascosti, si diceva, giovanotti del Sud separati dai suoi. Cercai di evitarli. Nelle ore di studio sorvegliavo i ragazzi che se ne stavano in pace al loro banco, tutt'al piú litigandosi per un pennino; io leggicchiavo per conto mio i loro libri. L'ora piú bella era il mattino, quando i ragazzi se ne andavano a scuola, e il collegio diventava vuoto e silenzioso. Allora i giovanotti assistenti se la battevano anch'essi, infilavano il portone, la viuzza, correvano a Chieri, i caffè, le ragazze. A sentirli, era una bazza. Non pensavano ad altro. – Siamo uomini, – dicevano. La loro imprudenza mi faceva tremare. Ma la mattina silenziosa nel cortile o in un'aula vuota, leggicchiando o guardando le nuvole, seguendo il sole sotto gli archi, mi ridava un respiro, una calma. Bastava una visita o un passo perché sparissi dietro un angolo, adocchiassi la scaletta che metteva sul tetto. Tuttavia troppe volte ormai mi ero allarmato a vuoto, per patirci gran che. La stessa cappella poteva servirmi, perché mette-

va in sacrestia e di qui in una chiesa aperta in piazza.
Ma non tutti se ne andavano dal collegio la mattina,
qualche prete appariva e spariva sotto il portico; sovente
parlavo con loro. Uno ce n'era che ascoltava la radio,
padre Felice, e mi dava le notizie e ci scherzava con un
fare infantile e impassibile. Scorreva il giornale con me.
Per lui la guerra era una mena di «quei tali», un pasticcio clamoroso e lontano, una cosa che a Chieri importava ben poco. – Sciocchezze, – diceva, – queste campagne hanno bisogno di concime e non di bombe –. Passarono un giorno nel cielo due o tre formazioni nemiche,
luccicanti d'argento; tremava la terra ai motori, il fragore copriva le nostre voci. Padre Felice corse a vederli, suonò lui stesso la campana dell'allarme, qualche altro prete corse fuori, voleva scendere in cantina. – Se
venivano a Chieri, eravamo già morti, – disse lui strat-
tonando la fune. Poi si sentirono esplosioni in lontananza. Padre Felice tendeva l'orecchio, con una smorfia di disgusto, e muoveva le labbra. Non si capiva se
pregava o contava le botte. Io lo invidiavo perché mi
accorgevo che non faceva differenza tra quel pericolo
mortale e un terremoto o una disgrazia. Discorrendo
con me, mi accettò sempre a prima vista; non mi chiedeva perché vivessi nascosto; diceva soltanto: – Dev'essere brutto per un uomo come lei starsene chiuso –. Una
volta gli dissi che ci stavo benissimo. Lui chinò il capo
consentendo. – Si capisce, una vita tranquilla. Ma un
po' d'aria non guasta –. Era giovane, appena trenten-
ne, figlio di contadini. Coi ragazzi, contadinotti quasi
tutti e teste dure, sapeva fare, rabbonirli, e tenerseli intorno. – Sono come i vitelli, – diceva, – non si sa perché li mandano a scuola –. Mi chiedevo se anche Dino
stava in mezzo ai ragazzi; se andava a scuola come prima, se l'Elvira gli parlava. Mi chiedevo cosa fosse successo alla villa, se mi avevano cercato a Torino. Tutto
questo appariva remoto, di là dalla tomba, e l'idea di ricevere qualche notizia mi faceva spavento. Meglio cosí, starmene al buio.

Invece vennero notizie, e inaspettate. Mi chiamarono in parlatorio. – Una donna vi cerca –. Era l'Elvira con veletta e borsa, e Dino rosso e ravviato. – Non s'è visto nessuno, – mi dissero. – Hanno tutt'altro da pensare. – Nemmeno in paese? – esclamai. – Nemmeno in paese.

– Mi avranno cercato dai miei, – dissi allora.

– Sua sorella le ha scritto.

Mi diede la lettera. Aprii la lettera, col cuore in gola. C'erano ancora quei paesi, quel passato. Era stata spedita da pochissimi giorni, diceva le solite cose invernali. Nessuno – era chiaro – mi aveva cercato neanche là.

Poi vidi a terra una valigia, e l'Elvira mi prevenne. – C'è la roba di Dino, siamo venuti col carretto...

Dino guardava per il vetro il porticato e l'alto muro. Un prete attraversava il cortile.

– ... Siamo stati l'altro giorno alle Fontane. Nemmeno la porta avevano chiuso, ma tutto è a suo posto. Bisogna dire che la gente è ancora onesta...

Parlava aggressiva, con un inutile bisbiglio. Era rossa e commossa. Si volse a Dino e disse a un tratto: – Qui ti piace?

Venne un ragazzo a chiamare Dino dal rettore. Guardai l'Elvira stupefatto. Lei gli disse di andare e dare buone risposte, poi volgendosi a me tentò un sorriso. – Siamo venuti con il parroco, – mi disse. – Il parroco dice che questo ragazzo non può crescere abbandonato. Ha bisogno di scuola, di guida. Frequentare a Torino non può, chi l'accompagna? Il parroco spera di farlo accettare in collegio. Lo prenderanno, è quasi un orfano.

La strana idea mi rivoltò, per il pericolo evidente. Dino poteva far da pista e tradirmi, e l'idea che ormai fosse solo al mondo non riuscivo a pensarla, mi pigliava sprovvisto.

– Qui fanno una retta, – insisté l'Elvira, – eccezionale, per i casi come il nostro. Costerà poco o niente. È una grossa carità...

Cosí Dino rimase in collegio, e l'Elvira ci lasciò scrutandomi inquieta, assicurandomi che avrebbe portato

altra roba, che adesso Dino ci faceva paravento. Mi
passò anche i saluti di sua madre e dell'Egle. Disse che
a tavola mettevano il mio piatto ogni sera. Era successo che sia lei che sua madre mi avevano sognato che
scendevo le scale, e queste cose si avverano sempre.

XVIII.

Dino capí da una mia occhiata e da un cenno, che prima d'allora non c'eravamo mai veduti. Gli chiesi la sera, mentre entravamo in cappella, se non era ancora stato in un collegio. Mi rispose, senza levare gli occhi, che prima stava con la mamma. Fece meglio di me la commedia: sbalestrato com'era, non dovette certo fingere. Ci passavano intorno ragazzi, qualcuno ascoltava. Gli dissi allora che per vivere in collegio bisogna scordarsi la vita passata, nemmeno parlarne. – Chi chiacchiera, – dissi, – è una donnetta, non un uomo.

Il giorno dopo lo vidi che correva e gridava con gli altri ragazzi. Meno male. Non faceva il musone, non stava in un angolo: io mi chiedevo se al suo posto sarei stato cosí bravo. Sentii persino un certo orgoglio dispettoso e mi dissi che, va bene, lui era un bambino, ma la stoffa di noi due era simile. Se Fonso, pensai, fosse chiuso in collegio, farebbe la vita che faccio? Già l'idea era assurda, Fonso correva le montagne e rischiava la pelle. Com'era possibile? Tutti i suoi giorni erano morte, come a me quel mattino che dovevo essere preso. Nemmeno negli anni lontani, nemmeno bambino, avevo avuto il sangue ardito di Fonso. Ero diverso anche da Dino. E adesso Dino non aveva piú nessuno se non me.

Lo guardavo correre. Lo guardavo dare spintoni ai compagni in cappella. Lo guardavo sbirciar le vetrate e pregare. Aveva un maglione sotto la giacchetta, le mani tozze e arrossate, gli occhietti cocciuti. Metteva un grande impegno a giocar bene il nostro gioco, a restare impassibile, a farmi furbeschi saluti. Mi ricordavo dell'estate, di Gordon, della conca dei selvaggi, degli uomini gialli. Pensavo che tutto si avvera, anche le voglie inconcludenti di un ragazzo.

Era ormai chiara primavera, e la domenica i ragazzi uscivano in colonna per Chieri e la campagna. Io respiravo l'aria fresca e il sole nel cortile deserto. Mi chiedevo se la guerra sarebbe finita sotto quel cielo, entro aprile, entro maggio. Le notizie, le radio, tornavano a scuotere il sangue. Dappertutto infuriavano offensive, grandi sbarchi, speranze. Avevo una volta messo il naso fuori dal portone. Da quando sapevo che nessuno era piú stato a cercarmi, ero uscito nella viuzza, ero giunto a una piazzetta – solenne e incredibile, c'era una chiesa e un campanile – avevo visto dietro i tetti la collina, la collina del Pino lontana, violacea. Ma valeva la pena correre rischi, se la guerra finiva domani? Stavo meglio in cortile. Non invidiavo quanti andavano a passeggio. Li ascoltavo parlare quando rientravano.

Si sapeva della caserma dei militi, che neri e bestiali battevano le campagne e di notte sparavano ai vetri. Loro nemici erano i giovani di leva e gli sbandati renitenti. I ragazzi del Sud, rifugiati con me nel collegio, gli passavano sotto i baffi, gli contendevano le donne dei caffè. Mi raccontavano ghignando le loro imprese: storie di beffe, di panchine, di prati. Non vollero smettere nemmeno quando i neri ammazzarono in piazza un patriota. – Fetente, – dissero, – girava armato, si capisce –. Un giorno il rettore ci chiamò tutti quanti e ci fece la predica. Che la smettessimo di andare a donne. Il buon nome, i ragazzi. Se anche i tempi erano gravi, niente scusava quel disordine. La salute comincia da un vivere onesto. Non ci parlò dell'altro rischio.

Un altro giorno colsi Dino che discuteva la guerriglia in un crocchio di compagni. Davano addosso a uno di loro, lungo e ossuto, che difendeva la repubblica. Gli chiedevano sarcastici perché non veniva piú a scuola in divisa. Qualcuno gli dava spintoni. Dino, bassotto tra i piú accesi, strillava: – E allora dov'è il socialismo?

dov'è il socialismo? – Ma già padre Felice s'era messo
dentro il crocchio e li zittiva. – Non lo sapete ch'è peccato? – disse, burbero, ai grandi. Li fece ridere e ne prese qualcuno a scapaccioni. Non mi piacque la smorfia
di Dino.

Lo raggiunsi piú tardi, seduto sul piede di una colonna. Mi vide venire e non alzò il capo. Gli chiesi se
era quello il modo di farsi provocare, se era cosí che si
tenevano i segreti. – Se tu fossi con Fonso, – gli dissi,
– ti avrebbero fucilato da un pezzo. Sei come Giulia, –
dissi piano, – non sai tener la bocca chiusa.

Mi guardava perplesso e quieto. – Voglio andare da
Fonso, – disse. – Non voglio piú tornare a casa dalla
vecchia.

Me l'aspettavo, e lasciai che parlasse. Lui sapeva un
cortile a Torino dove facevano recapito le staffette di
Fonso. I portinai lo conoscevano. Era stufo di donne.
Voleva trovarsi in montagna, restare con gli altri.

– È difficile, – dissi. – Se ti volessero ti avrebbero
chiamato. Chi sa dove sono adesso i reparti. I tedeschi
rastrellano dappertutto.

Poi gli dissi che doveva ubbidire alla mamma e restare con me. – Non sai tenere la bocca chiusa. Se ci
ricaschi ti rimando dalla vecchia.

In quei giorni si leggevano notizie di scontri sulle
montagne, di concentramenti tedeschi, di un'offensi-
va risoluta a sterminare i patrioti. Era comparso un
manifesto di una grossa mano di ferro che stritolava
banditi e sotto scritto «Cosí muore chi tradisce». Anche i fascisti inferocivano. Da Torino, da tutto il Piemonte, quasi ogni giorno si parlava di condanne, di se-
vizie mai viste. «Se Nando è ancora vivo, – dicevo –
è un miracolo».

Passeggiavo la sera con padre Felice in un gran corridoio dove per mezz'ora i ragazzi vociavano prima del
silenzio. Qualcuno degli assistenti c'incontrava alle svolte, diceva la sua. Un loro scherzo era di chiedergli improvviso: – Padre Felice, a noialtri può dirlo. Chi è suo
figlio di questi ragazzi?

– Dovresti esser tu, – rispondeva. – Ti avrei già messo a pane e acqua.

Dino strillava in mezzo agli altri e qualche volta le buscava. – Quel ragazzo, – disse padre Felice, – lo vede? È un vero figlio della lupa, uno dei frutti della guerra. Padre e madre in prigione, lui sopra una strada. Chi ne ha colpa?

– Ne abbiamo colpa tutti quanti, – dissi, – abbiamo tutti detto evviva.

Padre Felice stringeva il breviario sotto il gomito. Si riscosse, crollando le spalle. – Comunque sia andata, – disse, – tocca a noialtri rimediare. Non è il solo.

Poi apriva il breviario, sbirciando i ragazzi. Del breviario avevamo parlato un mattino. Gli avevo chiesto di lasciarmelo sfogliare, non ci avevo capito gran che – era tutto pieno di preghiere in latino, di salmi e gloria, di giaculatorie, vangeli, e meditazioni. Vi si leggeva di feste, di santi; per ogni giorno c'era il suo, decifrai storie orribili di patimenti e di martirî. C'era quella dei quaranta cristiani buttati nudi a morire sul ghiaccio di uno stagno ma prima il carnefice gli spezzava le gambe; quella di donne fustigate e arse vive, di lingue tagliate, d'intestini strappati. Stupiva pensare che le pagine ingiallite di quell'antico latino, le barocche frasi consunte come il legno dei banchi, contenessero tanta vita spasmodica, grondassero di un sangue cosí atroce e cosí attuale. Padre Felice mi disse che del breviario bisognava recitare soprattutto l'officio. Delle storie dei santi disse che molte erano entrate in quelle pagine chi sa come, eran pura leggenda, e che da un pezzo si attendeva che l'autorità rivedesse il testo e lo sfrondasse. A leggerlo bene ogni giorno ci voleva troppo tempo.

– Ma quello che importa, – gli dissi, – non sarà se un martirio è avvenuto davvero. Si vuole che chi legge non dimentichi quanto costa la fede.

Padre Felice annuí, chinando il capo.

– Piuttosto, – gli dissi, – serve a qualcosa rileggere sempre le stesse parole?

– Trattandosi di preghiere, – disse padre Felice, –

non conta la novità. Tanto varrebbe rifiutare le ore del
giorno. Nel giro dell'anno si riassume la vita. La campagna è monotona, le stagioni ritornano sempre. La li-
turgia cattolica accompagna l'annata, e riflette i lavori
dei campi.

Questi discorsi mi calmavano, mi davano pace. Era
il mio modo di accettare il collegio, la vita reclusa, di
nascondermi e giustificarmi. Le poche volte ch'ero uscito per Chieri e mi ero spinto fino al viale d'accesso, non
avevo veduto che piazzette tranquille, bassi portici, e
chiese, rosoni, portali. Era incredibile che in questo e
negli altri paesi, dappertutto in provincia, scorresse il
sangue, si tendessero agguati, non ci fosse piú legge.
Quel vecchio mondo del culto e dei simboli, della vigna
e del grano, delle donnette che pregavano in latino ma
capivano in dialetto, dava un senso ai miei giorni, alla
mia vita rintanata. Non c'era nulla di diverso: vedevo
bene che dai boschi ero passato in sacrestia.

Ma neanche stavolta durò. Sentii parlarne in refettorio. Lo spilungone che era stato avanguardista si van-
tava di voler denunciare il collegio, di avere amici alla
brigata nera, di essere pronto a fare i nomi dei renitenti nascosti. Quella notte non chiusi occhio. Dissi a Dino di farci attenzione. Se finivo in caserma, ero morto.
Ricominciò quel batticuore della fuga, l'angoscia dell'alba. Ne parlai con padre Felice. Non si poteva far nulla. Punire il ragazzaccio era peggio. Poi un giorno il rettore rientrò col cappello negli occhi, mi fece cenno di
seguirlo, e mi portò sotto la scala. – Che nessuno ci veda, – mi susurrò senza fermarsi. – Lei farà bene ad as-
sentarsi. C'è pericolo, e molto.

Cosí partii senza dir nulla a nessuno. Dino era in classe e non lo vidi. Me ne andai col fagotto, com'ero venuto. Lasciai Chieri, palpitante e felice, e al tramonto,
col sole negli occhi, sulla vetta dei colli brulli ma umidi
di primavera, spaziavo lo sguardo come da tempo avevo ormai dimenticato. Giunsi alla villa con cautela e nessuno mi vide. Il primo saluto l'ebbi da Belbo che balzò
sulla ghiaia.

Quella sera cenammo piú tardi del solito, ascoltammo la radio e si parlò della guerra, di Dino, di quell'altro precoce delinquente. L'Elvira disse, dominandosi, che gente cosí ce n'era pure nelle ville e se i tedeschi non mi avevano cercato sinora era perché le loro spie mi sapevano lontano. Nessuno doveva vedermi, dichiarò la madre.

Stetti nascosto qualche giorno, non mi feci vedere nemmeno dall'Egle osservavo il frutteto dalla finestra socchiusa. Godevo a trovarmi nell'ambiente consueto avendo in cuore altri pensieri e speranze. Cos'avrei dato per sapere di Cate e degli altri. L'Elvira mi disse che le Fontane erano state chiuse a chiave, non si sapeva da chi. Uscivo la sera in frutteto con Belbo, guardavo nel buio verso Torino dove tante cose accadevano; le stelle rade tra gli alberi spogli parevano i boccioli sui rami. Non avevo che fare; pensavo a Dino dappertutto, alle cose che Cate diceva; costernato ammettevo che, se Cate non sarebbe uscita viva, da nessuno avrei saputo mai piú se era mio figlio. Forse adesso vuol dirmelo, pensavo, forse piange perché non l'ha detto. Forse ha ragione padre Felice e tocca a me, tocca a chi resta, rimediare.

Un giorno l'Elvira disse: – Da Torino hanno chiesto di lei. La segretaria, che conosce l'Egle, le manda gli auguri.

Queste sciocchezze mi facevano piacere, mi ridavano vita, come a un cane una carezza sul collo.

Passò cosí una settimana, ma stare in casa mi pesava. Tornare a Chieri non osavo ancora. Ne parlai con l'Elvira e lei disse: – Chi sa come sta quel ragazzo. Bisogna almeno che gli porti le mele.

Cosí l'indomani fece lei la gita. Passai la giornata leggendo. Quando tornò, era inviperita, senza fiato. Dino mancava nel collegio da sei giorni.

La lasciai scaricarsi contro i preti e il portiere. Non le chiesi nemmeno se avevano fatto ricerche, se si avevano tracce. Dov'era andato, lo sapevo. Lo sapevo da un pezzo. Non dissi nulla, e me lo vidi camminare per Torino, starsene zitto, buttarsi nei fossi, arrivare lassú.

Nient'altro accadeva in collegio. Il nostro era stato un allarme inutile. Il rettore diceva che potevo rientrare.

Lasciammo passare due giorni. Dissi all'Elvira della casa oltre Dora, dove forse qualcosa sapevano di lui o dei suoi. Io laggiú non potevo arrischiarmi. Pensavo sovente: «Se Cate ritorna e mi chiede dov'è?»

Poi mi decisi e ritornai a Chieri. Dissi all'Elvira di portarmi ogni notizia. – Se Dino non trova nessuno, – le dissi, – sa la strada e ritorna –. Per tutto il tragitto immaginavo di vedermelo sbucare davanti, di pigliarlo per mano, di andare con lui. Invece all'entrata di Chieri incontrai la pattuglia dei militi. Mi vennero incontro sornioni sbucando dal viale. Uno era giovane, un ragazzo; gli altri tre, facce nere e cattive. Tenevano il fucile imbracciato, a canna in giú. Mi passarono accanto e non dissero nulla.

XIX.

Venne maggio e anche in collegio le giornate si fecero piú vive e rumorose. Nel cortile buio la sera, e nella luce odorosa e fredda del mattino, era un perenne vociare, un accorrere, un pullulare di notizie. Le scuole finivano a giorni, l'avanzata alleata era in corso e aveva innanzi mesi e mesi di bel tempo. Dei miei colleghi nascosti, quei ragazzi del Sud, già qualcuno era partito per raggiungere le linee e salvarsi.

Le camerate si vuotarono, si vuotò il refettorio: i convittori rincasavano. In pochi giorni si dispersero per le campagne, e restai nel collegio deserto, tendendo l'orecchio ai passi radi di un prete o di un ritardatario. Era inteso che noi assistenti potevamo mangiare e dormire come prima, ma in quel silenzio, in quella pace, non pensavo che a Dino. Mancava da quasi un mese, e ci soffrivo al punto che, se avessi saputo come, sarei partito a cercarlo. Adesso erano tali le notizie della guerra, che di montagne e di ribelli non si sentiva piú parlare. Forse non c'era piú pericolo. Ma la gita dell'Elvira mi tolse la voglia.

Venne a dirmelo apposta, in collegio. Era stata a Torino, oltre Dora, era stata alle carceri, aveva tirato in mezzo qualche prete. Del ragazzo nessuna notizia; se davvero era arrivato in montagna, nelle ultime settimane era finito chi sa dove. Certe bande, si diceva, sconfinavano in Francia. Non era posto da bambini, lassú. Tutti gli altri, le donne, la madre, i parenti, un mese prima erano stati deportati. L'aveva detto un cap-

pellano che sapeva la storia delle Fontane e che aveva
creduto li fucilassero tutti. – Ma è lo stesso, – diceva,
– di là non ritorna nessuno.

Che altro fare sotto il portico vuoto se non riassa-
porare mattino e sera l'antico spavento? Potevo sí andare a passeggio, riattraversare le campagne e le piazze, ma trascorrere i giorni in quell'inutile attesa mi sembrava ogni giorno piú futile. Adesso che il passato era
soltanto una piccola nube, una pena, un comune rim-
pianto, quel soggiorno in collegio diventava fastidioso
come stare in carcere.

Non potevo tornare alla villa. Potevo soltanto rian-
dare il passato, ripensare gli scomparsi a uno a uno, ria-
scoltarne le voci, illudermi che qualcosa di loro mi re-
stasse. Mi pareva di esser molto cambiato dall'anno prima, da quando passeggiavo per i boschi tutto solo e la
mia scuola mi attendeva a Torino, e aspettavo paziente
che la guerra finisse. Adesso Dino era stato con me in
quel cortile, sua madre me l'aveva mandato. Dino era
un grumo di ricordi che accettavo, che volevo, lui solo
poteva salvarmi, e non gli ero bastato. Non ero nemmeno sicuro che, incontrandolo, mi avrebbe fatto caso.
Se fossi sparito coi suoi, non mi avrebbe degnato di un
ricordo di piú. Veramente la guerra non doveva finire
se non dopo aver distrutto ogni ricordo e ogni speranza. Questo già allora lo capivo. E capivo perciò, che avrei
dovuto uscir dal portico, scavalcare i ricordi, accumula-
re un'altra vita. L'immagine di tutti che andavano – gli
assistenti, Dino, l'Elvira – mi metteva la smania. Senza
paura era impossibile restare in collegio. Capivo Dino.
Capivo padre Felice. Avrei dovuto essere un prete.

L'Elvira mi aveva portata un'altra lettera dei miei,
che mi diceva, come sempre, di raggiungerli durante le
vacanze. Nessuno mi avrebbe cercato lassú; quello era
certo il nascondiglio piú sicuro. Decisi di andarci, prima ancora di dirmelo. Ci pensai giorno e notte atterri-
to ripetendo «C'è tempo», ma sapevo di avere già scelto. L'ultima volta c'ero stato l'anno prima della guerra,
e m'ero detto già allora: «Se almeno morissi quassú»,

perché, a immaginarla in anticipo, la guerra è un riposo, una pace.

L'Elvira non voleva saperne. Non disse che dai miei correvo rischi; sapeva benissimo che a casa nessuno mi avrebbe cercato; parlò del viaggio, dei casi imprevisti, mitragliamenti, brutti incontri, ponti interrotti. Se me ne andavo, le lessi negli occhi, sarei ritornato? Le dissi allora che ero a corto di quattrini; non potevo piú vivere alle spalle degli altri; presto o tardi, le dissi, chi è mantenuto si ribella. – Ma questa guerra finirà, – si difese indignata. – Dovrà pure finire. E allora potrà sdebitarsi tornando con noi.

Le chiesi un sacco da montagna con le cose indispensabili. Le dissi di non dire a nessuno, nemmeno alla madre, che facevo quel viaggio. – Del resto, – osservai, – non è detta che arrivi –. Lei avrebbe voluto un recapito. – Non c'è bisogno, – le risposi, – non cambio vita, cambio tana. Meglio nascondere le tracce.

Quando mi lasciò solo col sacco, respirai. I primi giorni li passai tranquillo, convinto che adesso potevo restare, che fare o non fare dipendeva da me. Povera Elvira, mi credeva già partito. Mi accorsi in quei giorni che pensando di andarmene avevo mirato a staccarmi da lei, a impedirle d'impegnarsi dell'altro. Sapevo bene quel che aveva in mente.

Ma una mattina trovai pieno di tedeschi. In quei giorni non c'erano né padre Felice né il rettore, erano andati a Torino – io li aspettavo per sentire se sui treni si correvano rischi. I tedeschi non dissero nulla, si stabilirono in collegio. Erano truppa e sussistenza, scaricavano roba. Ma il portiere mi venne a cercare e mi chiese che nome dichiaravo: il comando tedesco voleva la lista di tutti i dipendenti. Allora presi il mio sacco e me ne andai.

Per salire sul treno senza tornare a Torino, dovevo dar le spalle alla collina, e camminare sotto il sole strade ignote. Col cuore in gola mi diressi in pianura, sapendo che a sera avrei rivisto le colline e sarebbero state le buone. Ma comparvero molto piú presto. Io scru-

tavo la strada, se ci fossero posti di blocco, e vidi in fondo all'orizzonte, tra i pali e le nuvole basse, un azzurri-
no leggero e un po' brullo. Non mi fermai fin che non
giunsi a due passi dai colli – Villanova, la strada ferrata era lí. Mi sedetti a un muricciolo. Passavano ragazze
in bicicletta, né tedeschi né militi; io morsi il mio pane
e guardavo le piante, la collina selvosa, il cielo aperto –
invidiai Dino che da mesi correva i sentieri. Non avevo camminato due ore.

Ebbi tempo a seccarmi della banchina, della piccola
stazione, del versante dei colli. Via via che la gente aumentava, riprendevo baldanza; avevo scordato da un
pezzo che il mondo formicola di facce e di voci, e parlavano tutti di fame, di fughe, di guerra, ridendo e salu-
tandosi. Anche il treno l'avevo scordato; quando spuntò
fra le gaggíe e lí per lí non rallentava, mi prese come un
bimbo nel suo turbine. Una volta salito, mentre la corsa riprendeva sbatacchiando tra il verde, seppi che il ponte sopra il Tanaro era stato interrotto e là bisognava di-
scendere. Inoltre sentii che pattuglie percorrevano il treno e fermavano chi non aveva un permesso speciale.

XX.

Ma ad Asti le nuvole basse riempivano il cielo, si levò il vento e il crepuscolo cadde subito; quando saltammo giú dal treno, a noi non badò nessuno. M'incamminai lungo il binario, e nella luce livida del piovasco vidi cabine e serbatoi maciullati, grosse buche, pali rotti. Fui presto in campagna. Un'arcata del ponte era caduta. Feci in tempo a orientarmi e sotto le prime folate d'acqua mi cacciai in un cortile coperto.

Qui ci trovai della gente e dei carri; era un portico di stallaggio, qualcuno seduto sui fagotti rideva. Tra l'andirivieni e i lampi sentivo voci cadenzate e terrose, già tutte impastate del mio dialetto. Questo fatto mi diede coraggio. «È destino che trovo sempre dei portici», pensai.

Mangiai qualcosa, un grosso piatto di minestra e un po' di pane, che andai a prendermi in cucina nell'unto e nel fumo. Altri stavano dentro nel grande stanzone e mangiavano insalate e bevevano. C'erano donnette, viandanti, carrettieri. Sotto il portico si parlava di pioggia e di strade, di condotte, di qualcosa di grosso che succedeva nella valle del Tanaro. Io dissi che andavo in un certo paese; chiesi soltanto se era facile risalire la vallata. Parlai in dialetto. Un carrettiere mi guardò, dalle scarpe alle spalle. – Per passare si passa, – mi disse, – è restarci che è brutto –. Da qualche giorno lassú ci operavano i tedeschi e soltanto le donne dormivano nelle case. – Si sta a vedere, – disse un altro dalle fasce grigioverdi. – Se i tedeschi passano, si taglia il grano. Se invece si rompono i denti...

Pensai che la mia era un'altra vallata, e bisognava traversare altre colline. Qualcuno me lo sentí nella voce e
chiese agli altri: – Sulla Langa come stiamo?

Sulla Langa c'era battaglia continua. Secondo i paesi. C'erano zone tutte in mano ai nostri. Finché dura-
va, si capisce. Vero pericolo non c'era per le strade, ma
sui ponti e nei paesi. Rividi il mio ponte di ferro, dove
da bimbo facevo rimbombare i passi. Nominai un paese vicino, dove s'andava per quel ponte. – Laggiú c'è la
repubblica, – dissero.

Confusione e temporale occuparono quasi tutta la
notte. Il coprifuoco impediva di muoversi; chi partiva
avanti l'alba non chiese nemmeno una stanza. Io mi but-
tai sopra dei sacchi e il carrettiere mi prestò una coperta. Per giugno, era freddo. Qualcuno aveva versato un
vassoio di vino, e tutta la notte nel buio ventoso fiutai
quel sentore. Le voci rauche, assonnate, parlavano parlavano di cene e di cose passate.

Alla prima luce il carrettiere si mosse. Faceva la mia
strada ma soltanto fino a metà valle. Era grasso, taciturno, occhi offesi. Guardò il cielo freddo e chiaro e
disse: – Andiamo.

Andammo tutta la mattina, seduti ai due lati con le
gambe penzoloni. Non parlammo gran che; per crean-
za gli dissi che venivo da Torino dov'ero stato a lavorare, e rientravo dai miei. Levò gli occhi e mi disse: –
Vi conveniva la ferrata, per Alessandria.

Potevo spiegargli che le stazioni mi facevano paura?
che preferivo il cigolío del suo carro? Con quella vita
che lui conduceva avrebbe riso dei miei guai, se pure i
suoi occhi ridevano. Non era triste né arrogante, era solo. Sotto il cielo coperto sbirciai la collina; c'era su un
poggio una chiesetta, un pino nero; come sempre pensai che buon nascondiglio avrebbe fatto la chiesa lassú.
Sui versanti svariavano vigneti e grano, freschi ancora
di pioggia; non ricordavo cosí vive e cosí dolci colline.

La lentezza del carro m'impazientiva. Parlai del tempo. Chiesi al grassone se almeno di notte o quando pio-
veva le strade erano piú sicure. Mi disse che lui preferi-

va la luce del sole; nel lusco può sempre arrivarti la bot-
ta di un altro; di giorno almeno, patrioti o tedeschi ti
vedono in faccia. Parlava senza simpatie, era testardo.

Incontrammo i tedeschi, un'automobile ferma a
mezza salita. Le divise verdognole parevano colore della strada bagnata. Il carrettiere balzò a terra, io fissavo un boschetto sulla collina.

Poco dopo ci raggiunse e superò, fragoroso, un grosso camion, pieno di divise screziate, di ragazzi col ba-
sco, di canne di fucile. – Mandano avanti la repubblica,
– brontolò il carrettiere, – stasera mangiamo il maiale.

Al primo paese li trovammo in piazza fermi. Tedeschi in motocicletta mettevano piede a terra e ripartivano, dagli usci qualche donna osservava. Si sentí un
colpo di fucile chi sa dove, nessuno fece caso.

Adesso il carretto trabalzava sui ciottoli. Dovetti
scendere. Sbucò un marinaio col fucile pronto. Ci fermammo e, mentre il mio amico frugava nella cassetta,
quello, un biondo lentigginoso, alzò il telo che copriva
il carico di aratri, guardò. Fece segno di proseguire.

Riusciti in strada aperta, dissi a un tratto, cosí per
parlare: – C'è un confine tra questi e quegli altri?

Non disse nulla e sputò in terra.

– Voi ne avete già visti? stanno anche loro nei paesi?

– Magari, – mi disse, – li abbiamo lí sulla collina.
Notte e giorno si tengono d'occhio.

Ormai, pensavo, sono in ballo. Se mi fermano, è fatta. A Chieri non potevo restarci. Alla villa, nemmeno.
Se pensavo agli spaventi dell'inverno, al collegio, mi sentivo temerario, incosciente, ragazzo. Sapevo bene che in
tutta la Langa non c'era un tedesco che sapesse il mio
nome, ma ormai ci avevo fatto il callo e il terrore di tutti era anche mio: ogni spavento mi serviva per scusarmi.

Risalimmo sul carro. Smisi di parlare, perché mi accorsi che ricadevo sempre lí su quel discorso.

– Siamo ai Molini, – disse a un tratto l'amico. – A
voi conviene levarvi le scarpe e traversare. Mi fermo
laggiú.

Mentre il carro proseguiva cigolante, ci accomiatam-

mo e gli gridai quel nome, la strada del ponte di ferro.
Mi fece segno vagamente a una collina oltre Tanaro, stette a guardare incamminarmi, e sputò sulla strada.

Passata l'acqua e il largo greto, salii la collina con passo spedito. Mi chiedevo camminando dove Dino avesse dormito, mangiato; se i carrettieri bazzicavano anche
di là da Torino, sulla montagna. Era partito col soprabito e la sciarpa. Se non fosse arrivato da Fonso, mi dissi, sarebbe tornato. Un ragazzo non corre pericoli.

La mia strada si snodava fra campi e vigneti, ben diversa dalla collina di Torino: qui le coste biancheggia-
vano lavorate e rotte; non c'erano boschi. I boschi non
c'erano ancora, si sentivano buoi muggire, galline star-
nazzare; perfino l'aria era molle e sapeva di casa – eppure andavo lesto lesto, guardandomi attorno, in ascol-
to, come quando mi cacciavo con Belbo nelle conche del
Pino tendendo l'orecchio ai segreti terrestri, alle radici,
al terrore perenne che regna nella macchia. Adesso fuggivo davvero, come fugge una lepre.

Prima di sera attraversai due o tre paesi, la strada saliva; in distanza sulle punte dei colli si vedevano chiese, cascine isolate. Da quando avevo passato il Tanaro,
né automobili né motociclette mi raggiungevano o in-
crociavano; vidi soltanto qualche carro tirato da buoi,
e sulla piazza di un paese pochi scalzi sfaccendati. Ce-
nai con pane e pomodori che mi vendette una donnetta stridula; mi chiese se mi ero sperduto. – Vado a casa, – le dissi. – Ah fate bene, fate bene, – mi gridò. –
Non è mica una vita.

Capii dopo, che mi aveva preso per un partigiano. La
cosa mi mise in orgasmo. Non potevo tra l'altro infor-
marmi dove ce ne fossero, perché mi avrebbero creduto una spia. Dovevo andare, andare sempre e non vol-
tarmi. Quella sera feci l'ultimo pezzo di strada fra i campi deserti, tra le nuvole basse. Si sentivano i grilli. Ero
salito, salito; camminavo su una cresta.

Da dormire me ne diede un giovanotto scalzo che,
seduto nel fossato di un campo, fumava la sigaretta.
Non aveva che camicia e pantaloni sbrindellati; in te-

sta un berretto di maglia. Gli dissi fermandomi: – È lunga per la valle?

– Volete fare la stazione? – disse senza riscuotersi, nel mio stesso dialetto. – Non vi conviene, c'è il posto tedesco.

– Non ho paura dei tedeschi, – dissi allora, – devo andare di là dalla valle.

– Piú in là ci sono i partigiani, – disse lui, senza scomporsi.

– Non ho paura di nessuno, vado a casa.

Scosse il capo e batté la sigaretta, con delicatezza. – C'è un giro da fare, prendendo i sentieri. Ma adesso è tardi. Vi conviene aspettare domani.

Mi fece traversare quel campo e un boschetto. Dietro un ciliegio cominciava un caseggiato nerastro, una stalla. Dei fienili e dei pagliai; sotto la cresta, al livello dei campi, altri tetti bassi, a precipizio. Non avevo mai visto casolari meglio nascosti: dalla strada si vedevano soltanto spighe e i versanti lontani.

Otino – non mi chiese il mio nome – mi portò sotto le ciliege e mi disse se avevo sete. Piegammo un ramo e lo spogliammo. Lui sparava i noccioli schioccando le labbra e mi chiese se andavo dalla parte di Agliano.

– Questa mattina si vedeva il fumo.

Dissi che andavo per Rocchetta, nella valle del Belbo, e venivo da Chieri. Otino saltò sulla pianta, con quelle gambe e braccia lunghe, e cominciò a buttar giú ciocche.

– Dov'è Rocchetta? – diceva.

– Qui, paesi ne bruciano?

Non mi rispose e fischiettava. Fischiettava il segnale di attenti. – Siete stato soldato, – dissi allora.

– Dovrei, – mi rispose.

Passai la notte nel fienile, assordato dai grilli. L'aria era fredda, la nebbia o nuvole che fossero coprivano i campi. Mi seppellii sotto la paglia. Nel buio vedevo l'arcata del cielo meno nera, e stavo pronto a rintanarmi dietro il fieno al primo allarme. Non tutti hanno un letto di fieno, mi dicevo.

Mi svegliò Otino, staccando arnesi da un pilastro. C'era una luce che accecava, nebbia e sole. – Non ci arrivate di quest'oggi, – mi disse. Gli chiesi del pane. Andammo tra le case strapiombanti sulla vallata. Chiamò una donna, che portò due pagnotte. – È permesso lavarsi la faccia? – gli chiesi.

Tirammo su il secchio dal pozzo. Nella luce viva della nebbia, vidi bene la pelle abbronzata di Otino, i suoi tratti di uomo. – Quella è la strada, – mi spiegò. – Tenete sempre il sentiero che scende, trovate la ferrata; trovate il Tinella, vi buttate nei salici... – Pensai quando giocavo con Dino.

XXI.

A mezzogiorno camminavo sulle colline libere, e tedeschi e repubblica li avevo lasciati chi sa dove nella valle. Avevo perduto la strada maestra; gridai a certe donne che voltavano il fieno in un prato, per dove si andasse nel paese vicino al mio. Mi fecero segno di tornare
alla valle. Gridai di no, che la mia strada era attraverso
le colline. Coi forconi mi dissero di proseguire.

Non si vedevano paesi, solamente cascine sui versanti
selvosi e calcinati. Per raggiungerne qualcuna avrei dovuto dilungarmi sui sentieri ripidi, nell'afa delle nuvole basse. Scrutavo attento i lineamenti delle creste, gli
anfratti, le piante, le distese scoperte. I colori, le forme, il sentore stesso dell'afa, mi erano noti e familiari;
in quei luoghi non ero mai stato, eppure camminavo in
una nube di ricordi. Certe piante di fico contorte, mo-
deste, mi sembravano quella di casa, del cancello dietro
il pozzo. Prima di notte, mi dicevo, sono al Belbo.

Una casetta sulla strada, annerita, sfondata, mi fermò
e fece battere il cuore. Pareva un muro sinistrato di
città. Non vidi anima viva. Ma la rovina non era recente: sulla parete, dove prima era una vite, spiccava
appena la macchia azzurra del verderame. Pensai all'eco
dei clamori, al sangue sparso, agli spari. Quanto sangue,
mi chiesi, ha già bagnato queste terre, queste vigne.
Pensai che era sangue come il mio, ch'erano uomini e
ragazzi cresciuti a quell'aria, a quel sole, dal dialetto e
dagli occhi caparbi come i miei. Era incredibile che gente come quella, che mi vivevano nel sangue e nel chiu-

so ricordo, avessero anche loro subíto la guerra, la ventata, il terrore del mondo. Per me era strano, inaccettabile, che il fuoco, la politica, la morte sconvolgessero quel mio passato. Avrei voluto trovar tutto come prima, come una stanza stata chiusa. Era per questo, non soltanto per vana prudenza, che da due giorni non osavo nominare il mio paese: tremavo che qualcuno dicesse: «È bruciato. C'è passata la guerra».

La strada si mise in discesa, poi scavalcò un'altra collina. Lassú, se Dio vuole, c'era un borgo e un campanile. Mi fermai poco prima delle case, seduto su un mucchio di ghiaia; tirai fuori il mio pane. «Passerà qualche donna, un carretto».

Dal paese venivano le voci del mezzodí: tonfi di stalla, un gridío di bambini, sciacquare di secchi. Un camino fumava. Adesso il sole aveva rotto le nubi, e dappertutto scintillava: i versanti lontani vaporavano come letame fresco. C'era un odore di stalla, e di catrame, di caldo.

Ero a mezza pagnotta, che qualcuno comparve sulla strada. Due giovanotti, ispidi e bruni, in calzoncini, con un corto fucile puntato. Non ero in piedi, che li ebbi davanti.

– Dove andate? – uno disse.

– Nella valle del Belbo.

– A che fare?

Avevano un tondo berretto e una coccarda tricolore. Mentre parlavo, mi guardavano le scarpe. Sentii tastarmi il sacco sulle spalle e indietreggiai.

– Ferme le mani, – disse il primo.

Sorrisi appena. – Vengo da Chieri, – balbettai, – vado a casa.

– Fatti mostrare i documenti.

Feci per mettere la mano in tasca. Quel primo che aveva parlato, mi fermò con la canna. Sorrise calmo. – Ho detto fermo, – ripeté.

Mi mise lui la mano in tasca, tirò fuori le carte. L'altro diceva: – Cosa fate qui?

Mentre sfogliavano le carte, io fissavo il paese. Un

volo di rondini passò sopra i tetti. Dietro la testa dal berretto tondo c'era il cielo e i versanti lontani, boscosi. Di là da quei boschi ero a casa.

Il primo che aveva parlato osservava la tessera.

– In che giorno sei nato?

Lo dissi.

– Professione?

Lo dissi.

– Che paese?

Si volse all'altro e disse: – Guarda.

Allora dissi: – Il mio paese è laggiú.

– Non è vero che vieni da Chieri, – riprese, – qui dice Torino.

– Stavo a Torino, poi a Chieri.

Mi guardarono storto. – Ti conosce qualcuno?

– Mi conoscono a casa.

Si scambiarono occhiate. Quello dietro, un viso ossuto, scosse il capo. Non abbassavano i fucili.

– Sentite, – dissi incontenibile, – siete i primi che incontro. Sono scappato da Torino perché mi cercano i tedeschi.

Di nuovo quel freddo sorriso. – Tutti vi cercano i tedeschi, a sentir voi.

– Andiamo, – mi dissero.

In paese vidi un crocchio di donne davanti alla chiesa. Camminavo tra i due; non alzai gli occhi alle finestre e ai fienili. In un vicolo era fermo un furgoncino e due giovanotti, militari in tuta, gli facevano guardia. Una gallina ci tagliò la strada.

Davanti a una porta un uomo alto, in stivali e giacchetta di cuoio, rivoltella alla cintola, parlava a una ragazza che teneva in braccio un bimbetto. Rideva e festeggiava il bimbo.

Al nostro passo si voltò, e ci guardò. Aveva al collo un fazzoletto, capelli e barbetta ricciuta. Era Giorgi, il fratello dell'Egle. Lo riconobbi appena smise di sorridere.

Mosse un passo e ammiccò. Gridai: – Giorgi.

– Lo conosco, – dissi ai due.

Quando fummo vicini, ridevo. – Questa poi, – disse lui.

– I nostri incontri sono sempre storici, – gli dissi quando fummo in disparte, seduti su un muricciolo.

Mi diede una sigaretta. – Che cosa fa, sempre in borghese, sulle strade del mondo? – Parlava con quel tono seccato, di beffa, ch'era suo.

– Cosa fa lei nei miei paesi? – dissi ridendo.

Ci raccontammo i nostri casi. Non gli dissi che ero stato fuggiasco. Gli dissi che andavo dai miei, che avevo visto sua sorella, che a casa sua lo credevano a Milano. Sorrise fumando, sulla mano raccolta. – Di nessuno si sa bene dove stia in questi tempi, – osservò. – C'è il suo bello.

Una grigia automobile sbucò fuori da un cortile e andò a fermarsi all'uscita del paese. Era guidata da un ragazzo armato.

– Siete in molti quassú? – chiesi a Giorgi.

– Non conosce la zona?

– I suoi due uomini, – gli dissi, – sono i primi partigiani che ho visto in carne e ossa.

Strinse le labbra e mi guardò. – Devo crederle? – disse. – Non mi sembra, – e sorrise.

Mi raccontò ch'era in missione viveri. Mi disse: – Dov'è il suo paese? – e accennò con la mano oltre i boschi. – È là mi pare. Noialtri invece pioviamo di lassú, – mostrò la parte del tramonto. – La nostra vita è tutta qui: corse, requisizioni, corvé. Annoiarsi non serve. C'è il suo bello anche in questo.

Strinse le labbra e cacciò il fumo. Allora arrischiai la domanda. Gli dissi che l'ultima volta che l'avevo veduto, lui parlava di guerra, ma di guerra fascista. S'era messa una certa divisa, ce l'aveva con certe persone. Possibile che adesso la grazia l'avesse toccato?

– La disgrazia, – mi disse. – Per mia disgrazia avevo fatto un giuramento.

– Ma la guerra fascista era un'altra. Chi sono adesso i sovversivi? – dissi.

– Tutti quanti, – rispose. – Non c'è piú un italiano

che non sia un sovversivo –. Sorrise secco, bruscamente. – Non crederà che si combatta per quei fessi
suoi amici.

– Quali fessi?

– Quelli che cantano «Rivoluzione» –. Buttò la cicca con disgusto. – Finito il lavoro coi neri, – tagliò, –
si comincia coi rossi.

– Credevo che andaste d'accordo, – dissi.

Tacemmo e guardavo la valle.

– Domani spero di arrivare a casa, – ruppi lascian-
do il muricciolo. – Se, beninteso, non mi arresta qualcuno per strada.

Scosse il capo, serio. – Lei dev'essere pieno di salva-
condotti, – disse. – Non è da tutti cacciarsi quassú a
passeggiare.

Assistetti alla loro partenza verso il cielo del tramonto. Mi ricordai che dalla parte di quel cielo guardavo la sera quando, ragazzo, vivevo oltre i boschi, e
forse nel profilo incendiato d'allora c'era una curva,
una vetta, un alberello di questi. I partigiani salirono
sui loro mezzi – sbucò un'altra macchina – erano forse
una decina di ragazzi con Giorgi, uno tra loro infari-
nato, un panettiere. Rividi i due che mi avevano fermato, non mossero ciglio. I motori partirono con fra-
casso, valicarono il colle, sparirono. Sentii cantare d'improvviso.

Rimasto solo – il pomeriggio avanzava – m'informai
dai paesani. Avevo fatto un giro inutile: di bivio in bivio ero andato riaccostandomi al Tanaro; bisognava che
tornassi di parecchi chilometri e prendessi la valle, che
poi dovevo risalire sempre tendendo a un campanile lassú in mezzo ai boschi, da cui passava lo stradone e si vedevano piú oltre le vere colline, le mie. Difficilmente ci
arrivavo di stanotte. Ma potevo dormire al santuario,
disse una donna.

Chiesi se c'erano pericoli. Qualcuno sorrise. – Voi
siete di qui. La casa può cascare in testa a chiunque –.
Ma la donnetta disse no, non se passavo dal santuario.

A metà pomeriggio ero disceso al fondovalle. Adesso che sapevo del campanile lassú, non temevo di perdermi. Andavo cauto, zoppicando un poco, trascinando il piede, come per essere piú innocuo. Andavo in senso inverso al mattino, passavo sentieri, piccole forre, una croce di legno rizzata per voto. Il cielo altissimo era chiaro. A metà costa di quella collina, mi attendeva un gruppetto di case nitide, sullo stradone per cui mi arrampicavo. Avevo già raggiunto e superato un contadino coi suoi due buoi aggiogati. Mi raggiunse a sua volta il ruggito di un motore d'autocarro, mi volsi e vidi la gran nuvola di fumo; poi comparvero, due grossi furgoni, veloci e svolazzanti, pieni di baschi grigioverdi e cartuccere e facce scure. Chinai la testa alla ventata. Se mi avessero sparato una scarica addosso, l'urto e il fragore eran gli stessi.

Non si voltarono a guardarmi, erano spariti. Mentre seguivo mentalmente la volata dei fascisti – mi chiesi se andavano fino al santuario, se qualcosa accadeva nei paesi lassú – pensavo ancora all'impressione di scoppio, di bomba, che m'avevano fatto.

Ma un colpo esplose, vicinissimo, in capo alla strada. Una raffica e un colpo. Poi urlacci, altri colpi di fuoco. I motori s'erano fermati; l'aria vibrava dei ronzii dolenti delle pallottole. – Arrendetevi, – urlò una voce. Ci fu una pausa, un silenzio profondo, poi ripresero i tonfi e gli scoppi, e i sinistri ronzii come fili d'acciaio guizzanti sui pali delle vigne.

Ero saltato dietro i tronchi, e ad ogni colpo indietreggiavo, mi chinavo, mi appiattivo nell'erba; nelle pause correvo a ritroso la strada. Il crepitío continuava, botte nette e mortali. Vidi in fondo alla strada quel contadino, fermo insieme ai suoi buoi.

Quando l'ebbi raggiunto la sparatoria era piú fitta e lamentosa. Quei tonfi sordi erano bombe a mano e scoppiavano attutiti. Gli schianti delle pallottole invece gemevano come voci di vivi.

Il contadino aveva cacciato per traverso i suoi buoi dentro un canneto. Mi vide arrivare. Nel silenzio mortale che seguí fece un salto per nascondersi meglio; era vecchio, e pendette malamente aggrappato alle canne. Allora il bue cacciò un muggito.

– Piano, – gli dissi, – nascondetevi –. Saltai nel canneto e mi cacciai l'uomo davanti.

Ma la battaglia era finita. Tutto tacque d'improvviso sulla strada e lassú. Tesi l'orecchio se i motori riprendevano, se qualcuno fiatava.

Il contadino stava chino in mezzo ai buoi. Per nasconderli meglio, li spinse a casaccio nel folto; fu un crepitare di canne; gli gridai sottovoce di smetterla.

Allora il vecchio si sedette, tenendo in mano la cavezza.

XXII.

Stemmo cosí molto tempo. Da un pezzo ormai s'era sentito il motore riattaccare, e un contrasto di voci tra gli alberi. Poi il rombo si era allontanato.

Spuntò una donna alla svolta. Scendeva correndo. L'attesi in mezzo alla strada e le chiesi che cos'era successo. Mi guardava atterrita. Aveva sul capo lo scialle. Anche il vecchio dei buoi sporse la faccia dalle canne. La vecchia gridò qualcosa, si strinse le mani alle orecchie; io le chiesi: – C'è gente lassú? – Lei annuí, senza parlare, col mento.

Sbucò alla svolta un giovanotto in bicicletta. Veniva giú a rotta di collo. – Si può passare? – gli gridai. Lui buttò a terra un piede scalzo, stette su per miracolo, mi gridò di rimando: – Ci sono morti, tanti morti.

Quando giunsi cautamente alla svolta, vidi il grosso autocarro. Lo vidi fermo, vuoto, per traverso. Una colata di benzina anneriva la strada, ma non era soltanto benzina. Lungo le ruote, davanti alla macchina, erano stesi corpi umani, e via via che mi avvicinavo la benzina arrossava. Qualcuno in piedi, donne e un prete, s'aggirava là intorno. Vidi sangue sui corpi.

Uno – divisa grigioverde tigrata – era piombato sulla faccia, ma i piedi li aveva ancora sul camion. Gli usciva il sangue col cervello da sotto la guancia. Un altro, piccolo, le mani sul ventre, guardava in su, giallo, imbrattato. Poi altri contorti, accasciati, bocconi, d'un livido sporco. Quelli distesi erano corti, un fagotto di cenci. Uno ce n'era in disparte sull'erba, ch'era saltato dalla strada per difendersi sparando: irrigidito ginocchioni contro il fildiferro, pareva vivo, colava sangue dalla bocca e dagli occhi, ragazzo di cera coronato di spine.

Chiesi al prete se i morti erano tutti di quelli del furgone. Il prete energico, sudato, mi guardò stravolto e mi disse non solo ma nelle case piú avanti era pieno di feriti. – Chi aveva attaccato?

Partigiani di lassú, mi disse, che li aspettavano da giorni. – Loro ne avevano impiccati quattro, – strillò una vecchia che piangeva e agitava un rosario.

– E questo è il frutto, – disse il prete. – Adesso avremo rappresaglie da selvaggi. Di qui all'alta valle del Belbo sarà un falò solo.

L'agguato era stato teso dietro due roccioni, che permettevano di defilarsi. Non uno dei neri s'era salvato. Con l'altro autocarro i partigiani avevano portato via i prigionieri, ma prima li avevano schierati contro un muro e minacciati: – Potremmo ammazzarvi come fate voialtri. Preferiamo lasciarvi alla vita e alla vostra vergogna.

La gente faceva fagotti e cacciava fuori le bestie. Nessuno avrebbe osato dormire alle Due Rocce. Qualcuno saliva al santuario, sperava nel luogo; qualche altro andava chi sa dove, pur d'andare. C'era tempo fino a notte avanzata, perché il ragazzo in bicicletta, che m'aveva gridato, correva a dare la notizia dei feriti al telefono, al posto di blocco, per salvare il salvabile. L'indomani quelle strade e stradette sarebbero state una rete di morte.

Il prete era corso in casa: un ferito moriva. Io rimasi tra i morti, senza osare scavalcarli. Guardavo il campanile lassú e sapevo che prima di domani non arrivavo a casa. Un istinto mi tirava all'indietro, alla strada già corsa, a mettere tra me e la tempesta il paese incolpevole, il Tinella, la strada ferrata. Laggiú c'era Otino che almeno poteva nascondermi. Se prima di notte ripassavo le stazioni tedesche, potevo aspettare con lui che la furia finisse.

Senza guardare un'altra volta al suolo, ripartii, passai davanti al villano dei buoi che aspettava a bocca aperta davanti al canneto, tirai dritto, e un'ora dopo salivo l'ultima collina, nel cielo già fresco, oltre la quale ci doveva esser la valle del Tinella. Rividi parte delle creste del mattino. I campanili, i casolari mi facevano senso; mi chiedevo se a casa sarei sempre vissuto in mezzo a simili spaventi. Intanto andavo per la strada, sempre teso alle svolte, agli sbocchi, non sporgendomi mai contro il cielo. Sapevo cos'era uno sparo e il suo sibilo.

Nel crepuscolo feci il Tinella e la ferrata. Mentre aspettavo nella melma fra gli ontani, sentii lo stantuffo del treno. Passò adagio, ansimante, un lungo merci locale, e intravidi qualche grosso soldato tedesco in piedi sui predellini. Che viaggiassero mi parve buon segno, voleva dire che la zona era ancora tranquilla.

Saltai la ferrata e cercai la collina di Otino. Tra le gaggíe era difficile orientarsi, ma le creste stagliavano nette. Presi un sentiero che mi parve il buono e lo salii, tendendo l'orecchio sulle voci dei grilli se udissi passi o scrosciare foglie. Intanto in alto pullulavano le stelle.

Otino non lo trovai ma la collina era quella. Ero stanco, affamato, strascinavo le scarpe sui solchi. Mi vidi innanzi un casotto in una vigna, di quelli per guardia dell'uva. Questo casotto era fatto in muratura, senza porta; c'entrai nel buio e, vincendo il ribrezzo, mi sedetti per terra. Mi appoggiai sopra il sacco.

Mi svegliai ch'era notte profonda, intirizzito e indolorito la schiena e la nuca. Non lontano un cane abbaiava, lo immaginai randagio nella notte e attanagliato di fame. Dalla porta non entrava tanta luce da veder la campagna. In quel buio la voce del cane era la voce di tutta la terra. Nel dormiveglia sussultavo.

Per non essere visto uscir fuori, me ne andai prima dell'alba. Si levava la luna. M'accorsi volgendomi indietro che il casotto era una semplice cappella abbandonata; restava ancora un vetro rosa screpolato. «Nemmeno a cercarla», pensavo. Dissi in silenzio una vecchia parola.

Dietro alla luna venne l'alba, e avevo freddo, avevo fame e paura. Stetti accucciato in un campo di grano, maledicendo la rugiada, pensando a quei morti e a quel sangue. «Pensarci è pregare per loro», dicevo.

A luce chiara ritrovai le case basse, diedi alle donne la notizia. Otino era andato in campagna. Chiesi il permesso di aspettarlo in un fienile. Mi diedero pane e minestra, e mangiando tranquillavo le donne sulla portata della strage. – Rastrelleranno solamente oltre Tinella, – dicevo, – tant'è vero che ho potuto passare.

Seguirono giornate di vento che spazzavano i versanti, e di lassú si vedevano le creste successive, gli alberelli minuti, le case, i filari, fino ai boschi lontani. Otino m'indicò il campanile del santuario, e un gomito della strada dov'era avvenuto l'eccidio. Lui girava i pianori di cresta, vedeva gente, parlava e faceva parlare. Un mattino vedemmo tra i boschi una colonna di fumo; la sera stessa si sentí in paese che c'era stato un altro scontro verso il Tanaro, che una colonna di tedeschi e fascisti s'era buttata sul versante e bruciava, sparava, rubava.

La notte dormivo in fienile; m'avevano prestato una coperta. Verso sera quel ventaccio cadeva, e si tendeva l'orecchio se venissero spari, clamori. Con Otino restavamo sul campo, sotto le stelle mai vedute cosí vive; e nell'urlío dei grilli scrutavamo nel buio, cercavamo gli incendi, i falò. Accadeva di scorgere accenni di fuoco, sul gran nero dei colli. – Fate attenzione, – mi diceva Otino, – passerete di là. Dove han bruciato, non c'è piú sorveglianza.

Volevo pagargli qualcosa di ciò che mangiavo. Sua madre non disse di no; soltanto si chiedeva sospirando perché la guerra non finiva. – Durasse anche un secolo, – dicevo, – chi sta meglio di voi? – C'era ancora sotto il portico la chiazza di sangue di un coniglio sgozzato.

– Vedete com'è, – disse Otino, – questa fine la dobbiamo fare tutti.

Me lo condussi nella vigna dov'ero entrato quella notte, e gli dissi che mi pareva un bel rifugio. Bastasse dor-

mire in chiesa per stare sicuri, disse Otino, le chiese sarebbero piene. – Qui non è piú una chiesa, – risposi, –
ci han pestato le noci e acceso il fuoco per terra.

– Ci venivamo da ragazzi a giocare.

C'entrammo discorrendo di com'era in paese, e che
tutti vivevano nella paura che anche lungo la ferrovia
toccasse una fucilata a un tedesco o fermassero un camion. – Ne hanno incendiato delle chiese? – feci a un
tratto. – Bruciassero queste soltanto, – disse lui, – sarebbe niente.

Una sera raccogliemmo tutti i rami che si trovarono,
e con vecchi cartocci di meliga buttati accendemmo un
fuoco, nel cantuccio sotto la finestra. Poi seduti davanti
alla fiamma, fumammo una sigaretta, come fanno i ragazzi. Dicevamo scherzando: – Per dar fuoco, sappiamo anche noi –. In principio non ero tranquillo, e uscii
fuori a studiare la finestra, ma il riflesso era poco e, di
piú, parato da un rialto. – Non si vede, no no, – disse
Otino. Allora parlammo un'altra volta delle facce del
paese e di quelli che avevano paura peggio di noi. – Anche loro non vivono piú. Non è vivere. Lo sanno che
verrà il momento.

– Siamo tutti in trincea.

Otino rideva. Lontano scoppiò una fucilata.

– Incominciano, – dissi.

Tendemmo l'orecchio. Ora il vento taceva e i cani
abbaiavano. – Andiamo a casa, – dissi. Quella notte la
passai rivoltolandomi, tremando ai pensieri. Lo scroscio del fieno mi pareva che riempisse la notte.

Di nuovo l'indomani studiai la barriera di colline che
mi attendeva. Erano bianche e disseccate dal vento e
dalla stagione, nitide sotto il cielo. Di nuovo mi chiesi
se il terrore era giunto fino ai boschi, fin lassú. Salii la
stradicciola, a comprare del pane in paese. La gente mi
guardava dagli usci, sospettosa e curiosa. A qualcuno
facevo un cenno di saluto. Dalla piazza in alto si vedevano altre colline, come banchi di nuvole rosa. Mi fermai contro la chiesa, sotto il sole. Nella luce e nel silenzio ebbi un'idea di speranza. Mi parve impossibile

tutto ciò che accadeva. La vita sarebbe un giorno ripresa, sicura e ferma com'era in quest'attimo. Da troppo tempo l'avevo dimenticato. Sangue e saccheggio non
potevano durare in eterno. Stetti un pezzo con le spalle alla chiesa.

Ne uscí una ragazza. Si guardò intorno e discese la
strada. Per un istante entrò anche lei nella speranza.
Scendeva guardinga nel vento sui ciottoli scabri. Dalla mia parte non si volse.

Sulla piazzetta non vedevo anima viva, e i tetti bruni ammonticchiati, che fino a ieri m'eran parsi un nascondiglio sicuro, adesso mi parvero tane da cui si fa
uscire la preda col fuoco. Il problema era soltanto di
resistere alla fiamma finché un giorno fosse spenta. Bisognava resistere, per ritrovare la pace.

La sera vennero voci di un'azione nella vallata accanto, contro un paese di donne e di vecchi. Cosí giu-
ravano. Difatti non s'era sentita nemmeno una fucilata: le stalle erano state saccheggiate, e i fienili incen-
diati. La gente, fuggita nei burroni, sentiva i suoi vitelli
muggire e non poteva accorrere. Era stato sul tardo mattino, proprio nell'ora ch'io guardavo dalla chiesa.

Otino mieteva nei campi e sentí la notizia e continuò la mietitura.

– Tanto vale, – esclamai, – che mi riprovi a passare.

Si raddrizzò e passò la mano sopra gli occhi. – Vac-
ci di notte che fa meno caldo.

Ne riparlammo quella notte e conclusi ch'era meglio
seguire il Tinella che non buttarmi sulle colline. Partii
l'indomani, e la sera ero a casa coi miei, di là dai boschi
e dal Belbo.

XXIII.

Niente è accaduto. Sono a casa da sei mesi, e la guerra continua. Anzi, adesso che il tempo si guasta, sui grossi fronti gli eserciti sono tornati a trincerarsi, e passerà un altro inverno, rivedremo la neve, faremo cerchio intorno al fuoco ascoltando la radio. Qui sulle strade e nelle vigne la fanghiglia di novembre comincia a bloccare le bande; quest'inverno, lo dicono tutti, nessuno avrà voglia di combattere, sarà già duro essere al mondo e aspettarsi di morire in primavera. Se poi, come dicono, verrà molta neve, verrà anche quella dell'anno passato e tapperà porte e finestre, ci sarà da sperare che non disgeli mai piú.

Abbiamo avuto dei morti anche qui. Tolto questo e gli allarmi e le scomode fughe nelle forre dietro i beni (mia sorella o mia madre che piomba a svegliarmi, calzoni e scarpe afferrati a casaccio, corsa aggobbita attraverso la vigna, e l'attesa, l'attesa avvilente), tolto il fastidio e la vergogna, niente accade. Sui colli, sul ponte di ferro, durante settembre non è passato giorno senza spari – spari isolati, come un tempo in stagione di caccia, oppure rosari di raffiche. Ora si vanno diradando. Quest'è davvero la vita dei boschi come si sogna da ragazzi. E a volte penso che soltanto l'incoscienza dei ragazzi, un'autentica, non mentita incoscienza, può consentire di vedere quel che succede e non picchiarsi il petto. Del resto gli eroi di queste valli sono tutti ragazzi, hanno lo sguardo diritto e cocciuto dei ragazzi. E se non fosse che la guerra ce la siamo covata nel cuo-

re noialtri – noi non piú giovani, noi che abbiamo detto «Venga dunque se deve venire» – anche la guerra,
questa guerra, sembrerebbe una cosa pulita. Del resto,
chi sa. Questa guerra ci brucia le case. Ci semina di morti fucilati piazze e strade. Ci caccia come lepri di rifugio in rifugio. Finirà per costringerci a combattere anche noi, per strapparci un consenso attivo. E verrà il
giorno che nessuno sarà fuori della guerra – né i vigliacchi, né i tristi, né i soli. Da quando vivo qui coi
miei, ci penso spesso. Tutti avremo accettato di far la
guerra. E allora forse avremo pace.

Malgrado i tempi, qui nelle cascine si è spannoc-
chiato e vendemmiato. Non c'è stata – si capisce – l'allegria di tanti anni fa: troppa gente manca, qualcuno
per sempre. Dei compaesani soltanto i vecchi e i ma-
turi mi conoscono, ma per me la collina resta tuttora
un paese d'infanzia, di falò e di scappate, di giochi. Se
avessi Dino qui con me potrei passargli le consegne; ma
lui se n'è andato, e per fare sul serio. Alla sua età non
è difficile. Piú difficile è stato per gli altri, che pure
l'han fatto e ancora lo fanno.

Adesso che la campagna è brulla, torno a girarla; sal-
go e scendo la collina e ripenso alla lunga illusione da cui
ha preso le mosse questo racconto della mia vita. Dove
questa illusione mi porti, ci penso sovente in questi giorni: a che altro pensare? Qui ogni passo, quasi ogn'ora
del giorno, e certamente ogni ricordo piú inatteso, mi
mette innanzi ciò che fui – ciò che sono e avevo scordato. Se gli incontri e i casi di quest'anno mi ossessio-
nano, mi avviene a volte di chiedermi: «Che c'è di comune tra me e quest'uomo che è sfuggito alle bombe,
sfuggito ai tedeschi, sfuggito ai rimorsi e al dolore?»
Non è che non provi una stretta se penso a chi è scomparso, se penso agli incubi che corrono le strade come
cagne – mi dico perfino che non basta ancora, che per
farla finita l'orrore dovrebbe addentarci, addentare noi
sopravvissuti, anche piú a sangue – ma accade che l'io,
quell'io che mi vede rovistare con cautela i visi e le smanie di questi ultimi tempi, si sente un altro, si sente stac-

cato, come se tutto ciò che ha fatto, detto e subíto, gli fosse soltanto accaduto davanti – faccenda altrui, storia trascorsa. Questo insomma m'illude: ritrovo qui in casa una vecchia realtà, una vita di là dai miei anni, dall'Elvira, da Cate, di là da Dino e dalla scuola, da ciò che ho voluto e sperato come uomo, e mi chiedo se sarò mai capace di uscirne. M'accorgo adesso che in tutto quest'anno, e anche prima, anche ai tempi delle magre follíe, dell'Anna Maria, di Gallo, di Cate, quand'eravamo ancora giovani e la guerra una nube lontana, mi accorgo che ho vissuto un solo lungo isolamento, una futile vacanza, come un ragazzo che giocando a nascondersi entra dentro un cespuglio e ci sta bene, guarda il cielo da sotto le foglie, e si dimentica di uscire mai piú.

È qui che la guerra mi ha preso, e mi prende ogni giorno. Se passeggio nei boschi, se a ogni sospetto di rastrellatori mi rifugio nelle forre, se a volte discuto coi partigiani di passaggio (anche Giorgi c'è stato, coi suoi: drizzava il capo e mi diceva: «Avremo tempo le sere di neve a riparlarne»), non è che non veda come la guerra non è un gioco, questa guerra che è giunta fin qui, che prende alla gola anche il nostro passato. Non so se Cate, Fonso, Dino, e tutti gli altri, torneranno. Certe volte lo spero, e mi fa paura. Ma ho visto i morti sconosciuti, i morti repubblichini. Sono questi che mi hanno svegliato. Se un ignoto, un nemico, diventa morendo una cosa simile, se ci si arresta e si ha paura a scavalcarlo, vuol dire che anche vinto il nemico è qualcuno, che dopo averne sparso il sangue bisogna placarlo, dare una voce a questo sangue, giustificare chi l'ha sparso. Guardare certi morti è umiliante. Non sono piú faccenda altrui; non ci si sente capitati sul posto per caso. Si ha l'impressione che lo stesso destino che ha messo a terra quei corpi, tenga noialtri inchiodati a vederli, a riempircene gli occhi. Non è paura, non è la solita viltà. Ci si sente umiliati perché si capisce – si tocca con gli occhi – che al posto del morto potremmo essere noi: non ci sarebbe differenza, e se viviamo lo dobbiamo al cadavere imbrattato. Per questo ogni guerra è una guerra civile: ogni caduto somiglia a chi resta, e gliene chiede ragione.

Ci sono giorni in questa nuda campagna che camminando ho un soprassalto: un tronco secco, un nodo d'erba, una schiena di roccia, mi paiono corpi distesi. Può sempre succedere. Rimpiango che Belbo sia rimasto a Torino. Parte del giorno la passo in cucina, nell'enorme cucina dal battuto di terra, dove mia madre, mia sorella, le donne di casa, preparano conserve. Mio padre va e viene in cantina, col passo del vecchio Gregorio. A volte penso se una rappresaglia, un capriccio, un destino folgorasse la casa e ne facesse quattro muri diroccati e anneriti. A molta gente è già toccato. Che farebbe mio padre, che cosa direbbero le donne? Il loro tono è «La smettessero un po'», e per loro la guerriglia, tutta quanta questa guerra, sono risse di ragazzi, di quelle che seguivano un tempo alle feste del santo patrono. Se i partigiani requisiscono farina o bestiame, mio padre dice: – Non è giusto. Non hanno il diritto. La chiedano piuttosto in regalo. – Chi ha il diritto? – gli faccio. – Lascia che tutto sia finito e si vedrà, – dice lui.

Io non credo che possa finire. Ora che ho visto cos'è guerra, cos'è guerra civile, so che tutti, se un giorno finisse, dovrebbero chiedersi: – E dei caduti che facciamo? perché sono morti? – Io non saprei cosa rispondere. Non adesso, almeno. Né mi pare che gli altri lo sappiano. Forse lo sanno unicamente i morti, e soltanto per loro la guerra è finita davvero.

Nota al testo

Il testo di Laura Nay e Giuseppe Zaccaria che qui pubblichiamo è apparso, con alcune varianti, nel volume di Cesare Pavese, *Tutti i romanzi* cit.

Pavese si dedicò alla stesura della *Casa in collina* fra il 19 settembre 1947 e il 14 febbraio 1948. Anche questo romanzo è preceduto da due racconti: *La famiglia*, innanzitutto, composto nell'aprile del '41, racconto di cui lo stesso autore dà notizia nel *Mestiere di vivere*, dove ne discute in rapporto al problema narrativo del «punto di vista». Secondo Pavese, per potersi garantire un'opera giocata su differenti punti di vista («varî piani spirituali, varî tempi, varî angoli, varie *realtà*», corsivo dell'autore), il narratore deve «attingere a un'esperienza un po' insolita e sufficientemente lontana» e iniziare a «lavorare sulla complessità realistica di associazioni che questa presenta». Un «buon esempio» di tale modalità di composizione è la «storia di Corradino», o meglio, la scoperta che tale «storia» può essere raccontata «in terza persona ma circondando i fatti di un'atmosfera in prima plurale che non solo dà un ambiente e uno sfondo al troppo gratuito Corr., ma inoltre – massimo pregio – permette di ironizzarlo» (*Il mestiere di vivere*, 4 aprile 1941). Per quanto riguarda il secondo racconto, intitolato *Il fuggiasco*, composto fra il 13 settembre e il 7 ottobre 1944, si legge nell'edizione Einaudi dei *Racconti* (2002): «È la minuta di un possibile racconto "fallito"; rimesso in pulito e portato avanti nel '47 (cap. II) approderà al cap. XXII della *Casa in collina*» (p. 1119).

Il recupero memoriale pare essere una chiave di interpretazione sicura per questo romanzo, per il quale si è sempre parlato, non a caso, di autobiografismo. Due sono i temi che qui Pavese tocca, entrambi fortemente condizionati dalla sua reale esperienza: la guerra e il tormentato rapporto con la fede. La meditazione sulla guerra, sulla necessità di schierarsi, è tema presente nel *Mestiere di vivere* fin dal 1937: «Un uomo vero, nel nostro tempo, non può accettare con cautela l'*ananche* della guerra. O è pacifista assoluto o guerriero spietato. L'aria è cruda: o santi o carnefici. Siamo proprio capitati bene» (7 dicembre). Ma lo schierarsi non è facile, e non solo per vigliaccheria: a distanza di parecchi anni, a romanzo ormai ultimato e dato alle stampe, Pavese difenderà, ancora una volta, l'assai discusso protagonista della *Casa in collina*, in occasione di un articolo fir-

mato da Rino Dal Sasso, pubblicato sull'«Unità» di Roma il 25 febbraio 1950. Scrive Pavese nella lettera indirizzata a Dal Sasso: «Il
personaggio di Corrado, oltre alla viltà davanti all'azione, rappresenta anche l'estremo problema di ogni azione – l'angoscia davanti
al mistero» (1° marzo 1950). Al di là del motivo politico, insomma
al di là della guerra, il personaggio di Pavese incarna la difficoltà di
scegliere, di agire, di prendere un partito e mantenerlo senza sapere dove tutto questo condurrà. È ovvio: quando la scelta implica una
presa di posizione morale prima ancora che politica, come nel caso
presente, l'angoscia diventa piú grande e l'impossibilità, l'incapacità
di optare per un partito si fa reale. La guerra, di per se stessa, con
tutto ciò che comporta, rende, in ultimo, quasi inutile scegliere: «la
guerra è triste cosa, anche e soprattutto perché bisogna uccidere i
nemici», conclude Pavese nella lettera a Dal Sasso. Ma non è questo, come potrebbe sembrare, il frutto del senno di poi. Il 9 settembre del 1939, nel diario, Pavese quasi prepara l'osservazione te-
sté riportata, quando afferma che la guerra «imbarbarisce», perché
porta l'individuo ad abbandonare i «valori delicati» e a «*vivere come se questi valori non esistessero*» (corsivo dell'autore), e «una volta
finita, si è persa ogni elasticità di tornare a questi valori». La guerra, soprattutto, cancella l'idea stessa di società fatta da uomini che
valevano, sí, individualmente, ma insieme creavano un consorzio civile, che ora non esiste piú: «Ci sono strade, corsi, di Torino dove
camminavano e vivevano gente che la guerra ha sbattuto e ammaz-
zato. Gente contenta, intelligente, che allora contavano, che tu sapevi appena. Era tutta una società. Perché c'è stata?» (*Il mestiere di
vivere*, 25 gennaio 1948). Tuttavia, sempre volendo seguire il pensiero di Pavese attraverso le pagine del *Mestiere*, anche dall'esperienza bellica può nascere qualcosa di 'positivo': ad esempio il «senso di gruppo» (5 giugno 1940), o ancora una sorta di rinnovato 'ordine' nella vita di ogni uomo «intorno a uno schema d'azione
semplicissimo – i due campi», e con «l'idea della morte» che si ac-
campa su tutto «forn*endo* alle azioni piú banali un suggello di gravità piú che umana» (12 giugno 1940). È importante notare come
fin da queste osservazioni, formulate nel '40, Pavese dimostri di pensare al conflitto bellico come esperienza che tocca l'umanità tutta,
senza un reale distinguo fra le opposte fazioni. Il 13 giugno del '40,
sempre nel diario, Pavese propone un curioso paragone fra la dichiarazione di guerra e «la dichiarazione d'amore», e lo giustifica
nel seguente modo: «Si diventa l'eguale del nemico e ci si innalza o
abbassa con lui. Si rinfacciano al nemico le stesse enormità dispet-
tose che – una volta innamorati – siamo prontissimi a compiere noi,
e si rinfacciano sullo stesso motivo di lesa umanità». È ben nota la
polemica che si generò da osservazioni come queste, cosí come da
luoghi celebri della *Casa in collina*: basti qui menzionare la lettera di
Pavese a Emilio Cecchi, lettera in cui, dopo essersi rammaricato
dell'«inevitabile piano politico su cui la discussione del *suo* libro sta
precipitando», Pavese protesta contro coloro che lo «adopera*no* per

dimostrare che ormai tra fascisti e patrioti c'è parità morale. Quest'è un po' forte» (17 gennaio 1949). Ancora una volta, è lo stesso Pavese a offrire una corretta interpretazione del suo percorso: «La *Casa in collina* può essere l'esperienza che ha culminato in *Ritorno all'uomo*» (Il *mestiere di vivere*, 11 novembre 1947). Nell'articolo al quale Pavese fa riferimento, apparso sull'«Unità» il 20 maggio del '45, egli ripensa ancora alla guerra, agli «anni di angoscia e di sangue», che però hanno insegnato qualcosa, e cioè che «l'angoscia e il sangue non sono la fine di tutto»: «Una cosa si salva sull'orrore, ed è l'apertura dell'uomo verso l'uomo. Di questo siamo ben sicuri perché mai l'uomo è stato meno solo che in questi tempi di solitudine paurosa» (*Saggi letterari*, in *Opere*, vol. XII, p. 198). Il tributo di sangue e di violenza è stato alto, ma non inutile se ha provocato la riscoperta dell'uomo, e, per gli intellettuali, la possibilità di uscire da quello «stato di panico» in cui il fascismo li aveva precipitati; e se «attraverso la strettoia di sangue e dolore» ha portato a liberarsi «dall'ansia», a «vincere la paura», a cessare «di sentirsi esclusi, privilegiati, soli» (*Il fascismo e la cultura*, 1945, in *Saggi letterari* cit., p. 206).

Alla luce di queste osservazioni andrebbe forse ripensato quanto Pavese affermò il 5 febbraio del '46, riguardo alla scelta di non trattare argomenti legati «alla vita clandestina» o alle «galere» (*L'influsso degli eventi*, in *Saggi letterari* cit., p. 221): non era sua intenzione, per dirla diversamente, lasciarsi andare a una letteratura commemorativa, o, peggio ancora, celebrativa di quel periodo, ma questo non significava *ipso facto* continuare a vivere, e soprattutto a scrivere, come se quegli anni e quell'orrore non fossero mai stati. Che ruolo ebbe, in tutto questo, il tormentato rapporto con la fede, è difficile dire. Come si è avuto modo di dimostrare in un articolo dedicato ai taccuini giovanili, il rapporto con Dio, l'impossibilità di «togliere Dio dalla *propria* anima», è testimoniato fin dal 1923 (L. Nay, *I taccuini, una preistoria del Mestiere di vivere?*, in «Novecento», Cahiers du CERCIC, n. 16, 1993, p. 38). Per rimanere al materiale edito, fin dal 1939, negli stessi mesi in cui Pavese discute della guerra come «imbarbarimento», si può leggere una notazione che tocca del problema della fede come modalità per superare la solitudine e l'isolamento: «La massima sventura è la solitudine, tant'è vero che il supremo conforto – la religione – consiste nel trovare una compagnia che non falla, Dio» (*Il mestiere di vivere*, 15 maggio 1939). A distanza di qualche anno, Pavese torna ancora a parlare di fede: siamo nel 1944, l'anno del soggiorno a Serralunga presso la sorella Maria, dell'amicizia con padre Giovanni Baravalle, somasco, allora insegnante nel collegio Trevisio di Casale Monferrato, dove Pavese lavorava come assistente degli studenti, a partire dal dicembre del '43, sotto il falso nome di Carlo De Ambrogio (esperienza questa riproposta nelle pagine della *Casa in collina*). A quel periodo risale lo «sgorgo di divinità»: «Lo sgorgo di divinità lo si sente quando il dolore ci ha fatto inginocchiare. Al punto che la prima avvisaglia del dolore ci dà un moto di gioia, di gratitudine, di aspettazione... Si arriva ad augurarsi il dolore» (*Il mestiere di vivere*, 1° febbraio 1944). Certo, fin da ora, il suo avvicinarsi alla fede non assume le caratteristiche esteriori di una conversione («Come può Dio pretendere le lunghe umiliazioni in preghiera, le interminabili ripetizioni del culto?»), ma si configura piuttosto come slancio, come «istinto» (*Il mestiere di vivere*, 12 aprile 1944). Il pensiero di Dio gli è comunque sempre presente. Cosí Pavese commenta l'anno 1944: «Annata strana, ricca. Cominciata e finita con Dio» (*Il mestiere di vivere*, 9 gennaio 1945). Il 1946 contiene ancora alcune osservazioni rivolte al periodo di Serralunga e agli effetti che quei momenti hanno avuto sulla sua attività di scrittore: «L'altr'anno, in questi giorni, non sapevi quale massa di vita ti attendeva nel giro di un anno. Ma fu vita veramente? Forse la triste e chiusa passeggiata su per Crea ti disse simbolicamente di piú che non tante persone e passioni e cose di questi mesi. Certo, il mito è una scoperta di Crea, dei due inverni e dell'estate di Crea. Quel monte ne è tutto impregnato» (8 febbraio 1946). Ed in effetti, l'incontro con la fede, anche con le sue manifestazioni piú esteriori, pare aver lasciato una traccia evidente in Pavese, se, nel giugno del '47, egli sovrappone l'esperienza politica a quella religiosa: «Un discorso di comizio ha la natura del rito religioso. Si ascolta per sentire ciò che già si pensava, per esaltarsi nella comune fede e confessione» (*Il mestiere di vivere*, 23 giugno 1947). Indubbiamente, l'incontro con Dio, il rapporto con la fede, rappresenta un momento importante nella stesura del romanzo. Ad ulteriore testimonianza, si legga l'annotazione stesa da Pavese, per cosí dire, in tempo reale: «Perché quando riesci a scrivere di Dio, della gioia disperata di quella sera di dicembre al Trevisio – ecco ancora riaffiorare l'esperienza avuta presso il collegio dei Somaschi di Casale – ti senti sorpreso e felice come chi giunge in paese nuovo? (oggi, pagina del cap. xv della *Collina*)» (12 gennaio 1948). La scoperta di Dio, la possibilità di scriverne, come è accaduto nella *Casa in collina*, ha, all'apparenza, reso meno necessario il «dolore» che fa «inginocchiare»: Pavese, nel momento in cui vive la propria fede attraverso la scrittura, prova la «sorpresa», lo stupore e la curiosità di chi arriva in un paese che non conosce. In una qualche misura, egli rende meno acre quella «gioia» ancora «disperata» provata anni addietro. È un momento importante, questo, del suo rapporto con la fede, anche se, come scriverà alla Calzecchi Onesti nel 1949, a libro ormai dato alle stampe, «difficilmente andrò oltre al cap. xv». E cosí commenta quelle pagine: «comunque, non si è sbagliata sentendo che qui è il punto infiammato, il locus di tutta la mia coscienza» (14 giugno 1949).

In ultimo, merita ricordare che il romanzo venne edito nel '48, insieme al *Carcere*, con il titolo *Prima che il gallo canti*. È una scelta densa di significato quella di intitolare cosí il volume nella sua redazione definitiva, ma ancora una volta Pavese ci offre la sua interpretazione, ed è un'interpretazione che allontana il lettore dal rischio di trarre conclusioni troppo semplicistiche. Il riferimento al «gallo» richiama al tradimento evangelico, o per usare parole sue, «al rimorso e alla condanna e insomma a stridor di denti», ma significa anche qualcosa di differente, ovvero la «gioiosa speranza del mattino», di un'alba, che Pavese «vagheggiava» al di là della guerra, se non grazie alla fede (a Lalla Romano, 6 aprile 1949).

Gli elementi che permettono di inquadrare e definire lo sviluppo della vicenda sono posti nel preciso collegamento fra le parole-tema indicate dal titolo. La «collina» è presentata, all'inizio, come luogo di pace, ricerca e attesa di un tranquillo rifugio; una specie di limbo, dal quale sembra essere esclusa la guerra, che colpisce invece, con le incursioni aeree, la città sottostante (anche in questo caso Torino). Su questo sfondo, il tema complementare della «casa» si identifica nell'aspirazione a una condizione di vita che solo apparentemente il protagonista, Corrado, insegnante di scuola media, si illude di aver realizzato. La casa diviene il simbolo di un'aspirazione 'borghese', con i suoi valori di sicurezza, di tranquillità, ma anche come forma di egoismo, di chiusura verso gli altri. Il grigiore del rapporto che lega Corrado a Elvira, «zitella quarantenne», e alla madre (le due donne, presso cui si è rifugiato, fondano su di lui delle speranze di matrimonio e lo colmano di premure), ne è come il riflesso.

Una specie di ansia interiore, tuttavia, spinge Corrado a conoscere altre persone, che si riuniscono in una vecchia osteria sulla stessa collina. Presso i nuovi amici, che parlano della resistenza e dell'opposizione al regime, ritrova Cate, la donna che aveva amato anni prima e che aveva poi abbandonato, per il connaturato desiderio di evitare ogni forma di responsabilità e di isolarsi nel suo individualismo egoistico. L'incontro pone al protagonista una serie di inquietanti interrogativi, che invano si era sforzato di eludere. In particolare, Corrado avverte la necessità di un impegno e di una partecipazione politica, alla quale non sa tuttavia risolversi. Il problema della famiglia, inoltre, come preliminare accettazione di un dovere morale e sociale, viene sentito adesso con piú urgente immediatezza, dal momento che Cate ha un figlio, Dino, di cui Corrado potrebbe essere il padre (il dubbio non verrà sciolto neppure alla fine del romanzo).

A questo punto Corrado è costretto a mettere in crisi il compromesso al quale si era adattato, per cercare altre risposte, meno pacifiche e tranquillizzanti. Si giunge cosí all'8 settembre e, dopo i primi entusiasmi, alla ripresa dei bombardamenti su Torino. I mesi che seguono sono di calma angosciata e di paura: «Veniva l'inverno e *io* avevo paura. Al freddo ero avvezzo – come i topi, come tutti – avvezzo a scendere in cantina, a soffiarmi sulle mani. Non erano i disagi, non le rovine, forse nemmeno la minaccia della morte dal cielo [...]. La città si era fatta piú selvaggia dei miei boschi. Quella guerra in cui vivevo rifugiato [...] inferociva, mordeva piú a fondo, giungeva ai nervi e nel cervello. Cominciavo a guardarmi d'attorno, palpitando, come una lepre agli estremi. Mi svegliavo di notte, in sussulti».

La casa-osteria, in cui s'incontrano Cate e i suoi amici, non serve piú come riparo contro la storia: essa verrà perquisita e, per cosí dire, violata dalle milizie fasciste, che catturano e imprigionano gli occupanti. Anche sulla collina, a questo punto, sono penetrate le forze sopraffattrici della guerra. Corrado, che osserva di nascosto lo svolgersi degli avvenimenti (nella posizione che, in *La luna e i falò*, assumerà Cinto, mentre il padre incendia la casa), ritiene di essere ormai compromesso. Elvira e la madre lo nascondono dapprima presso di loro; in seguito gli procurano un piú sicuro rifugio nel collegio di Chieri, ai piedi del versante opposto della collina torinese. Inizia cosí la fuga del protagonista, che verrà piú tardi raggiunto da Dino, mentre di Cate si perde ogni traccia. Si ripropone cosí il rapporto essenziale fra questi due personaggi, che prelude tuttavia alla loro definitiva separazione: Dino infatti, abbandona il collegio per unirsi alle formazioni partigiane, mentre Corrado, ormai solo, decide di tornare al paese d'origine, nelle Langhe: da Chieri si sposta a Villanova e poi, in treno, ad Asti; per l'interruzione del ponte sul Tanaro, prosegue inoltrandosi nelle colline, attraversa il Tinella e raggiunge finalmente i suoi, «di là dai boschi e dal Belbo» (e Belbo, si ricordi, era anche il nome che Corrado aveva dato al suo cane). Ma neppure il ritorno alla casa natale, dopo che il protagonista ha incontrato ovunque immagini di desolazione e di morte, muta la precarietà della sua condizione esistenziale.

La fuga, che scandisce nelle sue tappe la sezione conclusiva del romanzo, favorisce anche la denuncia dei rimorsi e dei complessi di colpa del protagonista (sottolineati, per antitesi, dal coraggio dimostrato da un ragazzo come Dino). Non manca la ripresa di immagini riconducibili alla tradizione demoniaca, del 'nero', ben nota a Pavese. Non a caso queste si materializzano già nel monastero, che, se comporta una temporanea pausa di pace, non cancella una condizione di precarietà sempre minacciata né riesce a far tacere gli incubi. Anche le storie dei santi contenute nel breviario che Corrado si trova fra le mani si risolvono in terribili figurazioni di sangue e di morte, come esiti atrocemente rovesciati delle «feste» (alla festa gioiosa sembra qui sostituirsi la nozione di 'festa crudele'): «Vi si leggeva di feste, di santi; per ogni giorno c'era il suo, decifrai storie orribili di patimenti e di martirî. [...] Stupiva pensare che le pagine ingiallite di quell'antico latino, le barocche frasi consunte come il legno dei banchi, contenessero tanta vita spasmodica, grondassero di sangue cosí atroce e cosí attuale».

Le immagini introducono ai capitoli del ritorno alla casa natale, in cui il protagonista, con le sue angosce, passa attraverso gli orrori della guerra, che ha insanguinato e dissacrato anche le campagne («Quanto sangue, mi chiesi, ha già bagnato queste terre, queste vigne»). Egli è come braccato da una forza oscura, fatta di paure e di fantasmi interiori, mentre il viaggio si sta trasformando in una vera e propria fuga: «Adesso fuggivo davvero, come fugge una lepre» (ma la metafora dell'uomo ridotto ad animale inseguito era già stata introdotta prima, quando Corrado, annunciando a Elvira il proposito di lasciare il collegio, aveva detto: «non cambio vita, cambio tana»). È sintomatica, al riguardo, la presenza di termini quali «terrore», «spavento», «fuoco», «orgasmo», «dolore», «rimorsi», «orrore», oltre all'immagine degli «incubi che corrono le strade come cagne». Il narratore descrive una sorta di discesa agli inferi, nell'inferno della psiche e della storia, ricollegandosi alla tradizione che, dal mondo classico, era giunta almeno sino a Dante. Pavese stesso, nei *Dialoghi con Leucò*, aveva riscritto e reinterpretato la vicenda di Orfeo; ma qui Euridice è desolatamente assente (Cate sembra perduta per sempre), in una disperazione che nega ogni scopo e ogni senso del viaggio. A conferire ancora un barlume di speranza sembra essere una prospettiva in senso lato religiosa, forse per un bisogno di espiazione e di riscatto («Siamo tutti in trincea», «Bisognava resistere, per ritrovare la pace») che non è tuttavia confortante.

Nelle pagine conclusive (che si immaginano scritte quando la guerra è ancora in corso) la consapevole accettazione del proprio destino si allarga a una meditazione, inquietante e perplessa, sul significato della morte e sulle sorti dell'umanità. La prospettiva non è, e non vuole essere, politica, ma fa appello a una *pietas* piú profonda. Pavese respinge adesso, a differenza di quanto era accaduto nel *Compagno*, ogni tipo di ideologia progressista e consolatoria, per insistere, invece, sull'assurda irrazionalità della guerra, che sembra aver violato e profanato il grembo stesso della terra-madre, mettendo a nudo l'impotenza dell'uomo: la crudeltà della storia ha sconfitto, per cosí dire, la sacralità del mito, mostrando, nella realtà, il volto piú terribile e oscuro delle cose (viene in mente, lontana, la violenza di Talino su Gisella, alla cui morte Berto deve assistere impotente). Di qui la necessità di dare un significato all'atrocità della morte (di qualsiasi morte, senza distinzione di parte), a cui resta pericolosamente affidata la possibiltà stessa della vita, o della sopravvivenza, con la titubante e perplessa richiesta di una nuova solidarietà: per questo sarà necessario 'placare' il sangue, «dare una voce a questo sangue, giustificare chi l'ha sparso». Ma la speranza, proiettata verso il futuro, sembra destinata a rimanere utopica, se è vero che risulterà disattesa e vanificata in *La luna e i falò*, per l'incapacità di superare le lacerazioni e gli odi politici (già nella *Casa in collina*, trasferendo il discorso sul piano simbolico, i falò assumevano connotazioni di morte: «nell'urlio dei grilli scrutavamo nel buio, cercando gli incendi, i falò»).

LAURA NAY e GIUSEPPE ZACCARIA

Appendice

La *Bibliografia ragionata* e l'*Antologia della critica* sono a cura di Davide Dalmas.

Cronologia della vita e delle opere

1908   9 settembre: nasce a Santo Stefano Belbo (Cuneo) da Eugenio, cancelliere di tribunale, e Consolina Mesturini.

1914   Prima elementare a Santo Stefano.

1915-26   Studia a Torino: elementari (istituto Trombetta); ginnasio inferiore (istituto Sociale); ginnasio superiore (Cavour); liceo (Massimo d'Azeglio). Il professore d'italiano e latino è Augusto Monti, gli amici Enzo Monferrini, Tullio Pinelli, Mario Sturani, Giuseppe Vaudagna.

1926-29   Facoltà di Lettere e Filosofia: studia con passione le letterature classiche e quella inglese. Frequenta altri amici, sempre del clan (o «Confraternita») Monti: Norberto Bobbio, Leone Ginzburg, Massimo Mila. Si apre alla letteratura americana, vagheggiando, senza ottenerla, una borsa alla Columbia University. Altri compagni via via lo affiancano: Franco Antonicelli, Giulio Carlo Argan, Vittorio Foa, Ludovico Geymonat, Giulio Einaudi.

1930   Si laurea su Walt Whitman con Ferdinando Neri. Non riesce a essere accolto come assistente all'Università. Ottiene alcune supplenze fuori Torino, avvia i primi rapporti editoriali come traduttore dall'inglese (*Il nostro signor Wrenn* di Sinclair Lewis, premio Nobel dell'anno, per Bemporad), scrive racconti e poesie. Novembre: gli muore la madre Consolina (il padre è scomparso nel 1914).

1931   Ancora supplenze, ancora saggi, poesie e racconti, ancora traduzioni. Gennaio: Federico Gentile, per la Treves-Treccani-Tumminelli, gli commissiona la

traduzione di *Moby Dick* di Herman Melville, che
uscirà nel '32 da un nuovo editore, il torinese Carlo
Frassinelli. Febbraio: raccoglie in una silloge mano-
scritta dal titolo *Ciau Masino* i venti racconti che è
venuto scrivendo dall'ottobre '31 sino ad allora (il libro uscirà postumo soltanto nel 1968). Ha preso a
pubblicare sulla «Cultura» saggi su scrittori americani (dopo S. Lewis nel 1930, escono due suoi studi
su S. Anderson e E. L. Masters).

1933   Escono sulla «Cultura» tre suoi saggi su J. Dos Passos, T. Dreiser e W. Whitman. Si iscrive al Partito
Nazionale Fascista: ottiene cosí la prima supplenza
nel «suo» d'Azeglio. Novembre: Giulio Einaudi i-
scrive la sua casa editrice alla Camera di Commercio.

1934   Frassinelli pubblica la sua traduzione di *Dedalus* di
Joyce. Invia le poesie, raccolte sotto il titolo *Lavorare stanca*, per il tramite di Leone Ginzburg, ad Al-
berto Carocci, che le pubblicherà nel 1936 presso Parenti, a Firenze, nelle Edizioni di Solaria (la seconda, nuova edizione uscirà presso Einaudi nel 1943).
Maggio: sostituisce Leone Ginzburg, arrestato per attività sovversiva, alla direzione della «Cultura» sino
al gennaio 1935.

1935   Mondadori pubblica le sue traduzioni di due romanzi di Dos Passos, *Il 42° parallelo* e *Un mucchio di quattrini*. Relazione con Battistina Pizzardo (Tina), insegnante, comunista. Maggio: la redazione della «Cultura» è tratta in arresto alle Carceri Nuove di Torino.
Giugno: è tradotto a Regina Coeli, a Roma. Luglio:
gli viene comminato il confino, per tre anni, a Brancaleone Calabro, sullo Ionio, e vi giunge il 3 agosto.

1936   Marzo: gli viene concesso il condono del confino e il
19 è a Torino, dove apprende che Tina si è fidanzata con un altro e s'appresta al matrimonio. La crisi è
per lui molto violenta.

1937   La ripresa della collaborazione con Einaudi gli ridà
qualche energia e speranza. Lavora altresí per Mondadori (traduzione di *Un mucchio di quattrini* di John
Dos Passos) e per Bompiani (*Uomini e topi* di John
Steinbeck). Scrive molti racconti e liriche, le cosid-
dette «Poesie del disamore».

1938 Finisce di tradurre per Einaudi *Fortune e sfortune della famosa Moll Flanders* di Daniel Defoe e *Autobiografia di Alice Toklas* di Gertrude Stein, editi nell'anno. Il 1° maggio è «asservito completamente alla casa editrice», cioè finalmente assunto: deve tradurre (sino a) 2000 pagine, rivedere traduzioni altrui, esaminare opere inedite, e svolgere lavori vari in redazione. Scrive diversi racconti.

1939 Conclude per Einaudi la traduzione di *Davide Copperfield* di Dickens, pubblicato nel corso dell'anno. Aprile: termina la stesura del romanzo *Memorie di due stagioni* (nel 1948, *Il carcere*, nel volume *Prima che il gallo canti*). Giugno-agosto: scrive il romanzo *Paesi tuoi*.

1940 Per Einaudi, nei radi intervalli che il lavoro editoriale gli concede (è ritenuto dai colleghi un redattore infaticabile), traduce *Benito Cereno* di Melville e *Tre esistenze* della Stein. Marzo-maggio: stesura del romanzo *La tenda* (nel 1949, *La bella estate*). Reincontra una ex allieva, Fernanda Pivano.

1941 Esce a puntate su «Lettere d'Oggi» il romanzo breve *La spiaggia* la cui stesura è compresa tra il novembre precedente e il gennaio di quest'anno: il libro vedrà la luce presso la stessa sigla nel 1942. Maggio: esce *Paesi tuoi*, che segna la sua consacrazione come narratore.

1942-44 Il ruolo di Pavese nella Einaudi aumenta giorno dopo giorno. Senza essere formalmente il direttore editoriale (carica che Giulio Einaudi gli riconoscerà solo a guerra finita), lo è di fatto. Nella primavera 1943 è a Roma, a lavorare nella filiale con Mario Alicata, Antonio Giolitti e Carlo Muscetta. L'8 settembre 1943 la casa editrice Einaudi è posta sotto la tutela di un commissario. Pavese si trasferisce a Serralunga di Crea. A dicembre dà ripetizioni nel collegio dei Padri Somaschi a Trevisio, presso Casale Monferrato, dove, sotto falso nome (Carlo de Ambrogio), si trattiene sino al 25 aprile 1945.

1945 Dopo la Liberazione, viene riaperta la sede torinese dell'Einaudi, ora in corso Galileo Ferraris. Pavese è ormai il factotum della casa editrice e riprende, uno a uno, i contatti con i collaboratori, interrotti durante i venti mesi dell'occupazione tedesca. Nell'agosto si trasferisce a Roma e coordina anche la sede di via Uffici del Vicario 49.

1946   Intenso lavoro a Roma, avvio di nuove collane e iniziative (Santorre Debenedetti e i classici italiani, Franco Venturi e le scienze storiche, De Martino e l'etnologia). Agosto: rientro a Torino. Novembre: esce *Feria d'agosto*.

1947   Escono, nel corso dell'anno, *Dialoghi con Leucò* (la cui stesura è compresa tra il dicembre '45 e la primavera '47) e *Il compagno*, nonché la traduzione di *Capitano Smith* di Robert Henriques e l'introduzione a *La linea d'ombra* di Conrad.

1948   Esordio della «Collezione di studi religiosi, etnologici, e psicologici», codiretta con Ernesto De Martino. Giugno-ottobre: stesura de *Il diavolo sulle colline*.

1949   Marzo-maggio: stesura del romanzo breve *Tra donne sole*. Novembre: esce *La bella estate*, che comprende il racconto omonimo, *Il diavolo sulle colline*, *Tra donne sole*. Settembre-novembre: stesura de *La luna e i falò*.

1950   Aprile: esce *La luna e i falò*. Una nuova crisi sentimentale (l'attrice americana Constance Dowling, per la quale ha scritto molti soggetti), intensa produzione poetica. Giugno: riceve il premio Strega per *La bella estate*. Agosto: la notte del 26 si uccide nell'albergo Roma di Torino.

Bibliografia ragionata

I. LE EDIZIONI

1.1. Le precedenti edizioni di *Prima che il gallo canti* sono le seguenti:

Prima che il gallo canti, Einaudi, Torino 1948 (1970[12]) (collana «I coralli», 34).

Prima che il gallo canti, Mondadori, Milano 1962; 1965[3] (collana «Il bosco», 115).

Prima che il gallo canti, cronologia della vita dell'autore e del suo tempo di A. Pitamitz, nota introduttiva, antologia critica e bibliografia di M. Forti, Mondadori, Milano 1967 (1980[11]) (collana «Oscar», 117).

Prima che il gallo canti, in *Opere di Cesare Pavese*, vol. 7, Einaudi, Torino 1968; 1973[2].

Prima che il gallo canti, a cura e con prefazione di S. Pautasso, Edito-Service, Ginevra 1972.

Prima che il gallo canti, Einaudi, Torino 1974 (1994[12]) (collana «Nuovi coralli», 81).

Prima che il gallo canti, in C. Pavese, *Tutti i romanzi*, a cura di M. Guglielminetti, Einaudi, Torino 2000 (collana «Biblioteca della Pléiade», 34), pp. 283-485.

1.2. *Il carcere* e *La casa in collina* sono stati anche pubblicati separatamente:

La casa in collina e altri racconti, prefazione e note di G. Lagorio, Einaudi, Torino 1967; nuova edizione accresciuta, a cura di C. Minoia e F. Folladori, Einaudi, Torino 1987 (collana «Letture per la scuola media»).

La casa in collina. Racconti. Lavorare stanca, Palazzi, Milano 1972.

La casa in collina. Racconti. Lavorare stanca, Club italiano dei lettori, Milano 1977.

Il carcere, Einaudi, Torino 1990 (collana «Einaudi Tascabili. Letteratura», 32).

La casa in collina, Einaudi, Torino 1990 (2000[14]) (collana «Einaudi Tascabili. Letteratura», 34).

La casa in collina, a cura di E. Negro e M. Stefanoni, Einaudi scuola, Milano 1994 (collana «I libri da leggere»).

Il carcere, in *Romanzi e racconti*, a cura di L. Mondo, Euroclub, Trezzano sul Naviglio 1996.

1.2. Fra le traduzioni piú significative di *Prima che il gallo canti* vanno segnalate:

Avant que le coq chante, trad. di N. Frank, Gallimard, Paris 1953 (in francese).

Da er noch redete, krähte der Hahn, trad. di A. Giachi, Claassen, Hamburg 1965 (in tedesco).

Antes que cante el gallo, trad. di E. Benítez Eiroa, Bruguera, Barcelona 1980 (in spagnolo).

Antes que cante el gallo, trad. di E. Benítez Eiroa, Seix Barral, Barcelona 1985 (in spagnolo).

1.3. Tra le traduzioni dei due romanzi separati:

The House on the Hill, trad. di W. J. Strachan, Owen, London 1956 (*La casa in collina* in inglese).

Die Verbannung, trad. di A. Giachi, Suhrkamp, Frankfurt-am-Main 1963 (*Il carcere* in tedesco).

The House on the Hill, in *Selected Work*, trad. di R. W. Flint, Farrar Strauss & Giroux, New York 1968 (in inglese).

The Political Prisoner, trad. di W. J. Strachan, Owen, London 1969 (*Il carcere* in inglese).

Casa de pe colina, trad. di S. Delureanu, Univers, Bucuresti 1971 (*La casa in collina* in rumeno).

Das Haus auf der Höhe, trad. di A. Giachi, Volk und Welt, Berlin 1972 (*La casa in collina* in tedesco).

Die Verbannung, trad. di A. Giachi, Volk und Welt, Berlin 1972 (*Il carcere* in tedesco).

II. BIBLIOGRAFIA DELLA CRITICA

2.1. Recensioni della prima edizione di *Prima che il gallo canti*:

I. CALVINO, «L'Unità» (Torino), 30 dicembre 1948; P. MAYERÙ, «Corriere di Napoli» (Napoli), 7 gennaio 1949; G. DE ROBERTIS,

«Tempo» (Milano), 15-22 gennaio 1949; E. CECCHI, «L'Europeo» (Milano), 16 gennaio 1949; A. GROSSO, «Il popolo nuovo» (Torino), 16 gennaio 1949; A. CAJUMI, «La Stampa» (Torino), 19 gennaio 1949; P. PADOVANI, «Avanti!» (Roma), 19 gennaio 1949; C. BO, «Omnibus» (Milano), 20 gennaio 1949; G. DEL BO, «Avanti!» (Milano), 22 gennaio 1949; G. DE LISA, «Pomeriggio» (Bologna), 26 gennaio 1949; L. BIGIARETTI, «Mondo operaio» (Roma), 27 gennaio 1949; BUD., «Ultimissime» (Trieste), 29 gennaio 1949; A. C., «Letture» (Milano), gennaio 1949; G. FERRATA, «L'Unità» (Milano), 9 febbraio 1949 e «L'Unità» (Torino), 4 marzo 1949; VAL., «Gazzetta veneta» (Padova), 9 febbraio 1949; A. BANTI, «L'illustrazione italiana» (Milano), 20 febbraio 1949; A. BOCELLI, «Il mondo» (Roma), 26 febbraio 1949; L. BUDIGNA, «Idea liberale» (Trieste), 26 febbraio 1949; A. BORLENGHI, «La fiera letteraria» (Roma), 27 febbraio 1949; D. PUCCINI, «L'Italia che scrive» (Roma), febbraio 1949; E. TRAVI, «Il ragguaglio librario» (Milano), febbraio 1949; N. BADANO, «L'avvenire d'Italia» (Bologna), 1 marzo 1949; E. FALQUI, «Il Tempo» (Roma), 18 marzo 1949; N. BADANO, «Sicilia del popolo» (Palermo), 20 marzo 1949; G. GORGERINO, «Il tempo di Milano» (Milano), 26 marzo 1949; V. LUPO, «La fiera letteraria» (Roma), 27 marzo 1949; L. ROMANO, «La rassegna d'Italia» (Milano), marzo 1949; G. PAMPALONI, «Comunità» (Ivrea), marzo-aprile 1949; L. PICCIONI, «Il Popolo» (Milano), 3 aprile 1949; G. LOPEZ, «L'Umanità» (Milano), 12 aprile 1949; G. DEL PIZZO, «L'Elefante» (Roma), 14-21 aprile 1949; A. CAPASSO, «La Bussola» (Torino), 20 aprile 1949; G. PEIRCE, «Lavoro» (Roma), 25 aprile 1949; M. BONFANTINI, «Gazzetta del popolo» (Torino), 26 aprile 1949; L. PICCIONI, «Il mattino dell'Italia centrale» (Firenze), 3 maggio 1949; G. LOPEZ, «Gazzetta di Parma» (Parma), 5 maggio 1949; D. TERRA, «Il giornale della sera» (Roma), 15 maggio 1949; ; P. CHIARA, «L'Italia» (Milano), 27 maggio 1949; L. TOZZI, «Gazzetta di Mondoví» (Mondoví), 28 maggio 1949; C. VARESE, «La nuova antologia» (Roma), maggio 1949; F. VIRDIA, «L'Umbria» (Perugia), 7 giugno 1949 e «Voce adriatica» (Ancona), 7 giugno 1949; A. ZAMBONI, «Reggio democratica» (Reggio Emilia), 8 giugno 1949; CARAPACE, «Giornale del popolo» (Lugano), 15 giugno 1949; A. ZAMBONI, «Pescara lunedí» (Pescara), 27 giugno 1949; A. BORLENGHI, «Il progresso d'Italia» (Bologna), 16 settembre 1949; G. A. CIBOTTO, «Gazzetta veneta» (Padova), 23 settembre 1949; G. GRIECO, «Giornale di Brescia» (Brescia), 2 ottobre 1949; A. MELE, «Corriere del giorno», 18 ottobre 1949; A. MELE, «Il sud letterario» (Napoli), ottobre-dicembre 1949; anonimo, «Times Literary Supplement», 16 dicembre 1949; M. MAGNI, «Giornale del popolo» (Bergamo),

30 dicembre 1949; F. FORTINI, «Letteratura» (Firenze), gennaio-
febbraio 1950; A. MELE, «Il paese» (Roma), 29 maggio 1950; V.
VOLPINI, «Ricerca» (Roma), 1 agosto 1950.

2.2. Per gli anni successivi sono da segnalare i seguenti ar-
ticoli e saggi su quotidiani e riviste:

G. ETNA, «Il Giornale del Mezzogiorno» (Roma), 9 dicembre
1952; J. DUVIGNAUD, «Nouvelle revue française», giugno 1953;
M. LA CAVA, «Comunità» (Milano), dicembre 1956; R. PULETTI,
Da «Prima che il gallo canti» a «Il compagno», in *Motivi e validità
della letteratura contemporanea*, Università per stranieri, Perugia
1969; L. PALPACELLI, *Strutture sintattiche e stile ne «La casa in collina» di Cesare Pavese*, «Gli annali. Università per stranieri di Perugia», 1990, 14, pp. 219-26; S. BINDEL, *Rôle de la femme entre
fuite et acceptation du réel dans «Il carcere»*, «Studi Piemontesi»,
1994, 1, pp. 3-22; P. M. PROSIO, *Pavese, la guerra, la fede: per una
lettura autobiografica della «Casa in collina»*, «Otto/Novecento»,
1995, 3-4, pp. 109-25; G. CARTERI, *La centralità del romanzo «Il
carcere» nell'opera di Cesare Pavese*, in *Atti del corso di aggiorna-
mento per insegnanti (settembre 1996)*, I Quaderni del Ce.P.A.M.,
Santo Stefano Belbo 1997, pp. 109-24; R. GALAVERNI, *«Prima che
il gallo canti»: la guerra di liberazione in Cesare Pavese*, in *Letteratura e Resistenza*, a cura di A. Bianchini e F. Lolli, Clueb, Bologna 1997, pp. 107-55.

III. SAGGI DI CARATTERE GENERALE

Per quest'ultima sezione della bibliografia ci si avvale, con
alcuni aggiornamenti, della *Bibliografia ragionata* a cura di M.
Masoero apparsa in C. Pavese, *Le poesie*, Einaudi, Torino 1998,
pp. LXVI-LXX, che delinea esaustivamente il panorama generale
della critica pavesiana.

Per ulteriori indicazioni sull'opera pavesiana si rinvia al volume di M. Lanzillotta, *Bibliografia pavesiana*, Centro Editoriale e Librario Università degli Studi della Calabria, Rende 1999,
che, oltre a segnalare le diverse edizioni delle opere di Pavese e
le principali traduzioni, fornisce un ampio repertorio alfabetico
degli scritti critici su Cesare Pavese.

3.1. Tra le monografie su Pavese si vedano:

L. MONDO, *Cesare Pavese*, Mursia, Milano 1961 (1984⁵); J. HÖ-
SLE, *Cesare Pavese*, De Gruyter, Berlin 1961; M. TONDO, *Itinera-*

rio di Cesare Pavese, Liviana, Padova 1965 (Mursia, Milano 1990); A. GUIDUCCI, *Il mito Pavese*, Vallecchi, Firenze 1967; D. FERNANDEZ, *L'échec de Pavese*, Grasset, Paris 1967; G. VENTURI, *Pavese*, La Nuova Italia, Firenze 1969 (1971²); M. GUGLIEMINETTI - G. ZACCARIA, *Cesare Pavese*, Le Monnier, Firenze 1976 (1982²); D. THOMPSON, *Cesare Pavese*, Cambridge 1982; T. WLASSICS, *Pavese falso e vero. Vita, poetica, narrativa*, Centro studi piemontesi, Torino 1985; M. N. MUÑIZ MUÑIZ, *Introduzione a Pavese*, Laterza, Bari 1992.

Una *Biografia per immagini: la vita, i libri, le carte, i luoghi* ha curato Franco Vaccaneo (Gribaudo, Torino 1989).

3.2. Tra i saggi generali sull'opera di Pavese si rinvia ai seguenti:

A. MORAVIA, *Pavese decadente*, in «Corriere della Sera», 22 dicembre 1954, poi in *L'uomo come fine e altri saggi*, Bompiani, Milano 1964, pp. 187-91; G. GUGLIELMI, *Mito e logos in Pavese*, in «Convivium», XXVI (1956), pp. 93-98, poi in *Letteratura come sistema e come funzione*, Einaudi, Torino 1962, pp. 138-47; E. N. GIRARDI, *Il mito di Pavese e altri saggi*, Vita e pensiero, Milano 1960; G. DE ROBERTIS, *Tre libri di Pavese* e *Il diario di Pavese*, in *Altro Novecento*, Le Monnier, Firenze 1962, pp. 411-22; S. SOLMI, *Il diario di Pavese*, in *Scrittori negli anni. Saggi e note sulla letteratura italiana del Novecento*, Il Saggiatore, Milano 1963, pp. 243-55; C. DE MICHELIS, *Cesare Pavese: 1. Epica e immagine; 2. Immagine e mito; 3. Oltre il mito, il silenzio*, in «Angelus novus», I (1965), n. 3, pp. 53-79; nn. 5-6, pp. 148-82; II (1966-67), nn. 9-10, pp. 1-30; I. HOFER, *Das Zeiterlebnis bei Cesare Pavese und seine Darstellung im dichterischen Werk*, Winterthur, Keller, Basel 1965; M. DAVID, *La psicoanalisi nella cultura italiana*, Boringhieri, Torino 1966, pp. 511-26; C. VARESE, *Cesare Pavese*, in *Occasioni e valori della letteratura contemporanea*, Cappelli, Bologna 1967, pp. 171-200; G. P. BIASIN, *The Smile of the Gods*, Cornell University Press, Ithaca, New York 1968; J. M. GARDAIR, *Cesare Pavese, l'homme-livre*, in «Critique», XXIV (1968), pp. 1041-48; A. M. MUTTERLE, *Miti e modelli della critica pavesiana*, in *Critica e storia letteraria. Studi offerti a Mario Fubini*, Liviana, Padova 1970, pp. 711-43; E. GIOANOLA, *Cesare Pavese. La poetica dell'essere*, Marzorati, Milano 1971, e *Trittico pavesiano*, in *Psicanalisi, ermeneutica e letteratura*, Mursia, Milano 1991; E. KANDUTH, *Cesare Pavese*, in *Rahmen der pessimistischen italienischen Literatur*, W. Braumüller, Stuttgart 1971; F. JESI, *Letteratura e mito*, Einaudi,

Torino 1973, pp. 129-86; F. FORTINI, *Di Pavese*, in *Saggi italiani*, Garzanti, Milano 1987, pp. 207-14; M. RUSI, *Le malvagie analisi. Sulla memoria leopardiana di Cesare Pavese*, Longo, Ravenna 1988; G. ISOTTI ROSOWSKY, *Cesare Pavese: dal naturalismo alla realtà simbolica*, in «Studi Novecenteschi», XV (1988), 36, pp. 273-321; ID., *Pavese lettore di Freud. Interpretazione di un tragitto*, Sellerio, Palermo 1989; G. TURI, *Casa Einaudi. Libri uomini idee oltre il fascismo*, Il Mulino, Bologna 1990; E. CATALANO, *Il dialogo di Circe. Cesare Pavese, i segni e le cose*, Laterza, Bari 1991; A. ROMANO, *Le Langhe, il Nuto. Viaggio intorno a Cesare Pavese*, in «Il Ponte», XLVII (1991), 8-9, pp. 162-74; G. VALLI, *Sentimento del fascismo. Ambiguità esistenziale e coerenza poetica di Cesare Pavese*, Barbarossa, Milano 1991; S. CESARI, *Colloquio con Giulio Einaudi*, Theoria, Roma-Napoli 1991 (in particolare il cap. IV, *«Maturità» di Cesare Pavese*, pp. 45-52); M. ISNENGHI, *Il caso Pavese*, in *Omaggio a Gianfranco Folena*, Editoriale Programma, Padova 1993, vol. III, pp. 2231-40; G. BERTONE, *Il castello della scrittura*, Einaudi, Torino 1994; G. ZACCARIA, *Dal mito del silenzio al silenzio del mito: sondaggi pavesiani*, in *La retorica del silenzio, Atti del convegno internazionale, Lecce, 24-27 ottobre 1991*, a cura di C. A. Augieri, Milella, Lecce 1994, pp. 346-62; F. PAJAK, *L'immense solitude avec Friedrich Nietzsche et Cesare Pavese orphelins sous le ciel de Turin*, Puf, Paris 1999; M. GUGLIELMINETTI, *Cesare Pavese romanziere*, in C. PAVESE, *Tutti i romanzi*, Torino, Einaudi 2000, pp. IX-LXVI.

3.3. Pubblicazioni miscellanee dedicate a Pavese:

a) Atti di convegni:

Terra rossa terra nera, a cura di D. Lajolo e E. Archimede, Presenza Astigiana, Asti 1964 (D. LAJOLO, *Un contadino sotto le grandinate*; A. CAROCCI, *Come pubblicai il suo primo libro*; A. SIRONI, *Il mito delle «dure colline»*; R. SANESI, *Un'esperienza ricca di aperture*; F. CARPI, *Il fascino del cinema*; F. MOLLIA, *La belva è solitudine*; A. OREGGIA, *«Paesi tuoi» come denuncia di una tragica realtà nazionale*; G. RIMANELLI, *Il concetto di tempo e di linguaggio nella poesia di Pavese*; M. BONFANTINI, *Una lunga amicizia*; L. LOMBARDO RADICE, *Un paesaggio costruito con il lavoro dell'uomo*; M. ROCCA, *Attendendo sulla piazza deserta*; L. GIGLI, *Un'ora a Brancaleone Calabro*; E. TRECCANI, *Cinque quadri*);

Il mestiere di scrivere. Cesare Pavese trent'anni dopo, Atti del convegno, Comune di Santo Stefano Belbo 1982 (E. GIOANOLA, *La scrittura come condanna e salvezza*; G. BÁRBERI SQUAROTTI, *Lettura di «Lavorare stanca»*; G. L. BECCARIA, *Il «volgare illustre» di Cesare Pavese*; B. ALTEROCCA, *Leggere Pavese dopo trent'anni*; A. OREGGIA, *Emarginazione-provincia in Cesare Pavese*; A. DUGHERA, *L'esordio poetico di Cesare Pavese*; E. SOLETTI, *«La casa sulla collina». La circolarità delle varianti*; G. ZACCARIA, *«Tra donne sole»; il carnevale e la messa in scena*; F. PAPPALARDO LA ROSA, *Tracce e spunti del pensiero vichiano nella produzione letteraria di Cesare Pavese*; N. BOBBIO, *Pavese lettore di Vico*; M. MILA, *Campagna e città in Cesare Pavese*; N. ENRICHENS, *Un pomeriggio di giugno a S. Maurizio*);

Cesare Pavese oggi, Atti del convegno internazionale di studi, a cura di G. Ioli, San Salvatore Monferrato 1989 (E. GIOANOLA, *Pavese oggi: dall'esistenzialità all'ontologia*; G. ISOTTI ROSOWSKY, *Scrittura pavesiana e psicologia del profondo*; A. NOVAJRA, *L'avventura del crescere*; G. LAGORIO, *Città e campagna: tema di esilio e di frontiera*; D. RIPOSIO, *Ipotesi sulla metrica di «Lavorare stanca»*; G. BÁRBERI SQUAROTTI, *Il viaggio come struttura del romanzo pavesiano*; D. BISAGNO, *«Il diavolo sulle colline»: la dissonanza tragica*; M. RUSI, *Dialogo e ritmo: il modello leopardiano nei «Dialoghi con Leucò»*; M. GUGLIELMINETTI, *«Il mestiere di vivere» manoscritto*; M. N. MUÑIZ MUÑIZ, *L'argomentazione pessimistica nel «Mestiere di vivere»*; M. VERDENELLI, *«Il mestiere di vivere» tra la trappola dei giorni e l'ultima rappresentazione*; S. COSTA, *Pavese e D'Annunzio*; A. M. MUTTERLE, *Da Gozzano a Pavese*; G. TURI, *Pavese e la casa editrice Einaudi*; C. VARESE, *Per una difesa della complessità di Cesare Pavese*; G. VENTURI, *Pavese negli anni Ottanta*; J. HÖSLE, *Pavese nei paesi di lingua tedesca: ricezione e no*; L. GIOVANNETTI WLASSICS, *Un Pavese nuovo d'America*; M. E M. PIETRALUNGA, *«An Absurd Vice»: la biografia di Pavese in inglese*. Testimonianze: T. Pinelli, L. Romano, P. Cinanni, F. Pivano, G. Baravalle, B. Alterocca, F. Vaccaneo, E. Treccani);

Giornate pavesiane (Torino, 14 febbraio - 15 marzo 1987), a cura di M. Masoero, Olschki, Firenze 1992 (G. BÁRBERI SQUAROTTI, *L'oggettivazione assoluta*; A. DUGHERA, *Esercizi critici negli scritti giovanili di Cesare Pavese*; J. HÖSLE, *Cesare Pavese: le lettere*; G. ISOTTI ROSOWSKY, *Mito e mitologia pavesiani*).

b) Numeri monografici di riviste:

«Sigma», I (1964), 3-4 (L. MONDO, *Fra Gozzano e Whitman: le origini di Pavese*; M. GUGLIEMINETTI, *Racconto e canto nella metrica di Pavese*; M. FORTI, *Sulla poesia di Pavese*; C. GRASSI, *Osservazioni su lingua e dialetto nell'opera di Pavese*; C. GORLIER, *Tre riscontri sul mestiere di tradurre*; G. L. BECCARIA, *Il lessico, ovvero la «questione della lingua» in Cesare Pavese*; F. JESI, *Cesare Pave-*

se, il mito e la scienza del mito; E. CORSINI, *Orfeo senza Euridice: i «Dialoghi con Leucò» e il classicismo di Pavese*; S. PAUTASSO, *Il laboratorio di Pavese*; G. BÁRBERI SQUAROTTI, *Pavese o la fuga nella metafora*; R. PARIS, *Delphes sur les collines*; J. HÖSLE, *I miti dell'infanzia*);

«Il Ponte», *Pavese continua*, V (1969), pp. 707-77 (M. TONDO, *La tesi di laurea*. *L'incontro di Pavese con Whitman*; G. BIASIN, *Il sorriso degli dèi; Ciau Paveis*; M. MATERASSI, *Un semplice e profondo nulla*. *«Feria d'agosto», lettura di un campione*; V. CAMPANELLA - G. MACUCCI, *Il Pavese di Fernandez*. *Psicanalisi e letteratura*; G. FAVATI, *Ultimi contributi*);

I Quaderni dell'Istituto Nuovi Incontri. *Pavese, cultura e politica*, Istituto Nuovi Incontri, Asti 1970 (F. PIVANO, *La scelta dell'altra America*. *Conversazione con Fernanda Pivano*; P. CINANNI, *Il maestro e l'antimaestro*; D. LAJOLO, *L'impegno politico di Pavese*; P. BIANUCCI, *Estetica, poetica e tecnica in Pavese: ipotesi di lavoro*);

«Bollettino del Centro Studi Cesare Pavese», I (1993) (G. BÁRBERI SQUAROTTI, *Il viaggio come struttura del romanzo pavesiano*; E. CORSINI, *Cesare Pavese: religione, mito, paesaggio*; E. GIOANOLA, *Ho dato poesia agli uomini*; M. GUGLIELMINETTI, *Pavese: l'ultimo dei classici?*; M. MASOERO, *Pavese, poeta dell'angoscia*; L. SOZZI, *Pavese, Eliade e l'attimo estatico*; F. VACCANEO, *Cesare Pavese - Cronaca di un quarantennale [1950-1990]*);

«Novecento», XVI (1993) (F. VACCANEO, *Il Centro Studi Cesare Pavese*; M. GUGLIELMINETTI, *Un taccuino come esempio. Croce, Papini, Whitman, il fascismo ed altro ancora*; L. NAY, *I taccuini, una preistoria del «Mestiere di vivere»?*; M. MASOERO, *Lotte (e racconti) di giovani*. *Filologia e narrativa*; P. RENARD, *Pitié pour les pauvres hommes*; G. ISOTTI ROSOWSKY, *Il taccuino di Pavese e la scrittura diaristica*; A. DUGHERA, *Note sul lessico delle poesie di Pavese*; G. DE VAN, *L'ivresse tranquille de Cesare Pavese*; P. LAROCHE, *«Ridurre il mito a chiarezza»*. *Lecture des «Racconti»*; C. AMBROISE, *Être un père, avoir un père*; G. BOSETTI, *La poétique du mythe de l'enfance de Pavese*; P. RENARD, *Sur la mort de Santina*);

Sulle colline libere, Quaderni del Centro Studi «Cesare Pavese», Guerini e Associati, Milano 1995 (G. BOSETTI, *Retour au lieu primordial*; M. GUGLIELMINETTI, *La «Trilogia delle macchine» di Cesare Pavese*; D. FERRARIS, *Il sangue come eidos nella poesia pavesiana*; S. BINDEL, *Qui est Cate de «La casa in collina»? Parcours à travers la typologie des personnages féminins dans les romans engagés et l'étude d'une variante: «La famiglia»*; V. BINETTI, *Diario e politica 1945-1950*; M. MASOERO, *Approssimazioni successive*.

Materiali per l'edizione delle poesie giovanili; C. SENSI, *Pavese in Francia 1990-1994*; G. IOLI, recensione a G. CARTERI, *Fiori d'agave. Atmosfere e miti del Sud nell'opera di Cesare Pavese*; R. FERRERO - R. LAJOLO, *Archivio Pavese. Prima parte: i romanzi*; F. VACCANEO, *Luoghi della memoria e della nostalgia nella letteratura di Cesare Pavese*);

«Esperienze Letterarie», XXV (2000), 3-4, (M. SANTORO, *Per Cesare Pavese*; G. BÁRBERI SQUAROTTI, *Il ragazzo e l'avventura : «Feria d'agosto»*; C. DI BIASE, *L'inconsolabile Orfeo in Cesare Pavese*; E. GIOANOLA, *«Feria d'agosto»: alle origini della «prima volta»*; M. GUGLIELMINETTI - S. SAVIOLI, *Un carteggio inedito tra Cesare Pavese e Mario Bonfantini*; G. ISOTTI ROSOWSKY, *Pavese: il romanzo deludente*; A. M. MUTTERLE, *Una forma virtuale di «Lavorare stanca»*; A. SICHERA, *Pavese nei dintorni di Joyce: le «due stagioni» del «Carcere»*; G. VENTURI, *Letteratura e vita. Per ricordare Cesare Pavese (ed Elio Vittorini)*; F. BILLIANI, *Cesare Pavese in Gran Bretagna e Irlanda: 1942-2000...*; P. DAL BON, *Sulla fortuna di Pavese in Spagna*; P. LAROCHE, *La réception de Pavese en France*; M. PIETRALUNGA, *La fortuna di Pavese negli Stati Uniti: dal 1990 al presente*);

«Sotto il gelo dell'acqua c'è l'erba». Omaggio a Cesare Pavese (I libri di «Levia Gravia», 1), Edizioni dell'Orso, Alessandria 2001 (L. FIEDLER, *Introduzione a Pavese*, a cura di C. GORLIER; V. FERME, *Il giovane Pavese e il cinema americano*; C. BONNETIN, *«Dark Laughter» di Sherwood Anderson: une démostration narrative à la poétique pavèsienne*; T. STAUDER, *La svolta verso il mito nella prosa pavesiana della seconda metà degli anni Trenta*; B. VAN DEN BOSSCHE, *La rappresentazione della campagna in «Lavorare stanca»: il caso di «Paesaggio I» e «Il dio caprone»*; J. SCHULZE, *La poetica pavesiana dei «rapporti fantastici» e la mentalità primitiva*; G. DE VAN, *Préface*; V. BINETTI, *La città e suoi miti: spazio urbano e comunità femminili in «Tra donne sole»*; B. MOLONEY, *Pavese as Historian: «La luna e i falò»*; T. BUCKEL, *Il mio scrittore del secolo*; H. ARMANI, *La poesia narrativa di Cesare Pavese*; R. RASCHELLA, *Pavese, maestro de arte*; A. ABÓS, *Pavese en el recuerdo*; C. SENSI, *Gli orizzonti sognati*; L. MESIANO, *Dittico per Pavese: 1. I luoghi unici in «Feria d'Agosto» 2. Patrie d'atmosfere rarefatte in «Lavorare stanca»*; S. GIOVANNUZZI, *Pavese tra romanzo e angoscia per la perdita della poesia: «La terra e la morte» e «Verrà la morte e avrà i tuoi occhi»*; F. PIERANGELI, *«Un segno umano», i simboli, il dono della creatività. Rileggendo il «Mestiere di vivere»*; A. PASTORE, *«Dialoghi con Leucò» e «La luna e i falò»: appunti sul mito*; C. RANIERI, *Apollineo e dionisiaco in Cesare Pavese*; E. DE GIORGIS, *A trent'anni dalla morte di Cesare Pavese*; M. GUGLIELMINETTI, *Bianca Garufi da*

«*Fuoco Grande*» al «*Fossile*»; G. ZACCARIA, *Pavese recensore e la letteratura americana*; G. FILORAMO - S. SAVIOLI, *Il carteggio inedito Pavese-Pettazzoni*; G. DE LUNA - S. SAVIOLI, *Il carteggio inedito Pavese-Agosti*; M. BRUSCIA, *Documenti per Cesare Pavese*; S. DEL-PRETE, *Il personaggio e il suo autore: la poesia di Carlo Grillo*; G. GETTO, *Lettera a C. Pavese*).

[...] il Pavese non soltanto è nel novero di quei nostri narratori che rasentano o da poco hanno passato la quarantina, e sui quali sono basate le nostre maggiori speranze. [...] tali speranze con lui appaiono eventualmente meglio fidate che in mano altrui; sia, non occorre dirlo, per la ricchezza del dono naturale, sia per una costante e caratteristica serietà dell'impegno, per il coscienzioso rifuggire da arrivistiche arroganze e avventure, e per il laborioso ma solido affidamento dei mezzi espressivi. Il Pavese, insomma, procede senza fretta ma senza incertezze; e sembra ormai una profezia a buon mercato che di questo passo egli dovrà arrivare assai lontano. [...]

Noi tutti abbiamo dovute leggere, in questi anni, una quantità di confessioni, diari, esami di coscienza, memorie, di persone che in uno o nell'altro campo piú o meno primeggiarono nell'orribile storia recente. E credo che tutti siamo rimasti umiliati ed esasperati dall'intellettuale meschinità, generalmente parlando, di cotesti prodotti: dalla loro ipocrisia, e talvolta addirittura dalla loro viltà.

Ciò che piú colpiva era ed è la totale incapacità di distacco; il rifiuto di provarsi ad intendere la umana realtà e necessità dei movventi e delle azioni; la velenosa pervicacia degli odi, anche dopo lutti sí enormi. Nei racconti del Pavese, accampati dentro a questa medesima storia, quale profonda consolazione dalla calma apertura di mente, dall'affettuosa chiarezza delle ragioni morali; e senza il minimo sentimentalismo e la minima eloquenza, dalla grande capacità di compatimento. Per quanto tutto ciò sia in stretta dipendenza dalla bellezza artistica, sembra uno di quei casi, purtroppo sempre piú rari, in cui s'era cercato uno scrittore, un artista, e si è trovato anche e soprattutto un uomo. [...]

Ma allo stesso tempo, sopra un piano piú largo, una cosa
viene da chiedersi. La capacità del Pavese a saturare di significati qualsiasi scorcio e frammento di realtà, ormai quasi senza bisogno di atteggiare questa realtà nelle prospettive
e fra i chiaroscuri di un intreccio, non potrebbe finire poco
a poco con l'indurlo ad una disposizione genialmente disper-
siva; come quella, alla quale, per esempio, Sherwood Anderson, con gli anni, andò sempre piú cedendo? Nell'equilibrio
presente non potrebbe nascondersi un pericolo di questo genere? Splendido pericolo, che non ha nulla a che vedere con
i compromessi commerciali e con la fabbricazione a un tanto
il metro, da cui altri si lasciano sedurre; ma contro il quale
tuttavia ci farebbe piacere a poter fino ad ora considerare il
Pavese completamente assicurato.

EMILIO CECCHI

«L'Europeo», 16 gennaio 1949; poi in *Di giorno in giorno.*
Note di letteratura italiana contemporanea (1945-1954),
Garzanti, Milano 1954, pp. 67, 69-70.

I due grossi racconti *Il carcere* e *La casa in collina* che for-
mano l'ultimo libro di Cesare Pavese *Prima che il gallo canti*
mi sembrano di una perfetta riuscita, costituiscono un esempio di narrazione concreta e libera. Le date dei due racconti
1938-1939 il primo, 1947-1948 il secondo possono sorprendere in un primo tempo ma se si riportano al «tono» del libro
si ha la riprova della validità, della sincerità del racconto. Non
sempre il Pavese ci aveva convinto come questa volta, portato com'era da certe sue preoccupazioni di clima stilistico e sug-
gestionato da una forte volontà di imporre un ritmo al suo discorso, qui finalmente mi pare che sia stato raggiunto un equilibrio perfetto fra natura e stile, fra volontà e libertà. [...]
Un libro come questo che abbiamo letto ci autorizza quindi a immaginare uno svolgimento completamente diverso del
futuro di Pavese, non già una metamorfosi, un cambiamento
di rotta, ma un aumento, un potenziamento di voce: si direbbe
che per Pavese il tempo degli esperimenti è finito e finito in
modo positivo, al punto che il libro di domani potrebb'essere un romanzo pieno, un romanzo secondo l'immagine classi-
ca dell'Ottocento. Come si capisce, alludo a una misura spirituale di lavoro e non faccio per nulla una questione di pro-

porzioni o di interessi esterni. Si aggiunga che il tempo dei racconti suggerisce appunto questa soluzione interpretativa, poiché lo scrittore procede continuamente assistito dalla cifra della memoria: ciò che una volta poteva apparire come un arbitrio in rapporto al tempo, qui ha sempre un contatto assoluto con un mondo deciso da una scienza spirituale. Infine il libro giustifica tutto il lavoro fatto dal Pavese nella sua carriera, si ritorni per un momento alla data del primo racconto, '38-'39, e si ripensi al tono, alla soluzione musicale del *Carcere*, alla sua compattezza di fronte a certe parentesi della *Casa in collina* (dove appunto ha contato il Pavese delle esperienze piú osate), si avrà finalmente quella che, secondo noi, è la natura reale dello scrittore: Pavese per respirare liberamente ha bisogno di un dato minimo di monotonia, deve inseguire continuamente il suo discorso, deve fare nascere a ogni momento il senso di una memoria centrale, il rapporto di una eterna presenza spirituale. E forse con questa suggestione ci si spiega meglio certe strade di questi anni, certe insistenze, certi vezzi del suo linguaggio: non che tutto ciò fosse ingiustificato, ma forse è meglio interpretarlo come un desiderio di reazione, come un modo di maturazione per contrasto, come una riduzione da mondi opposti. [...]

Ora le mode passano, incantano per breve tempo e se il Pavese fosse stato uno scrittore dedicato a esercizi di moda, se fosse stato soltanto un dilettante che si compiace nel gusto di certi esperimenti stilistici, il suo capitolo sarebbe chiuso da qualche tempo; ecco invece che oggi ci lascia di fronte a un testo molto significativo che spiega il lavoro passato e ci propone un'immagine nuova.

CARLO BO
Oggi Pavese perfetta riuscita,
«Omnibus», 20 gennaio 1949.

I due lunghi racconti, scritti uno prima della guerra, ed uno l'anno scorso, presentano due personaggi idealmente simili: due *apostoli* stanchi e dubbiosi, che hanno ceduto alla prima prova. Anche il linguaggio di questi racconti è diverso dal linguaggio dialettale realistico delle altre opere di Pavese. Ha un equilibrio piú difficile, delle intenzioni meno scoperte, un'obiettività piú fredda e calcolata. Questa stessa obiettività può trarre in inganno. Se non fosse per il titolo, che è una chiara denunzia, si potrebbe dubitare che quei personaggi, il confinato ed il professore, siano veramente sotto processo di tradimento. E forse c'è davvero una riserva d'ambiguità, di difesa, perché anche lo scrittore, in un certo senso, fa parte della categoria degli imputati.

Il primo racconto tratteggia la figura di un intellettuale al confino, per ragioni politiche, in un'isola del sud. Se non fosse perché *Cristo si è fermato ad Eboli* è stato scritto dopo, si potrebbe pensare che *Il carcere* (cosí è intitolato il racconto di Pavese) sia una sottile parodia del libro di Levi. L'intenzione descrittiva dei luoghi e della gente di quest'ultimo è tutta trasposta, nel *Carcere*, a vantaggio del protagonista. Mentre nel Levi il tempo del confino è un'esperienza dura sí, ma ricca di colori e di annotazioni psicologiche, non prive di umorismo, in Pavese il tempo del confino diventa un'acqua stagnante, un tempo perduto, non agitato né riempito da paesaggi e figure. Noi assistiamo al lento sgretolarsi della sensibilità del protagonista che vegeta tra il mare e le rocce, tra la gentarella del paese e i suoi interessi meschini, senza avere la forza o la capacità di appigliarsi ad un motivo di vita. È come se tutto avvenisse in sordina, o al buio, e si sente benissimo che basterebbe togliere i feltri, o girare l'interruttore della luce, perché tutto prendesse vita e calore. Ma questo scatto non avviene; la coscienza del protagonista rimane un vetro opaco, una campana senza vibrazioni. Ed il racconto è pervaso da un tono soffocato e stanco che rivela piú chiaramente di qualsiasi aperta denuncia, la malattia, la rovina dell'*apostolo* in questione.

Ma nel secondo racconto, invece, questo motivo prudente e sommesso è fiancheggiato da un altro piú vivo e robusto. [...] Ma anche qui il gallo non ha cantato veramente. Si ha l'impressione che per entrambe queste figure la resistenza a riconoscersi colpevoli, l'astuzia mentale incosciente, sedimentate da generazioni, siano cosí forti da impedire qualsiasi risveglio. Sono di una generazione perduta, i cui dolori rimangono solitari e senza pietà, privi di alcuna speranza di frutto. Non si può che lodare Pavese per il modo in cui è riuscito a tratteggiare le sue due figure, perché nel suo libro non ci sono indulgenze per sé e per gli altri, né falsi pietismi per sofferenze non degne, né compiacimento per aride intellettualità destinate alla morte. Solo uno stacco preciso e sereno, una fotografia chiara e continua di cose e persone, illuminate da annotazioni rapide, sufficienti a mostrare, non insistenti a dimostrare.

GIUSEPPE DEL BO

«l'Avanti!» (Milano), 22 gennaio 1949.

I due racconti sono molto diversi. Il primo, *Il carcere*, è del 1938-39; il secondo, *La casa in collina*, del 1947-48. Diversi per intensità, per respiro, per aderenza della narrazione. Analoghi, invece, perché situati su una medesima linea d'esperienze umane. Il primo tratta, infatti, della vita di un confinato politico in un paesucolo del Mezzogiorno; l'altro, la sorte di un professore durante la guerra, i bombardamenti, i rastrellamenti, la lotta partigiana. I due «protagonisti» (Stefano e Corrado) sono come una medesima persona posta in condizioni analoghe: le loro reazioni di fronte agli avvenimenti e ai rapporti con gli altri uomini si assomigliano e quasi si giustificano a vicenda. Tuttavia, ci pare almeno azzardoso individuare l'unità del libro in quella «tensione analitica e contemplativa che è probabilmente il riflesso fantastico di dure esperienze sociali vissute nell'Italia contemporanea», di cui parla la schedina editoriale. A noi sembra che dai due racconti si possa sí desumere una parabola, un'evoluzione nell'arte narrativa di Pavese (piú difficile a essere scorta nei «tentativi di questo ostinato sperimentatore»: piú facile, meccanicamente piú facile ad essere intraveduta per l'analogia di contenuto delle due narrazioni), ma a patto di distinguere con grande esattezza tra i due risultati. Ne *Il carcere* c'è la confessione autobiografica che solo alla fine si libera da tanti fatti libreschi e da tante «aggiunte» letterarie. Ne *La casa in collina* è proprio quel precisarsi d'interessi umani e sociali che dà al discorso una maggiore freschezza, una piú limpida sincerità, un piú diretto impegno.

Paesaggio e figure hanno una parte similare nei due racconti: sono i piani nei quali si sviluppa la storia dei due personaggi centrali. Ma quanto piú liberi letterariamente sono quelli del secondo in confronto a quelli del primo: Cate a paragone di Elena; Elvira a paragone di Concia; Dino a paragone di Giannino; e cosí via! Quelle colline a paragone di quel mare! Nella sommessa analisi dei sentimenti di un «in-

tellettuale», intercalata e vissuta con l'analisi timida e trat-
teggiata delle cose, sta la verità de *La casa in collina* e l'assenza in quel racconto di ogni intellettualismo.

DARIO PUCCINI

«L'Italia che scrive», febbraio 1949.

   Sono, vogliam dire, gli ultimi tre, di questi ultimi tre anni: *Il compagno* (1946), *Dialoghi con Leucò* (1947), *Prima che
il gallo canti* (1949). Pavese ha camminato assai: piú in questi tre anni, che negli altri dieci e undici, io penso. [...]
   Ed eccoci a *Prima che il gallo canti* (1949), che ha inco-
minciato cosí bene il nuovo anno letterario. Sono due racconti lunghi: *Il carcere*, *La casa in collina*, di tempi distanti
('38-'39 e '47-'48); e tranne la raccolta di poesie *Lavorare stanca*, ci sta dentro, tra le due date, tutta l'opera di Pavese, da
Paesi tuoi ai *Dialoghi*. Delle esperienze diverse e talvolta opposte notate nel suo lungo lavoro, nessun cenno qui; ma solo una progressione in profondo (il valore degli anni inter-
corsi tra l'un racconto e l'altro; la soluzione, forse, di quegli
opposti). Nella scheda bibliografica si parla di «figure ango-
sciate e perplesse d'intellettuali», di «paesaggi e problemi in-
sospettati». Una parola mi suona falsa e piccola («intellettuali»); comunque, i due racconti, a tanta distanza, sembrano stabilire un accordo, e la scrittura mantenere lo stesso
identico valore (tutta pensata e felice, e spesso di una rapi-
dità bellissima); poi certi paesi, e battute di dialogo piene di
sapore, e il ricco dialogare con sé, e il disegno e il risalto dei
caratteri. Se il primo racconto è genuinamente di quegli anni '38-'39, sia pure ritoccato in parte, il Pavese d'oggi pare
rifarsi al suo principio. E se gli sviluppi s'avranno su questa
linea e in quest'aria netta e giusta, si confermerà, ciò che per
ora è solo un sospetto, che il neorealismo, oltre il resto per
cui divagò (e abbiam visto cogliere bei frutti, in campi diversi) è licenziato; o, perché nulla mai si perde nel lavoro d'un
uomo serio, superato.
   Ma questi due racconti in altro si somigliano: che cavan
dentro, per poi esprimerla da sé, quasi viva forza, una morale che li trascende. Un leggero ozio, ma sofferto, intimo, è
nel primo; un processo di scavo nel secondo (l'ultime pagine
sono tra quanto di piú umano e alto, «insospettato» vera-

mente, si sia scritto in questo dopoguerra. Ce ne ricorderemo per un pezzo, anzi saranno oltre ricordate). [...]

Avesse fatto su un sermone dei soliti...; ma Pavese ci ha costruito un racconto, un racconto che è un grido.

GIUSEPPE DE ROBERTIS

Tre libri di Pavese (1949), in *Altro Novecento*,
Le Monnier, Firenze 1962, pp. 411, 416-17.

«Solo, gelido, in disparte, / sorrido e guardo vivere me stesso», scriveva Guido Gozzano. Quasi tutto il cosiddetto neorealismo si è volto a superare questo atteggiamento. I personaggi di Pavese vivevano, e l'artista non solo li guardava vivere, liberi e reali, ma pareva certe volte accompagnarli, ancor piú che contemplarli. Qui invece i personaggi, anzi il personaggio – giacché si tratta sempre di un solo personaggio che tutto accentra – mentre vive e mentre agisce, si osserva e si contempla. L'osservazione tende continuamente a superare la strettezza della psicologia e a diventare meditazione, né, d'altra parte, questa coscienza dolente, ma insieme in qualche modo serena, lega e impedisce del tutto la vita. I personaggi di Guido Gozzano e i loro fratelli nelle opere narrative – *Rubé* di Borgese per esempio – non erano consapevoli della loro società e del loro tempo, anzi ne erano volutamente inconsapevoli. In Pavese, nel Pavese di *Prima che il gallo canti*, la riflessione, il distacco dall'azione, nasce dentro la storia del tempo e ne è quasi una forma di estrema e ultima coscienza. A proposito di queste pagine si è parlato di sorpresa e di novità, di una svolta; ma chi ricorda *Lavorare stanca* e soprattutto i *Dialoghi con Leucò*, immaginosa e drammatica *poetica*, non se ne meraviglierà. Pavese, obbedendo alla sollecitazione del nostro tempo inquieto, interroga e insieme canta il destino; e il destino, che molti scrittori cercano oggi soltanto nell'istinto del sesso, è qui connesso piuttosto a una nuova e aspra coscienza d'uomo, in un dialogo non facile, non sempre pronto e immediato, con mondo reale e concreto. Il personaggio si configura continuamente nella relazione con gli altri, ma poi si ritrae e si ricerca nella sua solitudine, eroe limpidamente inquieto di se stesso. [...] Il riferimento a una sola persona, anzi alla prima persona, essendo idealmente anche *Il carcere* scritto in prima persona, porta a una chiusura netta perché, a differenza di quello che accade in Proust, lo specchio dell'io ha i contorni rigidi e nitidi, raccoglie e riassume senza il fluttuare e il fluire del tempo interiore. L'argomento del *Carcere*, per certi interessi e atteggiamenti, potrebbe coincidere con *Cristo si è fermato a Eboli* di Carlo Levi e, per certe riflessioni, sentimenti, simboli, con *Il mondo è una prigione* di Guglielmo Petroni. Questo incontro mostra, tra scrittori cosí vari e diversi, una comune coscienza della situazione del tempo e insieme un diverso riflesso di analoghe occasioni storiche e umane. Sembrerebbe che Pavese volesse scoprire il senso del Sud, quel sole cosí intenso, quelle ombre interne cosí chiuse e gelose, una torva e secolare intimità. [...]

La ricerca di un punto nel ricordo e nella vita, la malinconia ferma e riflessiva di un confinato che sente intorno a sé, nella libertà e fuori della libertà, il pericolo del carcere, diventa invece, nel secondo racconto, la ricerca di un punto morale dentro la vita contemporanea, con uno sguardo piú attento e piú largo alla personalità di tutti gli uomini e ai significato degli eventi. Nel *Carcere*, tutta la vita era ricondotta e poteva essere ricondotta a Stefano, il confinato: nella *Casa in collina*, il senso della vita e della morte, se nel protagonista diventa contemplazione e malinconia, ha un senso attivo e drammatico per gli altri personaggi, e colorisce il momento della storia: 1943, 1944: Torino bombardata, la resistenza operaia, i partigiani, i fascisti. Si rintracciano nel racconto molteplici direzioni, motivi varii e forse contradditori, che soltanto la sollecitudine profonda della persona umana, nel suo valore fragile e prezioso, raccoglie e riscatta. [...].

Rimane, come ultima conclusione soltanto il senso della morte, del dolore e della responsabilità: dinnanzi al camion dei fascisti uccisi dai partigiani, Pavese sente che non solo quella guerra, ma ogni guerra è una guerra civile. «Ogni caduto somiglia a chi resta, e gliene chiede ragione». Soltanto passando attraverso il senso e il significato della guerra, Pavese poteva giungere alla fermezza di questa contemplazione pensosa, ma non inerte, fuori della immediata partecipazione e pure insieme partecipe delle ragioni ultime della Resistenza.

Perciò questo racconto esprime, in forma lirica e insieme narrativa, la dolorosa sofferenza e la meditazione di un momento della storia europea; e lo esprime nel limite di una persona, in una umanità che, nonostante tutto, non può a un certo momento non raccogliersi in un punto, in un uomo. Perciò la parola è piú scelta, piú scandita, composta, ordinata; il periodo vigilato, la punteggiatura forte e distinta.

CLAUDIO VARESE

«La nuova antologia» (Roma), maggio 1949,
poi in *Occasioni e valori della letteratura contemporanea*,
Cappelli, Bologna 1967, pp. 177-81.

La prova di Pavese è costruita con una sua rigorosa legge interna di analisi e scoperte, con una sua tensione, una sua immediata rispondenza all'urgere di una materia aspramente vissuta e sofferta; ma nel tempo stesso con un rigore stilistico, con un'esperienza letteraria che non rivelano soltanto la scaltrita presenza di uno dei migliori traduttori della narrativa inglese e americana d'oggi (stupenda tra le altre – e non ci stancheremo giammai di citarla – la sua versione del *Portrait of the artist as a young man* di James Joyce stampata nel 1933 dal Frassinelli di Torino sotto il titolo di *Dedalus*, un capolavoro di finezza interpretativa e di penetrazione del mondo cosí intricato e intimo dello scrittore irlandese); ma anche una rara coscienza di scrittore e d'artista. È difficile per conseguenza situare Pavese in una certa zona della narrativa italiana d'oggi tutta dominata da preoccupazioni di ordine contenutistico, dal peso di un impegno politico, al che forse potrebbe aver tratto un incauto lettore e come forse potrebbe trarre in inganno l'impostazione di certi suoi scritti polemici; segno questo che assai poco valgono schemi e impostazioni extra artistici per chi è vero scrittore e come pure la sincerità delle adesioni teoriche ben poco possa sulla ricchezza di una vocazione come quella del Nostro.

Una tale vocazione trova oggi una sua validissima conferma nei due lunghi racconti del suo ultimo libro, *Prima che il gallo canti*, ed è una vocazione di narratore capace come pochi di oggettivare caratteri e ambienti e nel tempo stesso di penetrare in essi, nelle cose stesse, nello stesso paesaggio con una ricchissima ed anche amarissima capacità di analisi cosí da creare un clima tutto suo particolare nel quale si fondono ricordi e sensazioni, pensieri e immagini; un clima, dunque, denso di evocazione e nel tempo stesso legato ad una realtà dura e corposa che non è tanto una realtà ostensibile e fattizia, ma una verità maturata dentro e divenuta ineluttabile, uno stimolo ad una sorta di sofferenza acuta, quasi la consapevolezza di un destino, di un fato misterioso. In ogni racconto, in ogni romanzo di Pavese c'è sempre questo incombere latente di tragedia, quest'imminenza quasi morbosa di un «deus ex machina» che impone quasi al personaggio una continua tensione della sua coscienza.

FERDINANDO VIRDIA

«Voce adriatica», 7 giugno 1949.

«Non doveva piú credere a nessuna speranza, ma prevenire ogni dolore accettandolo e divorandolo nell'isolamento. Considerarsi sempre in carcere...» pensa il confinato del racconto *Il carcere* (1938-1939): una buona metà della letteratura di quegli anni potrebbe portare queste righe a propria epigrafe: e ci sarebbe da scrivere tutto un saggio sul tema dell'assenza, del carcere, del confino, dell'ospedale, della convalescenza, della vacanza; dell'eccezionale, dell'interruzione insomma, del diaframma che si viene a porre tra l'uomo e la sua realtà quotidiana. Il sevizio militare, la guerra, la malattia, il viaggio; altrettante forme, non tanto di evasione, quanto di gioco della memoria, altrettante «carte da màscara», cenni convenzionali, mezzi per mettere il mondo reale tra parentesi. Si capisce – carichi come ancora oggi siamo di nostalgia per simili *thermos* psichici (l'intero fascismo era poi, come oggi confessano tanti, incaricato di compiere una deliziosa catarsi delle passioni: ogni letterato vi era liberissimo, della lirica e ironica libertà del carcere, ecc.) – si capisce che il racconto *Il carcere* possa apparire a molti – e forse sia – una delle migliori cose di Pavese. La condizione iniziale sua (rancore, silenzio, solitudine; atteggiamento stoico e sprezzante di fronte alle cose, agli uomini, ai sentimenti), trova nel tema – l'annata di un intellettuale confinato in un paese del Sud, suo accostarsi e simultaneo allontanarsi dal mondo degli altri – uno sviluppo singolarmente semplificato, rispetto ad altri argomenti di Pavese, nei quali quella condizione si traveste o si doppia di passione politica o di agitazione sessuale. Al resto del mondo (in forme che ricordano un po' quelle dell'*Estraneo* di Camus), il personaggio prova ripugnanza a concedersi, cioè a riconoscere una comune umanità; e insieme prova attrazione per la natura esotico-sessuale dell'ambiente sconosciuto. Questo atteggiamento duplice che percorre le giornate di Stefano si riflette nell'immagine di una donna-capra, genio segreto del luogo e in quella di Elena, chiave invece troppo facile, minaccia alla solitudine necessaria per perpetuare l'aristocratico senso del «carcere a vita». Tutto questo poi è complicato dal rapporto tra sud e nord, tra città e campagna; l'impossibilità di penetrare e di amare, che è in Stefano, il malcelato odio dell'intellettuale per il mondo che lo circonda è espresso qui in forme e pagine lente come il variare delle stagioni; e anzi la natura, il mare sono lo sfondo necessario, l'impossibile «tutto» presentito risolutore (tra l'altro) di ogni nausea e voglia sessuale, cui, come abbiamo detto, tende e repugna il personaggio-autore. La condizione di doppio distacco verso quel mondo (dell'autore e del personaggio) conferiscono al racconto un tempo eguale, fondo, un ritmo molto meno concitato di quello cui Pavese ci aveva abituati; una colorazione armoniosa e sostenuta; un respiro, come si usa dire, costante.

L'altro racconto o romanzo breve, *La casa in collina*, opera in un'altra direzione. Non è solo questione di date o di contenuto. La vicinanza delle cose narrate, cioè gli eventi dell'estate '43 fino agli inverni partigiani, sollecita Pavese ad un tono di diario, meno tessuto di imponderabili e di sensazioni, piú congiunto ad una moralità esplicita; il racconto si slega o si rapprende in grumi, la solitudine e il rancore del personaggio in primavoce rimangono spesso esterni, se si eccettuano le pagine dell'ultima parte (dove, in qualche momento, il diario rinuncia ad ogni direzione narrativa e diviene dichiarata meditazione). È un racconto che fa, ma alla prima lettura, una notevole impressione: si sente qui lo sforzo di questo volontario scrittore di romperla col mito (spiritualista e filisteo) della «distanza» e di dare una ragione psicologica e soprattutto narrativa al «tradimento» (prima che il gallo canti), proprio degli intellettuali, del loro radicale «smarrimento» e «disfattismo». È forse la medesima ispirazione che l'ha portato a scrivere *Il compagno*. Ma qui certi costanti personaggi e paesaggi e luoghi deputati di Pavese, il suo mondo di barriera e collina, tra Dora e Po, e operai, motociclette, vigne e balère e ragazze di fieri gomiti, sembra meno lucente, meno duramente scheggiato: il suo procedimento narrativo, anzi il suo *modo* fondamentale – che è l'ellissi – sembra piú meccanico. Che cosa significa e che cosa sottintende, in genere, l'ellissi di Pavese?

Sottintende le parole della rivolta, la furia e il rovello che esce
a fatica, intricato, sociale e politico. La sua «asprezza» (che
quasi mai si dialettizza e si capovolge: questo il suo limite) partita dal tentativo di una registrazione della lingua morale dei
piemontesi per tendere ad un linguaggio non piú meramente
trascrittore ma fondatore di moralità, nasce da una insofferenza verso l'oratoria, la commozione, la squisitezza, verso il
mondo della gente «che fa il bagno tutti i giorni». Ma questa
insofferenza non può mantenersi da sola; e accade, per ironia,
che la stizza accenda questa prosa di bagliori ed eccessi proprio contrari alle sue intenzioni. Ecco quindi Pavese impegnato (come d'altronde tutti gli scrittori di piú intera coscienza moderna; come il da lui lontanissimo per origine e tensione Vittorini) a «pregare (o scrivere) senza maledire», a scrivere
esplicitando i vuoti, i sottintesi del suo rovello, facendoli crescere a personaggi e non appena ad antagonisti del suo «io»
scontroso. Cate, della *Casa in collina* è già questo; ma solo in
parte; dalla donna-capra Concia (desiderio e segreto perduti)
alla proletaria (rimorso dell'intellettuale borghese). Comunque, la *Casa in collina*, cosí allo sbaraglio, è un libro piú aperto al futuro di quanto non sia il *Carcere*.

FRANCO FORTINI
«Letteratura», gennaio-febbraio 1950,
ora in *Saggi italiani*, De Donato, Bari 1974, pp. 189-92.

Se si dice che *Il carcere* è un libro autobiografico si vuol intendere la sua natura di confessione e autoanalisi, in cui gli
elementi esterni agiscono come test di particolare efficacia ai
fini dell'introspezione. Nessuna parentela, in questo senso,
può essere trovata con libri concepiti in analoghe situazioni
ambientali, primo fra tutti il *Cristo s'è fermato a Eboli* di Carlo Levi. Per Pavese la realtà umana e sociale dell'ambiente è
totalmente muta.

Intanto la vicenda autobiografica assume senso e valore in
quanto riflette e ipostatizza un'intima condizione esistenziale. La vicenda del confino diventa degna di considerazio-
ne perché incarna la condizione perenne del *Carcere*, si fa simbolo insomma, concretamente verificabile, della solitudine.

Il *Carcere* si colloca al culmine della lunga meditazione pavesiana sulla solitudine, e ne costituisce quasi la *summa* rac-

cogliendo la cifra fondamentale dei racconti precedenti e delle contemporanee riflessioni del diario; opera una specie di rescissione da ogni altro simbolo, e istituisce un'atmosfera privilegiata in cui la condizione solitaria possa trovare il suo ambiente d'elezione. Niente meglio che l'esperienza del confino poteva fornire il supporto ad un'analisi morale di questo genere: nel vuoto pneumatico di una situazione ferma nel tempo e nello spazio il protagonista Stefano conduce la prova estrema della sua disperata vocazione.

Molti anni dopo, per definire il ritmo fondamentale di questo romanzo, Pavese parla di «stupore come di mosca chiusa sotto un bicchiere», e l'immagine è molto efficace a rendere quel tono particolare di sospensione e quasi di miraggio che percorre tutte le pagine. La vicenda è sradicata da ogni antefatto, e nessuna indicazione viene fornita circa le cause che hanno portato il protagonista al confino, cosí come vengono sistematicamente taciuti i riflessi politici della condanna, che quindi non ha affatto una consistenza storica, ma è data come un fatto metafisico: modo dell'essere, non del fare.

Come è senza origini, la vicenda è senza sviluppo e senza soluzione: c'è una mera traccia temporale segnata dal passare delle stagioni e la serie dei fatti e delle riflessioni s'interrompe con la cessazione del confino. [...]

La casa in collina nasce dall'incontro della tendenza a ribaltare la solitudine nella ricerca di un contatto con gli uomini, testimoniata ne *Il compagno* e nei saggi contemporanei intrisi di umana *charitas*, e di quella a risalire dalla cupa e ossessiva regione dei miti ancestrali verso la piú distesa e serena atmosfera della natura come infanzia e ricordo. La suggestione profonda del libro deriva proprio dal rinvenire le tracce di un'umanità accorata e dolente nel momento in cui la campagna-infanzia prende un rilievo mai prima avuto: quando si direbbe che, all'incrocio di mito e storia, debba scattare una scelta decisiva, proposta con urgenza assoluta dagli eventi terribili e maturata nel lungo rimorso, si assiste invece ad un'inattesa conciliazione, sia pure per estremi e in equilibrio drammatico. Ed è questa compresenza contrastata e precaria a dare al libro quell'ampiezza di sguardo, quella profondità di risonanza, quella saggezza e moralità tanto disincantate e comprensive che ne fanno un momento unico nella storia dell'opera pavesiana, segnando se non il punto piú alto di essa, come sostengono alcuni, certo il piú vasto e ricco di implicazioni. [...]

Come piú vistoso segno di riconoscimento il libro offre la caratteristica di confessione diretta, col rifiuto di ogni schermo narrativo e linguistico che nasconda-riveli allusivamente il fondo delle angoscie esistenziali, e con la conseguente assunzione delle forme piú immediate di denuncia delle intime carenze e contraddizioni. Ma *La casa in collina* trova la sua grandezza non certo nella diretta confessione, non nella presenza di una materia viva e dolente (la guerra e la lotta partigiana), non nella *pietas* verso gli uomini, che è sentimento antico o non piú capace di creare metafore nuove ed efficaci, ma dalla collocazione di tutti questi elementi in uno sfondo e in una prospettiva, che sono quelli della collina, la vera protagonista del racconto, la grande metafora centrale che alimenta e illumina tutte le altre componenti.

ELIO GIOANOLA
Cesare Pavese. La poetica dell'essere,
Marzorati, Milano 1971, pp. 191-92, 306-7.

La casa in collina è il capolavoro di Pavese e nello stesso tempo uno fra i pochi grandi romanzi che la Resistenza abbia ispirato. Tra la massa di testimonianze, cronache, trasfigurazioni elegiache che l'epopea del moto resistenziale ha prodotto, *La casa in collina* si stacca nettamente per la capacità di mettere in luce non solo la grandezza del movimento, ma anche i turbamenti, le angosce, il fallimento di un uomo di fronte ad un compito che non sa né può affrontare, se non stando a guardare. Il peccato di Pavese, la diretta conseguenza del suo stare alla finestra, viene confessato nel romanzo con accenti straordinariamente umani, smantellando, alla fine, le barriere tra il mondo e sé che il mito innalzava, non rifiutandosi alla storia, ma offrendosi ad essa rivestito della propria umanità e della coscienza di ciò che si fa.

Scritto tra il settembre del 1947 ed il febbraio del 1948, *La casa in collina* venne pubblicato nel 1949 assieme ad *Il carcere* con il titolo complessivo di *Prima che il gallo canti*. Abbiamo già accennato al tema comune che lega i due romanzi e che il titolo sottolinea. Essi partono da una premessa identica: la ricerca di sé e della propria relazione con il mondo e con gli altri; ma, mentre nel *Carcere* il ricordo diventa l'alibi dell'impossibilità di uscire da un destino che ci sfugge e ci danna, *La casa in collina* affronta il mancato contatto con gli altri, l'impossibilità di partecipare alla storia senza piú compromessi o giustificazioni.

Il tema era già stato affrontato in un racconto antecedente, *La famiglia*, senza però quell'ambientazione storica che rende *La casa in collina* un *unicum* irripetibile nella storia poetica pavesiana [...].

GIANNI VENTURI

Cesare Pavese, La Nuova Italia, Firenze 1972
(prima ed. 1969), pp. 106-7.

Il carcere è un romanzo ambizioso, ambiguo, disperatamente e narcisisticamente letterario; tutto sommato, inferiore alle ambizioni. Il suo pregio si riduce a quello stesso autobiografismo che lo strangola. Tradisce ambizioni non mantenute. Riportandosi pretestuosamente all'esperienza del confino politico (fondata per lo scrittore su una solitudine analoga a quella del carcere), si sforza, da un lato, di astrarla dalla storia e tradurla nel tema metafisico della solitudine umana nel carcere del mondo (tema e trattazione legati ai primi influssi esistenzialistici sul gusto letterario), dall'altro di giungere a una trasfigurazione simbolica. Una tensione disperata della moralità pretende di oggettivarsi problematicamente nelle forme di un romanzo per circuire e afferrare i limiti negativi di una solitudine intesa e rappresentata come modo di vita. Sotto quest'aspetto tentava di essere (e in parte lo è) la storia di una non-partecipazione umana, di una non-solidarietà con gli altri. *Il carcere* tendeva a oggettivare in rappresentazione artistica il dramma dello scrittore di quell'epoca: la sua solitudine coatta, che egli cercava di trasformare in una scelta «storica», con l'addossarla al protagonista, per guardarla dal di sopra del protagonista stesso e vederne coraggiosamente tutte le conseguenze aberranti.

C'era già una contraddittoria mancanza di chiarezza dell'autore nel '39: voler affrontare la solitudine come *condition humaine* su un livello simbolico-metafisico, assolutizzante, e volerla affrontare, moralmente, anche come un atteggiamento umano riduttivo e implicante dei limiti. L'autore tentava, insomma, una operazione contraddittoria: di sublimazione nel simbolismo metafisico; di demistificazione attraverso il realismo rappresentativo. Il fallimento di questo progetto impossibile (la trasfigurazione simbolica, non sostanziale; la demistificazione, solo parziale) è dovuto in parte anche al linguaggio, non ancora «portante». Un linguaggio morbido, sostanzialmente evocativo, crea effetti stemperati e attutisce la potenziale drammaticità del racconto, che si enuclea solo nelle zone piú nitide e scolpite, realizzate nel dialogo. Questa prosa, non esente da raffinati riflessi della prosa letteraria italiana in voga negli anni Trenta, sortisce l'effetto unilaterale e totalizzante di ricreare «un'atmosfera» e, piú che drammatizzare la solitudine, ne rende il clima vischioso, il monotono suono della noia. [...]

Il libro patisce, in definitiva, di due deformazioni di fondo, due veri e propri rovesciamenti o alibi che si attuano insensibilmente sotto gli occhi del lettore, sotto la bella veste letteraria. Sono due deformazioni assolutamente inconsce, a mio avviso, che lo scrittore, pur nel suo disperato bisogno di oggettivizzare la propria solitudine, ha irresistibilmente operato. E questo, se toglie al libro problematicità narrativa e respiro drammatico, aggiunge molta luce significativa alla personalità contrastata del suo autore. La prima deformazione sta nel voler far coincidere la condizione disumana di Pavese-Stefano con la condizione umana stessa, disperato tentativo di sublimazione delle vicende del proprio ego. La seconda, nell'accollare all'anarchico il senso di colpa dell'autore-protagonista, dichiarandone, sí, l'umanità, la semplicità ma, nello stesso tempo, proiettando su di lui quel giudizio di appartenenza a «un'altra razza, di tempra inumana», sotterranea. C'è qui un discarico di responsabilità, che indebolisce e rende ambiguo il dominio morale del tema e del problema. [...]

La casa in collina è un lavoro complesso, su cui il tempo ha operato svelando la ricchezza di un secondo piano mitico rimasto in ombra dinanzi alla lucida lezione di moralità storica che questo romanzo, unico, rappresentava nell'intera opera dello scrittore. Ora il romanzo scopre un significato piú vasto, ma anche piú disperato. Occorrerà leggerlo tenendo d'occhio l'intreccio dei due piani e, soprattutto, l'emergere di certi timbri cupi sul secondo, ricco di allusività. Sui due piani stanno una città realistica e una collina metaforica: il romanzo le sviluppa in un crescendo significativo. [...]

Su un primo livello, il piú evidente, sul quale è sempre stato interpretato, il romanzo è un esame di coscienza, una confessione impietosa, una trasfigurazione autobiografica lucida e terribile. Svolge, come una *via crucis*, l'itinerario di una coscienza che si guarda e si ritrova colpevole, con un radicalismo, una forza di distaccarsi dall'amore per sé, che battono di molte lunghezze l'ancor ambiguo, difensivo narratore de *Il carcere*. [...]

Ma al di sopra, sull'altro piano, si disegna nel romanzo uno scontro e un raffronto problematico fra la città (o mondo dell'accadere storico, della brutalità degli eventi mossi dalla volontà umana, e del «selvaggio» che è nella città e civiltà e storia) e la collina, teatro del selvaggio naturale (sangue nei boschi, sangue assorbito che rifiorisce in natura, esplosione sotterranea e perenne delle forze naturali in un ciclo imperturbabile in cui ritorna l'essere delle cose). Si realizza cosí, fra il polo realistico del selvaggio cittadino o storico e quello metaforico del selvaggio naturale, un secondo senso piú vasto e ambiguo del romanzo. Si ha qui una messa in rapporto fra il tempo metafisico dell'essere e il tempo storico degli eventi (di cui la guerra diventa il piú grande traslato).

ARMANDA GUIDUCCI
Invito alla lettura di Pavese, Mursia, Milano 1977[4],
pp. 62-63, 65-66, 92, 95-96.

[...] *Il carcere* acquista il senso d'una liquidazione del passato per ritrovare nell'umana solidarietà una piú cordiale ed equilibrata esperienza di dolori e di gioie.

Il romanzo è sostanzialmente riuscito. Ha il pregio, soprattutto, di un tono quasi sempre raggiunto che unifica pensieri e sensazioni, presente e ricordo, in una luce scolorita e attutita di acquario. Lo stile, lirico ed evocativo, non è alieno da certa preziosità. Un lirismo, però, contenuto e fermo, che appena si esprime nel sommesso ronzare di pietà e di rimorso sul flusso ristagnante della memoria. Forse un solo difetto è avvertibile, là dove i dialoghi, cautamente protesi verso il dialetto, interrompono l'uniformità e l'allusiva suggestione del tempo interiore. È evidente qui il tentativo di Pavese di applicare in concreto quel suo concetto di stile che, già riassunto nella formula dell'«immagine-racconto», resiste e trova ulteriore definizione nelle assidue meditazioni diaristiche. Ecco quanto scrive ne *Il mestiere di vivere*, al 4 dicembre 1938, dopo aver scoperto il valore del simbolo in Dante e nei *Fioretti* di San Francesco: «Suggerire con un gesto ripetuto, con un appellativo, con un richiamo qualunque, che un personaggio o un oggetto o una situazione ha un legame fantastico con un altro del racconto, è togliere materialità a ciascuno dei due soggetti e instaurare il racconto di questo legame, di quest'immagine, invece che quello dei casi materiali di entrambi». E si veda, ne *Il carcere*, Concia che appare a Stefano nel colore acceso dei gerani e nelle anfore sinuose e carnicine, striscia il piede nudo in ogni stanza, si sostituisce a Elena nell'amplesso. I personaggi, del resto, sono tutti un po' appiattiti, salvo Elena che, non fosse per la prepotente fisicità, è sottomessa e dolente figura verghiana, tale da ricordare la Diodata del *Mastro don Gesualdo*.

[...] C'è una logica interiore che consiglierà di pubblicare il nuovo romanzo, nel 1949, con l'inedito *Il carcere*, sotto il titolo di *Prima che il gallo canti*. C'è di fatto, una affinità fra le due opere. Esse costituiscono, a distanza di anni, un impietoso bilancio della vita di Pavese. Entrambe sono la storia di una consapevole solitudine umana, ma la condanna, che appena trapelava ne *Il carcere*, qui si fa esplicita, diventa scavo intormentito e amaro. [...]

Non è piú soltanto, mi pare, il gusto della terra, che compare in questo romanzo – gusto che fino a *Paesi tuoi* serba qualcosa di torbido e allucinato – ma anche il senso intimo e riposante di quella vita casereccia. Ci son gli animali da cortile, il gridío dei bambini, il tonfo della secchia nel pozzo, le chiazze di verderame dietro la vite vergine, la cucina dal battuto di terra, i bianchi buoi che indugiano sul solco, il fumo del camino, il fico dietro il muretto, le scale appoggiate ai tronchi del frutteto. E i contadini che qui si incontrano, sono schietti come la terra, antichi e immutabili come la terra. Di fronte al sangue e alla rissa scuotono il capo e commentano: «La smettessero un po'». Parole che esprimono con verità la disincantata saggezza e anche il senso fatalistico delle cose, proprio dell'anima contadina. Un acquisto, indubbiamente, per Pavese che, senza cadere nelle sdolcinature idealizzanti, supera i contadini fauneschi, o comunque estrosi e canicolari, di certe poesie e di *Paesi tuoi*.

Ma anche lo stile di questo romanzo è cosa nuova. Risulta da una contaminazione, che riesce altamente suggestiva, fra il lirismo di certi racconti (vedi ad esempio *Storia segreta*) e la nuda obiettività di *La bella estate*. Si prenda l'apertura del romanzo: ecco, calma, distesa, un poco assorta, quasi a mirare una pena lontana. Un tono fermo, severo, un po' roco anche, a superare ogni sentimentalismo, a frenare la piena della malinconia che urge ma non dirompe, e soltanto ne cogli sulla pagina una increspatura, struggentissima. Poi, quel contenuto lirismo si placa con leggeri trapassi nella visione delle strade formicolanti di gente che sale, con materassi e involti, alla collina. Abbiamo allora quel rapido stile cronachistico, che è poi quello che consente allo scrittore di fissare lo sfondo storico (la guerra, i bombardamenti, l'8 settembre, le prime bande partigiane) su cui s'innesta e prende campo la sua storia intima. Una storia intima che è continua alternanza di riposati abbandoni al flusso del ricordo e di risentita risposta alle sollecitazioni pungenti della vita, di solitario ritegno, continuamente turbato da un superstite amore dell'uomo. In questo svariare di sentimenti e di toni, nel velo sempre lacerato della memoria, in questi indugi e soprassalti, si coglie la cifra piú costante e piú vera di Pavese.

LORENZO MONDO
Cesare Pavese, Mursia, Milano 1984
(quinta ed. aggiornata), pp. 47, 89, 91-92.

[...] In una lettera a Cecchi [...], del 17 gennaio del '49, Pavese lo invita a «rassegn*arsi*» con questa precisazione: «*Il Carcere*, il primo dei racconti del *Gallo canti*, non venne piú ritoccato dopo il 1938 se non nei nomi propri – per ragione di discrezione. Pare strano anche a me [...]. Il curioso è che me n'ero finora vergognato, e soltanto accorgendomi che la *Casa in collina* gli faceva riscontro m'indussi a pubblicarlo». La vergogna è legata all'appartenenza del *Carcere* ad una stagione tramontata di scrittura, o non deve piuttosto collegarsi al fatto nuovo che il titolo evangelico lascia supporre, essere cioè entrambi i racconti di un tradimento, di un'adesione mancata al nuovo vangelo del comunismo, o anche solo alla democrazia, sino a farsi oppositore attivo del regime fascista, e di conseguenza scrittore di un'esperienza personale di rivolta e combattimento? No di certo, ma altrettanto sicura è l'impossibilità nella contingenza di tenere ancora nel cassetto un libro che, dopo il '45, non correva piú rischi di censure e che, forse, poteva rendere conto della posizione non agonistica tenuta da Pavese fra il '43 e il '45, anticipando la piú chiara motivazione offerta nella successiva *Casa in collina*. Quanto abbia anche contato, nel frattempo, l'aver riconosciuto, nel taccuino di cui possediamo solo piú la fotocopia, tra il '42 e il '43 (prima della caduta del fascismo), le buone ragioni delle peggiori azioni dei repubblichini e dei nazisti, ivi comprese le operazioni di sterminio degli ebrei, non pare per ora quesito affrontabile. Come ha osservato Dionisotti, che ben conosceva Pavese e che ha subito colto l'«aversione» manifesta nel taccuino soprattutto contro gli «azionisti» torinesi, «l'interpretazione del taccuino [...] comporta il rinvio a poesie e prose di lui, ma non lo esige». *Il carcere*, del resto, narra il confino a Brancaleone, comminato a Pavese dopo l'arresto del 15 maggio del '35, unitamente ad Einaudi, Levi, Antonicelli ed altri ancora, quale aderente al movimento pre-azionista di «Giustizia e Libertà». Ampia è la traccia lasciatane nelle lettere di quei mesi, prima dal carcere delle Nuove di Torino, poi da quello romano di Regina Coeli, ed infine, a partire dall'agosto, dal paese della Calabria, dove Pavese è stato confinato. Pur nel diario se ne dà notizia, e già qui comincia a profilarsi l'ambiente del *Carcere*, ma non certo la possibilità di cavarne un autoritratto schermato, pur conservandosi un racconto del 5-24 luglio del '36, *Terra d'esilio (Sterilità)*, che indica la volontà di evitare la memoria in prima persona (il protagonista è un ingegnere, come nel romanzo, ma professionalmente attivo). Già, perché, come denunzia il titolo ultimo, per Pavese il confino ha la forma e il senso del carcere. Su questa ambivalenza sono giocate le parti migliori del libro, quelle che rappresentano la vocazione del protagonista ad evitare rapporti umani e sociali capaci di fissarlo definitivamente in una forma, che, quasi pirandellianamente, lo condizioni e lo esaurisca.

MARZIANO GUGLIELMINETTI

Cesare Pavese romanziere, in C. Pavese, *Tutti i romanzi*, a cura di M. Guglielminetti, Einaudi, Torino 2000, pp. XXII-XXIV.

Indice

p. v *Prima che il gallo canti* di Italo Calvino

Prima che il gallo canti

3 Il carcere
105 *Nota al testo*

115 La casa in collina
261 *Nota al testo*

Appendice

273 *Cronologia della vita e delle opere*
277 *Bibliografia ragionata*
287 *Antologia critica*

Stampato per conto della Casa editrice Einaudi
presso Mondadori Printing S.p.A., Stabilimento N.S.M., Cles (Trento)
nel mese di marzo 2003

C.L. 16459

Edizione										Anno			
1	2	3	4	5	6	7	8			2003	2004	2005	2006